Marion Schreiner

Pat im Wald

Zur Autorin:
Marion Schreiner ist seit über zwanzig Jahren Schriftstellerin. Sie gründete einen Kleinverlag, dann eine Literaturgruppe und begann für die Fachzeitschrift »Kanada aktuell« und regionale Medien zu schreiben. Ihre Spezialität sind Thriller besonderer Art, die sie nach dem Opfer-Täter-Prinzip verfasst. Ihre erste Trilogie wurde sofort zum Bestseller und ihr Erstroman bekam 2014 eine Nominierung zum »Indie Author Award« auf der Leipziger Buchmesse, wo sie fünf Jahre infolge Gast war. Mittlerweile ist sie einer der beliebtesten Autoren unter den Thriller-Autoren und lebt seit 2016 an der Küste von West Somerset in Großbritannien.

Bücher von Marion Schreiner

Psychothriller:

Die Gelton-Trilogie (auch als Sammelband)
1. Teil Die Scheune
2. Teil Das blaue Haus
3. Teil Vielleicht gab es keine Schuld

Edition M- mörderisch gut
Stumme laute Schreie

Die Kale-Hatfield-Story (auch als Sammelband)
1. Teil Es blieb nur dieser Blick
2. Teil Lydias Haus
3. Teil Rachels Zimmer

Der Culver-Fluch (auch als Sammelband)
1. Teil Pat im Wald
2. Teil Das Culver-Haus
3. Teil Unbeseelt

Sach- und Erfahrungsbücher :

Deutschland adé - Eine Ausreise nach Kanada
Denkmomente 1 - Habe ich das Asperger Syndrom?
Denkmomente 2 - Habe ich das Asperger Syndrom?
Denkmomente 3 - Habe ich das Asperger Syndrom?

Website: www.marionschreiner.com
Facebook-Fanpage: www.facebook.com/schreinermarion/
Email: schreinermar@googlemail.com

Marion Schreiner
Pat im Wald

ISBN-13: 978-1546784470
ISBN-10: 1546784470

Printed by CreateSpace Amazon

Covergestaltung: Michael Schreiner
Coverbild: Lizenz by Shutterstock
Technische Umsetzung/Layout: Michael Schreiner

Lektorat: Dr. Suzan Hahnemann

Pat im Wald

Der erste Kontakt

„Hallo Rylan!“, klang es aus dem Telefonhörer. „Ich bin’s.“

Rylan holte tief Luft und schwieg. Er sah sich um, wie die Wärter ihn beobachteten. Sie waren immer neugierig, was Gefangene so mitzuteilen hatten. Vielleicht konnten sie aus dem Gespräch etwas erlauschen, was ihre Arbeit ein wenig interessanter machte. Aber Rylan Culver schwieg.

„Ich hätte dich schon früher angerufen, aber …“

Rylan legte den Hörer auf, ohne etwas zu sagen. Er winkte den Wärtern, dass sie ihn zurück in die Zelle bringen könnten. Er wollte mit diesem Mann nicht sprechen.

Vier Tage später

Der Wärter schmiss einen Brief durch die Klappe der Eisentür. Rylan Culver blickte erschrocken vom Schreibtisch, an dem er gerade saß, auf und sah einen Brief zu Boden segeln. Ein Brief? An ihn? Er konnte sich nicht vorstellen, wer ihm schreiben sollte. Er hatte alle Kontakte abgebrochen und auch keinen Anwalt, der irgendwas für ihn erledigen sollte.

Als Rylan den Brief aufhob und sich die Schrift ansah, konnte er immer noch nichts damit anfangen. Er nahm ihn mit zum Fenster an seinen Tisch und legte ihn dort ab. Man hatte den Brief zur Sicherheit geöffnet, also hatte jemand von der Aufsicht oder die Gefängnisleitung selbst den Inhalt bereits gelesen. Man kontrollierte häufig die Briefe der Gefangenen, besonders seine. Er war ein brisanter Fall.

Er las.

Hallo Rylan, mein geliebter Sohn!

Ich habe vor einigen Tagen bei Dir angerufen und versucht, mit Dir zu sprechen, aber Du wolltest wohl nicht mit mir reden. Erst mein naher Tod schenkt mir den Mut, Kontakt zu Dir aufzunehmen. So will ich wenigstens ein paar Zeilen an Dich zu richten.

Nach meiner Rechnung müsstest Du jetzt ein Mann von 37 Jahren sein. Weißt Du, ich habe nichts mehr zu verlieren, weil ich bereits alles verloren habe, was ich liebte, vor allen Dingen Deine Schwester Pat. Ich weiß, Du mochtest es lange Zeit nicht, wenn ich sie so nannte, aber Deine Mutter wollte unbedingt ein Mädchen mit dem Namen Patricia haben. Ich mochte diesen Namen nie. Er klingt so streng und hart. Ein Mädchen sollte nicht so heißen. Ich war immer ein Freund der Liebe und der Harmonie. Doch das hat leider keiner von Euch bemerkt. Die Zeit hat mich hart gemacht und mein Leben verändert. Sie hat vieles verändert. Auch unsere Familie.

Kannst Du Dich noch an all die schönen Zeiten erinnern, die wir miteinander hatten, bevor sie mich zum ersten Mal wegholten? Du, der kleine Bub mit leuchtenden grünen Augen und fast schneeweißem Haar? Als hätte Gott keine Farbe für Dein Haar gehabt. Es war fast durchsichtig. Und Pat mit ihrem dunkelblonden Haar? So dick und wild. Mutter konnte es kaum bändigen.

Rylan, ich stehe am Ende meines Lebens und bin nicht einmal sehr alt. Der Alkohol hat mich nun doch zerstört. Ich weiß, ich habe getrunken und Dich geschlagen. Aber ich weiß auch, was Du getan hast!

Vater,

ich kann leider nicht *geliebter Vater* schreiben, aber ich will Dir antworten. Ich denke, ich kann es jetzt riskieren. Der Krieg zwischen uns wird nicht mehr sehr lange dauern. Ich habe ein großes Bedürfnis, die Schuld loszuwerden, die ich mein Leben lang schon mit mir herumtrage. Ich weiß bis heute nicht, wie das hat passieren können. Ich habe es getan, ja, dafür sitze ich seit zwölf Jahren hinter Gittern. Ich kann nicht einmal sagen, dass es mir leidtut. Sie war so zart in diesem Leben voller Härte. Sie wirkte wie ein weiches Kissen, auf dem ich ruhen konnte. Was habe ich getan?

Rylan, mein Sohn,

Du weißt es also. Seit wann ist sie tot? Ich erfuhr erst vor einigen Tagen davon und konnte nicht glauben, wie sie es gemacht hatte. Wie schrecklich muss ihre Erinnerung an uns gewesen sein? Hat ihr Betreuer, ich meine Pete, je davon erfahren?

Vater,

ich habe ihn nie gemocht, aber versucht, wegen Pat Kontakt zu ihm zu halten. Er schrieb mir einige Male zurück, dass es ihr bei ihm gut ginge, aber ich konnte es nicht glauben. Ich weiß nicht, was Pat über uns erzählt hat. Als er mir die Nachricht von ihrem Tod überbrachte, sah ich meine Befürchtungen bestätigt. Pete hat sie mir weggenommen. Dabei hat sie sich so wohl bei mir gefühlt. Dir gegenüber hatte sie eine große Abscheu entwickelt, Du ekeliger, alter Mann! Ich will nicht „Schwein“ schreiben, aber Du hast

Deinen baldigen Tod verdient. Ich warte auf Deine Vergebung, die Du jahrelang von uns allen eingefordert hast. Wie oft hatte ich Dich gebeten aufzuhören?

Rylan,

Ihr habt mich immer nur aufgefordert, das zu tun, was Euch allen recht war. Ihr habt mich nie gefragt, warum ich das gemacht habe. Du solltest ganz still sein, Sohn, Rylan, Du hast Dir auch geholt, was Du wolltest. Wenn ich Dich heute frage: „Wie hat sie sich angefühlt?“, was würdest Du antworten? Du hast mehr, als nur ihre Hand geschüttelt oder sie tröstend in den Arm genommen und sie hin und wieder zärtlich im Gesicht getätschelt. Du solltest Dir selbst begegnen, bevor Du andere beschuldigst.

Du bist mein Vater. Du hättest es nicht tun dürfen! Du hast mich erst auf den Geschmack gebracht. Nein, Du hast mich dahin gedrängt! Jeder andere Vater hätte mich gestoppt, ehe ich tat, was nie mehr gutzumachen war. Doch Du suchtest nur Deine Flaschen, um sie zu leeren und die Einsamkeit damit zu besiegen. Mutter hat Dich ständig angefleht, damit aufzuhören. Du blinder, alter Mann!

Rylan, wer von uns sitzt jetzt für seine Vergehen hinter Gittern?

Du sitzt in einer Anstalt! Vergiss das nicht!

Weitere Briefe

Ich weiß, ich hätte es nicht tun dürfen, Vater. Ich hätte mich nicht dazu verleiten lassen dürfen, dass sie Schutz brauchte. Aber irgendjemand musste sie doch schützen! Bekam denn niemand etwas von dem mit, was in unserer Familie geschah? Wen hätte ich um Hilfe bitten sollen? Wen, Vater?

Du willst tatsächlich Antworten von mir? Ich denke, dass Du in einem Alter bist, wo Du Dir die verdammten Antworten selber geben solltest. Wer gab *mir* Antworten, als es mir schlecht ging? Ihr habt doch alle nur an Euch gedacht! Habt Ihr mich jemals gefragt, warum ich trinke? Warum ich alles nicht mehr ertragen konnte und nur die Kraft gesucht habe, weiter durchzuhalten? Ich habe Euch versorgt, doch wer hat mich versorgt? Ich gab Euch Liebe, doch wer hat mir Liebe gegeben? Ich bekam nichts von Euch zurück. Und dann wundert es Dich, dass ich es mir geholt habe? Pat, ja Pat war die Einzige, die mich verstanden hat. Sie hat mich geliebt. Nur wegen ihr konnte ich es bei Euch aushalten.

Ich bin Dein Sohn, der Sohn von Dir, John, und Margret Culver. Nur der Sohn! Ich habe mich nicht selbst gezeugt! Das warst Du! Also, klage nicht.

Du erinnerst Dich? Wir haben in einem großen Haus gelebt, weit außerhalb der Stadt. Ein Haus wie eine Festung, mit einer Holzveranda nach allen Seiten, einem alten Schuppen auf dem weitläufigen Grundstück, und ein paar Bäumen mit viel Nichts rundherum. Im Sommer verbrannte uns die

Sonne die Haut und färbte mein Haar noch heller, als es von Natur aus schon war. Das Gras, das das Haus umsäumte, wurde zu Stroh, das unter meinen Füßen wie Nadeln stach, wenn ich zum Schuppen rannte. Wir lebten ruhig, Du, Mutter und ich. Fünf Jahre lang. Du hattest einen alten Pick-up, mit dem Du alles transportieren konntest, was nötig war. Du warst ein stiller Mann, groß und sehr dünn. Du hast in einer Fabrik, in der Kunststoff hergestellt wurde, gearbeitet und genug Geld verdient, dass wir gut über die Runden kamen. Warum hast Du sie nicht in Ruhe gelassen? Ich meine Mom. Ich hörte sie aus dem Schlafzimmer aufheulen, wenn Du Dein verdammtes Drecksding in sie hineingesteckt hattest. Immer wieder. Du versoffenes Schwein!

Oh Rylan, wie es mich schmerzt, wenn ich diese Worte von Dir lese. So sollte ein Sohn seinem Vater nicht schreiben. Ich bin alt … und sehr krank! Kennst Du denn keine Gnade? Wie kannst Du mir in diesem Alter und meinem Zustand einen solchen Vorwurf machen? Du Bastard! Du hast nicht gewusst, was wirklich zwischen Deiner Mutter und mir vorging! Du warst nur ihr Sohn! Das hast Du selbst geschrieben. Du hattest ja keine Ahnung! Ein Mann, der täglich schwer für seine Familie arbeitet und in einer vergifteten Umgebung seine Gesundheit opfert, hat doch das Recht auf ein wenig Gegenleistung. Da sitzt diese Frau in gesunder und ruhiger Umgebung den ganzen Tag daheim und kann mich nicht einmal freundlich nach der Arbeit empfangen? Das wäre doch das Mindeste gewesen, was sie hätte tun können. Sie war es mir schuldig!

Du warst ständig besoffen, wenn Du heimkamst. Hast Du das vergessen? Ja, Du hast wahrscheinlich alles vergessen. Nein, Du willst alles vergessen. Du willst die Dinge so drehen, dass wir die Schuldigen sind, um Dich zum Schluss Deines Scheißlebens gut zu fühlen. Du hoffst auf Vergebung, die Du nie bekommen wirst. Nicht von mir. Und von Pat auch nicht. Sie lebt nicht mehr. Sie hast Du bereits auf dem Gewissen. Und Mom. Bin jetzt ich dran?

Wie verachtenswert Du mir begegnest, anstatt Dich zu freuen, dass ich Dir die Hand reiche. Söhne sollten nicht so reagieren. Sie sollten ihre Eltern ehren. Du solltest froh sein, dass ich auf Dich zugekommen bin und Frieden zwischen uns schließen will. Ich mache es nur, damit Du Dich nach meinem Tod nicht schlecht fühlst. Nicht viele Väter bieten ihren Söhnen das an.

Ich lache! Ja, ich lache!

Ich habe stundenlang gelacht, als ich Deinen letzten Brief gelesen habe. Es klang wie das Lachen aus der Hölle, in der ich viele Jahre gelebt hatte. Oh nein, es war schlimmer als die Hölle gewesen. Es war eine Brutstätte des Bösen, in der ich gelandet war. Ich konnte nie etwas Gutes für Dich empfinden. Wie konntest Du das nur tun?

Es gibt Dinge, mein Sohn, die muss man als Vater manchmal tun. Es hat mit Verantwortung zu tun, wovon Du wohl keine Ahnung hast. Ich habe so viel Verantwortung getragen. Du erinnerst Dich, dass ich hin und wieder Abfallprodukte aus der Fabrik mit heimbrachte – Eimer und Schüsseln, die als zweite Wahl im Müll gelandet waren. Ich habe uns damit viel Geld gespart. Deine Mutter hat zweimal in der Woche als Friseuse in der Stadt gearbeitet. Sie musste sieben Meilen dafür fahren. Erinnerst Du Dich, dass ich ihr ein kleines motorisiertes Rad zusammengebastelt habe, um den Kauf eines zweiten Autos zu vermeiden? Du fandest das knatternde Zweirad klasse! Deine Mutter winkte Dir immer zu, wenn sie zur Arbeit fuhr und rief: „Schön brav sein!" Du nicktest und winktest ihr zurück. Es war eine schöne Zeit. Hast Du das alles vergessen?

Du hast das Geld für den Alkohol gebraucht, deswegen warst Du so sparsam. Deswegen musste Mutter auch außerhalb arbeiten. Verdreh' nicht immer die Tatsachen, damit alles so heil und gut aussieht. Deine Wahrheiten haben immer eine Schattenseite. Du bist ein Blender, nein, ein Süchtiger, der alles tut, damit man ihm die Sucht nicht nimmt. Mutter hätte im Haus genug zu tun gehabt. Sie hat Gemüse angebaut und ständig Obst geerntet. Sie hat es verkauft und für uns eingekocht, damit wir im Winter gutes Essen hatten und Geld sparen konnten. Doch das reichte nicht. Dein Alkohol forderte mehr. Du hast sie zu einer Co-Abhängigen gemacht und gebeten, aus der Stadt Deinen Stoff mitzubringen, damit es nicht auffiel. Ja, Du hast sie unter Druck gesetzt, damit sie Deine Sucht unterstützt. Sie hatte Angst vor Dir und Deinen Wutausbrüchen. Das hatten wir alle.

Aber ja, natürlich erinnere ich mich auch an gute Zeiten.

Ich hatte, wenn Mutter weg war, genau eine Stunde für mich alleine, bis Du von der Arbeit kamst. In dieser Zeit fühlte ich mich gut und lief lachend durchs Haus. Mein kleines Glück. Dann ereigneten sich ein paar merkwürdige Dinge, die mich neugierig gemacht hatten. Das Haus kam mir natürlich immer schon sehr groß vor. Es hatte vier Zimmer im ersten Stockwerk, wovon eins leer stand. Mutter hatte sich zwar ein Näh- und Bügelzimmer eingerichtet, aber dieses eine Zimmer war leer. Erinnerst Du Dich?

Untersteh Dich, mir noch einmal solch' infame Lügen vorzuwerfen! Ich bin nie süchtig gewesen! Man darf als Mann doch hin und wieder ein Bier trinken! Was denkst Du Dir überhaupt? Ich bin sehr krank. Willst Du mich noch früher ins Grab bringen, als es die Natur schon einrichtet?

Vater, fordere mich nicht auf, Dir darauf eine ehrliche Antwort zu geben.

Nur zu, Sohn!

*

Rylan Culver schrieb seinem Vater nicht zurück. Vorerst nicht. Er war zu sehr aufgebracht, um noch antworten zu können. Er war als Kind ein neugieriger Bursche gewesen und hatte beobachtet, dass sein Vater seit einigen Tagen irgendwelche Sachen in dieses besagte Zimmer gebracht hatte. Was ging dort vor sich?

Neue Briefe

Ich merke, Du willst Dich nicht mehr melden, Rylan. Ich glaube, ich habe es wieder einmal zu weit getrieben. Entschuldige. Wir sollten noch einmal von vorn beginnen. Du hast mich gefragt, ob ich mich an das leere Zimmer erinnere? Natürlich! Es war kurz vor Deinem sechsten Geburtstag, als wir es herrichteten.

Ja, ich rannte die Treppe hinauf, nachdem Mutter zur Arbeit gefahren war, und riss die Tür auf. Als ich die rosagelb angemalten Wände sah, blieb ich wie angewurzelt stehen. Auf dem Boden lag eine große Rolle Linoleum. Gelb mit roten Punkten. Es wirkte auf mich, als würdet Ihr hier ein Paradies für einen Engel einrichten. Und ich nahm mir vor, Euch abends zu fragen, wer dieser Engel sei. Dann hörte ich Dich von der Arbeit heimkommen. Dein alter Truck knatterte die Einfahrt entlang und verstummte vor dem Haus. Schon von Weitem sah ich Deinen verklärten Blick. Ich war noch klein, aber ich bemerkte es sehr wohl, wenn Du betrunken warst. Ich kannte bei Dir nur zwei Stimmungen: nüchtern und ruhig, oder betrunken und laut. An diesem Tag warst Du betrunken und damit wusste ich, dass es laut werden würde. Du schimpftest vor Dich hin, als Du den Wagen verließest und gingst nach hinten zur Ladefläche, wo Du einige Bretter unter einer Plane hervorholtest. Es regnete und Du musstest das Holz schützen. Als Du mich am Eingang stehen sahst, riefst Du mich. „Du kannst gefälligst helfen, Bursche!"

Wenn Du in diesem Tonfall mit mir sprachst, bekam ich

Angst. Dann war der erste Schlag nicht weit. Du brauchtest nicht einmal einen Grund. Deine aufgeheizte Stimmung reichte vollkommen aus.

„So ein Dreckskerl!“, hörte ich Dich schimpfen, als Du mir zwei Bretter reichtest, die viel zu groß und zu schwer für mich waren.

„Erst sagt er elf Dollar, dann fünfzehn!“, hast Du geschrien. Ich nahm die Bretter brav entgegen und fragte: „Nach oben?“.

Du nicktest. „Aber lass sie nicht fallen! Sonst setzt's was!“

Ich ließ sie nicht fallen, aber Dir passierte in der Hektik ein Missgeschick. Dir rutschte ein Stapel von fünf Brettern aus der Hand und fiel in den Matsch. Damit war Deine Stimmung komplett am Boden und ich war mir sicher, heute noch eine Abreibung zu bekommen. Wenn Mutter nicht da war, warst Du mutiger. Das machte mir zusätzlich Angst.

Du kannst es nicht lassen, diese alten Geschichten auszugraben! Hat es nicht gereicht, dass Du das alles vor Jahren vor Gericht ausgesagt hast? Wann gibst Du endlich Ruhe und beginnst, mich zu verstehen? Ich kann doch allmählich von Dir erwarten, dass Du mich verstehst!

Verstehen Vater? Und wieder muss ich lachen! Du wirst nie Begriffe und ihre Bedeutung verstehen lernen. Wenn man sein Gehirn derart über viele Jahre vergiftet, dann kann nur die Dummheit folgen. Du schreibst von „verstehen“. Ja, ich habe viel verstanden, Vater! Zu viel! Ich habe mich immer gefragt, was der Auslöser gewesen sein mochte. Mutter hatte sich in dieser Zeit ebenfalls verändert. Ihre Fröhlichkeit war von Tag zu Tag mehr verschwunden. Sie wurde ernster und strenger. „Du musst jetzt viel lernen“, hatte sie zu mir gesagt. „Es wird sich viel verändern, Rylan.“ Ich fragte nicht, sondern wartete auf die Veränderung. Dann begriff ich sie: Mein Vater wurde zum Alkoholiker!

Rylan! Sohn! Reiß Dich zusammen mit solchen Vorwürfen! Du solltest nicht mit Beschuldigungen um Dich werfen, von denen Du keine Ahnung hast. Ein paar Bier und hin und wieder ein Schnaps machen einen Mann nicht gleich zum Alkoholiker! Wann begreift Ihr das endlich? Ja, Ihr seid es gewesen, die mich zugrunde gerichtet haben! Nur Ihr! Ihr habt mir die Schuld an allem gegeben! Ich habe nichts weiter getan, als Euch auszuhalten und durchzubringen.

Im Suff, Vater! Du solltest bei der Wahrheit bleiben. Du hast uns im Suff ausgehalten, weil Dir die Realität den Verstand geraubt hätte! Weißt Du überhaupt, was Du im Suff getan hast? Gab es in Deinem vermeintlichen Gehirn noch irgendeine funktionierende Zelle, die das wahrgenommen hat, was passiert ist? Warum hat Mutter nie etwas dagegen unternommen? Unser ganzes Verhältnis hatte sich mit dem neuen Zimmer verschlechtert. Die Launen, die Du Tag für Tag zeigtest, ließen uns die schöne Zeit von früher vergessen. Von einen auf den anderen Tag verlor ich meine kindliche Gelassenheit und wurde zu einem hassenden Geschöpf. Ich kann mich genau an diesen Tag erinnern. Es war DIESER beschissene Tag, an dem sich alles veränderte!

Wann hörst Du endlich mit diesem dummen Gefasel auf, Rylan! Als wenn Du dadurch noch etwas ändern könntest! Sie haben uns beide bestraft und weggesperrt. Denk' nicht, Du wärst weniger schuld! Was war denn früher anders gewesen?

Ich hatte meine Kindheit gespürt! Mein Vater hatte nicht getrunken und meine Mutter hatte gelacht. Wir waren eine glückliche Familie gewesen. „Du hast uns komplett gemacht", hatte Mutter mal zu mir gesagt. Damals verstand ich den Sinn dieser Worte noch nicht, aber sie hatte sie so sanft und liebevoll ausgesprochen. Heute weiß ich, was sie meinte, und das macht es umso schlimmer. Ich fühlte mich als Kind von John und Margret Culver wohl. Sie waren tolle Eltern. Sie schenkten mir ein tolles Zimmer, Spielzeug, das ich liebte, und viel Aufmerksamkeit. Mein Vater nahm mich häufig mit in die Stadt und kaufte mir sogar ein kleines Rad, auf dem ich nach zwei Tagen schon fahren konnte. Du hast mich angetrieben. „Du kannst alles schaffen, wenn du willst!", hast Du mir hinterhergeschrien, als ich über eine längere Strecke auf dem Rad fuhr. Ja, ich konnte alles schaffen! Und ich lachte und schrie vor Vergnügen!

Genau das meine ich, mein Sohn! Dieses Glück habe ich Dir geschenkt und Du hast es weggeworfen wie Dreck, der Dich nicht mehr kümmerte. An dieser Stelle frage ich mich, ob Du mich damals verändert hast.

Das ist nicht Dein Ernst! Du fragst Dich, ob ich als kleiner Bub von fünf Jahren Dich verändert habe? Ich? Was kann ein Kind in diesem Alter schon ausrichten, was einen Vater derart verändert? Sag es mir? Was war es?

Einige Monate später hörte ich meine Glücksschreie nur noch in meinen Träumen, als hätte sie jemand mit einem Kissen erstickt. Ich konnte mir diese Veränderung damals nicht erklären und begann die Schuld tatsächlich bei mir zu suchen. Ich begann besonders folgsam zu sein, doch ich fand die einst so glücklichen Augen meiner Eltern nicht mehr. Eure Blicke waren düster und traurig geworden, sodass ich häufig wegsah, um mich nicht so gequält zu fühlen. Ich hörte, wie Ihr Euch in der Küche anzischtet, während Ihr dachtet, dass ich es nicht hörte. Abends im Schlafzimmer habt Ihr Euch gestritten und jeder begann die Tür hinter sich zuzuknallen. Jeder einzelne Knall erschütterte mein Innerstes, und ich gab mir noch mehr Mühe. Dann betrachtete ich Euch näher, jeden Abend beim Abendbrot. Du hattest begonnen zu saufen und Mutter wurde immer dicker!

So kannst Du es nicht stehen lassen. So war das nicht. Du hast eine falsche Erinnerung, Rylan! Auch wenn Du dem Richter die gleiche Geschichte erzählt hast, aber … so war es nicht.

Nein, so war das nie gewesen, Vater! Ich sehe heute noch die Wut in Deinen Augen, als Du die Bretter aus dem Matsch nahmst und mich verbittert ansahst. Ich rannte schnell ins Haus, obwohl die Last, die Du mir in die Arme gedrückt hattest, viel zu schwer war. Ich brachte meine Bretter geschwind in das Engelszimmer und verschwand in mein eigenes, um Deinen Zorn nicht spüren zu müssen. Ich hörte Dich hinter der Tür die Treppe hinaufpoltern und die Bretter in das Zimmer schmeißen. „Scheiße!", hast Du geschrien, „so eine Scheiße! Wo bist du?"

Ich rührte mich nicht, denn ich wollte Dir nicht begegnen. Doch ich wusste, wenn ich mich nicht melde, würde alles noch viel schlimmer werden. Also lugte ich vorsichtig durch die Tür und fragte: „Soll ich noch mehr helfen?"

„Ja", hast Du geschrien und Dich wie ein wildes Tier mir genähert. Der Schlag in mein kleines Gesicht schleuderte mich gegen die Wand, wo ich erstarrt stehen blieb. An diesem Tag warst Du besonders stark. Du ranntest die Treppe wieder hinunter und ich sah die dreckigen Fußabdrücke, die Deine Schuhe hinterlassen hatten. Mutter hatte heute Morgen alles geputzt und es würde heute Abend deswegen erneut Streit geben. Was war nur aus unserer kleinen Familie geworden?

Du hast das alles ganz falsch in Erinnerung, Rylan! Wie kann es sein, dass Deine Erinnerung meiner nicht gleicht? Wie konntest Du solche Sachen nur dem Gericht erzählen? Wann habe ich Dich je geschlagen?

Die Antwort ist einfach, Vater: Ständig!

Ich brauche viel Beherrschung, um Dir überhaupt noch auf Deine Briefe zu antworten. Es erscheint mir so sinnlos. Aber hier hast Du meine Erklärung, warum sich unsere Erinnerungen nicht gleichen: Du warst besoffen und ich nüchtern.

Dann entstehen schon mal unterschiedliche Wahrnehmungen, wobei ich mir das Recht herausnehme zu behaupten, dass meine Wahrnehmung mehr Gewicht hat als Deine.

Das Engelszimmer

Der Engel kam. Es war ein Mädchen, das Mutter im Bauch getragen hatte und das bei uns einzog. „Ein von Gott verdammtes Mädchen“, hast Du es genannt. Das war Deine erste Reaktion. Mutter war entsetzt gewesen. Ich erinnere mich noch ganz genau an ihren Blick. Du warst besoffen und hieltest die Flasche noch in der Hand, als sie nach der Entbindung von Onkel Andrew nach Hause gebracht wurde. Du konntest nicht mehr fahren. Du konntest nur noch „feiern“, wie Du so schön sagtest. Ein neues Wort für saufen. Dabei hattest Du Dir geschworen, es niemals Deinem Vater nachzutun. Und doch hast Du es getan. Es passierte ganz plötzlich. Es war nicht vorhersehbar gewesen, weil wir Deinen Vater nie kennengelernt haben. Du hast ihn mit allen Mitteln von uns ferngehalten, weil Du Dich so sehr für ihn geschämt hast. „Er ist ein Dreckskerl!“, hast Du immer wieder gesagt. „Den braucht ihr nicht kennenlernen.“ „Und Deine Mutter?“, hatte Mutter gefragt. „Tot“, hast Du ihr geantwortet. „Der Dreckskerl hat sie in den Tod getrieben!“

Mutter hatte nie die Chance zu beurteilen, was wirklich in Deiner Familie vorgefallen war. Du hast nie davon erzählt. Doch je älter ich wurde, desto mehr sah ich diese Geschichte vor mir. Sie wiederholte sich gerade in meinem Leben.

Natürlich half ich Dir, das restliche Holz in das Zimmer zu

bringen. Ich half in der Hoffnung, Deine Stimmung damit etwas aufzuheitern, zumindest bis Mutter heimkehrte. Sie würde wegen der Dreckspuren schon genug Ärger machen. Wir trugen ziemlich viel Holz in das Zimmer und ich fragte: „Was willst du damit?" Du brummtest mich an, was so viel bedeutete wie, dass ich Dich in Ruhe lassen sollte. Ich kannte Deine andere Sprache mittlerweile, die aus Lauten und Blicken bestand, und fragte nicht weiter nach. Erstaunlicherweise hast Du mich nach der Arbeit in Ruhe gelassen. Das war nicht immer der Fall gewesen. Doch davon will ich jetzt nicht auch noch berichten.

Ich hörte in der Küche Glas scheppern und wusste, dass wieder eine Flasche leer war und Du die nächste aufmachen würdest. Mutter würde am Abend zwei neue mitbringen und im Geschäft erzählen, dass wir Besuch bekommen hätten. Wir waren ja gastfreundlich! Ich hörte einmal, wie sie das sagte, und erfuhr viele Jahre später von einem Therapeuten, dass man so etwas co-abhängig nennt. Dabei bekamen wir nicht einmal Besuch!

Du hast das Radio eingeschaltet und ich las oben einen Comic. Ich las von Helden, die mit Gewalt Bösewichter jagten und wünschte, ich könnte das auch. Ich hörte Mutter heimkommen. Wie sollte man ihr Geknatter auch überhören? Ich zählte bis zehn, solange wie sie in der Regel brauchte, um zur Haustür hereinzukommen. Spätestens bei fünfzehn müsste das Geschrei losgehen.

Findest Du nicht, dass Du übertreibst, wenn Du von solchen Lappalien schreibst? Wie viele Momente willst Du mir denn vorwerfen, um Dich besser zu fühlen? Genau, es geht Dir doch nur darum, dass Du Dich besser fühlst. Du bist ziemlich egoistisch. Weißt Du, was ein Egoist ist? Ich will es Dir sagen: Das ist ein Mensch, der immer nur an sich denkt, und der alles so dreht und wendet, dass er nie an etwas schuld ist. Na, erkennst Du Dich wieder?

Mir schnürt es gerade die Luft zum Atmen ab! Und ich frage mich, ob es überhaupt noch Sinn macht, Dir weiterhin zu schreiben. Die Zeit erscheint mir so vergeudet! Du hast Dich in all den Jahren, die Du nun schon in der Anstalt lebst, überhaupt nicht verändert. Deine Sicht auf die Dinge ist noch die gleiche, wie damals vor Gericht, als sie Dich und mich verurteilt haben. Oh, wie sehr hasse ich mich dafür, Dein Sohn zu sein. Es ist keine Scham, es ist Hass. Eigentlich solltest Du im Gefängnis sitzen und ich in einer Anstalt. Ich hätte es nicht tun dürfen!

Endlich kommst Du zur Einsicht, dass auch Du Fehler gemacht hast. Das tut gut zu hören. Und es macht mir den Abschied von dieser Welt etwas leichter. Gestern war mein Arzt hier und er sagte, dass die Leberzirrhose voranschreitet. Morgen kommt ein Spezialist, der mit mir alles Weitere bespricht, wenn es losgeht. Ich meine, wenn es ernst wird. Mein Körper trägt Wasser. Auch das Herz. Rylan, mir bleibt nicht mehr viel Zeit. Ist es wirklich nötig, noch all diese Geschichten aufzuwärmen? Wie viel Leid willst Du mir noch antun, bevor ich dahinscheide? Ich trinke schon seit einem Jahr nicht mehr. Also lass es endlich gut sein.

Was willst Du von mir hören?

Dass ich Dir ein guter Vater war.

Das warst Du, fünf Jahre lang. Reicht das? Können wir unseren Kontakt jetzt damit beenden?

Du willst mich einfach wegschicken? Willst Du mich vergessen? Das habe ich nicht verdient! Ich habe immer für Dich gesorgt! Ich habe für alle gesorgt. Besonders für Pat. Hast Du das vergessen? Und für Deine Mutter!

Mutter kam abends immer sehr müde nach Hause und musste noch das Essen kochen, während Du schon Stunden mit Deiner Flasche in der Küche gesessen bist und auf ihre Bewirtung gewartet hast. Weißt Du eigentlich, dass sie diese Arbeit zusätzlich zu ihrer anderen machte?

Früher, als Du noch nicht getrunken hattest, hast Du auch manchmal das Abendbrot gemacht. Erinnerst Du Dich noch daran?

Oh ja! Das sind die Momente, die ich jetzt gerne mit Dir teile! Ja, wir haben es dann eine „Männerrunde“ genannt, weil wir zusammen gekocht haben, während Mutter noch die Wäsche bügelte. Das war eine tolle Zeit!

Bis der Alkohol begann, Dein Abendbrot zu ersetzen. Ich saß viele Abende oben in meinem Zimmer und hatte Hunger, während Ihr Euch unten gestritten habt. Ich hörte Euch herumschreien. Weißt Du, dass mir immer sehr heiß wurde, wenn ich Euch schreien hörte? Und meine Angst war riesig, Ihr könntet Euch etwas antun. Doch genau das geschah eines Abends. Ich hörte eine Flasche scheppern und einen unglaublich lauten Schrei von Mutter. Das ließ mich die Angst vergessen und runter zur Küche eilen. Mutter blutete am Arm und Du hieltest triumphierend einen zerbrochenen Flaschenhals in die Höhe. Ich sah in Dein versoffenes Gesicht und konnte nichts Anderes tun als Dich anspucken. Du kamst auf mich zu und dann ging alles sehr schnell …

Ich weiß nicht, wovon Du redest, Rylan. Es scheint mir, als würdest Du Dir immerzu neue Geschichten zusammenspinnen, um mich zusätzlich zu verletzen. Es ist unverzeihlich, was Du mir alles unterstellst. Ich wusste von Anfang an, dass Du ein böses Geschöpf bist, doch ich dachte, wenn ich Dich anständig erziehe, werde ich Dir das Böse schon austreiben. Es ist mir nicht gelungen, wie ich feststelle. Nun schiebst Du mir das Böse zu. Ich kann mir das nicht mehr von Dir anhören, Sohn! Ich werde Dir nicht mehr schreiben.

*

Liebes Tagebuch!

Im Engelszimmer lebt nun ein kleines Mädchen. Patricia. Sie ist behindert, aber man sieht es ihr nicht an. Es ist ihr Geist, der eine gewisse Naivität versprüht und die Ärzte dazu bewog, bei ihr eine geistige Behinderung zu diagnostizieren. „Sie wird alles etwas später lernen“, haben die Ärzte gesagt.

Ich habe sie vom ersten Tag an geliebt! Wir alle hatten sie lieb. Sie war das Ergebnis jenen abends, als wir uns fast umgebracht hatten. Meine Mutter hatte eine Sturzgeburt. Mein Gesicht wurde mithilfe von drei Operationen wiederhergestellt. Nun habe ich eine große Narbe von der Lippe bis zur Stirn. Anfangs sah ich wie Frankenstein aus, doch nach jeder Operation wurde es besser. Nun sieht man nur noch eine hauchdünne rosa Linie. Allerdings entsteht dadurch gerade ein anderes Problem. Der Arzt erklärte es so: „Da der Kopf von Rylan noch wächst, wird sich die Gesichtshaut noch um einiges dehnen. Daher könnte es sein, dass sich das Gesicht etwas asymmetrisch verändert. Keine große Sache. Wer es nicht weiß, wird es nicht bemerken. Man kann es von Zeit zu Zeit operativ richten, aber das wird die Krankenversicherung nicht übernehmen, weil es eine kosmetische Sache ist."

Seit diesem Gespräch sehe ich mich jeden Tag im Spiegel an. Und jeden Tag sehe ich ein immer schiefer werdendes Gesicht. Zumindest kommt es mir so vor. Vielleicht sehe ich es auch nur, weil sich mein rechtes Auge nicht mehr auf der gleichen Höhe befindet, wie das linke. Mutter sagt, dass ich noch zehn Jahre lang wachsen werde. Dafür wird Patricia immer schöner.

Es war in den letzten drei Jahren sehr anstrengend, Vater in der Heilanstalt zu besuchen. Als er heute unser Haus zum ersten Mal wieder betrat, musste er weinen. Er schloss uns alle in den Arm und ich war froh, dass er nicht mehr trank. Sein Gesicht sah jünger aus und er war wieder so angenehm still.

Meine Erwartung in ihn ist jetzt sehr groß. Vater steht tief in unserer Schuld. Ich bin nun neun Jahre alt. Patricia ist drei und meine Mutter siebenunddreißig. Wir haben überlebt!

Liebes Tagebuch!

Vater hilft Patricia. Das freut uns alle. Er verbringt viel Zeit mit ihr und wiegt sie oft sanft in seinen Armen. Mich darf er nicht mehr berühren. Seit er mein Gesicht zerschnitten hat, weiche ich vor ihm zurück. Ich halte es einfach nicht aus. Er versucht, mich eifersüchtig zu machen, indem er mich immer ansieht, wenn er Patricia streichelt und sagt: „Schau mal!“ Er liebkost sie und sie quietscht vor Vergnügen. Seit einigen Tagen nennt er sie Pat, was meine Mutter gar nicht mag. Sie mag es auch nicht, wie er sie anfasst. Ich auch nicht.

Liebes Tagebuch!

Ich konnte lange nicht schreiben. Meine Gedanken ließen sich nicht mehr sortieren.

Ich liebe meine kleine Schwester. Ich nenne sie nun auch Pat, weil sie einfach so niedlich ist. Ihre Behinderung sieht man ihr gar nicht an. Nur wenn man mit ihr redet, bemerkt man es. Sie begeistert uns jeden Tag aufs Neue. Ich habe mich in letzter Zeit häufig gefragt, warum mein Vater über die Schwangerschaft meiner Mutter so unglücklich war und trank, wo er seine Tochter doch offensichtlich sehr liebt. Er ist wieder ganz der Alte. Na ja, nicht ganz. Nicht für mich. Er wird nie wieder der Vater für mich sein, den ich einst gehabt habe. Jeden Tag, wenn ich mich beim Waschen im Spiegel anschaue, werde ich daran erinnert. Aber für Pat ist er ein großartiger Vater. Sie sieht so glücklich aus, wenn er Zeit mit ihr verbringt. Das macht auch mich glücklich. Doch vor genau zwei Stunden ist mein Glück zerbrochen …

Liebes Tagebuch!

Ich konnte nicht mehr weiterschreiben. Es ging mir nicht gut. Mutter war einkaufen und ich war mit Vater und Pat allein zu Hause. Pat hatte wieder in die Hose gemacht und Vater ging mit ihr ins Engelszimmer, die Windeln wechseln. Das macht er immer. Er tut das gerne und Mutter lobt ihn deswegen oft, weil das nicht viele Väter tun.

Ich dachte darüber nach, dass ich später auch ein guter Vater werden will und das Windelwechseln lernen sollte. Pat war überfällig, trocken zu werden, aber die Ärzte hatten uns bereits gesagt, dass es bei ihr wegen der Behinderung auch bei diesen Sachen später werden würde.

Ich folgte meinem Vater ins Engelszimmer, doch er schickte mich raus. „Warum?“, rief ich, als er mir die Tür vor der Nase zuschlug, doch er gab mir keine Antwort. Meine Neugierde war groß und ich öffnete die Tür klammheimlich einen kleinen Spalt und lugte hinein. Ich erschrak, als ich das sah!

Liebes Tagebuch!

Vater hat mich geschlagen und zwei Tage lang im Schuppen eingesperrt. Ich konnte Dir also nicht schreiben. Und es tut immer noch weh. Mein Rücken. Er hat mir auf den Rücken geschlagen. Heute darf ich zum ersten Mal wieder in meinem Bett schlafen.

Ich kann Vater nicht mehr in die Augen sehen. Als er mich aus dem Schuppen holte, roch er wieder nach Alkohol. Ich werde ihn nie wieder ansehen können!

Liebes Tagebuch!

Ich habe mich seit Monaten nicht mehr gemeldet, weil ich nicht konnte. Es gibt Zeiten, in denen ich nicht schreiben kann. Ich hatte gestern Geburtstag. Meinen Zehnten. Es war schön. Mutter hat mir einen Kuchen gebacken und Vater hat mir ein neues Fahrrad geschenkt. Beides war toll! Pat wird in ein paar Wochen vier. Sie macht immer noch in die Hose.

Neue Briefe

Rylan, es geht mit mir zu Ende. Ein paar letzte Zeilen, weil ich ohne sie nicht zur Ruhe komme. Warum kannst Du nicht im Guten von mir Abschied nehmen und mir die Gewissheit geben, dass ich alles richtiggemacht habe? Besinne Dich doch einfach mal und schenke mir ein paar tröstende Worte für meinen Tod. Er kann jederzeit kommen und ich bin ganz allein. Schreibe mir ein letztes Mal und dann kann ich in Frieden sterben. Dein Vater

Vater, ich kann Dir keinen Frieden schenken. Du verlangst zu viel von mir. Seit Deinem letzten Brief ist alles wieder in mir hochgekocht. Alles! Du erwartest Trost von mir, einem Sohn, den Du über Jahre geschlagen und missachtet hast. Du erwartest etwas von mir, was DU mir als Vater hättest geben müssen. Als ich zum ersten Mal sah, was in Pats Zimmer passierte, verlor ich den letzten Funken Anstand vor Dir. Kannst Du Dich daran noch erinnern?

Du gibst nicht auf, nicht wahr, Rylan? Du kannst die Dinge nicht ruhen lassen. Warum machst Du mir immer wieder diese Vorwürfe? Wann ist es endlich gut? Schenke mir ein paar letzte Worte, die mich glücklich machen. Sonst kann ich nicht gehen.

Wenn das eine Möglichkeit wäre, Dich mit ewiger Qual am Leben zu halten, so werde ich Dir diese Worte nie schenken. Nicht bevor Du selbst ehrlich über Dich richtest und alles eingestehst.

Was meinst Du, es gibt nichts zu richten und einzugestehen?

Dann werde ich wohl etwas nachhelfen müssen.

Was ich an diesem Tag in Pats Zimmer sah, war der Beginn einer großen Verwirrung in mir. Ich wusste, dass es verschiedene Geschlechter gibt, und ich wusste auch, wo die Grenze lag. Die körperliche Pflege bei Kleinkindern ist anders als bei Erwachsenen. Kleine Kinder kennen diese Grenze nicht. Pat kannte sie auch nicht, aber als Du bei ihr die Creme auf die Scheide auftrugst … ich habe Dein Gesicht gesehen. Und ich werde diesen Anblick nie vergessen. Es war nicht der Blick eines glücklichen und besorgten Vaters. Es war etwas ganz Verwirrendes für mich. Es war wichtig, dass Pat gut gepflegt wurde, weil sie viele säurehaltigen Getränke und Nahrungsmittel zu sich nahm, aber Du hast mehr daraus gemacht, als nötig war. Vater! Ich habe gesehen, wie Du sie berührtest, und es Mutter erzählt. Doch sie hat mich ausgelacht.

Was willst Du jetzt schon wieder anzetteln, Rylan? Reicht es nicht, dass wir Deine Lügengeschichten schon vor Gericht hören mussten? Dass sie mich dafür weggesperrt haben? Du vergisst immer wieder, dass sie auch Dich weggesperrt haben. Hör auf! Hör endlich auf! Ich werde den Kontakt zu Dir jetzt endgültig abbrechen. Du wirst in der Hölle schmoren für das, was Du getan hast.

*

Liebes Tagebuch!

Ich habe heute schon wieder gesehen, wie Vater Pat unsittlich berührt hat. Er tut es nun völlig anstandslos in meiner Gegenwart, wenn Mutter nicht zu Hause ist. Er sieht mich dabei an und will mich provozieren. „Lass das“, sage ich jedes Mal. Dann greift er zur Flasche und prostet mir zu.

Pat ist so lieb und gutgläubig. Sie lacht dann immer. Sie versteht den Ernst der Lage nicht. Wie soll sie wissen, was falsch und was richtig ist? Wie soll ich Mutter erklären, was Vater tut, wenn sie nicht da ist? Wie soll Vater begreifen, dass es falsch ist, wenn Pat ihn immer so glücklich dabei anlacht?

Ich liege nachts oft wach und denke darüber nach, was ich tun kann. Wie kann ich die Dinge stoppen? Ich sollte ihn direkt in die Hölle jagen …

*

„Pat?“, fragte ich sie. „Was fühlst du, wenn Dad dich anfasst?“

Pat kicherte und drückte ihre Beine zusammen. „Lustig“, gab sie mir zur Antwort.

„Tut er dir weh?“, fragte ich weiter, doch sie schüttelte den Kopf. „Es kitzelt“, sagte sie.

„Soll ich Dad sagen, dass er damit aufhören soll?“

Sie schüttelte den Kopf.

„Pat“, ich nahm sie in den Arm. „Ich muss dir was erklären.“

Nun sah sie mich mit ernster Miene an. Wir liebten uns, uneingeschränkt und ehrlich. Ich hielt die Demütigung, die Vater ihr antat nicht mehr aus. „Hör mir zu, Pat. Väter dürfen ihre Töchter nicht da unten anfassen. Verstehst du?“

Seit sechs Monaten trug Pat keine Windeln mehr und sie selbst hatte damit begonnen, seine Hand ständig zu ihrer Scheide zu führen. Schlimmer noch, sie zog seine Hand in ihr Höschen hinein und forderte ihn auf, sie dort zu streicheln. Ich sah, wie er ihrer Bitte grinsend nachkam, und begann zutiefst erschüttert wegzusehen. Pat war nicht in der Lage, die Falschheit der Dinge zu begreifen, und mein Vater änderte sein Verhalten nicht.

Als ich elf war, sah ich ihn zum ersten Mal nachts in ihrem Zimmer verschwinden. Pat war fünf und ausgesprochen hübsch. Der Charme, den sie versprühte, war himmlisch und sie wickelte inzwischen jeden um den Finger. Meine Not wurde immer größer. Ich versuchte immer wieder, meine

Mutter darauf aufmerksam zu machen, doch sie reagierte nicht. Das Spiel, das mein Vater vor meinen Augen trieb, war durchdacht und schamlos. Niemand außer mir bemerkte es. Sollte es die Antwort auf meine Verachtung sein, die ich ihm entgegenbrachte, nachdem er wegen schwerer Körperverletzung im Gefängnis gelandet war? Alles, was meine Mutter, Nachbarn, Freunde und Lehrer wahrnahmen, war ein liebevolles und inniges Verhältnis von meinem Vater zu seiner Tochter. Wenn da nicht der Tag gekommen wäre, als er die Grenze endgültig überschritt …

Pat lachte am Frühstückstisch nicht wie gewöhnlich und Mutter dachte, sie wäre vielleicht krank. Ich sah meinen Vater hasserfüllt an. Er sah weg. Ich wusste, nun war es passiert! Pat konnte die Grenze zwischen anfassen und eindringen nicht erkennen und hatte es geschehen lassen.

Ich sagte eiskalt: „Pat ist nicht krank. Vater hat sie heute Nacht angefasst!"

„Nein, nein, nein!", schrie Pat dazwischen und schüttelte energisch den Kopf. Ich verstand sie. Vater hatte sie nicht angefasst, sondern war in sie eingedrungen.

„Er hat seinen Pimmel in sie gesteckt", sagte ich brutal und erhob mich. Mir war klar, dass ich jetzt eine tüchtige Abreibung bekommen würde, entweder von Vater oder von Mutter. Und ich behielt recht. Im gleichen Moment erhob sich mein Vater und schlug mir ins Gesicht! Pat sah erschrocken auf und weinte. Sie hasste Streit und schrie: „Nein! Nein! Nein!"

Mutter erhob sich und gab mir ebenfalls eine Ohrfeige.

„Wie kannst du nur so von deinem Vater reden?"

Ich nahm mein Milchglas und schüttete es ihm ins Gesicht. Dafür erhielt ich eine weitere Ohrfeige von ihm. Pat schrie lauter und strampelte mit ihren Beinen herum. Vater kam um den Tisch herum und packte mich an den Handgelenken. Er zerrte mich aus der Küche über den Hof bis in den Schuppen. Ich war lange nicht mehr im Schuppen gewesen und sah plötzlich all die Flaschen, die Vater hier gesammelt hatte. Mein Vater soff also heimlich weiter. Er hatte es mittlerweile gut im Griff, denn ich hatte nur noch selten etwas bemerkt. Jetzt, in diesem Moment, hatte er nichts mehr im Griff und meine Mutter und Pat sollten nicht sehen, was er mit mir tun würde.

„Na, was ist?", fragte ich hasserfüllt, als er mich gegen die Holzwand schubste. „Wieder das Spiel mit der abgebrochenen Flasche? Ich hätte da noch eine zweite Gesichtshälfte, die du dir vorknöpfen könntest." Ich wartete, was er tun würde. Doch er stellte sich nur in eine Ecke des Schuppens und griff zu einer Flasche, die er vor meinen Augen vollständig leerte.

„Mehr fällt dir nicht ein?", fragte ich und sah, wie er den Schuppen verließ. Kaum dass er den Schuppen verlassen hatte, warf ich ihm alle Flaschen, die ich zu greifen bekam, hinterher. Eine landet in seinem Kreuz, sodass er stehen blieb. Er kam zurück und brach mir den Arm. „Beim nächsten Mal ist es dein Bein", sagte er und verließ erneut den Schuppen.

Mutter fuhr mich stillschweigend ins Krankenhaus und sagte, ich sei vom Baum gefallen. Ich sah sie dabei an und überlegte, was passieren würde, wenn ich mich ihr entgegenstellte. Ich ließ es.

Pat lachte seit diesem Tag nicht mehr.

„Pat?", fragte ich einige Wochen später, „fasst Vater dich hier an?" Sie schlug mir die Hand weg und spuckte mich an. Das Spucken hatte sie von mir. Dann nahm sie plötzlich meine Hand und führte sie in ihr Unterhöschen. Ich erschrak zutiefst dabei und zog sie sofort wieder zurück! Mutter stand im Türrahmen und sah alles. Sie kam auf mich zu und schlug mir ins Gesicht. „Das wird Folgen haben", sagte sie leise.

In der Nacht hörte ich Vater im Schuppen arbeiten. Ich sah Licht durch das kleine Fenster auf den Hof fallen und hörte ihm hämmern und fluchen. Am nächsten Tag war mein Gefängnis fertig. Am Wochenende trug er mein Bett und meinen Schreibtisch in den Schuppen und versprach, dass der Schrank nächste Woche noch hinzukäme.

Ich stand auf dem Hof und sah meinem Vater fassungslos zu. Ich nahm mir vor, gleich morgen in die Stadt zu radeln und das Jugendamt zu informieren. Doch dazu kam es nicht mehr, denn eine Stunde später sperrte mich mein Vater mit meinem Bett und meinem Schreibtisch im Schuppen ein! Kaum dass ich drin war, nagelte er das kleine Fenster und die Tür mit Holzbrettern zu. Ich stand fassungslos inmitten des kleinen Raumes und sah das Tageslicht Stück für Stück verschwinden! Er nagelte und nagelte, als würde er einen komplett neuen Schuppen um mich herumbauen. Erst da wurde mir bewusst, dass er mich bis zu meinem Tod hier wegsperren würde, und ich schrie! In mir kroch die Panik hoch und ich hörte ihn weiterhämmern! Ich schrie lauter, doch das Hämmern wollte nicht aufhören. Dann war es plötzlich stockduster. Und still.

Das Gefängnis

Ich war elf, als ich zum ersten Mal in meinem Leben in einem Gefängnis saß. Ich weiß nicht, ob sich irgendjemand, der so etwas noch nie erlebt hat, das vorstellen kann. Ich meine, wie es sich anfühlt, mit Brettern zugenagelt zu werden. Ich kenne Filme, in denen Menschen in Gefängnisse gesperrt und Türen verschlossen werden. Aber zusätzlich zugemauert? Das gab es für mich nur in Horrorfilmen. Undenkbar, dass mir so etwas je passieren könnte. Ich erinnere mich an den Schrei, der mir entfuhr und so unmenschlich klang! Er war meiner Seele entwichen, die verzweifelt diesen panischen Laut freiließ. Es war, als läge ich in einem Sarg und jemand ließ gerade Erde darauf niederfallen. Ich schrie, schrie und schrie! Je mehr ich schrie, desto lauter und schneller ertönte der Hammer! Es war, als zertrümmerte mein Vater gerade meinen Kopf damit …

Irgendwann kehrte Ruhe ein. Er war fertig und ich lag in meinen eigenen Exkrementen auf dem Boden. Der Schock und die Panik hatten die Funktionen meines Körpers lahmgelegt. Von diesem Tag an wusste ich nicht mehr, wann Tag und wann Nacht war. Es war nur noch dunkel. Ich lag viele Stunden traumatisiert am Boden und wimmerte.

Vater, kannst Du Dich erinnern, als Du mich in den Schuppen eingeschlossen und ihn zusätzlich zugenagelt hast? Du hattest jedes Loch und jeden Ritz, der mich noch irgendwie mit dem Leben verband, mit Brettern verschlossen. Gib mir wenigstens auf diese Frage eine Antwort. Ich werde dieses Bild im Kopf sonst nie mehr los!

Du suchst Hilfe bei mir? Ist es nicht so, dass ich Dich um Hilfe gebeten habe? Stattdessen schiebst Du mir immer mehr Schuld in die Schuhe, nur weil ich Dich bestrafen MUSSTE? Du warst auf dem Weg, ein großes Unglück über unsere Familie zu bringen. Ein Vater muss handeln, wenn seine Familie in Gefahr gerät. Wie hätte ich Dir beikommen können, wenn Du so große Zwietracht säst? Die Strafe hat Dir nicht geschadet, Sohn.

Es soll mir nicht geschadet haben? Vater! Weißt Du, wie ich in dem Schuppen gehaust habe? Ja, gehaust, denn anders konnte man es nicht nennen. Es war keine Strafe, nein, es war eine Folter, der Du mich ausgesetzt hast. Wenn der Geist und der Körper vom eigenen Vater in Dunkelheit gehalten werden, dann nennt man das Folter. Sie durchströmt und zerstört Dein ganzes Inneres. Wolltest Du das? Wolltest Du mich als Menschen auflösen und zu einer Hülle werden lassen? Dann ist es Dir gelungen! Ich weiß nicht einmal, wie lange ich dort gehaust habe. Ich habe seit diesem Tag als Blinder meine Zeit abgesessen und Du hast mich fast zu

Tode hungern und dürsten lassen. Wer hat Dir letztendlich das Gefühl von Erbarmen geschenkt, eine kleine Luke in das Holz zu sägen und Essen und Trinken dort durchzureichen? Wer? Mutter? Pat? Oder war es der letzte Funken Anstand, der Dich einen „guten Vater" sein lassen sollte? Wer weiß, vielleicht warst es nicht einmal Du! Niemand hat mit mir gesprochen. Die Luke wurde stets erst bei Dunkelheit geöffnet, sodass ich nicht einmal das Tageslicht sehen konnte. Ich betete, bettelte, jammerte und flehte Euch an, solange, bis meine Tränen stärker als meine Stimme waren. Meine Worte wurden zu einem Gejaule und mein Hass zu einer Waffe. Ich begann mit meinen Fingern das Holz aufzukratzen, um einen kleinen Funken Tageslicht zu erhaschen. In meine Haut bohrten sich Splitter, die sich von Blut und Eiter herausgewaschen in meine Kissen drückten, in denen ich vor Erschöpfung einschlief. Du hast mir nichts außer dem Bett und zwei Kissen und meinen Schreibtisch hineingestellt. Nichts! Ich schiss und pinkelte in die Ecken und erbrach das Essen gleich hinterher. Ein wildes Tier hätte es nicht schlimmer verdient! Ich frage mich heute, was Du während dieser Zeit mit Pat getrieben hast. Sie war so wehrlos! Sie muss mich vermisst haben. Oh, wie sehr habe ich gelitten, wenn ich an sie dachte! Was hast Du ihr erzählt, weshalb ich in diesem Schuppen bleiben musste? Hörte sie mein Gejaule? Ich muss wie ein Wolf geklungen haben, der in die Nacht hinausjault, weil er seine Gefährten vermisst. Irgendwie musste ich den Schmerz, der sich immer tiefer und unerträglicher in meinen Körper fraß, loswerden.

Weißt Du, was mein größter Schmerz war? Dass ich Pat

nicht helfen konnte. Sie war Dir ausgeliefert. Dir und Deinen Lenden, die nach Befriedigung suchten. Hat sie Dich gut versorgt? Hast Du ihr alles beigebracht, was ein Mädchen für einen Mann tun kann? Hast Du Dich an ihrem Anblick aufgegeilt, um Dich hernach mit Hochgenuss auf ihren Körper fallen zu lassen? Ich frage mich, was Mutter wohl gedacht hat. Ob sie Angst hatte, von Dir ebenfalls weggesperrt zu werden?

Du schreibst mir nicht zurück?

So will ich fortfahren, bis Du Dich genötigt siehst, mir zurückzuschreiben. Aber wer weiß, vielleicht bist Du ja schon tot.

Du hast mich als Mensch zerstört und Pat gleich mit, um Dich selbst zu erhalten. Ich frage mich, wie Deine Seele wohl aussehen mag. Ein schwarzes Loch, in das Du andere Seelen hineinziehst? Immer noch? Du versuchst, mich immer noch zu zerstören. Es ist Dir nicht genug, dass ich hier eingesperrt sitze und auf den Tag warte, um wenigstens noch ein paar Jahre in Freiheit verbringen zu dürfen.

Ich war damals dem Wahnsinn nahe, als ich hörte, dass endlich die Bretter brachen, mit denen Du mir die Tür ins Leben verriegelt hattest. Mein Leben wurde im wahrsten Sinne des Wortes wieder freigelegt und ich blinzelte in die Sonne hinein, die ich fast vergessen hatte. Es schmerzte meine Augen und ich atmete die erste frische Luft nach dem Gestank ein. Dann sah ich Dich, der Du Dich breit in den Türrahmen stelltest und mir direkt wieder das Licht nahmst. Du standest wie ein dunkler Fels in der Tür, nicht gewillt, mich vorbeizulassen. Ich stand vor Dir, klein, dreckig und stinkend, hatte den Verstand eingebüßt und flehte nur noch um Gnade. Ja, ich stand genau da, wo Du mich hinhaben wolltest. Du wusstest, dass ich jetzt nichts mehr gegen Dich ausrichten könnte. Meine Angst war zu groß, dass Du mich beim nächsten Mal hier nie wieder herausholen würdest. Dass Du in dieser Hinsicht keine Skrupel hattest, erlebte ich in den darauffolgenden Wochen. Ich verstand, dass ich nie wieder ein Wort gegen Dich richten dürfte, solange ich meine Füße unter Deinen Tisch steckte.

Als Du die Tür freigabst, sodass ich wieder in das Leben treten konnte, sah ich, dass Du einen Kübel Wasser auf den Hof gestellt hattest. Du zeigtest mit der rechten Hand dorthin und gingst wortlos ins Haus zurück. Ich stand da und sah, wie Du die Tür hinter Dir zufallen ließest. Ich entledigte mich der verdreckten Kleidung und stieg in das kalte Wasser. Du hattest es nicht einmal angewärmt. Aber schon allein dieses ersehnte Bad nehmen zu dürfen, ließ mich die Temperatur vergessen. Ich wog meinen dünnen Körper in dem kalten Nass und schloss die Augen. Meine Tränen vermischten sich mit dem Wasser, in das ich immer wieder untertauchte, als könnte ich nicht begreifen, dass dies wirklich passierte. So entstand in mir eine mir fremde Dankbarkeit. Ich spürte, dass sie falsch war, aber die Strafe, die ich auszuhalten hatte, ließ sie notwendig werden. Ich unterlag seit diesem Tag einer widerlichen Wahrnehmung. Alles in mir veränderte sich. Ich war innerlich zerbrochen und Du hattest mich nach Deinen Vorstellungen neu zusammengesetzt. Ich verließ das Bad als nackte Gestalt und wartete draußen solange, bis Du mir Kleidung brachtest. Ich wagte mich nicht ins Haus, ehe Du mir nicht die Erlaubnis dafür gabst. Zu groß war meine Angst, wieder zurück in den Schuppen zu müssen. Erst Dein Nicken, ich dürfte das Haus betreten, ließ mich zögernd eintreten. Mutter saß mit Pat in der Küche. Sie sahen mich an und versuchten zu lächeln, wohl um mich aufzumuntern, doch ich weinte stattdessen. Pat schrie und Mutter kam auf mich zu. Ich dachte, sie würde mich in den Arm nehmen, doch stattdessen gab sie mir eine Ohrfeige, wie eine nachgeholte Bestrafung, die sie vergessen hatte. „Musst Du Pat so erschrecken?“, sagte sie tonlos und ging mit ihr nach oben.

Ich gehörte nicht mehr zu dieser Familie, dabei war ich einmal das Kind gewesen, das Euch so glücklich gemacht hatte. Ich beugte mich innerlich in Demut und sah, wie Du zur Treppe zeigtest. „Geh in Dein Zimmer“, befahlst Du mir. Ich ging schweigend an Dir vorbei die Treppe hinauf. Mein karges Zimmer hieß mich willkommen. Es stand immer noch der Kleiderschrank darin und auf dem Boden lag eine Matratze mit einer Decke. Mehr wolltet Ihr mir nicht mehr geben. Ich sollte klein und in Demut gehalten werden. Das war Euch gelungen.

Als ich meine Tür schließen wollte, sah ich, wie Du in Pats Zimmer gingst. Sie stand am Fenster und Du nahmst sie in den Arm, aber sie wehrte sich. Dann hast Du die Tür geschlossen. Ich konnte Pat nicht mehr helfen.

*

Liebes Tagebuch! Es fällt mir schwer zu schreiben, denn meine Hand tut weh. Ich habe mir die Finger am Holz wundgekratzt und kann den Stift kaum halten. Es gibt niemanden auf der Welt, dem ich sagen kann, dass ich überlebt habe. Deswegen schreibe ich es Dir.

Neue Briefe

Ich wollte Dir nicht mehr antworten, Sohn, aber Du lässt mir keine andere Wahl. Es wird Zeit, dass ich Dir die Wahrheit sage, denn irgendjemand muss es mal tun. Du warst immer schon ein empfindliches Kind. So sensibel, dass es kaum auszuhalten war. Schon die kleinsten Dinge brachten Deine Welt zum Einsturz. Es war an der Zeit, Dich abzuhärten. Du schilderst die Dinge in einer Weise, als wäre es die Hölle für Dich gewesen, dabei war es nur eine Art Zimmerarrest. Du hattest ein Bett, einen Tisch, Essen und Trinken. Wir haben Dein Leben nur mal auf die einfachen Dinge reduziert, damit Du das Leben bei uns wieder wertschätzen lernst. Dir war viel Dankbarkeit abhandengekommen. Es war an der Zeit, sie Dir neu beizubringen. Und wie Du selbst schreibst, hast Du Dein erstes Bad mit großer Dankbarkeit genommen. Auch das Haus hast Du endlich mit Demut betreten und Dich anschließend in Dein Bett fallen lassen, als wäre es das Schönste auf dieser Welt. Du wusstest wieder, wie gut Du es bei uns hattest. Wir haben Dich nicht aufgegeben, Rylan! Wir haben Dich auch nicht weggeben. Nein, wir haben als Eltern Verantwortung getragen und danach gehandelt. Wir waren gute Eltern. Vergiss das nicht!

Mir fehlen die Worte, Vater! Wie geschickt Du um Deine Dreckigkeit herumschreibst. Warum hast Du mich wirklich in diesen Schuppen gesperrt? Ich sage es Dir: Du wolltest mich aus der Schusslinie haben. Du wolltest ungestört abends zu Pat ins Zimmer gehen können. Oh mein Gott, ich will nicht wissen, was Du dort alles mit ihr gemacht hast! Es raubt mir immer noch den Atem, wenn ich daran denke! Warst Du jede Nacht bei ihr? Ich habe sie bis zum Schuppen schreien gehört und ihr Gesicht gesehen, als ich das Haus zum ersten Mal wieder betreten durfte. Du hast ihr das ganze Leben genommen. In ihrem Gesicht war die pure Qual zu erkennen. Hast Du ihr die gleiche Art von Demut beigebracht wie mir, nur auf eine andere Art und Weise? Sie war behindert, Vater! Sie war noch weniger in der Lage, richtig von falsch zu unterscheiden, als ein gesundes Mädchen. Pat hat ein besonders starkes Grundvertrauen in Dich gehabt. Sie hielt alles, was Du ihr zeigtest, für richtig und gut. Wie weit bist Du gegangen, als Du ihre Grenze erreicht hast? Als sie meine Hand zum ersten Mal in ihr Höschen steckte, wusste ich, dass ich eingreifen musste. Sie empfand diese Art, ihr Zärtlichkeit zu geben, als normal und wollte keine andere Zärtlichkeit von mir! Zur Hölle! Es waren falsche Gefühle, die Du ihr beigebracht hast! Sie wollte dieses Gefühl nun auch von mir haben. Oh Gott, ich hätte es nicht tun dürfen! Ich wollte alles abwenden, doch als ich wieder das Haus betreten durfte, spürte ich sofort, dass dort weit mehr vorgefallen war, als ich jemals für möglich gehalten hatte. Viel mehr!

Was weiß Du schon, was damals vorgefallen ist! Du bist nicht dabei gewesen. Du zweifelst an meiner Liebe zu Pat? Dieses zarte Wesen, das nichts auf dieser Welt zu erwarten hatte als die Liebe seiner Eltern? Liebe zeigt sich auf unterschiedliche Weise. Pat mochte es, wenn ich sie streichelte. Ja, sie hatte es sogar gefordert. Und sie lachte, wenn ich ihr meine Liebe gab. Und ich lachte. Was war falsch daran? Es ist Deine Eifersucht, Rylan. Du warst immer schon ein eifersüchtiges Kind. Das hat unser Verhältnis zerstört. Alles zerstört! Du hast unsere ganze Familie zerstört. Ich hätte Dich besser gar nicht mehr ins Haus gelassen!

Der Begriff „Liebe" soll Deine Taten nur vertuschen. Du stellst es so dar, als hättest Du uneigennützig gehandelt.

Ich weiß nicht, warum ich Dir überhaupt noch antworte. Zur Hölle! Wahrscheinlich ist es meine letzte Hoffnung, dass Du zur Einsicht kommst, bevor Du stirbst. Wie willst Du mit dieser Seele je in das Reich der Toten treten? Sie werden Dich nicht hineinlassen, weil Du keine Reue zeigst. Sie werden Dich vor der Tür in Dunkelheit und Kälte verrecken lassen. Vielleicht baut jemand einen Schuppen um Dich herum, der Dich gut schützt! Vielleicht antworte ich Dir auch nur, weil meine Seele mich dazu drängt, dies zu tun. Die Last, seit ich hier einsitze, ist nicht weniger geworden. Im Gegenteil, sie zerfrisst mich von Tag zu Tag mehr. Wie kommt es, dass es Dich nicht zerfrisst?

Wie oft habe ich mir gewünscht, dass Ihr mich in ein Kinderheim steckt, damit ich nicht mehr alles mit ansehen müsste. Damit ich die Sorge und Angst um Pat loswerden könnte. Ihr habt mich um meine Kindheit betrogen, die ich dazu nutzen musste, Fluchtpläne zu erstellen.

Als ich zwölf wurde, war mein erster Fluchtplan fertig. Oh Vater, ich hörte Dich fast jede Nacht in Pats Zimmer stöhnen. Mutter hätte Dich auch hören müssen, aber ich sah, wie sie jeden Abend Schlaftabletten nahm, und fand auf ihrem Nachttisch Ohrstöpsel, um den Geräuschen der Nacht noch sicherer zu entfliehen. Ich will nicht wissen, was sie sonst noch zu sich genommen hat, um Dich zu ertragen. Sie ließ Dich machen. Vielleicht war sie auch nur froh, weil Du sie auf diese Weise in Ruhe gelassen hast.

Ich frage mich, was ein behinderter Mensch wert ist? Ist es nicht so, dass gerade diese Menschen ganz besonders liebenswert sind, weil sie noch an das Gute im Menschen glauben? Wie oft hatte Pat uns im Taumel ihres Glücks umarmt und geküsst? Sie lebte in einer wunderbaren Welt! Nur fünf Jahre lang! Was hast Du ihr angedroht, dass sie es aushielt? Ich kann die Vorstellung kaum aushalten, wie Du Deinen schwitzenden Leib auf ihrem wälzt und sie unter Tränen und Demütigung stillhält, bis Du fertig warst! Was hast Du ihr versprochen? Was?

Es war ganz anders, als Du schreibst, Rylan! Nichts von dem, was Du mir unterstellst, entspricht der Wahrheit! Ja, ich suchte ihre Nähe in der Nacht, aber nur, weil ich ohne sie nicht schlafen konnte. Weißt Du, was es heißt, jeden Tag in einer stinkenden Fabrik für eine Familie zu arbeiten? Die Gifte zerfressen Deine Atemwege und Deine Organe. Sie lösen Dich bei lebendigem Leib auf. Ich musste etwas im Leben spüren, das mir Kraft gab weiterzumachen. Pat gab mir die Kraft, denn ich freute mich den ganzen Tag auf sie. Weißt Du, wie es sich anfühlt, wenn jemand daheim auf Dich wartet, der sich auf Dich freut? Es lässt Deine Verzweiflung, die Du den ganzen Tag über verspürst, verschwinden. Und Du wolltest das alles kaputtmachen, dabei ist nichts passiert, was irgendwelche Folgen gehabt hätte. Du weißt nicht, wie es ist, von seiner Tochter geliebt zu werden. Was macht schon die eine oder andere Berührung aus? Sie wehrte sich nie oder drückte mich weg. Oh, ich vermisse sie so sehr!

*

Liebes Tagebuch!

Ich halte es kaum noch aus. Schon wieder tönt das Hecheln meines Vaters durch dieses Haus. Ich höre, wie er versucht, leise zu sein. Ich denke an Pat und weine. Ich denke daran, in das Engelszimmer zu stürzen und ihm ein Messer in den Rücken zu rammen. Ich denke, dass er mich dann töten wird, wenn mein Versuch scheitert. Ich höre weg.

Liebes Tagebuch!

Gestern hörte ich Pat zum ersten Mal kurz aufheulen. Der Klang ihrer Stimme ließ mein Herz stillstehen und ich zitterte am ganzen Leib. Ich konnte das Messer, das ich in der Küche holte, nicht halten, so sehr haben meine Hände gezittert. Ich werde es kein weiteres Mal mehr aushalten!

Liebes Tagebuch!

Ich bin vorgestern dreizehn geworden und ich habe ihn bis heute nicht getötet. Aber ich habe einen Fluchtplan entworfen, der Pat und mich von hier fortbringen wird. Ich habe eine alte und kaputte Hütte weit in den Wäldern gefunden, die ich seit Wochen herrichte. Sie ist ziemlich brüchig. Jeden Tag klaue ich etwas von dem Holz, das auf unserem Grundstück herumliegt und das einst um den Schuppen herumgebaut war. Ich finde verrostete Nägel und Schrauben und repariere die Hütte im Wald Stück für Stück. Am schwersten ist das Dach, weil ich mir erst eine Leiter bauen musste.

Vater verbietet mir seit langer Zeit, mich Pat zu nähern, aber ich beobachte sie von der anderen Seite des Esstisches und sehe nur Leere in ihren Augen. Sie sieht mich oft nur kurz an und dann schnell wieder weg. Ihr Blick zu mir ist voller Verachtung, dabei habe ich ihr gar nichts getan. Letzte Woche zwinkerte ich ihr heimlich zu und sie lächelte etwas. Ob sie mich verstanden hat? Ob sie weiß, dass ich ein neues Zuhause für uns baue?

Die Sache mit dem Essen muss ich noch klären. Dann kann die Flucht losgehen.

Liebes Tagebuch!

Ich habe es versucht. Ich habe es versucht. Ich habe es nicht geschafft …

*

Ich weiß noch, wie mir das Blut aus allen Poren quoll, so

sehr hat er mich geschlagen.

Was war passiert?

Mutter war nicht daheim und Vater noch nicht von der Arbeit zurück. Ich durfte mich Pat nicht nähern und sie hatte die strikte Anweisung, ihr Zimmer immer von innen zu verriegeln, wenn wir alleine waren.

„Pat?", fragte ich durch die Tür hindurch, als ich alles für die Flucht hergerichtet hatte.

Pat war in den letzten Monaten immer schweigsamer geworden und lachte nur noch, wenn Vater sie kitzelte. Und selbst das nur aus Verzweiflung. Sie besuchte tagsüber eine Sonderschule und wurde immer, kurz bevor Mutter zur Arbeit fuhr, mit einem Bus heimgebracht. Mutter hatte dann Essen für uns bereitstehen und setzte sich zwischen uns, während wir aßen. Dann brachte sie Pat nach oben und wies sie an, das Zimmer abzuschließen, damit sie zur Arbeit fahren konnte. Wir durften in der ganzen Zeit kein Wort miteinander reden. Hatten meine Eltern Pat gesagt, dass ich ihr Gewalt antun würde, wenn sie mit mir alleine wäre?

„Pat?", fragte ich erneut und klopfte leise an ihre Türe. Sie gab keine Antwort. Alles blieb still. „Pat, du musst mir jetzt gut zuhören. Wenn du willst, dass es aufhört, was Vater mit dir macht, dann öffne die Tür. Ich hole dich hier weg. Und ich beschütze dich." Ich hörte nichts. Sie rührte sich nicht. Ihre Angst muss immens gewesen sein. Sie war sieben und hätte bezaubernd ausgesehen, wenn dieser leere Blick nicht gewesen wäre.

Ich hörte einmal zu, als ihre Lehrerin uns besuchte und in der Küche mit unserer Mutter sprach. „Sie ist so anders, so ernst geworden, Mrs. Culver. Ganz untypisch für dieses Alter. Sie war doch immer so fröhlich."

Ich stand oben an der Treppe und schüttelte den Kopf. Ich flüsterte: „Erst seit Vater sie anfasst", und hoffte, dass die Worte unbemerkt zur Lehrerin fliegen würden. Was konnte sie schon vermuten? Der Hof war ordentlich geführt, das Haus sauber und aufgeräumt und wir gingen brav zur Schule. Mutter war mit ihrem selbst gezüchteten Gemüse und als Friseuse sehr beliebt. Sie wagte es nicht, vor den anderen Leuten ihr wahres Gesicht zu zeigen. Ich sah oft, wie ihr Blick angstvoll auf den Schuppen fiel, wenn sie am späten Nachmittag zur Arbeit fuhr. Vater hatte seit meiner Strafe dort nichts verändert. Die Tür stand offen und man konnte das Bett und den Schreibtisch darin sehen. Der Schuppen stand wie ein Mahnmal auf unserem Hof und jeder von uns wusste, dass er dort eingesperrt werden würde, sobald er sich den Dingen, die in unserem Haus passierten, widersetzte.

Ich klopfte erneut an Pats Tür. „Ich weiß, dass Vater dich nachts auszieht und sich dann auf dich drauflegt, Pat. Ich weiß das. Und das darf er nicht. Das ist falsch, Pat. Ich hole dich hier weg. Vertrau mir. Ich habe ein Haus gefunden, in dem wir leben können. Weit weg von Vater. Komm mit, bevor er heimkommt. Bitte Pat!"

Es dauerte eine Weile, aber sie öffnete tatsächlich die Tür und sah mich neugierig an. Auch wenn ihre geistige Behinderung deutlich vorhanden war, so konnte sie doch viel mehr verstehen, als wir dachten. Sie befand sich, verglichen mit einem normalen Mädchen, mit sieben Jahren auf einem Stand einer Vierjährigen.

Ich griff nach ihrer Hand, aber sie wich sofort einen Schritt zurück. Erwartete sie, dass auch ich sie jetzt anfassen würde?

„Pat, ich tu dir nichts! Pack' nur ein paar Sachen zusammen und dann komm." Ich hörte im Eifer des Geschehens nicht, dass Vater diesmal früher von der Arbeit gekommen war. Er hatte gestern derart viel getrunken, dass er sicherlich bei der Arbeit aufgefallen war. Die Maschinen, die er zu bedienen hatte, waren tückisch, wenn man nicht aufpasste.

Ich half Pat, einen kleinen Koffer zu packen. Unterhosen, Socken, ein Kuscheltier, Hosen und Pulli. Ich reichte ihr zwei Jacken und sagte, sie solle sie übereinander anziehen, weil es auf der Fahrt kalt werden würde. Ich hatte hinter dem Haus mein Fahrrad stehen und heimlich in der Hütte im Wald einen Anhänger gebaut, der hinten an das Rad montiert war. Darin wollte ich Pat zur Hütte bringen. Ich hatte mir alles ganz genau überlegt.

Als wir die Treppe hinunterliefen, stand mein Vater unten in der Tür und schaute uns an. Er war total betrunken! Ich drückte Pat hinter mich, um sie zu schützen, und schob sie rückwärts wieder die Treppe hinauf. „Lauf in Dein Zimmer und schließ ab, Pat! Lass Vater nicht hinein!", sagte ich leise zu ihr. Sie gehorchte und so kam das Unglück später zu ihr!

Was hatte ich getan? Es war unmöglich, der Situation ohne Gewalt zu entkommen. Ich hatte nichts, um mich zu wehren oder mich zu schützen, und lief ebenfalls in mein Zimmer. Doch die Verriegelung im Türknopf hatte Vater zerstört. Die brauchte ich auch nicht, denn er bestrafte mich auf eine ganz andere Art und Weise. Er bat Pat, ihr Zimmer wieder aufzuschließen, und dann hörte ich sie aufheulen. So erbärmlich, so herzzerreißend, dass ich den Verstand verlor und in die Küche lief und ein Messer holte! Diesmal zitterte ich nicht und stürmte in das Engelszimmer! Ich sah, wie er auf ihr lag und ich sah ihr Gesicht, wie sie es aushalten musste. Nur dieser Gesichtsausdruck gab mir die Kraft zuzustoßen. Ich war zutiefst verstört und rammte das Messer in seine rechte Schulter. Es löste nichts weiter als einen kleinen Schmerz bei ihm aus. Sein Suff und seine Erektion nahmen ihn zu sehr ein, um zu reagieren. Er machte einfach weiter! Ich sah das Blut seinen Rücken und seinen rechten Arm herunterlaufen, und dann seine Bemühung, zum Ende zu kommen. Ich sah Pats zerrissene Kleidung und wie sein Blut in ihr Gesicht tropfte. Ich schrie! Ich schrie lauter, als ich je in meinem Leben geschrien habe! Ich schrie für uns beide – Pat und mich!

Dann war er fertig. Und er erhob sich, während Pat völlig apathisch und fast ohnmächtig am Boden liegen blieb. Ihr kurzer Blick zu mir schickte mir Verachtung. Ich war schuld! Nur wegen mir war das passiert! Ich sah, wie sie die Augen schloss, nachdem sie mich bestraft hatte. Die Szene ließ mich für einen kurzen Moment unaufmerksam sein und gab meinem Vater Zeit, seine Kleidung wieder zurechtzurücken. Erwacht bin ich viele Stunden später in meinem Zimmer. Ich lag in meinem eigenen Blut und sah die offene Tür, in der Vater stand. Er hatte mir das Bein gebrochen. Er hatte mein Fahrrad gefunden und mir dafür das Bein gebrochen, nachdem er mich bis in die Bewusstlosigkeit geprügelt hatte. Jetzt konnte ich kein Rad mehr fahren, denn auch das hatte er zerschlagen!

Neue Briefe

Was hast Du ihr angedroht, Vater, dass sie die Tür nicht öffnen durfte, während Ihr außer Haus ward? Was hast Du nur mit uns angerichtet? Du hast uns zu Krüppeln Deiner Sucht gemacht! Wie konntest Du sie so brutal vergewaltigen? Sie war sieben!

Rylan, manchmal weiß ich nicht, wovon Du sprichst. Du schreibst Sachen, die Deiner Fantasie entsprungen sein müssen. Ist es, weil Du mit Deinen eigenen Fehlern nicht klarkommst? Ich könnte genauso fragen: Was hast Du mit ihr in der Hütte gemacht? Ich wollte Dich davor bewahren und hatte ganz klare Regeln dafür im Haus eingeführt. Es war zu Eurem Schutz. Doch was hast Du getan? Du hast die Regeln missachtet und alles noch schlimmer gemacht. Hast Du vergessen, dass ich an diesem Tag meine Arbeit verloren habe? Weißt Du, wie ein Vater sich fühlt, wenn ihm so etwas passiert? Du hast ja keine Ahnung! Du hast auch keinen Stolz! Aber ich habe einen Stolz, und den hast Du zutiefst verletzt. Anstatt mir beizustehen, bist Du mir in den Rücken gefallen und wolltest Pat von mir fortholen. Sie war sieben! Sehr richtig, Rylan! Wie kannst Du einem Kind von sieben Jahren das Zuhause nehmen wollen? Welcher Teufel hatte Dich geritten? Dann wunderst Du Dich, dass ich wütend wurde? Man sollte meinen Zorn nie unterschätzen.

*

Liebes Tagebuch!

Alles ist kaputt! Mein Bein, mein Fahrrad und mein Anhänger. Zum Glück hat er meine Hütte nicht gefunden. Aber am schlimmsten ist, dass er mein Verhältnis zu Pat nun endgültig zerstört hat. Wie soll sie mir je wieder vertrauen nach dieser Sache? Ich habe ihr schlimme Albträume verursacht. Sie sieht mich seit diesem Tag gar nicht mehr an. Nicht einmal mehr am Esstisch. Sie denkt sehr einfach und kann die Zusammenhänge nicht begreifen. Wahrscheinlich findet sie es noch gerecht, dass Vater mich so zugerichtet hat. Das schmerzt mich am meisten.

Mutter brachte mich zu einem fremden Arzt in eine andere Stadt, der mein Bein wieder richtete. Er machte keine Röntgenaufnahme und wusste nicht einmal, wie der Bruch wirklich aussah. Ich humpele seitdem ein wenig, aber man merkt es kaum, weil ich schnell gelernt habe, die Fehlstellung auszubalancieren. Der Arzt verlor kein Wort über meine anderen Verletzungen. Wahrscheinlich haben meine Eltern ihn dafür bezahlt.

Neue Briefe

Du schreibst voller Ironie, ich hätte den Arzt für sein Schweigen bezahlt, Rylan? Du Bastard! Du kannst froh sein, dass wir überhaupt jemanden gefunden haben, der Dich versorgt hat, ohne es dem Jugendamt zu melden. Ja, und es hat uns verdammt viel Geld gekostet! Wir haben Dich beschützt! Hättest Du gewollt, dass man Dich von uns wegholte?

Ja! … Nein! … Doch! … Nein, ich konnte Pat doch nicht allein lassen! Vater, unsere Herzen waren von Anfang an miteinander verbunden. Sie wäre so ein tolles und gesundes Mädchen geworden, wenn Du sie nicht in Suff gezeugt und Mutter geschubst hättest!

Wie kannst Du solche infamen Lügen verbreiten? Warst Du bei der Zeugung dabei? Seit wann verursacht Alkohol eine geistige Behinderung? Deine Lügen über mich werden immer unerträglicher, Sohn! Die geistige Behinderung muss aus der Familie von Deiner Mutter gekommen sein. Dort waren viele nicht bei Trost. Man kam mit dieser Familie gar nicht aus! Sie konnten froh sein, dass ich dieses Kind mit Liebe aufgenommen und für es gesorgt habe. Viele geben ihre behinderten Kinder in Heime, um Ruhe vor ihnen zu haben. Das habe ich nie getan.

Das hättest Du aber besser getan! Das hätte ihr Leben um so vieles erträglicher gemacht, als das, was Du ihr gegeben hast. Du hast Mutter im Suff geschubst und die Geburt gefährdet! Es kam doch alles zusammen! Ja, in unserer Familie passierte alles wegen dem Alkohol! Du hast Dich um den Verstand gesoffen! Du hast nicht mehr gemerkt, was Du tust. Was Du uns allen antust!

Mein Arzt sagt, ich soll Dir nicht mehr schreiben, Rylan. Er sagt, Du würdest mich damit vorzeitig umbringen. Ich musste über diesen Scherz lächeln, aber ich will dem Ratschlag des Arztes gerne folgen. Er weiß, was gut für mich ist im Gegensatz zu Dir!

*

Die Jahre vergingen. Der Fortschritt war zum Rückschritt geworden. Mein Vater war nun arbeitslos und trank noch mehr, wobei ich mich heute frage, wovon er das finanziert hat. Meine Mutter legte ein paar Stunden Arbeit drauf und hinterließ das Haus immer unaufgeräumter und dreckiger. Vater tat, als würde der Hof ihn genug beschäftigen und verbrachte Stunden im Schuppen und soff. Er sagte, er würde alles reparieren, doch er tat es nicht.

Das Gesicht meiner Mutter veränderte sich. Es wurde immer mehr von Harm und Bitterkeit gezeichnet. Als Pat zehn wurde, nahm auch ihr Gesicht eine Härte an, die sie als Mädchen in diesem Alter nie hätte zeigen sollen. Wenn sie auch in ihrer Entwicklung zurück war, so verstand sie die Dinge von Tag zu Tag mehr. Sie begann Vater wegzudrücken, wenn er sich ihr zu nähern versuchte, oder sich geschwind zurückzuziehen, wenn er das Haus betrat. Seine Wahrnehmung begann zu leiden. Ich sah ihn neben das Klo pinkeln und roch seine mangelnde Hygiene. Er schlief öfter unten auf dem Sofa ein, während der Fernseher noch lief, und bescherte uns allen so eine ruhige Nacht.

Als ich mitbekam, dass eine gewisse Menge Alkohol nötig

war, um ihn außer Gefecht zu setzen, begann ich das Zeug für ihn zu organisieren. Ich war sechzehn und unser Getränkehändler sah gerne über die eine oder andere Missachtung des Gesetzes hinweg, wenn er dabei gut verdienen konnte. Ich bekam problemlos jede Woche einige Flaschen von ihm zugesteckt. Und ich perfektionierte mein System noch! Ich begann zu arbeiten, um noch mehr Alkohol zu kaufen. Ja, ich erkannte, dass ich Vater sich zu Tode saufen lassen sollte! Seine immer größer werdende Fehleinschätzung und sein stärkeres Verlangen nach Schlaf gaben mir zusätzlich die Möglichkeit, noch mal nach der Hütte im Wald zu schauen. Ich organisierte mir hin und wieder Mutters motorisiertes Rad und versprach, für sie Einkäufe mitzubringen.

Die Hütte hatte in den letzten Jahren natürlich gelitten und zeigte erneute Witterungsschäden. Aber sie war bisher von niemandem entdeckt oder genutzt worden. Die Nahrungsmittel, die ich damals herangeschafft hatte, waren verdorben. Also vergrub ich alles neben der Hütte. Der Gedanke, Pat immer noch von diesem Haus wegzuholen, ließ mich nicht los. Auch wenn Vater ihr nur noch selten Gewalt antat, so war doch jede einzelne Tat ein weiterer Ansporn zu diesem Schritt. Sie zu beschützen war nach wie vor notwendig. Wie lange sollte ich noch zuschauen? Der Alte starb einfach nicht. Er wurde nicht krank und fand natürlich auch keine neue Arbeit.

Jemand musste Pat unbedingt Verhütungsmittel besorgen. Ich sah Mutter, wie sie Pat Hygienebinden in das Zimmer brachte. Es ging los. Ihre geistige Behinderung verhinderte nicht ihre körperliche Entwicklung zur Frau. Ich sah ihre ersten Brustansätze und dachte mit Widerwillen an Vater, wie sehr er diese Veränderung genießen würde. Ich versuchte, ihn ständig so besoffen zu halten, dass er die Treppe nicht mehr hochkam.

Pat bemerkte mein Bemühen. Ich sagte ihr immer: „Er wird heute nicht zu Dir kommen“, wenn er vollkommen blau auf dem Sofa lag. Daraufhin schloss sie immer die Augen wie zu einem Gebet und ging in ihr Zimmer. So wurde doch tatsächlich der Alkohol zu einem Weg, der das Vertrauen zwischen Pat und mir wiederherstellte.

Mutter lebte in der gleichen Welt wie Vater – im Nirgendwo, wenn auch ohne Alkohol, dafür mit Tabletten. Ich sah, wie viele sie täglich schluckte, und hielt mich ruhig. Ich sah mich nicht veranlasst, irgendeinem von beiden noch helfen zu wollen und doch bot ich meine Hilfe an, indem ich ihre Suchtutensilien besorgte. Schnell sollte es gehen, dachte ich nur. Das trieb mich an.

Als ich fast siebzehn war, sah ich keinerlei Probleme mehr darin, Pat nun endlich in meine Hütte zu holen. Vater bekam nicht einmal mehr mit, dass ich die eine oder andere Nacht nicht nach Hause kam. Nur Mutter fragte und ich sagte, ich hätte bei einem Freund übernachtet. Ich blieb nur dann weg, wenn Vater genug getrunken hatte. Erst später kam ich auf die Idee, ihm abends zusätzlich Schlafmittel in den Wodka zu tun.

So konnte es nicht weitergehen, auch wenn ich meine Eltern weitgehend außer Gefecht gesetzt hatte. Sie konnten nur noch wenig ausrichten und doch trieb mich dieser fadenscheinige Frieden in unserer Familie weiter an. Ich wollte hier weg! Und zwar schnell. Und ich wollte, dass Pat mitkam. Dann kam der Tag, an dem ich sie holte.

Neue Briefe

Wie konntest Du ihr das nur antun, Rylan? Sie einfach aus dem Elternhaus fortholen! Es muss die Hölle für sie gewesen sein! Weißt Du, wie sehr Pat ihr Zuhause geliebt hat? Und uns? Du hast ihr Leben zerstört und unseres gleich mit! Mutter und ich vergingen vor Sorge, was Du mit ihr anstellen würdest. Wir wollten die Polizei einschalten, aber wir hatten Angst, dass wir Pat dann verlieren würden. Wir suchten Euch! Wir verfluchten Dich!

Ah, ich sehe, Du hast mir wieder geantwortet? Habe ich wieder einen wunden Punkt bei Dir erwischt? Du wirst es nicht glauben, aber Deine Worte tun mir fast gut! Ich habe doch die ganze Zeit gewusst, dass es Euch niemals um mich ging. Ich existierte für Euch nicht mehr. Es ging nur um Pat. Und allein das hatte mir am meisten Angst gemacht. Ja, auch wenn Mutter Pat keine körperliche Gewalt antat, so verübte sie doch eine schlimme seelische Gewalt an ihr, weil sie nicht eingriff. Pat konnte bei keinem von Euch Hilfe finden. Ihr habt sie zugrunde gerichtet! Das stellte ich fest, als ich sie mit in die Hütte nahm.

Ja, ich sah vor meinem inneren Auge, wie sehr Ihr uns vermisst habt! Doch es war nicht die Liebe, die dieses Gefühl bei Euch ausgelöst hat. Es war die Angst. Die Angst, dass alles, was in unserem Haus passiert war, an die Öffentlichkeit käme. Dass Euer Versagen letztendlich dahin führen würde, dass Ihr bestraft werden würdet. Leugne es nicht, Vater! Ihr hattet Angst, Euch selbst zu begegnen. Ihr wäret einer Hässlichkeit und Schuld begegnet, die Euch zusätzlich zu Euren Süchten zerstört hätte. In unserem Haus gab es schon lange keine Familie mehr. Wir waren zu Feinden geworden. Jeder gegen jeden.

Weißt Du was, Vater? Pat gefiel die Hütte. Ich hielt sie mit ihr sauber und fuhr mit dem Rad nach Roseburg, um dort ein wenig zu arbeiten. Davon kaufte ich Essen. Wir legten unseren eigenen Gemüsegarten an, und ich sah Pat wieder lachen und Tag für Tag mehr aufblühen. ‚Pat im Wald', sang sie stundenlang. Ich hatte ihr die Gefahr genommen, unter der sie jahrelang gelitten hatte. Ich brachte ihr bei, einen Haushalt zu führen und Wäsche mit der Hand zu waschen, während ich Holz hackte und das Haus reparierte. Wir hatten zum ersten Mal wieder das Gefühl, zu leben. Sie war nicht so behindert, wie Ihr immer geglaubt habt. Sie war in vielen Dingen klug und konnte vieles alleine verrichten. Die Polizei hätte Euch eingesperrt, wenn Ihr sie eingeschaltet hättet.

Oh Rylan, wie dumm Du doch immer noch bist! Du glaubst tatsächlich, dass dieser Schritt richtig war? Wen hat man denn zum Schluss eingesperrt? Mich hat man nur in Verwahrung genommen, aber Dich haben sie wegen krimineller Handlungen an einer Minderjährigen direkt in den Knast gesteckt! Du brauchst mir keinen Vorwurf machen.

Ich habe zwei Jahre gebraucht, bis ich Euch gefunden hatte. Zwei verdammt Jahre! Und dann habe ich gesehen, was aus Euch geworden war. Es stimmt, Pat war immer schöner geworden. Aber auch Dein Körper hatte sich entwickelt …

Hätte ich Dich früh genug kommen sehen, hätte ich Dich erschlagen und Dich den Tieren zum Fraß vorgeworfen. Aber nein, feige wie Du bist, wähltest Du einen Moment, in dem sie allein war. Wie lange hast Du uns beobachtet? Eine Woche? Einen Monat? Oder gar ein ganzes Jahr? Haben wir Dir genug geboten, um sie Dir zurückzuholen? Was hast Du Mutter erzählt, was Du gesehen hattest?

Ja, wir hatten keine Scham voreinander. Hast Du es genossen, wenn sie im Sommer halb nackt und singend die Wäsche aufhing und ich bereits das Holz für den Winter spaltete? Hat dieser Anblick von ihr neue Gelüste in Dir geweckt? Ja, sie sah göttlich aus, Vater! Und das bereits mit zwölf Jahren. Verrate mir, wie Du es gemacht hast, dass sie mit Dir gegangen ist. Ich habe keinerlei Spuren gesehen, als ich heimkam.

Einer musste sie von Dir wegholen! Es war Unrecht, was Du getan hast. Ein zwölfjähriges Mädchen wie eine Bedienstete arbeiten zu lassen. Sie gehörte in die Schule und bedurfte des Schutzes von Vater und Mutter. Sie hatte ein warmes Zimmer bei uns, fließend Wasser und Strom. Bei Dir war sie furchtbaren Zuständen ausgeliefert. Ich sah, dass sie noch vielem mehr ausgeliefert war. Und Du machst mir Vorwürfe?

Was hast Du gesehen, dass Du mir solche Vorwürfe machst, alter Mann! Übertrage Dein Fehlverhalten nicht auf mich und zügele Deine Fantasie! Du hast es Dir geholt, aber ich habe es bekommen. Das ist ein Unterschied. Ich weiß, ich hätte es nicht tun sollen, aber es hat ihr nicht so geschadet wie das, was Du getan hast.

Nun verrate mir, wie hast Du sie geholt? Hat sie sich gewehrt? Hast Du sie geschlagen? Hast Du sie wieder vergewaltigt? Ich fand sie im Schuppen!

Du kennst die Zusammenhänge nicht, Rylan. Wir hatten sie in den Schuppen gebracht, weil wir sie waschen wollten. Wir wussten nicht, wie sehr Du sie hattest verdrecken und verkommen lassen. Wir wollten sie zuerst reinigen und dann ins Haus holen. Du selbst weißt, wie gut Dir einmal ein solches Bad getan hat. Du warst voller Dankbarkeit. Erinnerst Du Dich?

*

Ich bin die ganze Strecke bis zu meinem Elternhaus gerannt. Ich weiß nicht mehr, warum ich nicht das Rad genommen habe, das mich um so vieles schneller nach Dixonville gebracht hätte. Ich verspürte nur noch den Drang, meinen Körper an seine Grenzen zu jagen. Meine Aggressionen, die in mir tobten, waren unbeschreiblich. Wie lange ich gebraucht habe, um mein Elternhaus zu erreichen, weiß ich nicht mehr, aber ich machte keine Pause und fand Pat im Schuppen. Und sie war bewusstlos. Sie lag auf meinem ehemaligen Bett und ihre Kleidung war voller Dreck! Dieser Dreck war nicht von dem Leben, das sie bei mir geführt hatte. Ich achtete stets darauf, dass sie sauber und gepflegt aussah. Vater musste sie unter Gewalt geholt haben …

Als ich von der Arbeit heimkam, hatte ich nicht einmal darauf geachtet, ob vor der Hütte Spuren eines Kampfes zu sehen waren. Als ich Pat nicht fand, fiel mir nur ein Ort ein, an dem ich sie suchen musste. Und mir war klar, dass sie niemals freiwillig dorthin gegangen war. Sie kannte nicht einmal den Weg aus dem Wald heraus.

Zuerst dachte ich, dass sie tot sei, als ich sie im Schuppen fand, aber sie atmete noch. Ich hob ihr Kleid hoch, um zu sehen, ob er ihr erneut Gewalt angetan hatte, aber ich sah nichts. Im Haus meiner Eltern brannte noch Licht. Mir rann der Schweiß vom Laufen über das Gesicht und im Inneren tobte der Hass. Mir war in diesem Moment klar, dass wir nicht mehr in die Hütte zurückkonnten. Ich musste eine Neue bauen, weit weg von allem hier. Doch wie sollte ich das schaffen? Mein Vater hatte unseren geheimen Ort im Wald entweiht und würde keine Skrupel haben, Pat dort erneut wegzuholen, vielleicht sogar die Polizei einzuschalten. Ich stand in diesem verdammten Schuppen und überlegte, ob ich alles niederbrennen sollte. Alles! Und jeden! Ich sah auf meine Schwester und in ihr Engelsgesicht und dachte, dass es sie zu sehr erschrecken würde. Ich müsste die Dinge anders regeln und ging zum Haus.

Es war zwei Jahre her, seit ich diese Tür das letzte Mal durchschritten hatte. Mich trieb der Hass in dieses Gebäude und ich sah, wie meine Eltern in der Küche eine große Wanne aufgestellt hatten, die Vater mir einst auf den Hof gestellt hatte. Ich überlegte, wie ich diesen beiden Menschen klarmachen konnte, dass sie sich nie wieder in Pats und mein Leben einzumischen hatten.

Mutter kochte in einem großen Kessel heißes Wasser auf dem Herd und Vater kam gerade mit einem großen Handtuch die Treppe hinunter. Beide sahen mich erstaunt an, als ich plötzlich vor ihnen stand. Hatten sie etwa nicht erwartet, dass ich hier auftauchen und Pat zurückholen würde? Hatten sie tatsächlich geglaubt, dass sie ihre Welt so einfach wieder herstellen könnten? Dass ich nachgeben würde?

Es war ein merkwürdiger Moment, als wir uns ansahen. Ich hatte allen Grund, sie zu beschimpfen oder gar körperlich anzugreifen, doch als ich die beiden in ihrer Naivität so dastehen sah, überkam mich plötzlich eine tiefe Verzweiflung. Ich roch den Alkohol durch den Essensgeruch hindurch, den ihre letzte Mahlzeit hinterlassen hatte. Nichts hatte sich in den letzten zwei Jahren geändert.

Wusste Mutter, dass Pat bewusstlos im Schuppen lag? Was hatte er ihr angetan? Ich wollte es wissen. „Was hast du mit Pat gemacht?"

Anstatt mir zu antworten, warf Vater mir einen überraschten Blick zu, als ginge ihn das alles nichts an. Ich zeigte mit der Hand zur Haustür. „Sie liegt bewusstlos im Schuppen! Was hast du mit Pat gemacht, habe ich gefragt!" Ich blieb bewusst auf Distanz, damit ich ihm nicht an den Hals ging. Der Alte rührte sich nicht. Was erwartete ich auch von diesem Suffkopf! Also wandte ich mich Mutter zu. „Was habt Ihr getan?", schrie ich nun sie an. Ich sah, wie sie zusammenzuckte, während das schrille Pfeifen des Wasserkessels die Situation noch mehr aufheizte. Mutter sah Vater an. Ich lief zum Herd und Mutter dachte, ich wollte sie wohl schlagen, aber ich riss nur diesen verdammten Kessel vom Herd und schleuderte ihn samt kochendem Wasser in die Glasvitrine, wo Mutter das gute Geschirr aufbewahrte. Ein entsetzlich lautes Scheppern von Glas, Holz und Metall erklang. Das kochende Wasser ergoss sich dampfend über die zu Bruch gegangenen Porzellanteile und verteilte sich über den Holzboden, wo es zwischen den Ritzen verschwand.

Stille.

Fragen und Antworten waren zur gleichen Zeit zur Ruhe gekommen. Niemand rührte sich. Plötzlich öffnete sich die Haustür und Pat erschien. Sie war wieder zu sich gekommen und blickte uns drei ängstlich an. Jetzt, im Licht der Küchenlampe, sah ich ihr misshandeltes Gesicht. Vater hatte sie geschlagen und wusste nicht, was er in ihren Gefühlen und Gedanken verursacht hatte! Sie musste ein entsetzliches Bild von uns *normalen* Menschen haben! Wir schrien, schlugen und verletzten uns!

Pat haderte. Sie ging neben der Tür in die Hocke und begann zu zittern.

„Da siehst du, was du getan hast!“, schrie mein Vater.

Ja, ich war wieder schuld! Meine Rolle in dieser Familie hatte sich nicht geändert. Vater machte sich die Situation zunutze und versuchte, Pat mit einem schützenden Griff aufzuhelfen. Dann geschah das Unfassbare! Ich sah, wie ihr Engelsgesicht verschwand und zu einer schrecklichen Grimasse von Wut und Zorn wurde. Sie holte Luft und ließ einen fürchterlichen Schrei über ihre Lippen kommen, der das ganze Haus erbeben ließ und uns erschütterte.

Vater wich zurück. Mutter ging zur Treppe, um sich eine Fluchtmöglichkeit zu schaffen, und ich sah Pat nur an. Endlich zeigte sie eine Reaktion! Sie erschien mir in diesem Moment plötzlich so gesund und normal, wie nie zuvor. Ich sah, wie sie aus der Hocke hochkam und ihren Blick auf Vater richtete. Er wirkte unbeholfen und irritiert. Da stand ein zwölfjähriges Mädchen vor ihm und wirkte plötzlich um so vieles stärker als er, dabei war sie eher klein und zierlich. Aber ihr Gesicht ließ sie groß und brutal erscheinen. Sie brummte, dann lachte sie und grummelte. Alles in einem. Sie sah uns der Reihe nach an und nahm sich zuerst Vater vor! Oh, mein Gott! Wenn ich mich heute an diesen Abend erinnere, wird mir immer noch schlecht! Meine Wut war nicht kleiner als ihre, aber sie war beherrschbar. Pat wusste sich nicht mehr anders zu helfen, als endlich anzugreifen. Ich sah, wie sie mit beiden Händen nach seinen Ohren griff, um den Kopf zu packen. Dann schlug sie ihren Schädel gegen seinen, worauf er bewusstlos zu ihren Füßen niedersackte. Dieses engelsgleiche Wesen zeigte plötzlich ein bestialisches Verhalten. Sie rannte zum Küchentisch und ergriff einen Stuhl, den sie durch einen schwungvollen Schlag auf den Tisch entzweibrach. Sie nahm ein Stuhlbein und ging auf Vater zu. Das ließ mich reagieren. Wenn ich dieses versoffene Schwein auch abgrundtief hasste, so konnte ich nicht zulassen, dass sie ihn mit dem Stuhlbein zu Tode prügelte. Ich verstand sie und doch versuchte ich, es zu verhindern. Doch sie reagierte unberechenbar. Ich, als ihr Bruder, von dem sie seit zwei Jahren Schutz und Hilfe erfahren hatte, sollte sie nicht an ihrem Vorhaben hindern. Sie schlug mir das Stuhlbein vor den Kopf, ehe ich mich schützen konnte, und so taumelte ich benommen nach hinten und stolperte gegen den Herd. Zum Glück kam ich nicht mit der erhitzten Herdplatte in Berührung, sondern hielt meine beiden Hände auf die entstandene Platzwunde. Mein Gesicht tauchte in eine rote Wärme voller Blut, das durch meine Hände sickerte und zu Boden tropfte. Als ich ein Küchentuch zu fassen bekam und den Blick wieder vom Blut befreit hatte, sah ich, was Pat getan hatte! Sie hatte das Stuhlbein unter Vaters rechtes Bein gelegt und einfach auf sein Wadenschienbein getreten! Ich höre heute noch das Brechen seines Knochens und konnte nicht glauben, dass sie zu so etwas fähig war. Pat, die niemandem etwas zuleide tat. Wie sehr hatte ihre kindliche Fröhlichkeit doch gelitten. Vater hatte sie darum betrogen und nun zahlte sie ihm alles heim. Als ich sah, wie sie das Stuhlbein unter seinem Bein wieder wegzog, erneut zu einem Schlag ausholte und es ihm in die Genitalien rammte, sah ich weg, so sehr durchfuhr mich eine Art Schmerz, die ich nicht kannte. Der Körper meines Vaters bäumte sich kurz auf, als wäre er kurz zu Bewusstsein gekommen, und fiel dann wieder zusammen.

Stille.

Ich sah Mutter nach oben laufen und in ein Zimmer verschwinden, das sie hektisch verriegelte. Was war nur aus dieser Familie geworden? Jetzt war selbst unser Engel zu einem Monster geworden.

Ich war auf der Hut und beobachtete, was sie als Nächstes tun würde. Sicherheitshalber ergriff ich ein Messer aus dem Messerblock und hielt es etwas verborgen hinter meinem

Rücken. Ich wollte ihr nicht zusätzlich Angst machen, aber ich musste mich auch schützen.

Pat sah auf die Wanne und dann sah sie mich an. Die Wanne muss eine entsetzliche Erinnerung in ihr wachgerufen haben. Als ich auf Vaters gebrochenes Bein sah, musste ich an mein eigenes Bein denken, das er mir einst gebrochen hatte, als ich Pat von hier wegholen wollte. Pat hatte das alles auf ihre Art und Weise verarbeitet. Sie wollte weder, dass ich in ihren Kampf mit Vater eingriff, noch dass irgendjemand verhindern sollte, was für sie notwendig geworden war. Ich bewegte mich langsam, als ich zu Vater schlich, um festzustellen, ob er noch lebte. Pat ließ mich nicht aus den Augen. „Aua", sagte sie und nickte. Ich ertastete Vaters Puls und nickte ebenfalls. „Aua", flüsterte ich.

Ich werde diesen Abend nie vergessen. Er gab mir eine Idee davon, zu was Pat in der Lage war, wenn man sie zu sehr verletzte. Es mag seltsam klingen, aber ich fand ihre Reaktion trotz der Brutalität so normal und gesund wie nichts Anderes.

Mir war natürlich klar, dass ich nun reagieren musste, wir aber unmöglich die Polizei einschalten konnten. Sie würde die falschen Personen wegsperren. Ich bewegte mich weiterhin langsam, um Pat nicht erneut zu ängstigen. Sie sah mir hinterher, als ich die Treppe hinaufging.

„Mutter?", fragte ich und klopfte an die Schlafzimmertür meiner Eltern. Sie reagierte nicht. „Ich werde mit Pat jetzt verschwinden, hörst du? Wir werden euren Wagen mitnehmen. Vater liegt verletzt in der Küche. Lass einen Arzt kommen. Sag Vater, wenn er wieder bei Verstand ist, wenn er uns noch mal nachstellt und Pat zurückholen will, werde ich ihn töten. Oder Pat wird ihn töten. Einer von uns wird es tun. Hörst du, Mutter?"

Natürlich reagierte sie nicht.

„Pat?", rief ich nach unten, „komm hoch und hole alle Sachen aus deinem Zimmer. Pack sie in Vaters Wagen. Wir nehmen alles mit, was uns gehört."

Ich ging in mein Zimmer und sah, dass alles unverändert war. Bei mir gab es nichts, was ich mitnehmen wollte, nicht einmal Kleidung. Ich konnte und wollte nichts mehr aus meinem alten Leben gebrauchen und hörte Pat nach oben kommen. Ich sah, wie sie zögernd ihr Zimmer betrat, das meinen gegenüber lag, und das Licht einschaltete. Vor ihrem inneren Auge liefen wieder schreckliche Szenen ab, die hier stattgefunden hatten. Ich hörte sie leise jammern und sah, wie sie in die Hocke ging und wippte. Ich verstand, dass sie sich erst einmal beruhigen musste, und wollte ihr die Zeit dafür lassen. Ich konnte nicht abschätzen, ob sie mich angreifen würde, wenn ich ihr Ritual unterbrechen würde, doch ich dachte tatsächlich an meinen Vater unten, dass er dringend Hilfe bräuchte. Eigentlich hätte ich das Schwein verrecken lassen sollen, doch ein kleiner Funken Moral, den ich in diesem Moment in mir spürte, wollte es nicht zulassen.

„Ich geh nach unten und hole schon mal den Wagen", flüsterte ich in Pats Richtung und sah, wie sie ansatzweise nickte. Sie sollte sich die Zeit nehmen, die sie brauchte, um die Dinge auszusortieren, die ihr wichtig erschienen und die sie mitnehmen wollte. Ich lief die Treppe hinunter, sah auf den regungslosen Leib meines Vaters und tastete kurz nach seinem Puls am Hals. Als ich seine Haut berührte, erzitterten seine Augenlider. Er war bei Bewusstsein, was mich beruhigte. Ich lief über den Hof zum Stall, wo der Pick-up meines Vaters stand, griff nach einer seitlich im Regal stehenden Taschenlampe und leuchtete die Regale nach brauchbarem Material für meine Hütte ab. Ich fand Werkzeug und warf eine Menge Brennholz auf die Ladefläche, das noch gespaltet werden musste. Eine große Plane und einige Seile konnte ich auch gut gebrauchen. Benzin, Petroleum und Öl landeten ebenfalls im Pick-up.

Ich hatte noch nie einen Wagen gefahren, aber meinem Vater oft dabei zugesehen. In diesem Moment fiel mir ein, dass ich den Wagenschlüssel im Haus holen müsste. Welch ein Glück, dass ich zurück zum Haus ging.

Als ich die Küche betrat, konnte ich gerade noch verhindern, was Pat im Begriff war zu tun. Sie hatte all ihre Kuscheltiere um Vaters Kopf herumgelegt und holte gerade mit einer Bratpfanne zu einem Schlag in sein Gesicht aus! Der Schock ließ mich auf sie zurasen und sie zu Boden reißen! Ich sah noch Vaters erschrockenen Blick und hörte die Pfanne scheppernd zu Boden fallen. Pat wehrte sich natürlich gegen meinen Druck, sie am Boden zu halten. „Pat“, sagte ich eindringlich, „es ist genug. Er wird dir nie wieder etwas tun.“

Sie schüttelte den Kopf und schrie: „Nein! Nein! Nein!“ Ich hielt sie in Schach, was nicht sehr einfach war, denn sie hatte eine enorme Kraft entwickelt und versuchte, sich frei zu ringen.

„Er … kann … dir … nichts … mehr … tun!“ Diesen Satz

konnte ich nur noch unter Tränen aus mir herauspressen. Sie weinte. Ich weinte mit ihr, brach zusammen, legte mich neben sie und zog sie in meine Arme. Ich hielt sie solange, bis sie sich beruhigt hatte. Damit war mir klar, dass ich sie so schnell wie möglich von hier wegbringen musste. Es war einfach zu gefährlich, sie aus den Augen zu lassen. Ich verstand sie, ja, ich verstand jede einzelne Handlung von ihr. Auch die Trauer um ihre Kindheit, der sie mit dem Aufreihen der Kuscheltiere um den Kopf meines Vaters Ausdruck hatte verleihen wollen. Es sah erschreckend und beruhigend zugleich aus. Da lag dieser Mistkerl inmitten wunderschöner Kindheitserinnerungen von Pat. Sie hatte ihr einstiges Lachen und ihr Temperament aus dieser Zeit wie ein Symbol um seinen Kopf herumgebaut und wollte die Bestie, die alles vernichtet hatte, nun endgültig zerstören.

Jede Minute, die verging, konnte Vater das Leben kosten. Ich sah, wie sich seine Hose im Schritt dunkelrot färbte und holte Pat langsam aus ihrer Trauer heraus. Meine Bewegungen waren langsam und bedacht, während in meinem Kopf Krieg herrschte. „Willst du die Kuscheltiere mitnehmen?", fragte ich sie leise. Sie schüttelte den Kopf. „Willst du aus deinem Zimmer noch etwas mitnehmen?" Auch daraufhin schüttelte sie den Kopf. Ich verstand sie. Wer will auch solche Erinnerungen mitnehmen? Also nickte ich ihr zu. „Das ist okay, Pat. Ich lasse auch alles hier. Aber wir sollten noch Essen mitnehmen." Ich gab ihr aus dem Vorratsschrank einige Dosen in die Hand und sagte: „Geh zum Stall. Dort steht Vaters Wagen. Leg alles hinten in die Ladefläche. Ich suche noch schnell den Wagenschlüssel und fahre dann den

Wagen vor das Haus."

Sie nahm die Dosen entgegen und tat, was ich ihr sagte. Ich wusste, wo Vater die Schlüssel aufbewahrte, und fand ihn im Schlüsselkasten neben der Tür. Dann ergriff auch ich ein paar Dosen und Kartons voller Nahrungsmittel und lief zum Stall. Ein klar leuchtender Mond ließ den Weg zum Stall gut erkennen. Als ich zum Wagen kam, konnte ich Pat nirgends finden. Ich wurde wieder panisch! Sie hatte die Dosen auf die Ladefläche geschmissen und war nicht mehr zu sehen. Was mochte sie nun wieder anstellen? War sie wieder heimlich ins Haus gelaufen und nahm sich Vater erneut vor? Ich konnte sie doch nicht zu einer Mörderin werden lassen und rannte panisch zurück. Als ich ins Haus stürzte, lag Vater immer noch benommen am Boden und Pat war auch hier nirgends zu finden. In diesem Moment hörte ich das Klirren von Glas. Kam es von oben oder von draußen? Ich lief zurück auf den Hof und rief: „Pat? Wo bist du?" Ich lief um das Haus herum und fand sie am hinteren Teil und sah, wie sie Steine in das Fenster unseres Elternschlafzimmers warf. Große Steine! So sollte auch Mutter noch ihre Strafe erhalten, wie Pat wohl fand, wenn auch nicht in dem Ausmaß wie Vater, aber Angst sollte sie haben. Das würde Pat schon reichen.

„Es ist genug", sagte ich und hielt Pat fest. „Mutter hat jetzt genug Angst." Sie nickte und ließ sich von mir wieder ins Haus bringen. Ich gab ihr neue Dosen, nahm selbst einen Armvoll mit und ging mit ihr zurück zum Wagen. Wir schmissen alles auf die Ladefläche und setzten uns in den Wagen. Unter großer Konzentration versuchte ich, mich daran zu erinnern, wie Vater den Wagen immer gestartet und rückwärts gesetzt hatte. Die Automatik half die Abläufe besser zu verstehen. Der Wagen ruckte rückwärts aus dem Stall heraus und dann vor die Haustür. Ich konnte ihn tatsächlich bewegen und probierte sämtliche Funktionen durch, um eine Idee zu bekommen, wo sich was befand. Als ich einen Überblick bekommen hatte, holten wir die restlichen Sachen aus dem Haus und verließen das Anwesen unserer Eltern ein letztes Mal. Ich sah, wie Pat sich ihr Gesicht rieb, und hörte sie erneut weinen. Dann suchten wir den Weg durch die Dunkelheit Oregons in den Wald zu unserer Hütte. Sie würde nie wieder die Sicherheit ausstrahlen, die wir zuvor dort empfunden hatten.

Neue Briefe

Ist es nicht grotesk, Vater, wie alte Erinnerungen sich festfressen und Leben verändern? Du hattest an diesem Abend unser aller Leben noch einmal ein Stück tiefer in den Abgrund gerissen. Ich war zum Dieb geworden, Pat fast zur Mörderin, Mutter voller Panik und Du zum Krüppel. War es das, was Du wolltest? Es waren doch immer nur Deine eigenen Interessen, denen Du nachgekommen bist. Du hast nie darüber nachgedacht, wie andere Dein Handeln empfinden würden. Ob sie das überhaupt gutheißen würden. Das Leben richtet es immer so ein, dass zum Schluss jeder die Strafe erhält, die ihm zusteht. Nur Pat hat es nicht verdient. Sie hatte ein Leben geführt, dass unserem nicht im Entferntesten ähnelte. Sie war uns allen ausgeliefert und musste Tag für

Tag mitansehen, wie wir uns vernichteten. Jeden Tag ein Stück mehr, als hätte der Teufel uns verflucht.

Heute bin ich froh, dass ich Deinen Tod verhindert habe, aber damals habe ich viele Jahre lang darunter gelitten. Ich hatte Pat vor noch mehr Albträumen schützen wollen und mich vor noch mehr Schuld. Das war Dein Glück.

Du sprichst von Glück, Du missratener Sohn! Kannst Du Dir überhaupt vorstellen, wie groß mein Schmerz war, als Pat mir das antat? Hast Du je den Schmerz in den Lenden gespürt, den ich gespürt habe? Er ist unmenschlich, Rylan! Unerträglich! Es hat Stunden gedauert, bis Hilfe kam. Was hätte ich denen sagen sollen? Dass dies meine behinderte Tochter getan hatte? Ich konnte sie doch nicht den Behörden ausliefern. Ich war ihr Vater und musste sie schützen.

In erster Linie musstest Du Dich selbst schützen, Du alter Mann! Du hättest ihnen ohne Weiteres sagen können, wo wir uns aufhielten. Du kanntest unseren Platz im Wald, der uns Schutz bot. Aber nein, wir hätten Deine ganzen Schandtaten ans Tageslicht gebracht. Nur darum ging es. Du wusstest, dass Pat und ich vom Gesetz geschützt wurden, aber Du und Mutter, Ihr hättet Euch verantworten und der Strafe stellen müssen. Selbst Deine zerschmetterten Genitalien haben Dich nicht dazu veranlasst, die Wahrheit zu sagen. Was hast Du ihnen erzählt, dass niemand etwas herausbekam?

Vergiss nicht, dass ich zu Eurem Schutz gelogen habe, nicht zu meinem. Ich erzählte, dass Fremde uns überfallen und ausgeraubt hätten. Niemand hegte irgendwelche Zweifel. Ich sagte, dass Ihr zu diesem Zeitpunkt bei Onkel Andrew zu Besuch ward, damit Euch niemand suchte. Mutter war mit dem Plan einverstanden, denn auch sie musste sich schützen. Es hätte unsere Familie sonst entzweit!

*

Da sprach mein Vater von Entzweien, als würde sein Verstand die Wahrheit nicht kennen. Als wir viele Jahre später zusammen vor Gericht saßen und uns allen Taten, die wir begangen hatten, stellen mussten, hat er erzählt, dass Mutter sich später die Pulsadern aufgeschnitten hätte. Die Armut, in die sie geraten war, und die Last der Vergangenheit hatten ihr keinen Lebensmut mehr geschenkt. Unsere einstigen Zimmer mussten wie Höhlen der Verdammnis auf sie gewirkt haben. Die Küche, in der sie täglich ihre Arbeit verrichtete, musste sie wieder und wieder an grausame Szenen erinnert haben. Wie konnte sie auch je diesen Abend vergessen und auch all die anderen Nächte, in denen mein Vater sein Geschlechtsteil in den Leib ihrer eigenen Tochter gestoßen hatte. Und doch war sie ein Teil dieser Geschehnisse geworden. Sie hatte es zugelassen, sich mit Medikamenten betäubt und stillgehalten. Vielleicht auch, um nicht selbst herhalten zu müssen. Ihr Elternhaus hatte sie die Hierarchie gelehrt. Ihr Denken war eingleisig und naiv und hatte sie kaltherzig werden lassen. Sie hatte sich selbst zum Instrument des Missbrauchs gemacht, indem sie Vater nicht stoppte.

Schutz! Was für ein Wort! Immerzu nahm Vater dieses

unzutreffende Wort in den Mund. Unter diesem Wort vergrub er alles, was ihn ins Verderben gestürzt hätte. Es ging immer nur um seine Belange. Er sah keine Not bei Pat, Mutter oder mir. Unsere Gesichter zeigten Qualen, doch er nahm sie nicht wahr. Triebe und Süchte beherrschten ihn und der Alkohol schenkte ihm schließlich den Mut zum Missbrauch. Nur der Tod hätte ihn gebremst. Das hatte Pat erkannt, doch ich hatte es nicht zulassen können. Meine Angst, sie zu verlieren, war zu groß. Gott! Ich liebte sie doch so sehr! Kein anderer hatte mein Herz je so berührt wie sie! Sie war ein Engel, gefangen in der Hölle. Ihre Flügel verbrannten in unserem Elternhaus jeden Tag mehr und ich wollte sie in der Hütte doch nur heilen lassen!

Neue Briefe

Vater, sag mir, wie ist Mutter wirklich zu Tode gekommen? Du hast vor Gericht die Geschichte so erzählt, als hättest Du alles für sie getan, doch ich erkannte die Lügen zwischen Deinen Worten. Du kannst *für* und *gegen* nicht unterscheiden. Das war immer schon Dein Problem. Wie magst Du Dich gefühlt haben, als Du mit einem künstlichen Blasenausgang wieder heimgekommen bist? Kein Wagen mehr, kein Essen, kein Geld und die zerbrochene Scheibe musste auch repariert werden. Welch ein Desaster! Hast Du ihr die Schuld gegeben, weil sonst niemand anderes da war, dem Du sie hättest geben können? Wie sehr muss sie gelitten haben, mit einem Menschen wie Dir unter einem Dach leben zu müssen? Einem impotenten, verkrüppelten und versoffenen Mann! Ja, das hast Du aus Dir gemacht. Leugne es nicht, denn es war alles Deine Schuld. Leiden mussten die anderen, denn der Alkohol machte Dich so starrsinnig, dass Du nichts eingestehen würdest. Immer wieder hast Du die Schuld bei uns gesucht, Du kranker Narziss! Mutter muss unglaublich verbittert gewesen sein. Ihr müsst wie Tiere zum Schluss gehaust haben, im Gegensatz zu Pat und mir.

Die Gerechtigkeit der Welt meinte es plötzlich gut mit uns, denn wir fanden eine Art von Reichtum, den Du nie gespürt hast. Man nennt es Zufriedenheit. Es ist ein in sich ruhen und verweilen. Das Leben wurde so einfach für uns, als wir Euch verließen. Nicht einen Tag hat uns die Angst oder der Schmerz beschäftigt. Wir spürten uns wieder, atmeten die klare Luft des Herbstes ein und legten uns Wintervorräte an, während Du den Katheder wechseln musstest und Mutter sicherlich jeden Tag gescholten hattest. Ich sehe Euch vor mir, wie Ihr Euch verbittert in der Küche gegenübergesessen seid und Euch verurteilt habt. Du hast Dich sicherlich noch mehr von ihr bedienen lassen als je zuvor und Dich als Opfer gesehen. Ja, Du hast Dich immer als Opfer empfunden, dabei warst Du es, der endlos Opfer schuf. Ich kann mich nicht erinnern, dass wir je Freunde hatten oder dass Verwandte zu Besuch kamen. Onkel Andrew kam einmal vorbei, als Mutter ins Krankenhaus musste … Du erinnerst Dich?

Ich finde kaum noch Kraft, Dir zu schreiben. Es fühlt sich an, als würde mich eine Art Wut am Leben halten. Ja, es ist die Wut, die mich nicht sterben lässt. Nicht einmal jetzt schenkst Du mir Ruhe und Vergebung. Und das in den letzten Stunden meines Lebens. Schäm Dich!

Mutter hatte es nicht anders verdient! Immer jammerte sie nur herum. *Sie* war das größte Leid in meinem Leben, sie, die Frau, die ich geheiratet hatte. Vor dem Traualtar hatte sie sich mir versprochen und später verweigert. Sie hatte mich dahingetrieben, meine ganz natürliche Lust woanders zu befriedigen. Ich war ein Mann, Rylan! Ein Mann mit Bedürfnissen. Wie kann eine Frau wegsehen, wenn ihr Mann Erleichterung sucht? Hätte sie mir das gegeben, was sie mir einst versprochen hatte, dann wäre das alles nicht passiert. Sie hat in ihrer Aufgabe als Ehefrau und Mutter auf ganzer Linie versagt. Sie hat mich zum Alkohol getrieben, der mich beruhigte. Und dann zu Pat, die mich auf eine Weise befriedigte, wie sie nicht schöner hätte sein können. Ich sah in ihr Engelsgesicht, als die Gefühle in mir hochkamen. Schon allein ihr Anblick war göttlich! Es wäre nichts passiert, wenn Du Dich nicht eingemischt hättest, Rylan! Ja, dafür musste Mutter dann später leiden. Ich konnte ihr nach diesem schlimmen Abend keine gute Minute mehr schenken. Es machte mich wütend, wenn sie meine Hilfsbedürftigkeit übersah, mich im Chaos der Pflege allein ließ und meinen Alltag nicht richtete. Was erwartete sie? Einen erfreuten Ehemann? Sie setzte mir den letzten Fraß vor und reinigte nicht einmal das Bad, wenn mir ein Malheur passiert war. Ich musste sie zurechtweisen. Ich musste!

Jetzt bekommt Mutter auch einen Teil der Schuld von dir zugewiesen. Wie oft hast Du sie geschlagen? Wie oft getreten? Im Gerichtsverfahren wurde erwähnt, dass Du ihre gesamte Kleidung verbrannt hast. Sie konnte sich nicht einmal Neue kaufen. Du hast sie gedemütigt und in den Tod getrieben, dabei war es doch sie gewesen, die unsere Familie über viele Jahre mitfinanziert und unterstützt hatte, während Du einen großen Teil Deines Lohnes für Alkohol ausgegeben hast. Sie hat so vieles mehr geschafft als Du. Ich habe nie gesehen, dass Du ihr freiwillig beim Haushalt geholfen hättest. Anfangs hast Du mit mir abends gekocht, aber nur, wenn Mutter zur Arbeit war und Du hungrig warst.

Die Stille hier im Gefängnis lässt mich so vieles klarer sehen. Dir wurde vor Gericht vorgeworfen, sie misshandelt und eingesperrt zu haben. Etwa im Schuppen? War dieser Ort ein selbst gebautes Gefängnis für Deine ganze Familie? Wer weiß, vielleicht hättest Du auch Pat eines Tages dort eingesperrt, wenn ich sie nicht zurückgeholt hätte. Wie hast Du Dich gefühlt, als Mutter sich das Leben genommen hat und Du ganz alleine weiterleben musstest? Wie? Hast Du Dich in der Öffentlichkeit bedauern lassen? Hast Du Dir jemals Gedanken darüber gemacht, warum wir Dich alle verlassen haben?

*

Vater gab mir auf diesen letzten Brief keine Antwort mehr, denn er starb zwei Tage, nachdem er diesen Brief erhalten hatte. Sein Arzt teilte mir mit, dass er ihn noch gelesen habe, aber nicht mehr hätte antworten können. Das Wasser war in sein Herz gedrungen und konnte nicht mehr abfließen. Es hatte sein verdammtes Herz zum Stillstand gebracht. Endlich!

Es war zwischen uns nie zu einer Vergebung gekommen. Wie auch? Kann man so etwas überhaupt vergeben? Ich glaube nicht. Meine moralische Haltung leistet bis heute Widerstand. Nicht einmal nach seinem Tod konnte ich Vater vergeben. Ich weigerte mich auch, zu seiner Beerdigung zu gehen, obwohl man mir dafür Freigang eingeräumt hätte. Was sollte ich diesem Mann noch Aufmerksamkeit schenken? Am meisten schmerzt mich als Sohn, dass er nicht eine seiner Taten als Unrecht zugab. Er drehte und wendete alles solange, bis es für ihn gut klang. Ist es das, was der Alkohol aus einem Menschen macht? Er verliert jede Verbindung zu einer sozialen Haltung und das Gefühl für seine Mitmenschen. Er zerstört Familien und dieser Mensch lebt nur noch in dem Bewusstsein, seine Sucht zu erhalten, mit allen Mitteln, ja, er war sogar in der Lage, über den Tod hinwegzugehen, solange es seine Sucht erhält. Das ist die wahre Erkrankung.

Vater wurde damals lebenslänglich verurteilt. Er kam in eine Anstalt. Zunächst zum Entzug und dann in die Verwahrung als Sexualtäter. Von seinem Verstand war nichts mehr übrig geblieben. Er war unter Seinesgleichen gelandet, die tagein und tagaus die anderen beschimpften und für ihre Taten verantwortlich machten.

Die Intensität seiner Worte und der Starrsinn, der sich dahinter in den zerstörten Gehirnzellen verbarg, zeigte, wie sehr sein Geist erkrankt war. Es kam nicht ein Wort der Entschuldigung über seine Lippen, dabei wollte er doch immer ein anderes Leben führen als sein Vater es geführt hatte. So nimmt einem der Alkohol auf Dauer jeden Blick für das Richtige im Leben.

Nun ist Vater tot. Was bleibt? Ich, sein Sohn, sitze im Gefängnis. Und das nicht ohne Grund!

Im Wald

Ich wollte mit Pat an diesem besagten Abend zurück zur Hütte fahren. Es war eine Katastrophe, denn ich war noch nie ein Auto gefahren und wir mussten neunzehn Meilen über eine befahrene Straße, um zum Wald zu gelangen. Meine Angst, diesen Wagen zu steuern, war immens. Ich fuhr langsam, um nicht die Kontrolle zu verlieren. Andere Fahrer hupten mich an und versuchten, mich in Bedrängnis zu bringen und in den Seitengraben zu drängen. Zum Glück begegnete uns keine Polizei.

Pat wurde immer unruhiger und griff mir ständig ins Lenkrad, als wären meine Nerven nicht schon genug angespannt! Ich schrie sie an, sie solle das lassen! Sie sah mich an und ich bekam Angst, als ich daran dachte, was sie mit Vater getan hatte. Würde sie mit mir ebenso verfahren, wenn wir daheim wären? In diesem Moment wurde mir klar, dass ich nichts mehr unter Kontrolle hatte, weder Pat noch mich. Ich wusste nicht, ob ich je wieder eine ruhige Nacht in der Hütte verbringen könnte. Wie weit mochten ihre Reaktionen nach diesem Vorfall mit Vater gehen? Würde sie nachts mit einem Messer in meinen Schlafraum eindringen? Ich konnte auch nicht abschätzen, ob eines Tages die Polizei vor unserer Tür stehen würde. Die Drohung, die ich Vater gegenüber ausgesprochen hatte, könnte ich natürlich niemals umsetzen, wenn man mich unter Arrest stellte. Ich war achtzehn und voll straffällig.

Wenn Angst sich mit Panik kombiniert, bekommen die Nerven keine Vitamine mehr. Das ist fatal. Ein Nervenzusammenbruch naht. Und der bahnte sich gerade bei mir an. Immer wieder hupten uns die anderen Fahrer an, was Pat aufheulen ließ. Sie war vollkommen überfordert und reagierte natürlich entsprechend. Als sie begann, mich beim Fahren zu schlagen, passierte es! Ich steuerte den Wagen weg von der Fahrbahn direkt gegen einen Baum! Pat war nicht angeschnallt. Ich fand Schutz dank des Lenkrades, aber Pat schleuderte mit dem Kopf gegen die Windschutzscheibe. Da ich nicht schnell gefahren war, wurde sie nicht schwer verletzt. Sie hatte eine kleine Platzwunde seitlich über dem rechten Ohr und ich hatte mir nur ein leichtes Schleudertrauma eingefangen. Auch der Motor des Wagens lief noch. Ein Abblendlicht war zu Bruch gegangen.

Wir saßen zunächst erschrocken im Wagen und versuchten zu begreifen, was passiert war. Ich sah Blut auf Pats Kleid tropfen, verließ den Wagen und rannte um ihn herum zu ihrer Beifahrerseite. Als ich die Tür öffnete, sah ich ihre Verletzung und fragte: „Pat?“ Sie reagierte und nickte.

„Nicht schlimm“, sagte ich, „nicht schlimm.“

Sie nickte erneut und wiederholte: „Nicht schlimm.“

Ich riss den Ärmel meines Hemdes ab und drückte ihn auf die Wunde. „Nicht schlimm, Pat. Nur drücken.“

Sie drückte den Stoff auf ihre Wunde und ich ging erschöpft in die Knie. Ich musste mich am Wagen festhalten, um nicht umzufallen. Ich musste für Pat stark bleiben. Schließlich wollten wir noch bis zur Hütte kommen.

Während Pat zu wippen begann, besah ich mir den Schaden am Wagen. Da wir nur noch ein Licht hatten, befürchtete ich noch mehr Probleme auf der Straße und natürlich auf dem Weg durch den Wald. Ich wusste nicht einmal, ob wir mit dem Wagen überhaupt bis zu Hütte gelangen konnten. Ich war diese Wege stets mit dem Rad gefahren und hatte dabei natürlich nicht auf deren Breite geachtet. Außerdem hatte ich vergessen, die Taschenlampe mitzunehmen.

Ich ging in die Hocke, verbarg meinen Kopf in beiden Händen und musste mich konzentrieren. Bloß nicht die Nerven verlieren! Ich hoffte, dass Pat ruhig blieb, und ging wieder zu ihr hin, nahm ihre Hand und sagte: „Der Wagen braucht eine Pause." Sie nickte. „Wir auch", sagte ich leise. „Wir werden etwas schlafen. Danach sind weniger Autos und Lichter unterwegs. Dann werden wir weiterfahren. Alles wird gut, Pat."

Sie sah mich an und lächelte etwas. „Gut", sagte sie, „gut ist gut."

Ich nickte, ging zurück zu meiner Fahrerseite, zog sie zu mir in den Arm und versuchte, etwas mit ihr zu schlafen.

Ein lautes Hupen riss uns beide wieder aus dem Schlaf! Ich wusste nicht, wie spät es inzwischen war und das Licht eines anderen Fahrzeuges fiel direkt in unsere Fahrerkabine. Jemand hupte mehrmals. Ich erschrak, ebenso Pat. Hatte die Polizei uns aufgespürt? Die Scheiben unseres Wagens waren vernebelt und ich sah einen großen Schatten hinter meiner Scheibe stehen. Jemand klopfte dagegen und ich drückte Pat zurück auf ihren Sitz. „Duck dich“, flüsterte ich, „ganz tief.“ Ich drückte sie in den Fußraum und sagte: „Psst, hörst du Pat? Psst.“

Es klopfte erneut an meine Scheibe und der Schein einer Taschenlampe leuchtete in den Fahrerraum. Ich entriegelte das Fahrzeug und ließ die Scheibe herunter. Zwei Männer mittleren Alters sahen mich an. „Können wir ihnen helfen?“, fragte einer.

Ich schüttelte verwirrt den Kopf. Helfen? Wie?

„Sollen wir Sie nach Hause bringen?“

Auch auf diese Frage schüttelte ich den Kopf. Der Lichtschein der Taschenlampe fiel plötzlich auf Pat und sie gab ein kurzes Geräusch von sich. Was dann geschah, kann ich nicht einmal richtig rekonstruieren. Die Herren mussten den Eindruck gewonnen haben, ich wollte mich an eine Minderjährige ranmachen, und handelten sofort. Es ging alles so schnell. Sie rissen beide Türen zugleich auf und zerrten uns aus dem Wagen. Pat jaulte auf. Ich rief: „Bleib ruhig, Pat!“ Ich fiel in eine Art Trance, als ich den ersten Schlag in mein Gesicht spürte. Ich spürte danach nur noch, wie sich unsere Körper schlugen. Ich sah Hände, Gesichter, Beine, Dreck, den Lichtschein des Wagens und Pat zwischendrin. Ich schlug auf alles ein, was sich mir näherte, bis Ruhe eingekehrt war. Und selbst dann schlug ich innerlich noch weiter. Als sich nichts und niemand mehr um mich bewegte, hielt ich inne. Der Schein des Abblendlichts des anderen Wagens zeigte mir die Situation, die ich in wenigen Minuten geschaffen hatte. Um mich herum lagen diese beiden Herren in ihrem eigenen Blut. Was hatte ich getan? „Pat!“, schrie ich.

„Pat! Bist du da?“

Sie gab mir keine Antwort. Ich sah mich hektisch um und fand sie ängstlich an einen Baum gedrückt unweit unseres Wagens. Ihr Blick spiegelte wider, was sich gerade vor ihren Augen abgespielt haben musste. Als ich mich ihr näherte, presste sie ihren Körper noch stärker gegen den Baum.

„Ich tu dir nichts“, sagte ich, „ich tu dir nichts.“ Ich blickte zurück und erschrak selbst vor dem, was ich sah!

Wie ich bereits erwähnte werde ich diesen schrecklichen Abend nie vergessen. Er hat uns beide zu Menschen gemacht, die wir selbst verabscheuten. Es gab von diesem Tag an keine Ruhe mehr in unserem Leben. Wir hatten die Tür zu einem Krieg geöffnet, durch die wir völlig verstört hindurchgegangen waren. Es ließ sich nichts mehr rückgängig machen. An diesem Abend kamen vier Menschen durch uns schwer zu Schaden. Es war der Schaden, der in uns selbst in all den Jahren entstanden war und den wir nun weiterreichten.

In mir kam plötzlich die Angst auf, dass ein weiterer Wagen die Straße passieren und dieses Unheil sehen könnte. „Wir müssen weiter“, sagte ich, mehr zu mir selbst als zu Pat, doch sie machte Anstalten mitzukommen. So rannte ich zunächst zu dem Wagen der Herren, fuhr ihn in den Seitengraben und schaltete das Licht aus. Im Aufbewahrungsfach des Handschuhfaches fand ich eine Taschenlampe und … einen Revolver! Ich wühlte weiter im Fach herum und fand noch Batterien und Munition. In dieser Gegend sicherte man sich in vielerlei Hinsicht ab. Hier kreuzten oft wilde Tiere die Fahrbahn und konnten einen schnell in unangenehme Situationen bringen. Oder ein geplatzter Reifen in der Nacht. Dies alles musste man einplanen, wenn man hier lebte. So fand ich in dem Wagen auch noch eine Notration. Essen, Trinken, Decken, Kerzen, Streichhölzer. Ich nahm alles an mich und schmiss es auf die Ladefläche des Pick-ups. Im Kofferraum fand ich ein zusätzliches Gewehr mit viel Munition und zwei volle Benzinkanister. Auch das nahm ich an mich. Wir würden in nächster Zeit viel brauchen, um uns selbst zu versorgen. Die Zeiten, in denen ich nach Roseburg zur Arbeit gefahren war, waren vorbei. Ich konnte nicht abschätzen, inwieweit Vater Alarm schlagen würde. Den Pick-up durfte ich auch nirgends mit hinnehmen, wo man uns kannte. Das Leben schnürte uns gerade eine weitere Lebensader ab.

In dem Moment, als ich das alles tat und dachte, spürte ich nicht die geringste Emotion. Solche Taten vollbrachte ich nicht aus Freude. Es war der pure Überlebensdrang, der mich leitete und jagte zugleich. Wie ein Tier raffte ich das Leben in meine Hände und suchte mit Pat das Weite, das Wilde, das Unberechenbare und Beruhigende zugleich. Ich konnte Pat nach langem Zureden dazu bewegen, wieder in den Wagen einzusteigen, und startete den Motor. Es konnte nicht mehr weit sein, bis die Einfahrt in den Wald käme. Zu allem Unglück war genau das linke Abblendlicht beim Aufprall zu Bruch gegangen, sodass ich noch langsamer fahren musste, um die richtige Stelle zu finden. Ich hoffte, dass uns nicht wieder ein Wagen drangsalieren würde, denn ich konnte nicht abschätzen, wie ich dann reagieren würde. In mir war eine Grenze erreicht, bei der ich nicht einmal mehr vor einem Mord zurückgeschreckt hätte. Ich wusste nicht, ob die beiden Herren überlebt hatten. Ich wusste nur noch, dass wir unsere verdammte Hütte erreichen mussten.

Ich sah Pat neben mir wippen und bekam wieder Angst. Sie musste sich irgendwie beruhigen, aber ich wusste auch, dass sie sich durch diese Bewegungen manchmal auf etwas vorbereitete. Ich sang. Ja! Ich sang! Ich begann ein Kinderlied, das sie mochte, zu singen. Etwas Anderes fiel mir nicht ein, um sie von dem abzuhalten, was sich vielleicht in ihrem Kopf zusammenbraute. Während ich sang, liefen mir Tränen über das Gesicht und ich fragte mich, warum ich dies alles tat. Warum? Ich könnte Pat zur Polizei bringen und alles so erzählen, wie es sich zugetragen hatte. Sie würden dafür sorgen, dass ihr nichts passieren würde. Sie könnte wieder zur Schule gehen, hätte Regeln und ein warmes Bett. Warum, verdammt, hatte ich das nicht getan?

Heute weiß ich, dass in mir ein ebenso großer Egoist steckt wie in meinem Vater. Auch ich drehte und wendete die Dinge so, dass sie sich gut und richtig für mich anhörten. Für Pat wäre es das Beste gewesen, sie in eine behördliche Obhut zu geben, doch ich redete mir ein, dass ich der einzige Mensch auf dieser Welt wäre, der sie schützen könnte. Meine Liebe zu ihr war blind, krank und eigennützig. Ich wollte Pat nicht hergeben. Ich wollte auch mein eigenes Leben nicht hergeben, das inzwischen immer mehr kriminelle Züge annahm. Ich trat auf die Bremse! Wir hatten die Stelle erreicht, an der ich immer mit dem Rad in den Wald zu unserer Hütte gefahren war. Ich hatte sie mit einem kleinen Felsen am Straßenrand markiert. Nun mussten wir sehen, wie weit ich mit dem Wagen kam. Ich ließ die seitliche Scheibe herunter, schaltete das Fernlicht ein und leuchtete zusätzlich mit der Taschenlampe die linke Seite aus. Der Wagen durfte auf keinen Fall irgendwo stecken bleiben oder sich festfahren. Zum Glück hatte es viele Tage lang nicht geregnet, sodass der Boden trocken und hart war.

Was sich tagsüber wie ein Paradies Gottes zeigte, wurde in der Nacht zu einem Ort der Hölle. Die Bäume und Sträucher wirkten plötzlich bedrohlich auf mich und verunsicherten mich immer mehr. Jeden Meter, den wir schafften, sparte uns viel Kraft beim Tragen all der Dinge, die wir mitgenommen hatten. Mir war klar, dass wir es nicht den ganzen Weg schaffen würden, denn die Hütte lag gute zwei Meilen tief im Wald, aber Vater hatte sie ja auch irgendwie mit dem Wagen erreicht.

Die Dunkelheit machte mir die Gegend fremd. Ich erkannte nicht eine Stelle wieder, die mir bei Tageslicht den Weg gewiesen hatte, und keinen Strauch, der mir die Richtung zeigte. Hinzu kam die Stille, die meine Angst noch verstärkte. Wir gruben uns Meter für Meter tiefer in den Wald hinein. Immer wieder konnte ich Lücken ausmachen, durch die der Wagen hindurch passte. Ob allerdings die Richtung noch stimmte, bezweifelte ich. Anstatt anzuhalten, zu verweilen und auf Tageslicht zu warten, fuhr ich tiefer und tiefer in die Ungewissheit der Nacht.

In solchen Situationen verliert man den Sinn für das Richtige. Man fühlt sich nur noch weitergetrieben in der Hoffnung, das Ziel zu erreichen. Es konnte jederzeit hinter dem nächsten Baum auftauchen. Je weiter ich fuhr, desto verzweifelter wurde mein Drang, diese verdammte Hütte zu finden.

Wir verloren uns im Dickicht und ich war sicher, dass wir uns bereits tiefer im Wald befanden, als uns bewusst war. Ich spürte, wie meine linke Hand von dem verkrampften Halten der Taschenlampe allmählich taub wurde. Es half nichts. Ich trat auf die Bremse. Beladen voller Güter der Hoffnung und doch verloren in der Fremde der Wälder. Mir wurde in diesem Moment bewusst, wie gewaltig die Natur ihr Dasein auf der Erde führt, welche Macht sich hinter ihr verbirgt und doch immer unterschätzt wird. Ich hatte keine Chance gegen sie, wenn sie mir die Chance nicht geben würde. Ich gab auf! Ja, ich ließ den Motor auslaufen und horchte in die Stille der Nacht. Ich war am Ende meiner Kräfte angekommen. Was sonst so beruhigend auf mich wirkte, machte mir jetzt Angst. Ich ließ die Scheibe hochfahren und verriegelte den Wagen von innen.

Pat war ganz ruhig. Sie starrte in die Dunkelheit und begann zu summen. Ich zog sie wieder zu mir in den Arm und summte mit ihr, bis sich das erste Tageslicht zeigte.

Die Natur erwachte auf ihre ganz eigene Art und Weise. Tiere, die hier zu Hause waren, trugen ihre Laute in den Frühnebel, der sich träge über dem Boden erhob, als würde Gott die Bettdecke hochheben. Diese Wälder erschienen mir immer so wunderschön. Minute um Minute verstärkten sich die Geräusche, bis sich die Lebendigkeit des Waldes in Vollendung zeigte. Die Tiere gingen zu den Wasserquellen, um sich für den Tag frisch zu machen.

Wasser, kam es mir als erstes in den Sinn. Wir brauchten Wasser! Ich hatte von meinen Eltern alle Nahrungsmittel mitgenommen, aber auf Getränke verzichtet. Unsere Hütte war in der Nähe eines Flusses.

Ich merkte, wie Pat immer noch in meinen Armen schlief, was uns beide gut wärmte, und versuchte sie langsam zu wecken. Ich streichelte ihr Gesicht und lächelte sie an, gab ihr einen Kuss auf die Stirn und streichelte ihr Haar. Ich vergaß, dass mein Vater das auch immer bei ihr getan hatte und bekam sofort die Rechnung! Pat war so unberechenbar geworden, dass ich schnell in Deckung ging, als sie auf mich einschlug. Ich ließ sie schlagen, denn es war doch nur der erste Schreck, den sie loswerden musste. Und so war es. Sie besann sich nach kurzer Zeit und streichelte als Wiedergutmachung meinen rechten Arm. Es war vorbei. Unser Albtraum war zu Ende, dachte ich. Dass er keineswegs ein Ende hatte, merkte ich, als ich die Fahrertür öffnete und den Wagen verließ. Wir befanden uns im Nirgendwo und ich hatte keine Ahnung, wie viele Meilen wir von der Hütte entfernt waren. Anfänglich hatte ich die Hoffnung, sie vielleicht hinter dem nächsten Baum zu entdecken. Und befindet sie sich dort nicht, dann wahrscheinlich hinter dem nächsten Baum. Und so geht es immer weiter, bis die Entfernung zum eigentlichen Ziel immer größer wird. Ich ging zur Ladefläche des Pick-ups und griff nach der Tasche mit der Notversorgung. Die nahm ich mit zu Pat in den Wagen und stellte sie zwischen uns. So sollte diese Tasche uns in den ersten Tagen im Wald das Leben retten. Wir öffneten sie und fanden Wasserflaschen, getrocknete Früchte, eine Decke, haltbares Gebäck, getrocknetes Fleisch, Kerzen, Streichhölzer und sogar eine Flasche Wein. Das ließ erste Hoffnung in uns aufkeimen.

Und doch steckte eine große Unruhe in meinen Knochen. Jedes knackende Geräusch ließ mich zusammenfahren und nachschauen, woher es kam. Verfolgte man uns? Oder hatte man uns bereits gefunden? Standen hinter den Bäume Spezialeinheiten, die die Läufe ihrer Waffen auf uns richteten? Nach unserer ersten Stärkung versuchte ich, unsere Lage zu analysieren, doch ich sah nur Bäume und versuchte mich zu erinnern, ob es irgendwo ein Zeichen gab, das mir bekannt vorkam. Ein schief gewachsener Ast, ein auffälliges Gebüsch, eine verweste und bemooste Wurzel? Doch ich fand im Umkreis von einigen hundert Metern nichts.

Pats Wunde blutete wieder und ich ärgerte mich, nicht den Verbandskasten aus dem Wagen mitgenommen zu haben. Ich fand noch ein paar Taschentücher in meiner Hosentasche, legte sie auf die Wunde, riss aus der Decke des Notfallpakets einen Streifen und wickelte ihn zum Schutz um Pats Kopf. „Indianer", sagte ich und lachte. Sie lachte mit und summte.

Ich stand mitten in den Wäldern von Oregon mit einem Wagen voller Holz und Nahrungsmittel, und einem Mädchen, das Indianer spielte. Unser erster Tag in Freiheit!

Es ist die Ruhe, die Antworten gibt. Ich setzte mich auf die Ladefläche des Wagens und dachte nach. Pat hatte sich versteckt, weil sie Wasser lassen musste. „Pee", sagte sie und ich nickte.

Als sie zurückkam, setzte sie sich neben mich.

„Pat", sagte ich, „hör jetzt gut zu. Ich werde ein Stück spazieren gehen und du wartest hier. Setz dich vorne in den

Wagen und schließ alles ab, damit dir nichts passiert, okay?" Ich sah sie wieder nicken und vorne im Wagen verschwinden. Sie winkte und ich winkte zurück. Sie strahlte jetzt wieder die Schönheit aus, die ich in den letzten Jahren von ihr gewöhnt gewesen war. Das gab mir neuen Mut und ich machte mich auf den Weg, meine eigenen Reifenspuren zurückzuverfolgen. Ich wollte zurück zum Waldrand, um von dort später erneut mit dem Wagen den Weg zur Hütte zu suchen. Um den Weg zu markieren, riss ich die Decke in kleine Fetzen und knotete sie auf dem Weg an die Äste. Doch ich kam nicht weit. Vielleicht einige hundert Meter, als sich die Reifenspuren im Laub verloren. Ich suchte das Gebiet weitläufig ab, konnte aber keine Spuren mehr erkennen. Dann erschrak ich! Ich konnte nicht einmal mehr den letzten Fetzen, den ich als Markierung hinterlassen hatte, wiederfinden! Das ließ die Panik in mir ausbrechen und ich begann zu laufen. Zunächst lief ich nur einen kleinen Kreis ab, dann einen größeren und einen noch größeren. Ich fand die Markierungen nicht mehr! Und Pat saß allein im Wagen und wartete auf mich! Ich beobachtete die Sonne, welchen Weg sie nahm, und rannte ihr entgegen, um wenigstens die Richtung einzuhalten, aus welcher ich heute Morgen gekommen war. Ein Denkfehler! Ich dachte tatsächlich, ich befände mich auf dem richtigen Weg! Da lebte ich seit zwei Jahren in diesem Wald und dachte, ihn zu beherrschen, doch solche Waldgebiete lassen sich nicht beherrschen. Sie beherrschen dich und sind die wahren Wächter über Leben und Tod. Plötzlich erschien mir der gestrige Tag so klein gegen das, was ich nun verspürte. Ich rannte, blind, heulend, rufend und verzweifelt! „Pat?!", schrie ich aus vollem Hals in der Hoffnung, dass sie mich hörten würde. „Pat?! Wo bist du? Bitte gib mir eine Antwort!" Doch es kam keine Antwort.

Ich hatte es der Farbe des Pick-ups zu verdanken, dass ich unseren Wagen nach Stunden verzweifelter Suche wiederfand. Ich hatte ihn weitläufig umkreist und kam von einer anderen Seite auf ihn zu. Es war das leuchtende und reflektierende Rot in der Abendsonne, das zwischen die Bäume fiel und mich zurück zu Pat führte. Sie saß immer noch im Inneren des Wagens, als ich eintraf und starrte auf die Windschutzscheibe. Auch sie hatte erneut Angst gehabt, weil ich nicht zurückgekehrt war. Aber als sie mich sah, entriegelte sie den Wagen und fiel mir um den Hals. Ich konnte nicht anders, als sie an mich zu drücken und zu küssen. Sie war alles, was ich noch hatte, alles, was ich liebte und alles, wofür ich kämpfen wollte.

Da ich einige hundert Meter Markierungen hinterlassen konnte, wollte ich wenigstens diese zurückfahren, um morgen erneut einen Versuch zu starten, aus dem Wald zu finden. Ich konnte diese Fetzen wieder für die nächste Wegstrecke nutzen. Die Geduld würde uns helfen, Stück für Stück hier herauszufinden. Doch als ich den Schlüssel im Anlasser drehte, gab der Wagen nicht ein einziges Geräusch von sich. Nur das leise Klicken des Anlassers war zu hören. Ich versuchte es erneut, trat das Gaspedal durch, doch der Motor startete nicht. Ich sah Pat an.

Als ich die Motorhaube öffnete, konnte ich natürlich nichts finden. Zum einen kannte ich mich überhaupt nicht mit Motoren aus und zum anderen lag es nicht am Motor. Pat gab mir den entscheidenden Hinweis. Sie nahm mich bei der Hand und drückte mich auf den Fahrersitz. Dann drehte sie am Knopf des Radiogerätes herum und sah mich fragend an. Sie schaltete ein, aus, ein, aus und ich begriff mit einem erschöpften Stöhnen ihren Hinweis. Sie hatte die ganze Zeit Musik von der Kassette gehört, um sich die Zeit zu vertreiben. Die Batterie des Wagens war leer. Alles war leer. Pat hatte auch unsere ganzen Vorräte aus der Nottasche gegessen und ich suchte hinten auf der Ladefläche nach der Nahrung, die ich von meinen Eltern mitgenommen hatte. Damit war klar, dass wir mit dem Wagen hier nicht mehr wegkommen würden. Sollte dies der Platz sein, der uns noch zum Leben blieb?

Ich richtete ein Lagerfeuer her, öffnete die Weinflasche und trank sie in einem Zug leer. Als Pat sich neben mich setzte, fuhr ihre Hand unter mein Hemd und berührte meine nackte Haut. Wir schliefen ein.

Die Kälte ließ mich hochfahren. Das Feuer war heruntergebrannt und Feuchtigkeit stieg aus dem Boden hoch. Pat hatte sich ganz nahe an mich gekuschelt und ihre Hand ruhte immer noch auf meiner Brust – so warm, so weich und so beruhigend. Wie groß muss ihr Vertrauen in mich gewesen sein, dass sie mich überhaupt auf diese Weise berühren konnte, obwohl sie doch das Trauma durch meinen Vater spüren musste. War es ihre Andersartigkeit, die das zuließ? Ich wusste es nicht und drückte ihre Hand noch fester an meine Brust. Ich sehnte mich so sehr nach körperlicher Nähe.

Die Nacht trieb uns in den Wagen und damit in neue Ängste vor dem nächsten Tag. Sollte ich Pat beim nächsten Erkundungsgang mitnehmen? Was mir gestern widerfahren war, durfte kein zweites Mal passieren. Ich konnte nicht einschätzen, ob Pat nicht doch den Wagen verlassen und mich suchen würde. Dann würden wir beide in diesen Wäldern herumirren, bis der Tod uns einholte. Das konnte ich nicht zulassen. Heute musste etwas passieren, das uns weiterbringen würde.

Das Prasseln auf das Dach des Wagens ließ uns erwachen und in den Tag starten, der alles andere als hilfreich war. Zunächst spürten wir die Kälte, die uns über Nacht in die Knochen gefahren war. Die Decke von der Notversorgung hatte ich zur Hälfte zerrissen und nun wickelte ich die andere Hälfte um Pats Schultern. Sie zitterte und ihre Haut war blass bis bläulich. Wir hatten keine Kleidung von daheim mitgenommen und auch auf der Ladefläche nichts verstaut, das uns wärmen könnte. Mit dieser Situation hatte ich nicht gerechnet. Ich zerriss die Isoliertasche der Notversorgung und legte sie Pat auf die Beine. Feuer konnte ich bei diesem Regen kaum machen. Ich entzündete zwei Kerzen und zeigte Pat, wie sie sich vorsichtig die Finger daran wärmen konnte. Wir saßen fest – unterkühlt, alleine und hungrig. Da die Ladefläche des Pick-ups nicht abgedeckt war, waren inzwischen auch sämtliche Vorräte, die nicht geschützt waren, durchweicht. Ich huschte schnell nach hinten und holte eine Cornflakestüte in den Wagen. Leider hatten wir kein Wasser mehr. Ich huschte noch einmal nach hinten, zog einen alten Eimer zwischen dem Holz hervor und stellte ihn so, dass er das

Wasser, das vorne vom Wagen lief, auffangen konnte. Die Spurensuche konnte ich mir sparen. Der Regen hatte alles verwischt und hinterließ nur Schlamm. Ich bemerkte, dass die Temperatur sank. Der Herbst stand vor der Tür. Ich hatte diese Zeit mit Pat besonders schön gestalten wollen. Wir hatten Kürbisse angepflanzt, die ich mit ihr aushöhlen und beleuchten wollte, nur um den Glanz in ihren Augen zu sehen. Außerdem konnten wir das Fruchtfleisch zu Suppe und Nachtisch verarbeiten. Doch stattdessen saß ich nass und frierend in einem Wagen und sah vor meinem inneren Auge die von Kürbissen erleuchtete Hütte. Der Gedanke wärmte mich auf und ließ mich kurzzeitig zur Ruhe kommen. Die Flammen der Kerzen erwärmten den Innenraum des Wagens etwas und schenkten uns für wenige Stunden das Gefühl der Geborgenheit. Pat suchte wieder Schutz und kuschelte sich an mich. Ich nutzte die Zeit, um darüber nachzudenken, was wir als Nächstes tun könnten. Wir besaßen keinerlei wärmende Stoffe oder Kleidung. Ich konnte mit der Plane einen Unterstand bauen, um daneben eine Feuerstelle zu errichten, dann, wenn der Regen aufhören würde. Doch es sah nicht danach aus. Der Himmel war grau und es ging kein Wind, der die schweren Wolken weggeschoben hätte.

Ich sah, wie die Kerzen niederbrannten und als sie erloschen war es stockdunkel. Der Regen ließ nicht nach. Ich kannte dieses Gebiet. Zu dieser Jahreszeit konnte es tagelang regnen.

Als Pat in sich versunken ruhte, schlich ich nach hinten auf den Rücksitz. Ich holte aus meiner Tasche ein kleines Taschenmesser, das ich stets mit mir führte, und begann den Stoff der Rückbank vorsichtig herauszutrennen. Das ergab zwei ziemlich große Stoffbahnen, die ich um Pat und mich herumlegte. Vor uns standen inzwischen zwei Dosen voller Wasser. Wir hatten beide im Laufe des Tages Dosenmais gegessen und nutzten diese Behälter nun als Trinkbecher. Ich fand weitere Kerzen, wollte sie jedoch für den morgigen Tag aufbewahren. Ich konnte nicht abschätzen, wie lange der Regen anhalten würde.

Es gibt Momente im Leben, in denen man einschlafen und nie mehr aufwachen möchte. Mein Wunsch nach einem solchen Schlaf war an diesem Abend besonders groß. Ich spürte den Körper meiner zwölfjährigen Schwester und wünschte, ich könnte sie in diesen Schlaf mitnehmen. Wie groß mochte ihr Vertrauen in mich sein, dass ich uns aus dieser Situation befreien würde? Ich unterdrückte meine aufkommende Verzweiflung und ließ mich in die Wärme ihres Körpers fallen. Sie tat so gut!

Die Erschöpfung führt ein Eigenleben. Wenn man ihr einmal erliegt, ob mental oder körperlich, ist es schwer, ihr wieder zu entkommen. Vor allen Dingen, wenn es eine mentale Erschöpfung ist. Die Ruhe, die wir unseren Körpern zukommen ließen, erhöhte zugleich die mentale Erschöpfung. Ich gewann nicht an Kraft, sondern verlor Stunde um Stunde mehr.

Der nächste Morgen ließ das Wetter nicht aufklaren. Der Wagen versank tiefer im Schlamm und konnte sicherlich auch mit neuer Batterie hier nicht mehr ohne Hilfe fortbewegt werden. Wir saßen fest, in jeder Hinsicht. Was hatte ich getan?

Pat rekelte sich und sah mich erwartungsvoll an. In ihrer Welt gab es keine Verantwortung, wie ich sie jetzt verspürte. Ihre Welt wurde stets von anderen ausgerichtet … oder wie jetzt hingerichtet! Sie schien sich schnell von den Vorfällen der letzten zwei Tage erholt zu haben. Die letzten zwei Jahre mit mir hatten ihr Grundvertrauen zu mir wieder hergestellt, das sich nun auszahlte. Sie blieb ruhig und das half mir enorm. Sie zu beruhigen war nämlich sehr anstrengend. Ich entzündete wieder zwei Kerzen und sorgte für frisches Wasser und Essen. Wir lachten zum ersten Mal über unsere Situation und verkrochen uns noch tiefer unter die Stoffbezüge. Sie waren von guter Qualität und hielten unsere Körper warm. Das war wichtig, denn Kälte überträgt sich im wahrsten Sinne des Wortes auch aufs Gemüt. Man wird unruhig und hektisch. Man kann kaum noch einen klaren Gedanken fassen. Das hatte ich nur allzu deutlich in der Zeit, als ich in den Schuppen eingesperrt gewesen war, gespürt. Doch wir verspürten nun plötzlich so etwas wie Zuversicht und Hoffnung. Wir waren der einen Hölle entkommen und steckten doch in einer neuen drin. Sie fühlte sich aber nicht so schmerzhaft an. Sie war beherrschbar.

In der guten Stimmung mit der Wärme und dem Kerzenlicht kam ich auf die Idee, die Plane, die sich hinten im Wagen befand, irgendwie zu nutzen. Entweder schnitten wir uns eine regenfeste Kleidung daraus oder wir nutzten sie als Regenschutz im Wald. Ich wägte beides gegeneinander ab. Die Chance, in den nächsten Tagen aus dem Wald zu finden, erschien mir sehr gering. Ich konnte nicht einmal sagen, wie tief wir uns darin befanden. Auf der Ladefläche hatte ich eine bestimmte Menge Nahrung und ich hatte sowohl einen Revolver wie auch ein Gewehr mit Munition. Ich war in den letzten zwei Jahren nie in die Bedrängnis gekommen, Tiere für uns zu erlegen, weil ich stets nach der Arbeit aus der Stadt alles mitgebracht hatte. Zudem hatten wir uns viel von Früchten, Kräutern und Gemüse, das Pat gepflanzt hatte, ernährt. Fleisch war sehr teuer. Doch jetzt hatten sich die Dinge gewendet. Uns blieb nur noch die Versorgung mit Fleisch. Wir besaßen zwar noch Dosen mit Gemüse und Obst, aber nicht allzu viel. Da wir im Wagen einen trockenen und geschützten Ort hatten, beschloss ich, aus der Plane Regenkleidung zu schneiden. Wir mussten uns unbedingt bewegen können und wollten hier weg.

Ich erklärte Pat mein Vorhaben und wies sie an, im Wagen zu bleiben, während ich die Regenkleidung vorbereitete. Sie gehorchte und stimmte mich damit noch etwas zuversichtlicher. Jeder kleine Schritt würde uns aus unserer jetzigen Situation befreien.

Gegen Nachmittag war es soweit. Wir machten den ersten Erkundungsgang in regengeschützter Kleidung. Ich zeigte Pat die Markierungen und erklärte ihr, dass wir die nie aus den Augen verlieren dürften. In dem Moment erschien mir die Idee, den Weg aus dem Wald zu suchen, als nicht mehr sinnvoll. Irgendein Gefühl sagte mir, dass ich die Straße, die sich wenige Meilen von uns entfernt befand, meiden sollte. Jeder, der uns sah oder den wir trafen, konnte uns zum Verhängnis werden. Wir mussten mit der Zivilisation abschließen. Die Welt da draußen würde uns nur voneinander trennen und mir viel Ärger einbringen. Doch meine Kenntnis, wie man aus fast nichts im Wald eine Wohn- und Lebenssituation schaffte, war gleich null. Zu meiner Hütte hatte ich alles Nötige mit dem Rad heranschaffen können. Ich hatte sogar einen alten Ofen organisieren und in Gang bringen können. Wir hatten Hausrat und alle Dinge, die vonnöten waren, um gut leben zu können. Jetzt hatten wir außer einer Menge Holz, Werkzeug und einigen Vorräten nichts. Nicht einmal eine zerfallene Hütte, die ich hätte richten können.

Die Erkundung der Gegend vertrieb uns die Zeit, brachte uns aber nicht weiter. Hinter jedem Hügel hofften wir, unsere Hütte zu sehen, aber es breiteten sich nichts als endlose Wälder vor uns aus. Wir waren am schönsten und zugleich schrecklichsten Ort der Welt gefangen. Dass hier wilde Tiere lebten und uns jederzeit begegnen konnten, machte die Situation nicht einfacher. Daher beschloss ich, ab jetzt immer das Gewehr mitzunehmen. Pat durfte niemals mehr alleine irgendwo herumgehen. Sie hatte sich vorher stets in der Hütte aufgehalten, wenn ich nicht da war.

Als wir den Wagen wieder erreichten, sahen wir schon von Weitem, dass etwas nicht stimmte! Pats Tür stand offen, obwohl wir sie vor der Wanderung geschlossen hatten. Ich hatte den Wagen allerdings nicht abgeschlossen. Wozu auch? Nun wurde ich mir des Fehlers bewusst.

Ich bat Pat, etwas zurückzubleiben und brachte das Gewehr in Anschlag. Irgendjemand streunte hier herum. Als ich mich dem Wagen näherte, sah ich, dass sämtliche Dosen von der Ladefläche verschwunden waren. Ebenso die Stoffe aus dem Wagen, die wir für die Nächte brauchten. Die Welt hatte sich erneut gegen uns verschworen! Dieser Fremde, wer auch immer das gewesen sein mochte, konnte noch nicht sehr weit sein. Ich sah tiefe Fußstapfen im Schlamm und erkannte an der Größe der Abdrücke, dass es ein ziemlich großer Mann gewesen sein musste. Er hatte sicherlich gedacht, der Wagen wäre verlassen und hatte sich unbekümmert an den Vorräten bedient. Ich hätte genauso gehandelt. Und doch war dieser Fremde jetzt mein Feind! Er hatte Pat und mich um die letzten Vorräte gebracht, was in mir eine Kurzschlusshandlung auslöste. Ich sah diese Fußabdrücke ins Dickicht führen und folgte ihnen. Sollte ich rufen? Ich besann mich und ließ es, ich konnte ja nicht wissen, ob dieser Fremde ebenfalls bewaffnet war. Niemand streunte nur zum Spaß durch die Wälder und stahl Vorräte. Es gab hin und wieder Menschen, die dieses Leben suchten, aber es gab auch solche, die sich genau wie wir versteckten und ums Überleben kämpfen mussten.

Den Fremden traf zunächst keine Schuld und so wagte ich es schließlich doch, nach ihm zu rufen. Kurz darauf hörte ich einige Meter entfernt ein Rascheln hinter dem Gebüsch. Es klang durch den Regen wie ein Zischen und ich entsicherte zur Vorsicht das Gewehr. Das Rascheln verklang. Die Ruhe, die folgte, machte mich noch nervöser. Hatte derjenige mich bereits im Visier und brauchte nur noch abzudrücken? Ich versuchte, durch den Regen irgendetwas Auffälliges zu erspähen, aber ich sah nichts. Ich wagte mich kaum zu bewegen, weil das Plastik meiner Regenkleidung den anderen sofort aufmerksam machen würde. Ich wurde vom Jäger zum Gejagten.

Kein Mensch kann ermessen, wie groß die Reserven sind, die in einem schlummern, bevor sie nicht gebraucht werden.

Er griff mich von hinten an! Ich hatte mit allem gerechnet, aber nicht, dass er von hinten kommen würde. Er nahm mich mit seinem Gewehr in den Würgegriff, sodass ich meins fallen ließ, um den Griff zu lösen. Doch der andere war stark und groß. Dann schlug ich mit der Faust nach hinten in sein Geschlechtsteil, sodass er mich frei ließ und in die Knie ging. Ich hatte diese Abwehr einmal im Fernsehen gesehen und erinnerte mich in genau diesem Moment daran. Sie war meine Rettung, denn ich konnte mein Gewehr ergreifen und ihn in Schach halten. „Wer bist du?!“, schrie ich ihn an.

Der Fremde richtete sich langsam auf und spuckte auf den Boden. Er sah nicht wie jemand aus, der sich erst seit Kurzem in diesen Wäldern befand. Seine Kleidung war verschmutzt und zerschlissen, sein Gesicht von einem wilden Bart- und Haarwuchs eingerahmt und seine Zähne gelb von der fehlenden Hygiene. Er war bereits zu einem Teil des Waldes geworden und ich war erstaunt, wie einfach ich ihn hatte abwehren können.

„Wie heißt du?“, fragte ich erneut und sah, wie er sein Gewehr neben mir auf dem Boden anvisierte. Er war genauso erregt wie ich. Ich sah nicht besser als er aus, nur anders.

Es ist die Not, in der man steckt und die einen gefährlich werden lässt. Es lag auf der Hand, dass wir beide uns in Not befanden.

„Ich will dir nichts tun“, sagte ich, um ihm ein erstes Zeichen zu geben, dass ich nicht vorhatte, ihn zu verletzen oder gar zu erschießen. Doch auch das nahm nicht die Wildheit aus seinem Blick. Er war ein Gejagter, Verzweifelter und Umherirrender, was ihn noch gefährlicher für mich machte. Ich dachte an Pat und ihr Engelsgesicht. Der Fremde schien mir hungrig nach zu vielen Dingen des Lebens zu sein. Ich konnte ihn unmöglich zwischen uns lassen. Aber ich konnte ihn auch nicht gehen lassen. Die Gefahr, dass er uns jederzeit auflauern konnte, war zu groß. Das schürte meine Entschlossenheit und ich sagte: „Wenn du mir nicht mal deinen Namen sagen kannst, dann haben wir uns wohl nichts mehr zu sagen. Du hast gerade versucht, mich zu erwürgen. Das zeigt mir, dass wir keine Freunde werden können." Sollte ich ihn erschießen? Ich hörte ein erneutes Rascheln im Gebüsch und konnte nicht sagen, woher es kam. War dieser Fremde etwa nicht alleine unterwegs? Der Bruchteil einer Sekunde, der mich unaufmerksam sein ließ, gab ihm die Chance, mir das Gewehr aus der Hand zu schlagen. Er war es gewohnt zu kämpfen, ich nicht. Ich ließ mich von seinen Schlägen niederreißen und spürte mein Bewusstsein schwinden. Es wäre nur noch ein Schlag gewesen, der mein Leben vielleicht ausgelöscht hätte, wenn da nicht ein Schlag erfolgt wäre, der sein Leben auslöschte. Ich hörte seinen Schädel bersten und spürte seinen Leib auf meinen fallen. Durch sein wildes Haar, das auf meinem Gesicht lag, sah ich Pat über mir stehen. Sie hielt mein Gewehr wie einen Schlagstock in der Hand. Sie hatte mir soeben das Leben gerettet!

Ich wollte nicht mehr. Mein Gesicht schmerzte furchtbar, ebenso meine Brust. Der Fremde musste mir ein paar Rippen gebrochen haben. Ich konnte einfach nicht mehr. Meine

Reserven waren in diesem Moment erschöpft. Wir mussten nun Hilfe finden, irgendwie. In diesem Zustand konnte ich Pat nicht mehr beschützen. Sie war nun auf sich selbst angewiesen und hatte auch noch mich am Hals. Wir besaßen keinerlei Verbandsmaterial oder saubere Tücher, um meine Wunden zu reinigen. Die Rangelei im Schlamm hatte die Wunden stark verschmutzt.

„Wasser“, sagte ich leise, obwohl es in Strömen regnete. „Gieß Wasser über mein Gesicht“, war alles, was mir einfiel. Kurze Zeit später spürte ich einen Schwall von Wasser auf mich niederfallen. Pat hatte es richtig gemacht. Sie hatte unser Trinkwasser geholt und damit meine Wunden gereinigt. Ich schloss die Augen und dankte Gott für dieses wunderbare Mädchen. Sie hatte mich gerettet. Dank ihrer Hilfe fanden wir zurück zum Wagen und ich konnte mich der nassen Kleidung entledigen. Ich fand Wärme unter den Stoffbezügen, die sie beide über mich legte. Sie legte meinen Körper so auf die vordere Bank, dass ich etwas schmerzfreier atmen konnte, und zündete eine Kerze an, die meinen Blick mit Wärme erfüllte.

Ich sah sie auf der Rückbank werkeln. Sie hatte sich irgendwas gebaut, auf dem sie Platz fand und muss fürchterlich gefroren haben, um mich warm zu halten. Ich sah sie die andere Kerze in der Hand halten und hörte sie summen. Wir waren in Sicherheit. Das ließ mich einschlafen.

Die Natur richtet es immer so ein, dass sich die Spuren des Vortages verlieren. Sie lebt im Jetzt und Hier.

Am dritten Tag schenkte uns der Wald Vogelgesang und

Sonnenschein, als hätte es niemals etwas Anderes auf dieser Welt gegeben. Die Feuchtigkeit glitzerte und glänzte in der aufgehenden Sonne. Nebelschwaden erhoben sich und wuschen die schrecklichen Tage weg.

Ich erwachte in vollkommener Ruhe. Die Schwellungen in meinem Gesicht schmerzten, doch ich konnte noch mit beiden Augen sehen. Pat war verschwunden. Ich wollte hochkommen, doch der Schmerz in meiner Brust ließ es nicht zu. Ich biss die Zähne zusammen und zog mich langsam am Lenkrad hoch. Die Fenster des Wagens waren beschlagen. Mein Körper schmerzte entsetzlich und ich rief nach Pat. Ich hörte ein Geräusch von draußen, dann öffnete sich die Fahrertür und sie lächelte mich an. „Alles gut", sagte sie und nickte.

„Alles gut", flüsterte ich.

Sie zeigte in den Wald. „Feuer." Ich erschrak, doch als ich hinaussah, erblickte ich ein kleines Lagerfeuer, über dem sie meine Kleidung trocknete. Sie hatte Holzscheite zum Sitzen darum gestellt. Unsere Zeit in der Hütte hatte sie vieles gelehrt, vor allen Dingen aus den Sachen, die man besaß, das Beste zu machen. Ich sah zwei geöffnete und dampfende Dosen im Feuer liegen und fragte mich, wie sie diese geöffnet hatte.

Mit ihrer Hilfe schaffte ich es, den Wagen zu verlassen und mich vorsichtig wieder anzukleiden. Meine Kleidung war warm vom Feuer und fühlte sich gut an. Dann merkte ich, dass wir nun ganz andere Probleme hatten. Meine Kraft war so gut wie nicht mehr vorhanden. Ich musste mich ruhig halten, um den Schmerz in der Brust zu bekämpfen, und setzte mich vorsichtig ans Feuer. Pat hatte mir eine etwas erhöhte Sitzmöglichkeit gebaut, sodass ich mich dort einigermaßen schmerzfrei niederlassen und zusätzlich wärmen konnte. Ich sah auf den Dosen, dass rote Kidneybohnen darin kochten. Ein Festmahl! Und sie kochte Kaffee. Im Feuer stand eine kleine Blechkanne, die ich nicht kannte. Ich sah Pat fragend an und sie lief zum Wagen und holte einen großen Rucksack ans Feuer, der dem Fremden gehört hatte. In diesem Moment erfasste mich eine große Not. So sehr uns die Dinge, die wir im Rucksack fanden, auch nützlich sein mochten, so sehr wurde mir gleichzeitig bewusst, dass wir einen Menschen getötet hatten.

Während Pat alle Dinge vor mir ausbreitete, die wie eine Weihnachtsbescherung auf uns wirkten, dachte ich daran, dass der Tote womöglich wilde und gefährliche Tiere anlocken könnte. Er müsste dringend eingegraben oder verbrannt werden. Andernfalls würden wir uns einer noch größeren Gefahr aussetzen als je zuvor. Ich konnte nicht graben, aber im Pick-up lag eine Schaufel, mit der Pat vielleicht graben konnte. Wir versuchten es, aber der Waldboden war zu sehr durchwurzelt. Wir mussten den Fremden verbrennen. Ich bekam immer merkwürdigere Ideen. Wir sollten die Kleidung des Fremden retten und reinigen. Wir sollten alles retten, was uns irgendwie helfen könnte. In seinem Rucksack waren eine Decke und ein kleines Kissen. Pat zeigte mir noch ein Zelt und einen Schlafsack, den sie gefunden hatte. Der Fremde hatte uns mehr als ein Weihnachtsfest beschert! Wir tranken dank seiner Gaben unseren ersten Kaffee.

Pat sah nicht mehr wie eine Zwölfjährige aus. Als ich sie

im Schein des Feuers an diesem Morgen betrachtete, wirkte sie alterslos auf mich. Ein Wesen, das viel mehr mich beschützte als ich sie. Sie hatte das Leben weit mehr begriffen, als ich es je tun würde. Es war die Reinheit ihres Herzens, die sie so schön sein ließ. Auch wenn sie einen Menschen auf dem Gewissen hatte, so war dies der Notwendigkeit zuzuordnen, um weiter leben zu können. Der Fremde hätte mich sonst getötet und Pat wahrscheinlich in jeder erdenklichen Weise gequält und anschließend vielleicht sogar auch getötet. Es hatte keinen Falschen getroffen. Pat hatte dies instinktiv gespürt und dementsprechend gehandelt. Wir fühlten uns nicht schuldig.

Ich ging zum Wagen, um den Benzinkanister zu holen und den Fremden zu verbrennen, während Pat ihm die Kleidung auszog. Zusammen mit ihr schleppte ich den Mann zu einer kleinen Lichtung und zündete ihn an. Wir sahen, wie sein Leib zu Asche wurde, und sprachen ein kleines Gebet. Anschließend warfen wir Erde über die Asche und überließen diese Seele dem Wald, wo sie hingehörte. Es war die Rauheit der Natur, die sein Schicksal bestimmt hatte.

Als wir zurück zum Wagen kamen und ich mein Gesicht im Seitenspiegel betrachtete, erschrak ich. Es waren nicht die Wunden, die mir zugefügt worden waren, sondern mein Blick. Auch ich war zu einem Tier geworden und blickte Pat verzweifelt an.

Es gab kein Leben mehr, wie wir es gekannt hatten, weder eines, wie wir es in unserem Elternhaus noch in unserer Hütte geführt hatten. Es gab nur noch diesen Wagen und einige überlebenswichtige Dinge. Zum Glück besaßen wir zwei Waffen und genügend Munition. Es war nicht auszuschließen, dass bald Suchtrupps dieses Waldgebiet durchkämmen würden. Die zwei Herren müssten längst gefunden worden sein. Wenn auch nur einer überlebt hatte, konnte er eine Beschreibung von uns abgeben. Man würde schnell herausfinden, wer wir waren. In diesem Gebiet lebten nicht allzu viele Menschen und irgendwie kannte jeder jeden. Wir hatten schon immer als eine merkwürdige Familie gegolten und der Spirituosenhändler war über unsere Probleme im Bilde.

Pat und ich verweilten noch einen weiteren Tag im Wagen, bis ich sagte: „Wir müssen hier verschwinden, Pat."

Sie sah mich verängstigt an. Die wenigen Meilen, die wir in den Wald vorgedrungen waren, erschienen mir plötzlich nicht genug. Auch unsere Hütte war jetzt nicht mehr weit genug von dem Mob entfernt, der uns jagen würde. Ich packte den Rucksack des Fremden und baute noch eine Art Trage aus dem Rest der Plane, die ich hinter mir herziehen konnte. Wenn wir langsam gingen, konnte ich die Trage mit einem Seil um meinen Bauch ziehen. Das würde die Rippen entlasten und wir könnten lebensnotwendige Dinge transportieren. Wegen des Schmerzes arbeitete ich langsam und Pat half mir bei allem, was ihr möglich war. Sie trug den Rucksack mit Schlafsack und Zelt und ich zog mit der Trage Nahrungsmittel und Werkzeuge. Wir mussten einfach auf Gott vertrauen, um die richtige Richtung zu finden.

Wo ich vor drei Tagen noch verzweifelt den Weg zur Straße gesucht hatte, trieb es uns jetzt weiter in die Wälder. Je mehr Bäume und Berge wir von einer Lichtung aus sahen, desto sicherer fühlten wir uns. Die Wildnis erschien uns so willkommen wie nie zuvor, um endlich zur Ruhe zu kommen. Uns würde schon etwas einfallen, und tatsächlich, das Glück schickte uns zu einer alten und verlassenen Trapperhütte. Ich hatte keine Ahnung, wo wir uns befanden, aber die Hütte war nahe an einem Fluss errichtet worden. Wasser war ebenso lebensnotwendig wie das Wild, das wir von nun an selbst erlegen mussten. Wir hatten ziemlich viel Munition, aber wir sollten dennoch sparsam damit umgehen. Sobald sich meine körperliche Verfassung gebessert hätte, wollte ich die Umgebung näher erkunden oder vielleicht sogar einen Pfad zurück zur Zivilisation finden und markieren. Wir würden auf Dauer sicher das eine oder andere benötigen, um in dem Wald leben zu können. Unsere zwei Jahre Erfahrungen waren nicht zu überschätzen, denn ich hatte in dieser Zeit ständig Dinge aus der Stadt mitbringen können. Jetzt sah die Situation anders aus. Ich konnte mich in Roseburg und Umgebung nicht mehr blicken lassen, musste in Zukunft Farmen außerhalb der Stadt aufsuchen und nachts Vorräte stehlen. Keine gute Aussicht, aber die einzige, die uns blieb. Die alte Trapperhütte befand sich in einem schlechten Zustand. Ich besaß nicht einmal Nägel, um das Dach zu reparieren. So musste ich nach meiner Genesung erneut den Wagen suchen gehen, um dort die restlichen Materialien zu holen. Ich hatte irgendwo Nägel und Schrauben auf die Ladefläche geschmissen. Die Plane, die ich zur Trage umfunktioniert hatte, diente uns zunächst als Regenschutz. Wir konnten das Zelt in der Hütte darunter aufbauen und richteten uns ein kleines Lager ein. Der Kamin zog noch und gab uns die erste Wärme, die wir angstfrei genießen konnten. Immer wieder spürte ich Pats Körper an meinen gedrückt, sodass ich sie mehrmals in den Arm nahm. Ihr Bedürfnis nach Nähe und Sicherheit machte mich unruhig, denn sie berührte immer wieder meine nackte Brust, was mich verwirrte. Ich nahm ihre Hand dann vorsichtig in meine, um sie von meiner Haut fernzuhalten. Sie sollte das nicht tun, nicht nachdem sie diese schrecklichen Erfahrungen hinter sich hatte. Pat wusste nicht, was sie bei Männern damit auslöste. Sie war meine Schwester! Wie sollte ich ihr klarmachen, dass es ganz bestimmte Grenzen zwischen uns geben musste? Grenzen, die ich tief in meinem Inneren nicht einmal selbst einhalten wollte.

Es kam der Tag, an dem sie mich zum ersten Mal zu einer Erektion trieb. Mehr erschrocken vor mir selbst, erhob ich mich und rannte einige Meter weit in den Wald. Was war da gerade mit mir geschehen? Ich schlug mir mit der Faust gegen den Kopf und hoffte, damit das Gefühl loszuwerden, doch es wurde schlimmer. Jede Nacht drückte sie ihren zarten Körper an meinen und brachte mich damit in eine Situation, die ich dringend ändern musste. Der Schmerz in den Rippen ließ nach und ich entschied, ihr allein den Schlafplatz im Zelt zu überlassen. Das würde meine Gedanken abkühlen. Pat verstand zunächst nicht, warum ich das tat, aber ich erklärte ihr, dass ich nachts nicht sehr gut schlafen könnte und sie immer wieder durch meine Unruhe wecken würde. Nach knapp zwei Wochen beschloss ich, den Wagen suchen zu gehen. Ich brachte Pat den Umgang mit dem Revolver bei und bereitete sie auf ein paar Tage, die sie alleine in der Hütte verbringen müsste, vor. Ich wollte neues Werkzeug und Holz holen, sagte ich ihr, um die Hütte zu reparieren. Ich schoss zwei Kleintiere und briet sie im Kamin auf Vorrat für sie. Ebenso fanden wir genießbare Beeren und mischten eine Dose Obst darunter. Der Tag meiner Wanderung kam.

Ich riss fast vierzig Stofffetzen aus der Kleidung des Fremden, die ich als Markierung anbringen wollte. Mein vormaliger Fehler sollte sich nicht noch einmal wiederholen. Dann packte ich den Rucksack mit einigen Nahrungsmitteln und schulterte das Gewehr. Ich machte mich nicht nur der Suche wegen auf dem Weg, sondern weil ich auch dringend Abstand zu Pat brauchte. Mir waren in den letzten Tagen zu viele Gedanken durch den Kopf gegangen. Die Liebe, die ich Pat gegenüber immer empfunden hatte, fühlte sich wohltuend und rein an. Nichts hatte mich dazu bewegt, sie zu verändern. Bis jetzt. Es musste diese verdammte Not gewesen sein, die mir ihren nackten Körper nachts in meine Träume schickte. Ich hatte noch nie eine Freundin gehabt und wusste nicht, wie sich das anfühlte, aber ich wusste, dass ich jetzt etwas Falsches spürte. Und durch ihre Behinderung löste es zusätzlich ein Gefühl der Verachtung in mir aus. Ich begann, mich selbst anzuwidern, und war froh, mich für wenige Tage von ihr entfernen zu können.

Ich wusste, dass es im Herbst in den Wäldern nicht ganz ungefährlich war, aber ich hatte Pat schon früh in unserer alten Hütte beigebracht, vor Bären auf der Hut zu sein, kein Essen draußen zu lagern oder zuzubereiten, und wenn es nach gekochtem Essen roch, dann musste unbedingt die Tür geschlossen bleiben. Der Revolver sollte sie zusätzlich schützen. Normalerweise hätte ich sie mit auf die Suche genommen, aber sie konnte sich nicht in die Gefühlswelt von Männern, wie ich einer war, hineinversetzen. Wir haben weit mehr Triebe und Schwächen in diesem Bereich als Frauen. Unsere Natur ist darauf ausgerichtet, der Fortpflanzung und der eigenen Befriedigung nachzukommen. Wir können unsere Erregung nicht wie eine Frau verbergen. Wir geben ihr schnell nach und verursachen nicht selten schlimme Sachen damit.

Als ich Pat zurückließ und die erste Entfernung zwischen uns spürte, überkamen mich Erleichterung und Angst zugleich. Ich spürte, wie meine Gereiztheit nachließ und mein Körper sich aus seiner Verspannung löste. In letzter Zeit hatte ich Pat nur noch selten entspannt begegnen können. Ich wusste nie, wann sie mich in ihrer Unbeschwertheit wieder berühren würde. Inzwischen war schon die pure Berührung meiner Arme oder Beine ein Problem. Ich zuckte sofort zusammen, wenn ich ihre Haut spürte. Sie hatte mich deswegen erst gestern erschrocken angesehen. Wie sollte ich ihr sagen, dass es nichts persönlich mit ihr zu tun hatte, sondern mit meiner sexuellen Entwicklung, die ich nicht verhindern konnte? Ich war nicht mein Vater und doch konnte ich ihn manchmal gut verstehen. Ich hasste mich dafür!

Ich wollte meine Reise zum Wagen dazu nutzen, um mir Klarheit zu verschaffen. Es musste neue Regeln zwischen Pat und mir geben, denn sie wurde mit jedem weiteren Tag schöner, reifer und fraulicher. Das würde mein Körper nicht ignorieren. So musste vor allen Dingen für *mich* eine Regel her. Ich sah mich zerrissen zwischen den Vorstellungen, sie mehr von mir abzugrenzen, besonders den Schlafbereich, und der Angst, dass sie mir aus Wut etwas antun könnte. Ich dachte an meinen Vater. Sie kannte keine Grenzen in ihren Gefühlen und hatte Zugriff auf Waffen, Messer und andere Gegenstände, die mich verletzen könnten.

Als ich den ersten Tag des Weges hinter mir hatte, machte ich ein kleines Lagerfeuer und vergrub mich in einer Decke. Zum ersten Mal dachte ich daran, einfach nicht mehr zurückzukehren, sondern Hilfe zu holen. Ich würde solange nach dem Ausgang aus dem Waldgebiet suchen, bis ich auf eine Straße träfe. Und dann würde ich Pat suchen lassen und mich wegen der Sache mit dem Fremden stellen. Ja, ich würde den Totschlag auf mich nehmen, um Pat zu schützen. Es wäre das Beste für uns gewesen, aber ich tat es nicht …

Am zweiten Tag fand ich zwar nicht den Wagen, aber unsere alte Hütte! Ich war außer mir vor Freude, ich musste den Weg irgendwie verfehlt und in meiner Orientierungslosigkeit instinktiv die Hütte anvisiert haben. Wir befanden uns ziemlich am Rande des Umpgua National Park. Ich fühlte eine wahnsinnige Erleichterung in mir aufkommen und fand alles so vor, wie wir es verlassen hatten. Ich hatte eine Markierung von einer Hütte zur nächsten geschaffen und nun die Wahl, wo wir geschützter leben könnten. Unsere alte Hütte bot natürlich bessere Möglichkeiten, auch im Hinblick auf die immer noch heilenden Rippen. Ich sah mich außerstande in den nächsten Wochen die Trapperhütte so herzurichten, dass sie uns im Winter schützen könnte. Des Weiteren kannte ich den Weg von hier zur Straße und kam so besser an eine Versorgung. In diesem Gebiet konnte der Herbst schnell in einen unberechenbaren, langen, kalten und anhaltenden Winter umschlagen. Wir hatten bereits zwei Winter hier verbracht und kannten uns mit den Schwierigkeiten etwas aus. Das würde uns enorm helfen. Außerdem konnte ich von hier mit dem Rad los und eine Batterie für den Wagen organisieren. Ich musste ihn nur suchen gehen.

Das Leben erschien mir plötzlich wieder so einfach und ich verwarf alle Gedanken, die mich von Pat weggetrieben hatten.

Ich entzündete in der Hütte ein Feuer und bereitete ein köstliches Mahl zu. Ich dachte an Pat, und wie schön wir es hier hatten. Wir waren reich! Ich könnte vielleicht woanders eine Arbeit finden und endlich zur Ruhe kommen. Sollten wir uns bedroht fühlen, dann könnten wir mittels der Markierung einen Umzug in die andere Hütte organisieren. Mir erschien an diesem Abend alles möglich. Wir besaßen im Grunde zwei Häuser, einen Wagen und uns. Das würde uns keiner mehr wegnehmen.

Direkt am nächsten Tag machte ich mich auf, mithilfe der Markierung den Weg zurück, um Pat zu suchen. Es regnete etwas, aber ich hatte genug schützende Kleidung übergezogen und den Rucksack voller Nahrung.

Es mochte ein Bär auf der Suche nach einem Winterquartier gewesen sein, der kurz meinen Weg kreuzte, aber ich sah ihn nicht, sondern hörte ihn nur und verhielt mich still, das Gewehr im Anschlag. Als er sich entfernt hatte, folgte ich weiter der Markierung. Der Regen machte den Bären wahrscheinlich genauso misslaunig wie mich. Wir hatten kein Interesse aneinander.

Als ich die Trapperhütte erreichte, war die Tür von innen verriegelt, genau wie ich es Pat gesagt hatte. Ich klopfte und rief: „Pat? Ich bin's Rylan! Ich bin wieder zurück. Mach auf." Ich hörte Bewegungen in der Hütte, dann die Entriegelung. Pat stand nackt vor mir und lachte mich an. Sie hatte Feuer gemacht und lief nackt in der Hütte herum. Die Situation hatte mich direkt wieder eingefangen und ich sah schamvoll an ihr vorbei. Was dachte sie sich dabei? „Zieh dir was an!", sagte ich scharf, doch sie wies mit der Hand zum Feuer. Ich verstand sie zunächst nicht. Erst als ich sah, dass bis auf das Zelt alles in der Hütte fehlte, wurde mir klar, was passiert war. Ich war einen Tag und eine Nacht länger weggeblieben als vereinbart und hatte ihr verboten, die Tür zu öffnen. Sie hatte für diese ganze Zeit nicht genug Feuerholz und alles verbrannt, was sie gefunden hatte, um es warm zu halten. Was hatte ich getan? Sie hatte nur das Zelt gerettet. Es war aus Kunststoff und konnte nicht brennen. Kluges Mädchen! Ich legte geschwind das Gewehr und den Rucksack ab und entkleidete mich, um zu sehen, was ich ihr von meiner Kleidung geben könnte. Sie sah mir zu und versuchte mich wieder zu berühren, doch ich sagte: „Nein!" Das ließ sie erschrocken zurückweichen. Ich musste ihr unbedingt die Lage erklären und warf ihr meine Jeans, einen Pulli und meine Socken zu. „Zieh das an, Pat." Ich zog die Regenkleidung über meine Unterwäsche und überlegte, wie ich ihr ein paar Schuhe machen könnte. Der Rucksack hatte einen stabilen Kunststoffboden. Von dem schnitt ich zwei ovale Kreise als Sohlen aus und bastelte aus dem Stoff des Zeltes kleine Säckchen, in die ich die Sohlen legte. Am Rucksack war genug Kordel, mit der ich die provisorischen Schuhe an Pats Füßen befestigte. Sie sah mir dabei aufmerksam zu und lachte, als sie ihre ersten Schritte wagte. Ich krempelte die Hose an ihren Beinen hoch und band noch ein Stück Kordel, die ich am Zelt fand, um ihre Hüften, damit die Hose nicht rutschte. „Hübsch!“, sagte ich und lachte mit ihr, als sie sich vor mir im Kreis drehte. In diesem Moment vergaß ich alle Sorgen.

Bevor wir gingen, erklärte ich: „Ich habe unsere Hütte gefunden, Pat. Sie ist nur einen Tagesmarsch von hier entfernt. Wir werden heute noch hier schlafen und gleich morgen früh losgehen. Ich habe Essen mitgebracht.“

Dann packte ich die Vorräte aus. Vor der Hütte fand ich noch genügend Feuerholz für die Nacht, in der die Temperatur mittlerweile die Frostgrenze erreichte.

Ich ließ es noch einmal zu, dass sie sich an mich kuschelte und verwarf jeden Gedanken, der mich verwirrte.

Der nächste Morgen erwachte wieder einige Minuten später als am Tag zuvor. Der Winter kam mit großen Schritten auf uns zu und der Herbst war nur ein bunter, kurzer Spielgefährte, der die Kälte kaschierte.

Die Nachtkälte war in die Hütte gekrochen und hatte unser Feuer gelöscht. Wir lagen eng beieinander, was mir wieder zu schaffen machte. Gerade der Morgen war der Moment, der mich für Zärtlichkeiten am empfänglichsten machte. Ich spürte eine leichte Erregung und rückte von Pat weg. Es durfte auf keinen Fall zu einer sexuellen Annäherung kommen, bei der ich die Kontrolle verlieren könnte. So machte ich mich daran, das Feuer wieder in Gang zu bringen und eine Kleinigkeit zum Frühstück vorzubereiten. In Momenten wie diesen war es egal, was wir aßen. Es musste uns nur gut sättigen. Ich hatte Trockenfleisch, Brot, Mais und Tee mitgenommen. Pat rekelte sich und sah grinsend aus dem Zelt zu mir hinüber. Ich gab ihr das Zeichen zum Essen.

Nachdem wir das Feuer gelöscht und das Zelt abgebaut hatten, machten wir alles für unsere Heimreise fertig. Dieses Wort hörte sich so gut an! Pat summte. Wir verließen die Hütte so, wie wir sie vorgefunden hatten, außer dass ein paar alte Möbelreste fehlten. Aber wir hinterließen keinerlei Hinweise auf uns. Ich fegte selbst den Boden mit einem Tannenast, um keine Schuhabdrücke zu hinterlassen. Es ging los.

Der Weg war im Grunde nicht sehr weit, aber er war uneben und voller Stolperfallen. Ich ging vor, um Fallen zu erkennen, die ein ehemaliger Trapper vielleicht hinterlassen hatte, und bat Pat, nahe hinter mir zu bleiben. Das Zelt und das letztens mitgeschleppte Werkzeug hatte ich in den Rucksack gepackt, der nun wieder Schmerzen in meinen Rippen verursachte, aber es war erträglich.

Wir waren in einem Zeitalter des technischen Fortschritts herangewachsen und sahen uns nun in die Vergangenheit zurückkatapultiert. Aus den einfachsten Dingen bastelten und bauten wir nützliche Dinge, die unser Leben vereinfachten. Am wichtigsten waren Wasser und Feuer. Wir besaßen nicht mehr genug Streichhölzer und Feuerzeuge, um über den Winter zu kommen. So musste ich noch vor Wintereinbruch unbedingt nach Roseburg, um Vorräte einzukaufen. Ich sollte mir meine Haare abrasieren und einen Bart wachsen lassen, damit man mich nicht auf Anhieb erkannte.

Während unserer Wanderung gingen mir viele Dinge durch den Kopf, die erledigt werden mussten. Der schreckliche Zwischenfall hatte uns viele wichtige Tage gekostet und mein Chef Mr. Corburn würde sich sicherlich fragen, wo ich in letzter Zeit gewesen war. Bei ihm hatte ich sechs Stunden am Tag für einen Hungerlohn gearbeitet, aber ich hatte abends immer die alten Lebensmittel mitnehmen dürfen, die abgelaufen waren und die keiner mehr kaufen wollte. So konnten wir Geld für die anderen Sachen beiseitelegen, die wichtig für das Überleben in der Wildnis waren. Sicherlich war Mr. Corburn inzwischen zu meinem Vater gefahren, um nachzusehen. Was mochte er vorgefunden haben?

Bei unserer Wanderung zur Hütte ging mir die ganze Geschichte noch einmal durch den Kopf, besonders die Angst, man könnte uns finden. Ich überlegte, wie wir uns besser schützen und Eindringlinge rechtzeitig bemerken könnten. Die Geschäfte boten bereits die ersten Weihnachtsartikel an und ich dachte an ganz simple Glöckchen. Ich könnte um unsere Hütte herum ein ganz unauffälliges Band ziehen und mit Glöckchen versehen. Das würde uns zusätzlich vor wilden Tieren schützen.

Das Wetter meinte es bei der Wanderung gut mit uns. Es schickte uns zwar graue Wolken, aber keinen Regen. Das half enorm. Pat blieb brav hinter mir und ich achtete stets darauf, nicht zu schnell zu gehen. Sie hatte kein gutes Schuhwerk. Also fragte ich sie ständig nach ihren Füßen, ob sie schmerzten, doch sie schüttelte jedes Mal den Kopf. Ich versicherte ihr zig Mal: „Wir sind gleich da“, doch erst gegen Abend konnte ich mein Versprechen einlösen. Pat hatte sich die ganze Zeit über nicht einmal beschwert und stieß einen Jubelschrei aus, als sie unser altes Anwesen sah. Hinter der Hütte hing immer noch die Wäsche an der Leine, die sie zuletzt aufgehängt hatte, bevor Vater sie geholt hatte. Ich fragte mich immer wieder, wie er sie geholt haben mochte – freundlich, lachend oder brutal und gemein. Ich konnte mir nicht vorstellen, dass sie ohne Weiteres mitgegangen war, und beschloss, sie danach zu fragen, wenn wir in der Hütte zur Ruhe gekommen wären.

Während ich die Hütte aufschloss und direkt Feuer machte, sah ich sie die Wäsche abnehmen. Sie war direkt wieder in ihrer Aufgabe gefangen und tat ihre Arbeit. Das freute mich. Es gab mir das Gefühl, unsere Welt wieder ein wenig geradegerückt zu haben. Dass sie keineswegs in Ordnung war, sah ich, als ich ihr die provisorischen Schuhe auszog. Im Inneren hatte sich etwas Blut gesammelt und ich fand wunde Stellen unter ihren Sohlen. Ich kochte Wasser und reinige alles sehr vorsichtig. Zum Glück besaßen wir noch Wundsalbe, die ich vorsichtig auftrug. Sie gab keinen Laut von sich, sondern streichelte die ganze Zeit meine Arme. Pat hatte ihre Dankbarkeit immer schon durch Berührungen gezeigt. Das musste meinen Vater zusätzlich stimuliert haben, sie anzufassen. Auch mich erreichte ihre Zärtlichkeit wieder einmal zu intensiv und ich zog meine Arme vorsichtig zurück. Ich wollte ihr nicht ihre Unbeschwertheit nehmen, aber es galt zunächst, mich selbst zu schützen. Ich bemerkte, wie die Grenze zwischen uns immer kleiner wurde, und begann, mir ernsthafte Sorgen zu machen. Pat hatte nicht die geringste Ahnung, was vor sich ging. Unser Vater hatte ihr ein verzerrtes Weltbild vermittelt, was Zärtlichkeiten betraf. Ich vermisste traumatische Reaktionen bei ihr. Das zeigte, wie anders sie doch war und wie unvoreingenommen sie Menschen immer wieder begegnen konnte. Es war genau das, was ständig meinen Beschützerinstinkt weckte. Sie musste ein Leben lang beschützt werden. Selbst jetzt, als sie unter Schmerzen litt, lachte sie mich an. Wie sollte ich das Gespräch nur anfangen, ohne sie zu verwirren oder gar zurückzuweisen? Ich ließ es an diesem Abend sein. Der Tag war anstrengend genug gewesen.

Wir schliefen in zwei getrennten Bereichen, doch jetzt keimte tatsächlich die Angst vor einer ersten Nacht in dieser Hütte in mir auf. Konnte ich es überhaupt riskieren, sie zurückzuweisen, wenn sie zu mir herüberkäme? Ich dachte an meinen Vater. Vielleicht litt ich auch an einer Überreaktion und tat ihr Unrecht. Ich lag die ganze Nacht wach und wusste mir keinen Rat. Vielleicht sollte ich einfach nur abwarten, wie weit sie gehen würde. Dabei richtete sich die Angst wieder mehr auf mich als auf sie.

Nichts Beunruhigendes geschah.

Wir fanden schnell zurück in unseren alten Tagesablauf. Da wir bereits einen Winter in der Hütte hinter uns hatten, wussten wir, was zu tun war. Für Pat war es ungewohnt, mich den ganzen Tag um sich zu haben. Wo ich früher erst gegen Nachmittag heimgekommen war und stets etwas mitgebracht hatte, versuchte ich nun von dem, was die Natur uns gab, unsere Versorgung sicherzustellen. Eine völlig neue Erfahrung holte uns ein. Ich schoss Kleintiere, die wir häuten und ausnehmen mussten. Schon beim ersten Tier überkam uns beide Ekel. Wir dachten unweigerlich an die Ereignisse, die uns widerfahren waren. Blut löste plötzlich traumatische Gefühle in uns aus, doch uns blieb keine Wahl. Wenn wir hier überleben wollten, mussten wir uns daran gewöhnen.

Ich musste meine Rippen noch weiter schonen und mein Gesicht weiter verheilen lassen, bevor ich in die Stadt fahren konnte. Und Pat musste ihre Füße schonen, ehe ich sie allein ließ.

Die Nächte wurden zur Qual. Ich hörte sie stöhnen und jammern. Sie begann die Erlebnisse zu verarbeiten und ich weckte sie regelmäßig auf, damit sie den Qualen entkommen könnte. Sie bat mich, zu mir ins Bett kommen zu dürfen, doch ich konnte es nicht zulassen. Ich sagte ihr, ich müsse noch arbeiten und erledigte irgendwelche Hausarbeit, nur um nicht im Bett liegen zu müssen. Ich schlief vornüber am Tisch ein, als ich noch zu lesen versuchte, und wusste, dass sich genau jetzt etwas Grundlegendes verändern musste! Ich musste Pat endlich aufklären!

Was gab es Besseres als ein Buch mit Bildern? Leider hatten wir keins. Aber ich würde wohl kaum meinen Körper zur Verfügung stellen können. Ja, was sollte ich ihr eigentlich erklären? Sie hatte den Geschlechtsakt bereits kennengelernt und mehr Erfahrung als ich, doch ich musste die Zusammenhänge von richtig und falsch erklären. Vater war falsch und ich war genauso falsch. Würde sie das verstehen? Wohl kaum und doch musste sie über die Unrichtigkeit aufgeklärt werden. Wie ging man überhaupt mit Missbrauch bei Behinderten um?

Ich fühlte mich überfordert und ging Holz hacken. In der nächsten Nacht schlief Pat bei mir.

Hätte ich es doch bloß verhindert, aber ich war zu erschöpft gewesen, um mich zu widersetzen. Erst später erfuhr ich aus Fachbüchern, warum alles so passieren musste …

Es ist falsch, wenn man geistig behinderten Frauen kein sexuelles Verlangen zutraut. Es stellt in ihrem Leben keine Selbstverständlichkeit wie bei Frauen ohne geistige Behinderung dar. Und sie begegnen diesem Verlangen mit weit mehr Unsicherheit und Hilflosigkeit. Deswegen sind sie so viel öfter Opfer sexueller Übergriffe und Gewalt, ob in Familien oder durch Fremde. Es waren die Lebensverhältnisse, in denen Pat groß geworden war. Sie waren eine Katastrophe gewesen. Hinzu kam ihr Alter. In Pat verschwammen die Entwicklungsabläufe. Sie hatte in ihrer Kindheit ihre Jugend durchlebt und das hatte sie zu dem Menschen gemacht, der nun neben mir im Bett lag. Ich hatte eigentlich eine Abwehrhaltung erwartet, wenn sie den Körper eines Mannes spüren würde, und ich fragte mich, was sie dazu veranlasste, diese Zärtlichkeit zwischen uns zu pflegen. War es das Ergebnis von Vaters perverser Annäherung? Was hatte er ihr versprochen, wenn er sie oder sie ihn berührte? Hatte er mit Belohnungen gearbeitet? Hatte er ihr Schutz versprochen, den sie sich nun von mir wünschte?

Ich schrak hoch, als ich Pats Hand zu meinem Bauch hinunterfahren spürte. Obwohl ich dicke Schlafkleidung trug, war sie unbemerkt darunter gekrochen und tastete sich langsam vor. Ich verließ das Bett und beschloss, es auf die einfachste Weise zu regeln. Ich sagte: „Pat, ich möchte nicht, dass du mich anfasst, hörst du?“ Was hatte ich gesagt? Pat sah mich verängstigt an. Mit Anfassen meinte ich doch nur bestimmte Bereiche und erklärte: „Schau Pat, hier, hier und hier möchte ich nicht angefasst werden. Verstehst du das?“ Ich zeigte auf meine Brust, mein Geschlechtsteil und meinen Po. „Hier, hier und hier darfst du mich anfassen.“ Ich zeigte auf mein Gesicht, meine Arme und Beine.

Sie gab einen undefinierbaren Laut von sich und sagte danach: „Okay.“ Dann sprang sie aus dem Bett und sagte: „Hier, hier, hier, hier, hier …“, Ich hielt ihre Hand fest, die ihren ganzen Körper abtastete, und fragte: „Was ist da überall?“

„Da kannst du anfassen“, gab sie mir zur Antwort.

Ich schüttelte den Kopf und zeigte ihr die gleichen Stellen, die ich an meinem Körper gezeigt hatte. „Hier, hier und hier werde ich dich nicht anfassen. Nur Kopf, Arme und Beine.“

„Warum?“, fragte sie.

Ja, warum? Weil es Grenzen gibt, die nicht überschritten werden dürfen. Ich versuchte, es ihr mit einfachen Worten zu erklären: „Männer aus der Familie dürfen Mädchen dort nicht anfassen.“

Das verwirrte sie noch mehr, denn Vater hatte sie bis zu ihrem vierten Lebensjahr gewickelt. Wie sollte ich ihr nur das eigentliche Problem erklären? Sie sah mich erwartungsvoll an.

„Pat, Männer haben einen Penis.“ Ich zeigte auf meine Schlafanzughose. Was tat ich nur? Ich wandte mich ab und wusste nicht mehr weiter. Wie sollte Pat je das Recht auf eine sexuelle Entwicklung haben, wenn ich sie ihr gerade verbot? Wie sollte ich das Verhältnis von Vater und mir zu dem anderer Männern abgrenzen, ohne sie zu verschrecken, und wie sollte ich gleichzeitig erklären, dass solchen Akte zu einer Verbindung zwischen Mann und Frau gehören? Pat war zurückgeblieben, was aber nicht bedeutete, dass auch sie eines Tages geschlechtsreif werden und einen Mann haben wollen würde.

Ich drehte mich wieder um. „Wir belassen es dabei, Pat, okay? Ich bin dein Bruder und ich bin ein erwachsener Mann. Was Vater mit dir gemacht hat, war falsch. Und ich will nicht das gleiche tun. Es ist verboten. Kannst du das verstehen?"

Sie schüttelte den Kopf. Pat hatte zwar eine Schule kennengelernt, aber ihr Elternhaus galt doch als der Ort, an dem sie die grundlegenden Dinge fürs Leben gelernt hatte. Solange es nur Vater gewesen war, hatte sie in irgendeiner Weise Vertrauen zu diesen Vorgängen aufgebaut. Wahrscheinlich hatte sie es nicht einmal als Missbrauch empfunden, sondern nur als Austausch zwischen Vater und Tochter.

Seine Art, sie als Kleinkind anzulernen, war widerlich gewesen. Es schauderte mich erneut! Ein schrecklicher Gedanke. Es machte die Situation nicht besser, im Gegenteil, unser Verhältnis begann, immer komplizierter zu werden, denn meine Liebe zu ihr war dennoch ungebrochen. Dieser Konflikt zwischen Liebe und körperlicher Annäherung brachte mich immer mehr in einen Gewissenskonflikt. Inzwischen spürte ich ihn wie einen inneren Krieg in mir. Jede Bewegung meinerseits war künstlich, jede Berührung ihrerseits wurde überwacht. Ich trennte die Schlafbereiche noch einmal klar ab, indem ich anstatt eines Vorhangs nun eine Holzwand zog. Pat beobachtete mich dabei und ich bekam Angst, dass sie die Aktion fehldeuten könnte. Ich konnte unmöglich alle Werkzeuge oder Dinge, die mich verletzen konnten, wegschließen. Eine nahezu unerträgliche Situation entstand zwischen uns. Unser gemeinsames Leben hatte sich komplett verändert. Und dann folgte dieser schreckliche Tag!

Es war Ende Oktober, als ich beschloss, zum ersten Mal mit dem Rad in die Stadt zu fahren. Wir hatten noch keinen Schneefall, aber die Temperaturen waren konstant niedrig. Es roch nach Schnee. Meine Verletzungen waren verheilt und ich hatte mir durchs Holzhaken wieder eine Menge Kraft antrainiert. Inzwischen hatte ich auch den Pick-up meines Vaters wiedergefunden und alles mit dem Anhänger des Rades zur Hütte transportiert. Im Wald verliefen nun zwei markierte Wege zur Hütte. Ich baute gerade die Batterie des Wagens aus, um sie mit in die Stadt zu nehmen. Vielleicht konnte ich sie aufladen oder eine neue besorgen. Dann würde ich den Wagen wieder fit machen und für größere Besorgungen nutzen.

Als ich die Batterie in den Anhänger legte, hörte ich ein Knacken zwischen den Bäumen. Jemand war in unmittelbarer Nähe! Es war schwer auszumachen, ob es ein Tier oder ein Mensch war. Es knackte erneut! Das war kein Tier! Das Knacken erfolgte gezielt. Ich griff nach dem Gewehr, das ich stets bei mir trug, und entsicherte es. Mit langsamen Schritten begab ich mich hinter den Wagen, als es erneut knackte. Zwischen den Bäumen erkannte ich plötzlich die blaue Jacke von Pat. Sie war mir gefolgt. „Pat!“, rief ich, „du hast mich erschreckt!“

Als sie aus dem Dickicht kam, sah ich, dass sie den Revolver, den ich ihr stets in der Hütte ließ, mitgenommen hatte und nun auf mich richtete. Zunächst begriff ich nicht den Ernst der Lage und mir entglitt ein künstliches Lachen. „Lass das, Pat.“ Ich sicherte das Gewehr und hob es als Entwarnung in die Höhe. Sie zögerte, doch dann sicherte auch sie den Revolver und steckte ihn in ihre Hosentasche, was mich zunächst erleichtert hinter dem Wagen hervorkommen ließ. Diese Szene beschäftigte mich später ununterbrochen. Sie zeigte mir, dass ich ihr weit mehr ausgeliefert war als sie mir. Sie konnte mir ohne Weiteres mit schussbereiter Waffe folgen und … weshalb? Was hatte sie vorgehabt? Sie sah doch, dass ich alleine war und nicht in Gefahr.

Ich muss zugeben, dass die letzten Wochen nicht unsere besten gewesen waren. Ich vermied nun Körperkontakt, wo immer es ging. Unangenehmerweise hatte ich bemerkt, dass sie mich in den letzten Tagen beim Duschen beobachtet hatte. Ich hatte zwar einen Sichtschutz gebaut, aber man konnte durch einen Ritz hineinsehen. Was mochte in ihr vorgehen? War sie wirklich so behindert, wie ich immer angenommen hatte? Ich sah geflissentlich weg, wenn sie sich mitten in der Hütte entkleidete und wusch. Sie wurde in wenigen Wochen dreizehn und ihr Körper immer mehr der einer Frau. Ich musste ihr in der Stadt unbedingt Binden besorgen. Wie würde man mich dabei an der Kasse ansehen?

Ich schaute in den Spiegel und rasierte mir den Kopf. Mein Bart war inzwischen soweit gewachsen, dass mich niemand auf Anhieb erkennen würde. Ich würde mich überall unter falschem Namen vorstellen und sagen, ich sei neu nach Melrose gezogen und bewirtschafte dort mit meiner Frau eine Farm. Ich wäre verheiratet und suchte eine kleine Arbeit nebenbei, um die Renovierungskosten der Farm zu finanzieren. Mit dem Wagen meines Vaters musste ich mir noch etwas einfallen lassen. Ich könnte ihn umlackieren und das Nummernschild etwas manipulieren. Oder eines vom Schrottplatz stehlen. Ja, ich könnte nun viel, aber zunächst brauchten wir Geld und Wintervorräte. Das alles erklärte ich Pat, während sie eine Mahlzeit für uns vorbereitete. Ich packte den Anhänger, überprüfte das Rad und verstaute noch schnell einiges Werkzeug, falls ich einen verlassenen Wagen finden würde. Es gab immer Dinge, die ich gebrauchen konnte. In dieser Gegend ließ man gerne seinen Müll irgendwo liegen. Wen kümmerte das schon? Ich könnte wegen einiger Dosen Sprühlack in *Ernies Garage* nachfragen. Der hatte immer irgendwo Reste herumliegen. Vielleicht würde ich auch die eine oder andere volle Dose finden …

Meine kriminelle Energie nahm zu. Ich müsste wieder stehlen, solange ich keinen Job fand. Mein Äußeres müsste eben bis auf Weiteres entstellt bleiben, bis mir etwas Besseres einfiele.

Als Pat und ich zu Abendbrot aßen, kam eine merkwürdige Spannung zwischen uns auf. Ich würde morgen erstmals nach langer Zeit wieder in die Stadt fahren und eine Art Routine in unserem Leben wiederherstellen und doch spürten wir beide, dass sich etwas zwischen uns verändert hatte. Mein Verlangen nach einer Frau war gewachsen. Ich befriedigte mich zwar hin und wieder selbst, aber seit dem nächtlichen Vorfall mit Pat und meinen Erklärungsversuchen, erschien es mir widerlich. Es war die Angst, dass ich plötzlich mittendrin an sie denken müsste. Jetzt saß ich ihr gegenüber, männlicher denn je und voller Testosteron. Sie trug ihr dichtes Haar zu einem Zopf gebunden und bekam von Tag zu Tag ein reiferes Gesicht. Sie sah wie eine 18-Jährige aus, nach der sich alle Jungen umdrehen würden. Die harte körperliche Arbeit hatte ihren Körper zu etwas geformt, nach dem ich mich sehnte. Ich sah sie an und dachte, was schon dabei wäre, wieder mit ihr in einem Bett zu schlafen. Vielleicht war die Waffe, die sie auf mich gerichtet hatte, sogar eine Aufforderung dazu gewesen. Zumindest war Pat mir gegenüber verunsichert. Wenn sich Sicherheit bei ihr nur durch körperliche Nähe ausdrückte, warum nicht? Warum sollte ich sie meinen Körper eigentlich nicht berühren lassen? Egal was passieren würde, ich sollte ihr die Führung überlassen. Ich sollte abwarten, was sie von mir wollte und erwartete, ich meine, wir lebten in diesem Wald vollkommen alleine. Wer würde schon hinsehen oder etwas sagen?

Wir sprachen kein Wort miteinander, als wir zu Bett gingen. Ich nahm sie an der Hand und gestattete ihr, bei mir liegen zu dürfen. Ich wollte sehen, was sie von unserem Gespräch umsetzen könnte. Wir kleideten uns aus und zogen die Nachtwäsche über.

Ich hätte es nicht tun dürfen! Ich legte zum ersten Mal meine Hand auf ihre nackten Brüste!

In der Stadt verlief alles nach Plan. Niemand erkannte mich. Die Kälte hatte mich in dicke Kleidung verschwinden lassen und gab mir ein verwegenes Aussehen. Pat hatte noch einige Ersparnisse beiseitegelegt, wovon ich eine Grundversorgung und eventuell eine gebrauchte Batterie kaufen könnte. Als ich im Laden stand, griff ich nach Binden, zögerte …, sah mich um … und griff noch ein Päckchen Kondome.

In *Ernies Garage* arbeitete inzwischen ein neuer Mann und erklärte mir, dass sein Chef schwer erkrankt sei und er die Werkstatt wahrscheinlich übernehmen würde. Ich stellte mich als Dan Morrell vor und tischte ihm meine ausgedachte Geschichte auf. Alles passte hervorragend. Er schaute sich meine Batterie an und bot mir eine passende Gebrauchte für wenige Dollar an. Ich fragte nach Sprühlack, um einen alten Wagen wieder fit zu machen. Das war in dieser Gegend nichts Ungewöhnliches. Man reparierte und benutzte die Dinge solange, bis man sie nicht mehr gebrauchen konnte. Er, Jack Brown, bot mir einen Job an, falls er die Werkstatt übernehmen könnte. Dann könnte ich meinen Wagen direkt in seiner Werkstatt fit machen.

Als ich heimkam, erzählte ich Pat von meinem großartigen Tag in der Stadt, als wäre sie meine Frau und nahm sie anschließend liebevoll in den Arm. Das war der Tag, an dem unser Verhältnis umschlug! Es war nicht nur meine äußerliche und berufliche Veränderung, die dazu beigetragen hatte, sondern auch diese verdammten Kondome, die ich so selbstverständlich gegriffen hatte, als wären die Dinge bereits geplant. Alles drehte sich nur um Sicherheit. Pat nahm keine

Pille, wozu auch? Es war die Berührung ihrer Brust, die mich dazu verleitet hatte, nach diesem Päckchen zu greifen. Ich hatte keine Ahnung, wie man damit umging. Jetzt legte ich das Päckchen heimlich in meinen kleinen Nachtschrank. Nur zur Sicherheit … nur zur Sicherheit!

Ich fragte nach dem Revolver und sie holte ihn. An diesem Tag veränderte sich viel in mir. Ich dachte kriminell, handelte danach und verbot mir selbst jede Form des Widerstandes. Hatten das die letzten Wochen aus mir gemacht? Ich wurde bald zwanzig. An diesem Abend beschloss ich, Pat den Revolver nicht mehr dauerhaft zu lassen. Der letzte Vorfall hatte mich erschreckt. Ich schloss ihn weg, genau wie mein Gewehr. Ich hatte dafür extra ein stabiles Schloss aus der Stadt mitgebracht. Ich sprach ihr gegenüber ein klares Waffenverbot aus und setzte mich an den Abendbrottisch wie einst mein Vater, wenn er von der Arbeit heimgekommen war. Pat stand am Ofen und stocherte im Feuer, um die Suppe am Kochen und uns warm zu halten.

Ich versuchte herauszufinden, ob ihr letzte Nacht etwas unangenehm gewesen war, und fragte: „Willst du heute Nacht wieder bei mir schlafen?“

Sie nickte nicht sofort, sondern nur zögerlich.

„Du brauchst es nicht, wenn du nicht willst.“ Ich sah sie an und spürte zum ersten Mal diesen anderen Druck in meiner Leiste. Es müssen die Kondome gewesen sein. Sie hatten mir die Tür zu einem Verhalten geöffnet, das keine Folgen haben würde. Ein reizvoller Gedanke. Was würde schon passieren, wenn Pat es zulassen, ja, es sich sogar wünschen würde? Sie war es gewöhnt, dieses Gefühl auszuhalten. Ich meine, wir wollten hier für immer zusammenleben. Meine Gefühle waren nicht mehr grenzwertig, sondern hatten die Grenze bereits überschritten. In der Stadt war mir klar geworden, dass das eine nicht ohne das andere funktionieren würde. Nicht auf Dauer. Es war nur der Bruchteil einer Sekunde gewesen, in dem ich diese Entscheidung gefällt hatte. Entweder ein Leben mit Pat mit allem zugehörigen Verlangen oder ein Leben ohne Pat im Gefängnis. Als ich es von dieser Seite betrachtete, war mir die Entscheidung nicht schwergefallen. Wer würde uns schon auf die Schliche kommen, solange es mit unser beider Einverständnis geschah?

An diesem Abend in der Küche fragte ich sie: „Pat, liebst du mich?“

Sie nickte sofort.

„Ich dich auch“, gab ich zurück. Dann fragte ich sie: „Willst du mit mir hier weiterhin im Wald wohnen?“, als würde ich sie bitten, meine Frau zu werden! Wieder nickte sie. „Warum hattest du den Revolver auf mich gerichtet?“ Jetzt wollte ich es wissen.

Sie sah beschämt zu Boden und antwortete: „Weil ich dachte, dass du weggehen willst.“

Ich sah auf den Tisch. Sie hatte Angst bekommen, dass ich sie im Stich lassen würde? „Wie kommst du darauf?“, fragte ich und dachte an mein wochenlanges abweisendes Verhalten ihr gegenüber. Sie muss vollkommen durcheinander gewesen sein, als ich ihr gesagt hatte, dass ich in die Stadt fahren und eine neue Batterie für den Wagen holen würde. Sie hatte ihre eigenen Rückschlüsse daraus gezogen und dachte tatsächlich, ich würde mit dem Wagen abhauen und sie im

Wald allein zurücklassen! Jetzt leuchtete mir alles ein. Und ich Idiot hatte es als Angriff gewertet, weil sie wütend auf mich war. „Du hattest Angst?“, fragte bestürzt.

„Ja“, gab sie mir zur Antwort. Sie sagte nur *ja*!

„Oh Pat!“ Ich erhob mich, ging zu ihr an den Ofen und nahm sie in den Arm. „Meine kleine Pat!“ Ich hob ihren Kopf hoch und küsste sie auf den Mund!

Dass wir in der darauffolgenden Nacht wieder beieinander schliefen, war klar. Sie zögerte keinen Moment, in meinen Schlafbereich zu kommen, dabei hatte sie ganz andere Gedanken als ich! Ich zog sie ins Bett und überlegte, ihr zum vierzehnten Geburtstag ein ganz besonderes Geschenk zu machen. Ich wollte die Trennwand wieder entfernen und die Betten erstmals zusammenschieben. Es sollte ein Geschenk für uns beide werden. Ich fühlte ihren nackten Körper unter dem Nachthemd und schlief ein.

Schon am nächsten Morgen vermisste ich sie! Sie lag nicht mehr neben mir, als ich erwachte! Dafür entdeckte ich etwas anderes. Mein Glied war erigiert. Hatte sie das vertrieben?

„Pat?“, rief ich sie. War sie bereits auf dem Weg zum Waffenschrank, um mir eine Kugel zwischen die Beine zu jagen? Ich sprang aus dem Bett und tat alles, um die Erektion loszuwerden, und hörte Pat in der Küche hantieren.

Nichts erregte meine Besorgnis und ich begab mich wie jeden Morgen nach draußen, um meine Notdurft zu verrichten und mich zu duschen. Ich wollte heute die Batterie in den Wagen einbauen und versuchen, ihn mithilfe von Brettern aus dem Schlamm herauszufahren. Vielleicht sollte ich

Pat diesmal mitnehmen, um ihr zu zeigen, dass ich nicht vorhatte sie zu verlassen. Ich wollte, sofern es noch nicht schneite, zu Jack fahren und ihm den Wagen zeigen. Vielleicht konnte ich auf Pump schon etwas richten. Ich würde es demnächst abarbeiten. Pat würde ich als meine Frau vorstellen, denn sie sah wirklich nicht mehr wie ein Kind aus. Wir machten uns auf den Weg.

Da ich nun über einen Kompass und eine Karte des Waldgebiets verfügte, konnte ich die Lage des Wagens gut ausmachen. Dank des Allradantriebs, der unerlässlich in diesen Gebieten war, und den Brettern, die ich unter die Reifen legte, konnte ich den Wagen aus dem Matsch befreien und ihn sicher zur Straße fahren. Wir hatten es geschafft! Doch meine Angst, diesen Wagen zu steuern war immer noch groß. Auch die Gefahr, erkannt zu werden. Einige kannten den Wagen meines Vaters vielleicht. Und so steuerte ich ihn gleich wieder in den Wald hinein. Ich fuhr mit Pat solange Richtung Hütte, bis das Gewächs zu dicht wurde. Bis hierhin würden wir unsere Sachen in Zukunft immer tragen müssen. Ich schätzte den Weg auf eine halbe Meile. So hatte auch dieser Tag uns ein wenig weitergebracht.

Unsere Pläne scheiterten. In der darauffolgenden Nacht schneite es so stark, dass wir den Wagen nicht aus dem Wald bekommen würden. Wir würden hier vorerst festsitzen, obwohl ich noch Kordel und Glöckchen besorgen wollte. Und vielleicht ein weiteres Päckchen Kondome. Zehn Stück erschienen mir plötzlich zu wenig …

Wenn die Natur dich zur Ruhe zwingt, beginnst du dich mit anderen Dingen zu beschäftigen. Ich begann Reparaturen innerhalb der Hütte zu erledigen, die längst überfällig waren, und war froh, noch im Frühjahr eine verlängerte Überdachung um die Hütte herum angebracht zu haben, die es uns nun ermöglichte, geschützt an das gestapelte Holz zu gelangen. Ich konnte im Schutze dieses Daches ebenso an große Werkzeuge und Vorräte gelangen, die wir draußen lagern konnten. Allerdings war über Nacht derart viel Schnee gefallen, dass er das Dach zum Einsturz bringen konnte. Eine immer wiederkehrende Gefahr in den Wäldern. Ich musste das Dach mit einer Leiter besteigen und den Schnee herunterfegen. Zum Glück bewahrte ich auch dafür alles an der Hauswand auf. Wenn Vater nicht so versoffen gewesen wäre, hätte er jetzt sehr stolz auf mich sein können.

Ich war den ganzen Vormittag mit dem Abheben des Schnees beschäftigt, während Pat unsere Kleidung flickte und aus alter neue nähte. Sie war in dieser Hinsicht sehr begabt. Unser Leben wirkte plötzlich so normal und vollkommen. Als ich sie durch das Fenster erblickte, verspürte ich ein großes Glücksgefühl. Ich hörte sie viele Male *Pat im Wald* vor sich hinflüstern und erkannte, dass auch sie wieder glücklich war.

Selbst die Natur zwang uns zur engen Zweisamkeit, die sich gut anfühlte. Ich verschwendete keinen Gedanken mehr an das Unrecht, sondern nahm das Leben in diesem Moment als das hin, was es war. Wir liebten uns, lebten miteinander und sorgten für uns. Wir waren nicht wie Hänsel und Gretel in ihrer geschwisterlichen Liebe gefangen, sondern ein Mann und eine Frau, die sich längst über das hinweggesetzt hatten, was die Gesellschaft als verwerflich bezeichnete. Wir beide hatten die Welt in einer Form kennengelernt, die Gott nie vorgesehen hatte. Und doch mussten wir in ihr leben.

Als ich von der schweren Arbeit ins Haus kam und Pat am Fenster sitzen sah, wurde mir erneut warm ums Herz. Warum verbietet es das Gesetz, ein Leben in der Vollendung der eigenen Gefühle zu leben? Ich war nicht dumm, ich hatte die High School besucht, Zeitung gelesen und ferngesehen. Ich kannte die Gesetze dieser Welt, auch die moralischen. Doch wer hielt sich schon wirklich daran? Mein Vater? Mein Großvater? Meine Mutter? Unsere Vorbilder wie Richter, Politiker und Könige? Unsere kleine Welt in dieser Hütte war weit weniger von falscher Moral geprägt als bei vielen anderen. Es ging doch nur um Liebe, um unsere Liebe.

Ich setzte mich zu Pat und sah ihr bei der Arbeit zu. „Ich liebe dich", sagte ich, um zu sehen, wie sie darauf reagierte. Ich sah ihren Blick zu mir und beschloss, gleich morgen die Trennwand zu entfernen.

Wenn das Verlangen erst einmal da ist, lässt es sich kaum beherrschen. Wie stark ein Körper dem ausgeliefert ist, spürte ich in den darauffolgenden Wochen. Ich entfernte die Trennwand, schob die Betten zusammen und erklärte unseren neuen Schlafbereich zum Ort der Zärtlichkeit. Ich erklärte Pat, dass in diesem Bett niemals jemandem wehgetan werden dürfe. Kein Schmerz, keine Tränen und keine Traurigkeit. Ansonsten müsste ich die Betten wieder auseinanderschieben. Der letzte Gedanke erschreckte sie und mir war klar, dass ich damit auch aus ihrer Sicht die Gefahr gebannt hatte, dass sie mir in diesem Bett Schmerzen zufügen könnte.

Sie wurde vierzehn und unsere körperlichen Berührungen zur Gewohnheit. Doch ich weigerte mich, diesen einen Schritt zu machen. Sie forderte ihn auch nicht und so blieben die Kondome unberührt. Ich beschloss, sie nicht vor ihrem fünfzehnten Geburtstag in dieser Richtung zu fordern. Mit diesem Entschluss redete ich mir ein, mich noch im Bereich der Legalität zu bewegen, und gab mich mit dem zufrieden, was Pat zuließ.

Heute frage ich mich, wie sich mein Gefühl von der Realität derart abspalten konnte, dass ich die Dinge, die sich entwickelten, nicht erkannte. Alles schien mir damals rein und richtig. Gott hatte aus meiner Sicht dieses Leben hier für uns vorgesehen und uns geschenkt.

Der Winter verlief in Stille und mit viel Zärtlichkeit. Ich las viel und reparierte weiterhin Kleinigkeiten im Haus. Abends brachte ich Pat lesen, schreiben und rechnen bei und erklärte ihr die Welt aus meiner Sicht. Ich erzählte ihr von anderen Ländern, von Kriegen und von bösen Menschen. In Büchern fand ich immer wieder Stellen, die ich ihr vorlas und erklärte. So lernte Patricia Culver meine Moral, meine Gesetze und meine Bedürfnisse kennen und übernehmen. Sie hatten nichts mehr mit denen gemein, die letztes Jahr noch zwischen uns gestanden hatten. Das Leben hatte uns wieder in eine neue Welt geschmissen.

Der Winter ging dahin. Der Wagen stand noch an der alten Stelle und Jack Brown hatte vergebens auf seinen neuen Mitarbeiter gewartet.

Als der Schnee im April schmolz, konnte ich erstmals wieder zum Wagen gehen. Die Batterie war erneut leer und ich schlug wütend eine Beule ins Blech der Motorhaube. Wieder musste ich mit dem Rad in die Stadt, Vorräte und eine neue Batterie holen. Mein Gesicht hatte nun all seine Jugendlichkeit verloren und harte Züge angenommen. Im Spiegel sah ich älter als zwanzig aus. Mein Körper war der eines reifen Mannes und ich hatte Kraft genug, um Bäume problemlos zu zerlegen. Meine Hände waren rau von der Arbeit in der Kälte und die Fingernägel schwarz vom vielen Schlamm und Dreck, den der Wald hinterließ. Und doch pflegte ich meinen Körper akribisch für Pat. Jeden Morgen ließ ich das eisige Wasser über meine Schultern laufen, was die Haut geschmeidig hielt.

Als ich zu *Ernies Garage* fuhr, sah ich, dass Jack Brown tatsächlich die Werkstatt übernommen hatte. Er hatte auch einen neuen Mitarbeiter eingestellt. Wie sollte ich ihm erklären, weshalb ich wieder mit dem Rad und einer Batterie kam? Er glaubte doch, dass ich eine Farm bewirtschaftete. Ein Farmer hält Wege frei und vor allen Dingen seine Versprechen.

„Meine Frau ist schwer erkrankt", erklärte ich ihm. „Sie hat sich einen hartnäckigen Infekt eingefangen, musste wochenlang das Bett hüten und dann ins Krankenhaus. Lungenentzündung." Ich hoffte auf Verständnis und sagte: „Ich habe es einfach nicht geschafft. Tut mir leid. Wie stehen die Dinge jetzt?"

Jack sah mich misstrauisch an. Ich sah auf seinen Mitarbeiter, ob er mir irgendwie bekannt vorkäme und mich erkannte, aber er war mir genauso fremd wie ich ihm.

„Was kann'ste denn?", fragte Jack.

Von Motoren verstand ich wirklich gar nichts, aber ich würde es gerne lernen. Ich könnte dazwischen alles andere erledigen. Gummis an den Einstiegen erneuern, Frontscheibe austauschen, Beulen entfernen, Reinigungen und vielleicht Sitze beziehen. Wenn man mir die richtigen Werkzeuge gab, würde ich das hinbekommen, erklärte ich. Jack sah zu seinem Mitarbeiter hinüber, der mit den Schultern zuckte. „Wir haben hauptsächlich Motorreparaturen. Das andere weniger. Ich könnte dir nur einen Gelegenheitsjob anbieten. Gib mir deine Nummer und ich rufe dich an, sobald ich was für dich habe."

Das war mir zu wenig und zudem auch unmöglich. Um Jack nicht zu verärgern, gab ich ihm eine willkürliche Nummer und ließ die Batterie neu aufladen. „Wie sieht's mit Sprühlack aus?", fragte ich. „Würde ich beim nächsten Mal abarbeiten."

„Hab kaum welchen. Hier lässt doch keiner seine Kiste lackieren. Hast du dir die Karren mal angeguckt, mit denen die hier durch die Gegend schaukeln? Die guten, teuren bringen sie zu Sam, aber Ernie hat mir nur die alte Kundschaft hinterlassen. Die Farmer, die von außerhalb kommen und auch nur dann, wenn nichts mehr geht. Und dann wollen sie altes Zeug eingebaut haben, genau wie du. Zeig mal die scheiß Batterie, ob ich die noch mal hinkriege. Was machst du nur damit?"

Ich reichte ihm die Batterie und fragte nach der Toilette. Jack zeigte auf eine Tür am Eingang und sagte: „Aber piss mir nicht daneben, hörst du?"

Als ich meinen Weg dorthin einschlug, sah ich zwei

schwarze Lackdosen im Regal stehen. Ein kurzer Blick nach hinten bestätigte, dass beide beschäftigt waren. Ich ergriff beide Dosen und ließ sie unter meiner Jacke verschwinden.

Jack hatte nichts für das Aufladen genommen. Er bemerkte auch nicht, dass die Lackdosen fehlten. Hier würde ich mich nie wieder sehen lassen dürfen.

Roseburg war groß genug, um weitere Geschäfte anzufahren und nach Arbeit zu fragen. Ich musste nur die Geschäfte und Firmen meiden, die meine Familie kannte. Also suchte ich die Randbezirke der Stadt auf.

Ein Restaurant suchte eine Küchenhilfe, doch die Bezahlung würde gerade mal meine Spritkosten decken. Drecksverein! Ich klaute auch dort geschwind einige Vorräte und verließ schimpfend das Restaurant.

Es war kein guter Tag. Ich kam nur mit viel Mühe wieder am Waldrand an und schob erschöpft das Rad durch den Matsch bis zur Hütte. Die Kälte hatte sich tief in meine Knochen gefressen und ließ mich müde in das Haus treten. Pat hatte es warm gehalten und nähte wieder. Das gefiel mir. Es roch nach Wildgans, die ich vorgestern geschossen hatte. Ich zeigte ihr die aufgeladene Batterie, die Farbdosen und die Konserven aus dem Restaurant. „Wenn es morgen nicht regnet, werde ich noch mal versuchen, den Wagen ans Laufen zu bringen. Wenn es längere Zeit trocken bleibt, werde ich ihn schwarz ansprühen. Zumindest an verschiedenen Teilen. Es wird nicht für den ganzen Wagen reichen. Aber dann können wir uns wieder raus trauen, ohne gleich erkannt zu werden. Ich werde versuchen, richtig fahren zu lernen. Wie klingt das?“

Sie lachte. „Gut klingt das." Sie wirkte sehr erwachsen und verlässlich. Wenn der Tag auch anstrengend war, so hatten wir doch enorm an Qualität gewonnen.

Ich hätte niemals für möglich gehalten, dass man uns finden würde. Wohl suchen, aber finden? Hatte Vater uns diese Burschen auf den Hals gejagt? Sie waren Tölpel, frech und unerfahren.

Ich fuhr aus dem Bett hoch, als es frühmorgens an unsere Tür klopfte. Dieses Geräusch war uns gänzlich fremd. Ich stieg hektisch in meine Hose und lief zum Waffenschrank, entriegelte ihn und ergriff das Gewehr. Es klopfte erneut. Pat jaulte auf und verkroch sich, nackt wie sie war, tiefer unter die Decke.

„Ruhig, Pat", sagte ich leise. Ich ließ sie klopfen, dreimal, viermal, dann schoss ich! Ich müsste die Tür reparieren, dachte ich in diesem Moment. Es war mir egal, wer davorstand. Ich wollte die Tür nicht öffnen. Es sollte niemand sehen, wie wir hier lebten.

Ich hörte Geschrei und Geräusche von draußen, dann zersplitterte das Küchenfenster! Pat heulte erneut auf. Ich schoss auf das Fenster. Jemand lief ums Haus. Ein anderer jammerte vor meiner Tür. Den hatte ich wohl erwischt. Sollte ich noch einmal schießen? Ich besann mich, wir brauchten die Munition. „Wer seid ihr?", schrie ich. „Wer hat euch geschickt?"

Wäre es die Polizei, hätte sie sich zu erkennen gegeben, doch es antwortete niemand. Ich hatte unser Gebiet immer noch nicht abgesichert und zahlte jetzt den Preis dafür.

Erneut hörte ich ein Geräusch vor der Tür und überlegte, die Tür schnell zu öffnen und jeden über den Haufen zu schießen, der sich an meiner Hütte aufhielt. Die Jahre hatten mich zu einem Menschen gemacht, der keinem außer Pat mehr Vertrauen entgegenbringen konnte. Für mich gab es außer uns beiden niemanden, dem ich hier begegnen wollte. Dies war unsere kleine Welt und jeder, der hier eindrang, den erklärte ich zu meinem Feind.

Ich hörte, wie sich die Gestalten wieder entfernten, und sah sie durch das zerbrochene Küchenfenster davonhumpeln. Verdammt, sie kannten jetzt unsere Hütte! Würden sie Verstärkung holen?

„Ich muss ihnen nach", sagte ich und beschloss, die beiden nicht entkommen zu lassen. Ich zog geschwind eine Jacke über und schlüpfte in die Winterstiefel. „Schließ hinter mir ab", sagte ich und verließ die Hütte.

Ich horchte auf Geräusche, um die Burschen auszumachen, doch ich hörte nichts außer dem Wind. Ich rannte in die Richtung, in der ich die Burschen hatte verschwinden gesehen, einige hundert Meter in den Wald, fand sie aber nicht. Sie waren verschwunden. Als ich zurück zur Hütte kam, sah ich, dass einer der Benzinkanister fehlte! Kurz darauf erschütterte mich ein gewaltiger Knall! Sie hatten meinen Wagen hochgejagt! Diese Schweine hatten mir die letzte Möglichkeit genommen, mich in Zukunft etwas besser mit Pat bewegen zu können! Der Hass trieb mich ihnen hinterher und ich fand sie! Sie sahen mich an, als ich das Gewehr entsicherte, zwei Burschen, vielleicht sechzehn oder siebzehn. Einer blutete am Bein. „Das hättet ihr nicht tun sollen“, sagte ich noch, als ich den Abzug drückte. Zwei Schüsse!

Als ich zurück zur Hütte kam, hatte sich die Verbitterung noch tiefer in mich hineingefressen. Ich hatte sie umgelegt, ohne mit der Wimper zu zucken, und sie einfach den Tieren überlassen.

Pat sah mich erschrocken an, als ich das Haus betrat. Sie hatte sich angezogen und die Splitter der Küchenscheibe zusammengefegt. So ein Mist! Ich würde das Fenster zunächst mit Brettern zunageln müssen. Aber auch das war mir jetzt egal. Wir mussten diesen Ort so schnell wie möglich verlassen. Wir waren hier nicht mehr sicher.

Die Markierung zur anderen Hütte erwies sich nun als sehr hilfreich. Ich folgte ihr und fand die Hütte in demselben Zustand vor, in dem wir sie verlassen hatten. Ich sah sie mir genauer an und stellte fest, dass sehr viele Reparaturen nötig waren, aber der anstehende Frühling würde uns sicherlich gut helfen, das alles zu schaffen. Wie sollte ich Pat nur erklären, dass wir unseren gewohnten Lebensraum nun endgültig verlassen mussten? Sie verstand die bösartige Welt ohnehin nicht. Nicht einmal ich als ihr Bruder konnte mich von dieser Bösartigkeit befreien, doch ich musste auf der Hut sein, denn auch in Pat schlummerte eine unberechenbare Welt.

Wir waren erneut im Niemandsland und nirgendwo gelandet und begannen, die ersten Vorräte und Werkzeuge mit dem Fahrrad-Anhänger zur nächsten Hütte zu schleppen. Was wir nicht in den Hänger bekamen, trugen wir in selbst genähten Rucksäcken. Wie gut, dass ich in den letzten Jahren so viele Dinge mitgebracht hatte. Ich war auch dankbar dafür, dass ich von Vater die vielen Werkzeuge und Kleinteile gestohlen hatte. Vielleicht sollte ich mich erneut zu ihm schleichen und mir alles holen, was ich nun benötigte, um die neue Hütte bewohnbar zu machen. Ich wollte mich später mit dem Gedanken beschäftigen.

Für Pat und mich begann eine Zeit als Getriebene. Ich machte keinen Schritt mehr ohne mein Gewehr. Wir liefen jeden Tag meilenweit durch den Wald und übernachteten in enger Zweisamkeit, um am nächsten Tag wieder zurückzulaufen und weitere Sachen zu transportieren. Pat ertrug diese Zeit schweigend und ernst. Ich weigerte mich, ihr den Revolver zu ihrem Schutz zu überlassen, denn ich konnte nicht abschätzen, wann sie in mir eine Gefahr sehen würde, aber ich legte großen Wert darauf, dass sie sich stets in meiner Nähe aufhielt.

Als unsere alte Hütte leer war, begann ich, sie zu zerlegen. Jedes Stück Holz war in dieser verdammten Wildnis Gold wert. Ich konnte damit das Dach und die Innenräume reparieren und den Rest verfeuern.

Am meisten machten uns die Wege in dieser Jahreszeit zu schaffen. Schlamm, Kälte und immer wieder Schneefall forderten uns heraus. Ich durfte nicht zusammenbrechen und kontrollierte jedes Mal unsere alte Hütte, ob irgendjemand sie gefunden und Spuren hinterlassen hatte. Mittlerweile zweifelte ich auch an den Markierungen. Diese Stofffetzen an den Ästen waren zwar kaum zu erkennen und vom Wetter schon ziemlich verblasst, aber wer sich mit dieser Methode auskannte, würde uns schnell finden. So entfernte ich sie und notierte mir jede Auffälligkeit auf dem Weg in ein Büchlein hinein. Die Form eines Astes oder eine Wurzel, Baumsorten, Steine, Sträucher … Auf diese Weise lernte ich den Weg neu kennen. Allerdings informierte ich Pat nicht über diese Kennzeichen, damit sie nicht eines Tages diesen Weg als Fluchtweg nutzen könnte. Meine Kontrollsucht wuchs. Ihr Blick auf mich verriet Misstrauen und Wut. Kein Wunder bei all den Strapazen, die ich ihr auferlegte. Aber mittlerweile ging es nicht mehr um sie, sondern nur noch um mich. Ich erschrak bei dem Gedanken, dass ich meine eigene Schwester zum Feind erklärte. Sobald ich sie freilassen würde, würde sie alles erzählen. Ihre Aufrichtigkeit und Naivität ließen mir keine andere Wahl. So erlagen wir bereits seit vielen Monaten den Vorzeichen, die sich Tag für Tag mehr als Realität zeigten. Wir verloren unser Geschwisterdasein und erklärten uns kurz vor ihrem fünfzehnten Geburtstag zu Mann und Frau. Es war nur dieses kleine Wort, das alles besiegelte. Und ich ging noch einen Schritt weiter …

Wir hatten unsere Hütte soweit hergerichtet, dass sie winterfest war. Wir lernten die Nahrung der Natur immer besser kennen und ich schoss Wild, um zu überleben. Wir brachen die komplette Verbindung zu der Welt, in der wir einst gelebt hatten, ab. Ich war nicht an den Ort zurückgekehrt, den wir einst Heimat genannt hatten, auch nicht nach Roseburg. Der Vorfall mit diesen Jungen hatte mich genug gewarnt. Ich konnte nicht wissen, ob man sie je gefunden hatte. Unsere einstige Lagerstelle, wo die Hütte stand, hatte ich komplett dem Erdboden gleichgemacht und niemand konnte mehr erkennen, dass wir dort einmal gelebt hatten. Und ich verwischte immer wieder alle Spuren, die zu uns führen konnten. Nun konnte selbst Vater uns nicht mehr finden. Dafür suchten uns hin und wieder ein paar wilde Tiere auf, doch auch das bekam ich in den Griff. Ich zog die einst geplante Kordel um unser Grundstück herum und hing Konservendosen daran, die wir geleert hatten. Sobald die Kordel berührt wurde, schepperte es. Wir mussten uns nur daran gewöhnen, dass es auch bei Wind und Sturm schepperte, aber dafür wagte sich kein gefährliches Tier mehr in unsere Nähe.

Als Pat zu ihrem alten und gewohnten Tagesablauf zurückfand, wurde ihr Blick wieder ruhiger. Sie schien mir wieder mehr zu vertrauen und lachte mich sogar hin und wieder an. Unsere körperliche Annäherung hatte durch die große Anspannung in den letzten Monaten gelitten, aber seit einigen Tagen wurde es besser. Ihr fünfzehnter Geburtstag stand bevor. Ich konnte bei ihr seit längerer Zeit eine regelmäßige Menstruation feststellen und war mir durchaus der Gefahr bewusst, in die ich mich begab…

Ich kontrollierte den Vorrat und bereitete ihr ein Festmahl zum Geburtstag. Ich wollte sie in Stimmung bringen, sang, tanzte und lachte mit ihr. Ich besaß noch wenige Kondome und wusste nicht, wie ich es ihr erklären sollte. Wir mussten uns bald auf eine neue Zeit einstellen. Es wäre auch für mich das erste Mal ohne Schutz. Wie würde es sich anfühlen? Ich wollte Pat als Frau respektieren und nicht wie mein Vater in sie eindringen. Es sollte auch stets ihre Freude bleiben. Sie widersetzte sich diesmal ein wenig und wartete darauf, dass ich den Verhütungsschutz überstreifte, doch ich tat es nicht. Ich lenkte sie ab, während ich in sie eindrang und verspürte zum ersten Mal jenes Gefühl, das mir fortan zur Sucht wurde. Ich glaube, Pat hat nicht einmal viel mitbekommen, denn wir summten und lachten dabei. Sinnlichkeit war uns fremd geworden. Alles musste sich bei ihr spielerisch gestalten. Nur so konnte ich ihren Körper geschmeidig halten. Es hatte nichts von dem an sich, wie mein Vater es immer getan hatte. Wir spielten fast jeden Abend.

Ich hackte Holz, als ich dieses merkwürdige Geräusch hörte. Ich schlug die Axt in den Spaltbock und griff zum Gewehr. War meine Alarmanlage außer Betrieb? Ich rief: „Hallo?" Wieder ertönte das Geräusch, aber ich sah keine Bewegung. Also ging ich vorsichtig auf das Geräusch zu. Ich fand aber nichts Beunruhigendes und kontrollierte die Kordel. Es war alles in Ordnung. Ich stellte das Gewehr irritiert wieder an die Hüttenwand und hackte das restliche Holz klein. Ich hatte es wie bei der alten Hütte gehalten und rundherum ein stabiles Vordach gebaut, um Holz und Werkzeuge zu schützen. An einer Seite hatte ich nun bis unter das Dach Holz gestapelt und räumte kurz vor Dunkelheit das letzte Werkzeug weg. Ich hörte Pat in der Hütte summen und kochen. Ihre Welt schien wieder in Ordnung. Dachte ich. Ich brühte Kaffee auf und umarmte sie von hinten wie eine Ehefrau.

„Wie spielen heute Abend wieder", sagte ich und sah sie zögernd nicken. Ihr Körper schien mir etwas verspannt und ich ließ sie wieder los. Es lag nicht in meiner Absicht, sie in schlechte Stimmung zu bringen. Ich war glücklich, dass sie jeden Tag fraulicher und normaler wirkte. Die immer gleichen Abläufe gaben ihr Sicherheit und auch ihr Geist entwickelte sich weiter. Sie blieb nicht stehen, sondern bewegte sich nur langsamer auf alles zu. So auch auf ihre Rolle als Frau und unser Verhältnis zueinander. Ich bemerkte, dass sich ihre Verspieltheit etwas verlor. Ihre Berührungen wurden härter und schneller. Ich schob es auf ihre sexuelle Entwicklung, die vielleicht ganz langsam an Leidenschaft gewann. Auch sie besaß ihre eigene Sexualität, die ich nicht unterschätzen durfte. Sie war vielleicht meiner nicht ähnlich. Es wurde ernster. Oder waren es erste Zeichen der Ablehnung? Wollte sie diese Form von Kontakt nicht mehr? Ich fragte: „Ist irgendwas?“

Sie schüttelte den Kopf.

„Habe ich irgendetwas falsch gemacht?“

Auch darauf schüttelte sie den Kopf.

„Heute kein Spiel?“, fragte ich endlich, um zu wissen, woran ich war. Als ich ihre Distanz erkannte, musste ich die Hütte verlassen. Damit hatte ich nicht gerechnet. Ich hatte unsere gemeinsamen Nächte stets als gemeinsames Wohlgefallen betrachtet. Für mich waren sie das zumindest allemal. Vielleicht hatte sie ihre Blutungen und traute sich nichts zu sagen. Vielleicht deutete ich ihre Ablehnung falsch.

Als das Essen fertig war, kam sie zu mir nach draußen und setzte sich neben mich auf die Bank, die ich aus dem Holz der alten Hütte gezimmert hatte. „Liebst du mich noch?“, fragte ich leise. Sie gab keine Antwort, sondern erhob sich nur wieder und sagte: „Essen.“

Irgendetwas hatte sich verändert. Es war ein komischer Tag gewesen. Wir schliefen ein – ohne Zärtlichkeit und ohne Berührung.

Mein Blick am Frühstückstisch war hart. Ich konnte Pat nicht anlächeln. So hatte ich mich gestern den ganzen Tag auf diesen Abend gefreut, der so enttäuschend verlaufen war. Ich wollte wissen warum und fragte sie. „Warum?"

Sie hatte meine Frage ganz genau verstanden und sah weg. Ja, meine kleine Pat gab es plötzlich nicht mehr. Dieser Morgen veränderte alles zwischen uns. Ich fragte: „Nie mehr?"

Es gibt Fragen, die keinerlei Erklärung bedürfen und der andere reagiert dennoch irgendwie auf sie. Anstatt mir eine Antwort zu geben, ließ sie mich allein am Tisch zurück. Wäre sie nicht behindert gewesen, hätte ich diese Reaktion der Pubertät zugeordnet, doch ich konnte Pat einfach keine normale Entwicklung zugestehen. Es musste etwas Anderes sein, das sie verstört hatte. Waren die Erinnerungen an meinen Vater wieder in ihr hochgestiegen? Hatte ich beim letzten Mal zu fest zugestoßen oder sie aus Versehen zu hart angefasst? Ich lief ihr hinterher und fragte sie. Pat reagierte nicht, sondern kümmerte sich um die Wäsche. Draußen war ein klarer milder Tag angebrochen. Ein guter Wäschetag. Ich lief ihr den ganzen Tag hinterher und fragte alles Mögliche. Sie gab mir auf nichts eine Antwort. Die bekam ich drei Tage später, als ich ein Wildschwein erlegte und es vor der Hütte ausnahm. Einige Meter entfernt sah ich etwas Rotes im Dreck. Wenn man im Wald lebt, reagiert man auf knallige Farben besonders stark. Auch auf Müll jeglicher Art. Es sind Fremdkörper und man will wissen, was sich dahinter verbirgt. Schlich hier doch ein Fremder herum?

Ich zog den kleinen roten Pappdeckel aus dem schlammigen Boden und sah, dass er die zerrissene Verpackung mei-

ner Kondome war. Ich bückte mich und grub im Dreck herum, ob ich noch weitere Teile fand. Und tatsächlich, Pat hatte alles klein geschnitten und vergraben. Ich erstarrte, als ich das sah. Ich erstarrte vor ihr, vor mir und vor dem, was es nun endgültig bedeutete. Pat hatte mir auf ihre Art und Weise mitgeteilt, dass sie den Kontakt zwischen uns nicht mehr wünschte. Ich spürte Verzweiflung aufkommen, wenn ich daran dachte, nie mehr in meinem Leben dieses Gefühl verspüren zu dürfen! Dabei hatte ich für uns eine Welt des Glücks und der Zärtlichkeit bis ans Lebensende gesehen. Alles, was ich in den letzten Jahren für sie gemacht hatte, hatte so viel Kraft und Glauben von mir gefordert, dass in diesem Moment alles in mir zerbrach. Es konnte nicht sein, dass ich tagein und tagaus so hart für uns arbeitete und dafür keine Belohnung mehr bekommen sollte. Pat musste wissen, wie viel mir ihre Liebe bedeutete und wie sehr ich nach schwerer körperlicher Arbeit die Befriedigung brauchte. So hatte ich doch gedacht, wenn ich sie nicht täglich einforderte, wäre es für sie erträglich, ja sogar erfreulich, damit sie es gerne tat. Welch ein Irrglaube! Sie war nicht einmal ein fremdes Mädchen, das sich mir schenkte! Mochte sie genau das jetzt gefühlt haben? Hatte Pat plötzlich wahrgenommen, dass es falsch war, was wir taten? Ich wusste nicht, inwieweit sie diese Dinge bereits durchschaute und nahm mir vor, ihr meine Sicht heute Abend klarzumachen. Sehr klar!
„Pat, wir müssen reden“, sagte ich, als ich das Haus betrat. Das Wildschwein war zerlegt und ich hatte die unbrauchbaren Reste außerhalb unseres Geländes vergraben. Auf dem Hof hatte ich ein kleines Feuer entzündet, um die Blutreste

zu verbrennen, die wilde Tiere anlocken könnten. So hatten wir unsere eigenen Routinen entwickelt, um uns zu schützen. Da mein Ton nicht sehr freundlich klang, bewegte sich Pat nur zögernd zu mir an den Tisch. Ich sah ihren eingeschüchterten Blick, aber ich spürte auch meine Wut darüber, wie sich die Dinge entwickelten. Und ich hatte beschlossen, das Problem sofort im Keim zu ersticken. Welche Wahl hatte ich schon? Oder sie? Ich war der Meinung, auch in diesem Punkt endlich zu einer festen Struktur zu kommen. Es sollte keine Spielerei mehr zwischen uns stattfinden. Ich war inzwischen ein gestandener Mann und hatte ganz andere Gefühle und Bedürfnisse. Mir waren die Jugend und Unbeschwertheit gänzlich abhanden gekommen und ich sah nur noch den puren Überlebensdrang mit einer Frau, die ich liebte. Dazu gehörten Abläufe, die sicherlich nicht jedem immer Spaß machten, und so begann ich ihr zu erklären: „Pat, ich mache viele Sachen, damit wir ein warmes Haus haben, richtig?“

Sie nickte.

„Ich repariere es, damit kein Wasser reinkommt, und hacke Holz, damit wir heizen können, richtig?“

Pat lächelte etwas.

„Du nähst doch gerne am warmen Feuer, richtig?“

Sie lachte.

„Ich sorge für Essen, damit wir nicht hungern, richtig?“

„Ja.“

„Schmeckt es dir?“

„Ja.“

„Weißt du, Pat, ich tue das, weil ich dich liebe und weil ich möchte, dass es dir gut geht. Damit du glücklich bist.“

Sie nickte.

„Manchmal regnet es draußen. Es stürmt und es ist kalt, wenn ich jagen gehe. Dann macht mir das Jagen überhaupt keinen Spaß. Aber ich denke dann an dich, dass es dich glücklich macht."

Sie nickte wieder.

„Genauso repariere ich das Haus. Ich mache es, auch wenn es draußen kalt und stürmisch ist. Manchmal verletzte ich mich sogar dabei. Aber ich denke dann an dich, dass es dich glücklich macht und schützt. Verstehst du das?"

„Ja", sagte sie.

„Pat, es gibt auch Dinge, die du tun kannst, damit sie mich glücklich machen. Dazu gehört den Haushalt führen und mit mir zu spielen. Ich gebe dir zwei Sachen und du gibt's mir zwei Sachen zurück. Das ist fair."

Sie sah mich stumm an und ich fuhr fort: „Was passiert, wenn ich keine Reparaturen am Haus mehr mache? Wenn es reinregnet und es hier drin kalt wird? Dann wirst du unglücklich, richtig?" Ich sah ihren erschrockenen Blick und hoffte, sie damit überreden zu können. Ich musste ihre Einstellung zu den Dingen, die ich forderte, verändern. Sie musste erkennen, dass sie es machen musste. „Ich möchte alles gerne weiter reparieren, Aber dafür möchte ich auch, dass wir wieder miteinander spielen. Ich vermisse unser Spiel. Es macht mich glücklich. Ich möchte, dass wir beide glücklich sind. Wenn ich unglücklich werde, dann fehlt mir die Kraft, weiter am Haus zu arbeiten oder Essen zu besorgen. Kannst du das verstehen?" Sprach da gerade mein Vater aus mir? Ich erschrak und sah den Druck, der in ihr entstand, aber hatte ich nicht auch genug Druck auszuhalten? Ich verwarf meine Unsicherheit und entschied, dass Pat geführt werden musste und da sie nun mal mit mir hier alleine lebte, sah ich keinen anderen Weg mehr als den, mir das zu holen, was ich brauchte. „Ich will heute Nacht spielen, Pat.“

Sie war vollkommen steif gewesen, als wir es taten. Sie hielt einfach nur still, aber es war mir egal. So mussten sich in diesem Bereich eben neue Gewohnheiten ergeben. Ich streichelte sie, doch sie sah weg. Wir hatten wieder nicht verhütet …

Ich empfand es im Nachhinein als schmerzlich, dies so einzufordern, aber was blieb mir anderes übrig, um meine Kraft zu erhalten? Ich konnte nicht ein Leben lang in Abstinenz mit ihr leben und hatte beschlossen, die Zeitabstände zu verringern, weil wir nicht mehr auf die Verhütung achten mussten. Mir war klar, was das bedeutete, aber meine biologische Uhr begann bereits zu ticken. Das Gefühl der Rücksicht war mir gänzlich fremd geworden. Das Überleben in der Natur hatte mich nicht nur äußerlich hart gemacht. Ich spürte jeden Tag mehr Verlangen nach ihrem Körper und ignorierte den Gedanken, dass es auch Pat Spaß machen sollte. Ich sah in ihr mein anvertrautes Weib und näherte mich ihr immer rücksichtsloser. Mir fiel ihr veränderter Blick nicht auf, das heißt, ich wollte ihn nicht sehen. Pat sang beim Kochen nicht mehr und nähte nur noch sporadisch am Herd. Ich hatte ihre Unbeschwertheit zerstört und verspürte nicht einmal Reue.

Ihre Bewegungen wurden schleichend und ihr Blick war

gesenkt wie der eines Tieres. Das Essen, das sie kochte, verlor an Geschmack und das Haus an Reinlichkeit. Ich wurde wütend und erklärte ihr noch einmal unsere Abmachung. Ich kam meinen Aufgaben weiterhin gewissenhaft nach und erhöhte sogar noch Pat Sicherheit, indem ich die Tür zusätzlich verriegelte, wenn ich auf die Jagd ging. So konnte niemand eindringen, wenn sie allein war.

Ich stellte eines Tages fest, dass sie begann, sich gehen zu lassen. Sie wusch ihren Körper immer seltener und kämmte ihr Haar kaum noch. Es wurde filzig und matt. Ich musste es abschneiden.

Als das Weihnachtsfest bevorstand, nahm ich zum ersten Mal ihre körperliche Veränderung wahr. Die kleine Wölbung ihres Bauches und die Brüste mit den tiefroten Brustwarzen. Ich hatte Pat geschwängert!

Da wir in den letzten Monaten immer weniger geredet hatten, fragte ich erst gar nicht nach. Ich wollte sie nicht beunruhigen oder ihr Angst vor dem machen, was ihr bevorstand. Da sie keine Anzeichen von Übelkeit zeigte, wollte ich ihr die Lage erst dann erklären, wenn sie fragen würde. Ich fragte sie einmal nur kurz: „Geht es dir gut?"

Sie wagte es nicht, meine Frage zu verneinen. Mein Verhalten ihr gegenüber hatte an Brutalität zugenommen und sie schrak öfters zurück, wenn ich in ihrer Gegenwart ein wildes Tier zerlegte. Meine kleine Pat existierte nicht mehr, aber ihr rücksichtsvoller Bruder existierte auch nicht mehr. Was hatte der Wald nur aus uns gemacht? Unsere Kleidung, die wir noch besaßen, verschliss immer mehr und Pat würde bald größere Kleidung brauchen. Ich warf ihr zwei von meinen alten Jeanshosen vor den Herd und sagte: „Zieh die an, damit dein Bauch nicht so abgeschnürt wird." Wie sollte ich mit dieser Situation umgehen? In der Stadt hätte es viele Hilfsmittel gegeben, die ich aber nicht bezahlen konnte. Ja, in der Stadt … ein Ort, der in meiner Erinnerung kaum noch existierte.

Wir schnitten uns gegenseitig die Haare und ich stutzte meinen Bart, so gut es ging. Meine Rasierklingen waren allesamt stumpf und rostig geworden. Die Scheren schliff ich regelmäßig an einem Stein nach. In ein, zwei Jahren würden sie soweit heruntergeschliffen sein, dass wir sie nicht mehr gebrauchen konnten. Spätestens dann müsste ich nach Roseburg. Ich konnte und wollte Pat aber im Moment nicht längere Zeit alleine lassen. Ich hatte damals nichts von der Schwangerschaft meiner Mutter mit Pat mitbekommen. Erst als Vater das Engelszimmer gebaut hatte und Mutter plötzlich nach einem gewaltigen Streit verschwunden war, hatte ich begriffen, worum es ging. Deswegen fehlte mir jetzt jede Erfahrung.

Als Pats Bauch im Februar merklich an Größe zulegte, wurde sie unruhig. Kindsbewegungen setzten plötzlich ein und sie begann, auf ihren Bauch einzuschlagen, damit er Ruhe gab. Ich erschrak, als ich das zum ersten Mal sah, und hielt ihre Handgelenke fest. „Nein, Pat!", sagte ich streng, „du darfst nicht auf deinen Bauch schlagen."

Nun war die Zeit gekommen, ihr die Sache zu erklären. Ich fragte mich, ob sie je von Vater oder Mutter aufgeklärt worden war. Ganz sicherlich nicht. Ich hatte ihr nicht einmal den Zweck der Kondome erklärt. Sie war vollkommen unwissend und schrie mich an, als ich sie festhielt.

„Pat", sagte ich und sah sie streng an. „Da ist ein Baby drin. Du darfst es nicht schlagen!"

Mit diesen Worten hatte ich blankes Entsetzen bei ihr geweckt. Wie sollte sie auch die Zusammenhänge verstehen? Würde es überhaupt Sinn machen, sie ihr zu erklären? Dass sie eine geschlechtsreife Frau war und Mutter würde? Nein, das konnte ich ihr nicht zumuten. Deswegen sagte ich noch einmal: „Du darfst nicht auf den Bauch schlagen, hörst du?"

Als sie nickte, ließ ich ihre Hände los und sah sie eindringlich an. Sie ging zum Herd, hob meine Jeanshosen auf und holte Nähzeug.

Pat begriff schnell, zumindest dachte ich das. Sie nähte ein paar Bänder an die Hose, die sie am Bauch je nach Bedarf zusammenbinden konnte. Demzufolge hatte sie begriffen, dass der Bauch noch wachsen würde. Beim Nähen sah sie mich verärgert an.

„Wie groß?", fragte sie mich ein paar Tage später. Ich war ehrlich und zeigte ihr einen ungefähren Umfang. „Nicht mehr viel", sagte ich.

Sie drehte sich um und lief in den Wald. Das machte mir Angst. Was mochte in ihrem Kopf vorgehen?

„Ich werde platzen!", hörte ich sie aus dem Wald schreien. Ich holte sie ein und sah, wie sie wieder auf ihren Bauch einschlug. Daraufhin gab ich ihr eine Ohrfeige und sagte: „Für jeden Schlag auf deinen Bauch bekommst du eine Ohrfeige! Hast du das verstanden?" Diese Methode erschien mir am sinnvollsten, um ihr das Schlagen abzugewöhnen. Es funktionierte. Sie schlug nicht mehr auf den Bauch ein. Ich näherte mich ihr des Nachts nur noch mit großer Vorsicht, weil ich nicht wusste, ob man mit einer Frau in dieser Phase überhaupt Geschlechtsverkehr haben durfte. So lehrte ich Pat, eine Form der Befriedigung für mich, um das Kind nicht zu gefährden. Doch das Kind hatte ganz andere Pläne. Es hatte seine eigene Entscheidung getroffen und verließ viel zu früh unter starken Blutungen Pats Körper.

Sie schrie! Ich werde diesen Schrei nie vergessen! Ich sah sie in der Küche in die Knie gehen und hörte sie aufjaulen. Sie spreizte die Beine und begann unter starken Wehen zu pressen. Ich sah Blut austreten, Flüssigkeiten, Schleim … und sie schrie weiter! Ich war nicht vorbereitet. Mir erschien diese Geburt viel zu früh, hatte noch so viel für das Kind herrichten wollen …

Als der kleine blaurote Leib aus Pat herauskam, erschrak ich zu Tode! Was war das denn? Das war kein Kind! Das war ein Klumpen Fleisch ohne Arme und Beine! Eine völlige Missgestalt! Pat sah auf dieses lebensunfähige Wesen, als wäre es ein Monster. Und das war es! In ihr hatte eine Masse gewuchert, die ein Herz besessen hatte, aber nicht lebensfähig gewesen war. An dem übergroßen Schädel und dem viel zu kleinen Körper waren nur die Ansätze von Armen und Beinen zu sehen. Als Rückgrat klaffte ein großes Loch unter der Haut! Ich verschwendete keinen Gedanken daran, ob dieses Wesen noch lebte, sondern packte es angeekelt und warf es zur Tür hinaus! Als ich mich umdrehte, sah ich Pats verzweifelten Blick und hörte, wie sie erneut aufschrie! Ein zweiter Klumpen Blut und Schleim erschien zwischen ihren Beinen. Noch ein Kind? Ich sah angewidert hin. Nein, das sah nicht wie ein Kind aus. Mir war übel und ich rannte zur Tür hinaus und kotzte auf mein eigenes Kind.

Dieser Vorfall hatte uns verändert. Wieder einmal. Pat erholte sich von dieser Totgeburt, ich nicht. Seit diesem Erlebnis hatte ich große Schwierigkeiten, mich ihrem Körper zu nähern. Was hatte ich ihr angetan? Für mich stand fest, dass die Natur uns kein gesundes Kind schenken wollte. In mir wuchs die Verzweiflung. Sollte ich einen weiteren Versuch wagen oder war meine Schwester gar nicht in der Lage, ein gesundes Kind zu gebären? Ich hatte so gut wie keine Ahnung von den biologischen Vorgängen bei Inzest. Das Gesetz sprach zwar Warnungen aus, aber ob es verboten war, wusste ich nicht. Ich machte mir ganz andere Gedanken: Wie würde Pat reagieren, wenn ihr Bauch erneut wüchse?

Wir entwickelten nach diesem Erlebnis eine neue Form von Umgang miteinander, die kaum noch etwas mit Liebe zu tun hatte. Nach diesem Vorfall widmeten wir uns ganz dem Überleben und bewältigten so unsere Trauer um das verlorene Kind. Pat stellte keine Fragen und ich gab ihr keine Erklärungen. Unsere Tage bekamen einen immer gleichen Ablauf, wobei ich zwischendurch öfter einige Tage zum Jagen verschwand. So erzählte ich es Pat zumindest. Doch ich nutzte die Zeit, um mich wieder unter Kontrolle zu bekommen.

Als sie sechzehn wurde, sah ich mich in der Lage, sie endlich aufzuklären. Ich fertigte einige Zeichnungen an und setzte mich mit ihr an den Tisch. Ich wollte gleichzeitig unser Zusammenleben für die Zukunft neu gestalten.

Nachdem fast ein Jahr vergangen war, und der Winter erneut vor der Tür stand, musste unser Leben einen neuen Sinn bekommen. Und das bedeutete für mich: ein neuer Versuch. Die Zeugung hatte vielleicht unter einem schlechten Stern gestanden. So beschloss ich, den nächsten Zeugungsakt mit mehr Zärtlichkeit und Geduld zu vollziehen. Vielleicht wuchsen nur solche Kinder gesund im Mutterleib heran. Das würde auch Pats Behinderung erklären.

Die Aufklärung kostete mich viel Überwindung, denn ihre Neugier diesbezüglich wurde größer. Es wurde eine Mischung aus Bildern, Erklärungen und schließlich praktischen Abläufen. Die Zeit der spontanen Begegnung war vorbei. Pat wollte alles erklärt haben und riss mich immer wieder aus meinen Gefühlen heraus. Ich gab mir Mühe, um sie wieder geschmeidig zu machen. Das nächste Kind durfte auf keinen Fall gewaltsam entstehen. Deswegen brachen wir den Zeugungsakt immer wieder ab.

Ihr Widerstand war größer, als ich erwartet hatte. Pat meldete auf ihre Art und Weise Zweifel an und erklärte ihre Angst vor einer erneuten Schwangerschaft. Das hatte ich nun von meiner Aufklärung. Aber ich konnte sie auch verstehen und versicherte ihr, dass so etwas kein zweites Mal passieren würde. Das nächste Kind würde gesund und munter auf die Welt kommen.

Unsere Versuche waren zaghaft, aber sie fruchteten – nach langen zwei Jahren. Als ich dreiundzwanzig und Pat siebzehn war, hatte ihr Körper sich endlich bereit erklärt, ein neues Kind in sich heranwachsen zu lassen. Die Zeitspanne hatte uns beiden gutgetan, denn sie hatte uns die Wut aufeinander genommen und uns neues Vertrauen geschenkt. Wir wurden ruhiger.

Als Pat die Jeanshosen von damals aus dem Regal holte, wusste ich Bescheid. Es hatte geklappt!

„Nicht den Bauch schlagen", sagte ich leise und nahm sie überglücklich in den Arm. Mein Mädchen! Ich wurde endlich Vater!

Diesmal waren wir besser vorbereitet. Ich fertigte wieder viele Zeichnungen an und erklärte Pat, so gut es ging, die einzelnen Schwangerschaftsphasen, eben das, was ich mir vorstellte. Wir legten einen Kalender an, um die Zeit der Geburt einigermaßen abschätzen zu können. Pat wollte jedes Detail wissen. Ich sah ihr nun die körperliche Entwicklung an und spürte, dass auch sie die Sachlage emotional anders verarbeitete. Pat wurde noch ernster, aber auch verantwortungsvoller. Sie erlebte eine vollkommen andere Schwangerschaft und sang und streichelte ihren Bauch. Das Leben hatte uns wieder. Das ließ auch mich ruhiger werden – und glücklich! Ich wurde Vater und konnte es einfach nicht glauben! Diesmal mussten wir alles richtig machen.

Ich baute ein Kinderbett und einen bequemen Stuhl für Pat, damit sie das Kind entspannt stillen könnte. Sie erfand eigene Kinderlieder und streichelte immer wieder ihren Bauch. Das erfüllte mich zusätzlich mit Glück, weil sie unser Kind damit annahm. Irgendwie wurde dieser Winter der schönste unseres Lebens. Ich hatte genug Vorräte besorgt und Holz gehackt, sodass wir im Frühjahr sorgenfrei mit dem Kind rechnen konnten. Ich versprach Pat, sie bis zur Geburt ganz in Ruhe zu lassen. Wir streichelten gegen

Abend gemeinsam ihren Bauch und richteten uns jeden Tag ein wenig mehr auf das Kind ein. Es gab unserem Leben endlich den Sinn, nach dem ich mich solange gesehnt hatte. Ich war zu sehr im Taumel des Glücks gefangen, zu sehr … Als der Schnee im April schmolz und Pats Bauch darauf hinwies, dass es nicht mehr lange dauern würde, wurde ich plötzlich unruhig. Während der letzten Monate war ich so sehr mit meinem Glück beschäftigt gewesen, dass ich die Dinge vergessen hatte, die jetzt in mir hochkochten. Was, wenn sich wider Erwarten Komplikationen ergäben? Wenn ich bei der Geburt beide verlieren würde?

Ich litt unter Albträumen und sah mich ihre blutenden Körper zur Haustür hinausschmeißen und von Wölfen zerfetzen lassen! Mein nächtliches Aufschrecken ließ Pat jedes Mal panisch reagieren. Sie sang und wippte solange, bis ich sie wieder beruhigt hatte. Ich wollte nicht, dass sie litt, auch nicht, dass das Kind litt. Es gab Nächte, in denen ich die Lage, in die ich uns beide gebracht hatte, ganz klar vor mir sah und über die Entscheidungen, die ich für uns getroffen hatte, tief beschämt war. Dann gab es Nächte, die alles wieder hinter einer rosa Brille versteckten und mich das Paradies auf Erden spüren ließen. Dass es kein Paradies war, merkte ich, als bei Pat die Senkwehen einsetzten. Natürlich dachten wir, dass es so weit wäre. Als sich die Wehen immer wieder beruhigten, wurden wir unruhig. Was sich bei der ersten Geburt als Katastrophe erwiesen hatte, vermisste ich nun. Pat wurde bei jeder Senkwehe panisch und ich war irritiert. Alles lief vollkommen anders ab, als wir es erwartet hatten. Es trat kein Blut aus und es kam auch kein Kind. Ich wurde nervös und dann aggressiv, begann Pat bei jeder Senkwehe zu beschimpfen, sie solle sich nicht so anstellen, dabei war ich derjenige, der sich anstellte!

Pat zog sich wieder zurück. Sie begann, wieder in der Hütte herumzuschleichen und ihren Blick gesenkt zu halten. Wenn ich draußen das Wild zerlegte, hatte ich immer wieder das Gefühl, dass sie mich beobachtete, auch, dass jemand um mich herumschlich. Doch ich sah niemanden. Wenn ich ins Haus kam, kam Pat ständig aus irgendwelchen Ecken hervor, in die sie sich verkrochen hatte, und machte mich damit zusätzlich nervös. Dann, als ich eines Abends den Waffenschrank öffnete, um mein Gewehr wegzuschließen, sah ich, dass der Revolver fehlte!

Panik!

„Pat?", rief ich, doch sie gab mir keine Antwort. „Pat, wo bist du?" Sie war die Einzige, die die Waffe genommen haben konnte. Meine Panik wurde größer. Hatte ich sie in den letzten Wochen zu sehr in die Enge getrieben oder war sie durch die Vorgänge in ihrem Körper so verstört, dass sie mich dafür sogar töten würde? Eins stand fest: Ich hatte ihr dieses Kind verpasst, in ihren Körper gepflanzt, der selbst noch ein Kind war. Ihre Zurückgebliebenheit musste entsetzlich gelitten haben. Sie wäre von sich aus niemals bereit gewesen, ein Kind zu bekommen. Bekam ich jetzt die Rechnung dafür?

Ich zweifelte keinen Moment daran, dass Pat hier alleine würde überleben können. Sie hatte so viel gelernt.

Wir besaßen noch einiges an Munition, da ich sehr sorgfältig mit dem Vorrat umgegangen war. Für den Revolver hatten wir noch gute fünfzig Schuss. Danach wäre es höchste Zeit, eine Fahrt nach Roseburg zu unternehmen.

Ich sah auf die Stelle, an der der Revolver gelegen hatte. Wie sollte ich reagieren? Es erschien mir unmöglich, Pat mit dem Gewehr zu verfolgen. Ich würde niemals abdrücken können …

Sie hatte mich in der Hand. Ich rief erneut: „Pat?“ Nichts. Es begann zu dämmern und ich entschloss, mich ihr zu stellen. Da sie sich nicht im Haus befand, musste sie draußen irgendwo herumschleichen. Ich flehte Gott an, dass sie nicht blindlings in den Wald gelaufen war. Vielleicht hatte sie die Angst von mir weggetrieben und sie wollte nur den Weg aus den Wäldern suchen. Vielleicht wollte sie Hilfe für die Geburt suchen. Wie hatte ich meine eigene Schwester nur schwängern können? Meine rosarote Brille fiel nun endgültig zu Boden und zerbrach.

Ich rannte unbewaffnet aus dem Haus und rief: „Pat?“ Ich hob beide Hände als Zeichen meiner Ergebenheit und fragte laut: „Was willst du von mir? Was soll ich tun? Habe ich dir Angst gemacht? Pat?“ Ich lauschte in die hereinbrechende Nacht und hörte nichts außer dem Rauschen des Windes. Sollte ich loslaufen und sie suchen? Vielleicht hatte sie sich nur am Haus versteckt. Ich holte eine Öllampe und suchte alle Winkel rund um das Haus ab. Nichts. Ich rief, schrie, flehte und flüsterte, aber sie gab mir keine Antwort. Es wurde finster und ich ging heulend in die Knie. „Pat!“, flehte ich. Sie war weg. Spurlos verschwunden. Die Nacht war kalt und es würde Frost geben. Das Kind in ihrem Leib würde noch verstörter werden als die Mutter selbst.

Im Haus griff ich nach dem Gewehr, rannte vor die Haustür und gab einen Schuss in die Luft ab. Vielleicht hatte sie sich nur verirrt und der Schuss würde ihr die Richtung weisen. Ich schoss ein zweites Mal und rief wieder ihren Namen. Plötzlich kam mir ein schrecklicher Gedanke: Wollte sie sich mit dem Revolver etwa das Leben nehmen? Ich hatte bisher keinen Schuss gehört, aber vielleicht saß sie irgendwo im Gebüsch und versuchte sich zu überwinden! Was hatte ich getan? Sie konnte jeden Moment das Kind bekommen, alleine im Wald in der Kälte. Sie würde Blut verlieren, was wilde Tiere anlocken würde! In mir brach eine noch stärkere Panik aus, so stark, wie ich sie noch nie zuvor erlebt hatte. Sie raubte mir fast den Verstand und zerstörte jedes Gefühl dafür, was jetzt das Richtige war. Ich konnte ihr unmöglich in den Wald folgen! Die Taschenlampe funktionierte schon lange nicht mehr und die Öllampe gab hier draußen nur ein erbärmliches Licht. Sie war eher für Notsituationen im Haus gedacht, weil auch Öl und Petroleum zur Neige gingen. Wir hatten das Haus stets mit dem Feuer im Kamin beleuchtet und gingen im Winter früh zu Bett. Mir kam plötzlich die Idee, vor dem Haus ein großes Feuer zu machen, um die Umgebung halbwegs zu erleuchten. Es machte keinen Sinn, bei Dunkelheit durchs Geäst zu jagen und mich womöglich noch ernsthaft zu verletzen. Ich rannte ins Haus und überprüfte unsere Vorräte und Pats Kleidung. Hatte sie sich vielleicht mit allem eingedeckt? Dann lagen die Dinge klar auf der Hand. Dann sollte ich sie bei Tagesanbruch suchen gehen. Doch ich fand nichts dergleichen. Alles lag und stand an seinem Platz. Oder hatte sie vielleicht vorgesorgt und die

Flucht seit geraumer Zeit geplant? Mir war bisher nichts an ihr aufgefallen, außer der Geschichte mit den vergrabenen Kondomen vor einigen Jahren. Pat grub Löcher, fiel mir ein. Ja, sie hatte mir oft dabei geholfen, die zerlegten Tiere außerhalb unserer Schutzzone zu vergraben. Ich hatte nie darauf geachtet, ob sie irgendwo ein Loch aushob, das wir nicht brauchten. Ich ließ sie mit der Schaufel stets allein zurück zum Haus gehen.

Ich rannte aus dem Haus und suchte die Schaufel. Sie war an ihrem Platz. Ich sah die Flammen des Feuers zum Himmel emporsteigen und schoss erneut in die Luft, doch nichts passierte. Pat kam an diesem Abend nicht wieder zurück …

Ich war vor Erschöpfung eingenickt und spürte plötzlich den Revolverlauf im Nacken! Das Feuer war niedergebrannt und es war noch stockdunkel draußen. Auch im Haus war das Feuer erloschen. Ich spürte nur das kalte Metall im Nacken. Wie leicht könnte sie mich jetzt abknallen und beseitigen. Sie brauchte mich nur zu einem Loch schleifen und vergraben. Ich erstarrte! Der Druck verstärkte sich und ich wartete darauf, den Schuss zu hören, der sich durch meinen Hals fressen und vorne wieder herauskommen würde. Nur ein kleines Loch durch Speise- und Luftröhre. Ich würde kurz aufzucken und merken, dass die Luft ausblieb, ehe mein Gehirn den Vorgang realisieren könnte. Alles würde verstummen und alle Funktionen würden erlahmen. Nur noch ein Zucken, bevor mein Körper vornüber in die Asche des Feuers fiele. Es wäre vorbei. Ich hätte endlich die Strafe bekommen, die mir zustand. Und ich würde es Pat nicht einmal verübeln.

Doch der Schuss kam nicht. Der Druck im Nacken ließ nach und verschwand schließlich ganz. Pat konnte sich nicht überwinden. Sie hatte entschieden, mich am Leben zu lassen. Ich holte tief Luft und versuchte, den Ernst der Lage zu begreifen. Auch wenn der Revolver nicht mehr auf mich gerichtet war, so konnte immer noch ein Schuss folgen. Der Gedanke ließ meine Angst noch größer werden. Ein Schuss in den Rücken konnte stundenlange Qualen verursachen, in Arme oder Beine sogar monatelange. Ich rührte mich nicht, sondern überließ Pat die Entscheidung, wie groß meine Strafe ausfallen sollte. Ja, ich hatte sie verdient – die Bestrafung! Endlich! Bisher hatte mich niemand gestoppt. Ich missbrauchte inzwischen seit drei Jahren meine behinderte Schwester. Ich hatte sie misshandelt und ausgenutzt. Das war genug für eine Kugel in die Eingeweide. Vater hatte es schlimmer erwischt. Er musste mit dem leben, was Pat ihm dafür angetan hatte. Irrsinnigerweise musste ich genau in diesem Moment an ihn denken. Wie demütigend müssen die Behandlungen für ihn gewesen sein, wo er doch immer geglaubt hatte, dass gerade seine Männlichkeit das Beste in seinem Leben gewesen wäre. Der Gedanke erschreckte mich! Was, wenn Pat vorhatte, mir in das Geschlechtsteil zu schießen? Sie hatte gelernt, fast geräuschlos zu schleichen und ich konnte nicht einmal mehr sagen, wo sie sich gerade befand. Ihr Geist mochte naiv sein, aber er war gerecht. Sie hatte alle Gründe der Welt, mich zum Teufel zu jagen. Ich würde vor ihren Augen verbluten.

Ich heulte, als diese Bilder in mir hochkamen. Ich jammerte und flehte Pat an, mir nichts zu tun. Ich würde sie auch nie wieder anfassen. Ich versprach ihr, sie zurück in die Stadt zu bringen, wo sie Hilfe finden könnte. Wo Pete, ihr Betreuer in der Schule, auf sie warten würde. Sie würde auch Hilfe bei der Geburt bekommen und viel warme Kleidung. Ich versprach ihr den Himmel auf Erden, nur: „Bitte, töte mich nicht!"

Ich weiß nicht, wie lange ich dort gesessen und um Erbarmen gefleht hatte. Meine Schwester flehte schon seit mehr als zehn Jahren um Erbarmen und niemand wollte es hören. Jetzt hatte sie die Gerechtigkeit in ihre eigenen Hände genommen. Sie quälte mich, indem sie mir keine Antwort gab. Sie gab mir nicht das geringste Zeichen, was in ihr vorging. Sie ließ mich in der Kälte sitzen, bis es zum Morgengrauen dämmerte.

Als ich die ersten Konturen wahrnahm, sah ich mich um. Ich war allein. Eine neue Form der Wachsamkeit hatte mich eingeholt. Der Mensch, den ich am meisten liebte, war seit heute Nacht zu meinem Feind geworden. Falsch! Sie war schon lange mein Feind gewesen, aber sie hatte es heute Nacht zum ersten Mal gezeigt. Heute Nacht hatte sie die Regeln neu bestimmt. Sie hatte unmissverständlich klargestellt, dass ich auf der Hut sein sollte. Und ich war auf der Hut!

Als ich das Haus betrat, verriegelte ich hinter mir die Tür. Wer mich so heimtückisch bedrohte, durfte nicht ohne meine Kontrolle das Haus betreten. Der Revolver hatte auch nicht die Durchschlagskraft meines Gewehrs. Das dicke Holz gab mir zusätzlich Sicherheit. Ich sperrte mich in meine eigene Hütte ein und entzündete ein Feuer im Kamin. Ich sah auf das Kinderbett und all die selbstgenähten Dinge von Pat. In welche Welt war ich mit ihr eingetaucht, ohne sie zu fragen, ob sie dort überhaupt leben wollte? Doch ich war im Vorteil. Ich saß in geschützter Umgebung und hatte es warm. Das Feuerholz, das Pat am Kamin gestapelt hatte, würde für zwei Tage reichen, während Pat in der Kälte des Waldes verharren müsste.

Und wieder dachte ich nur an mich. Ja, ich musste mich gut schützen und nähren. Die Situation war brenzlig. Eine falsche Bewegung aus dem Haus und es wäre vorbei. Es zerriss mich zwischen Eigensucht und Fürsorge! Ich konnte sie und das Kind doch nicht einfach ausschließen! Ich konnte auch nicht einfach vor die Tür gehen. Ich konnte gar nichts mehr, stellte ich verzweifelt fest. Ich war der, der sich ausgeschlossen hatte. Meine Festung war zur Falle geworden. Pat konnte ohne weiteres Feuer um die Hütte legen und dann warten, bis ich zur Tür hinausgestürzt käme. Dann wäre der Schuss endlich fällig! In den Kopf, den Leib oder zwischen die Beine! Meine Wahnvorstellungen wollten nicht enden.

Ich schrak hoch! Sie schlich ums Haus! „Pat?“, rief ich. „Pat, bist du das?“ Ich horchte. Sie war jetzt am Holzstapel angelangt und griff nach dem Holz. Ich hörte es genau. Dann ging sie weg. Legte sie das erwartete Feuer? Ich hörte sie erneut Holz holen. „Pat!“, flehte ich, „mach das nicht!“ Dann folgten ein paar undefinierbare Geräusche und plötzlich hörte ich sie auf dem Dach! Würde sie den Kamin abdichten, um mich im Haus zu vergiften oder auszuräuchern? Dann, wenn ich aus dem Haus laufen würde, oben vom

Dach aus auf mich schießen? Mitten in die Schädeldecke! Der Schuss würde durch sämtliche Nerven und Blutgefäße in den Hals eindringen und in der Höhe meines Herzens stecken bleiben. Ich würde innerlich verbluten, es spüren, es aushalten müssen, bis es vorbei wäre.

Etwas schlug auf das Dach ein! Ein Hammer! Sie versuchte ein Loch in das Dach zu schlagen, um vielleicht etwas Brennendes hineinzuwerfen? Ich schrie: „Nein, Pat! Tu das nicht!" Ich lief zur Tür, entriegelte sie und rannte ins Freie. Ich rannte direkt in den Wald und sah mich nicht einmal um. Ich schlug die Äste aus dem Weg und stolperte über meine eigene Alarmschnur. Dosen schepperten. Ich hatte mich durch den Sturz verletzt und rappelte mich panisch auf. Nur nicht erwischen lassen! Pat konnte nicht so schnell laufen wie ich. Sie würde mich nicht erwischen! Ich humpelte tiefer in den Wald hinein und verlor die Orientierung.

Irgendwann war ich so erschöpft, dass ich stürzte und liegen blieb. Was hatte ich getan? Sie hatte mich vertrieben, ohne mich zu jagen. Sie hatte nun das Haus für sich und ich die Kälte in den Wäldern. Sie hatte das Gewehr, den Revolver, unseren Vorrat und warme Decken. Sie musste nicht einmal mehr Feuer machen. Sie konnte ihr Kind ungestört in der Hütte zur Welt bringen und es selbst ernähren. Sie brauchte mich nicht mehr. Sie musste mich nur noch auf Abstand halten, bis ich verreckte.

Ich saß viele Stunden im Wald und versuchte, die Situation zu begreifen. Waren nur meine Nerven mit mir durchgegangen oder hatten diese Vorfälle tatsächlich stattgefunden? Ich war mir plötzlich nicht mehr sicher, ob ich den Revolver wirklich im Nacken gespürt und Pat ums Haus schleichen gehört hatte. War alles nur eine Halluzination gewesen, wie sie die Einsamkeit manchmal schickt? Vielleicht hatte Pat sich nur im Wald verirrt und war inzwischen zur Hütte zurückgekehrt. Sie hatte sie leer vorgefunden und wusste nicht, was los war.

Ich sah mich um und konnte nicht eine Stelle wiedererkennen, die mich zur Hütte zurückgeführt hätte. Das löste erneut Panik in mir aus und ich wünschte, Pat würde jetzt mit dem Gewehr in die Luft schießen, doch ich hörte keinen Schuss. Stattdessen schrie ich unaufhörlich ihren Namen und irrte umher.

Das Tageslicht ließ nach und schickte einen zähen Abendnebel. Die Bäume versteckten sich darin, sodass es schwer wurde, weiterzugehen. Doch ich musste. Ich hatte nichts Wärmendes dabei, keinen Schutz und keine Möglichkeit, ein Feuer zu machen.

Da lebte ich nun seit drei Jahren in diesen verfluchten Wäldern und war ihnen doch wie ein Anfänger ausgeliefert. Der Irrsinn, der sich in solchen Momenten zeigt, ist der einzige Freund, der dir hilft zu überleben. Du beginnst die Gefahr zu verkennen und nimmst die Gegebenheiten als das wahr, was sie sind. Ich grub mit meinen Händen ein Loch, legte mich hinein und deckte mich mit Tannen und Blättern zu. Kurze Zeit darauf schlief ich ein.

In solchen Momenten lernt man seinen wahren Überlebensdrang kennen. Ich erwachte durch die Geräusche des Waldes – Wind und Vogelgezwitscher. Das Laub hatte mich gut gewärmt und mir einen fast durchgängigen Schlaf geschenkt. Das gab mir neue Kraft.

„Wasser!“, kam es mir in den Sinn. Ich musste unbedingt trinken, um bei Verstand zu bleiben, und begab mich auf die Suche nach hohlen Wurzeln oder Schlammlöchern. Es trieb mich immer weiter in die Ungewissheit, bis ich einen Bachlauf plätschern hörte. Ich schaufelte gierig mit beiden Händen Wasser in den Mund und kam zur Ruhe. Das schärfte meinen Verstand und ich entschied, dem Bachlauf zu folgen. Er musste irgendwo in einen Fluss münden. Unsere Hütte befand sich in der Nähe eines Flusses und mit etwas Glück wäre es genau der, aus dem wir täglich Wasser holten. Ich musste dann nur noch auf der richtigen Seite dem Flusslauf folgen.

Ich fand auf dem Weg einige Beeren, die mir zusätzlich Kraft gaben. Während ich dem Bachlauf folgte, überlegte ich bereits, wie ich Pat am besten begegnen könnte. Dass sie nicht die Absicht hegte, mich zu töten, lag auf der Hand. Aber es lag auch auf der Hand, dass sie es jederzeit tun könnte. Es war sicherlich die Schwangerschaft, die sie verwirrte. Ich hatte einmal von Frauen gelesen, die völlig verrückte Dinge während ihrer Schwangerschaft taten. Vielleicht maß ich der Geschichte zu viel Gewicht bei. Doch dieser Revolver machte mich nervös. Pat sendete klare Zeichen, dass sie in Ruhe gelassen werden wollte. Und genau das musste ich sie glauben machen. Sie wünschte sich sicherlich nichts sehnlicher als Sicherheit und Geborgenheit.

Ich fand den Flusslauf und folgte ihm in der Richtung, wo ich unsere Hütte vermutete. Das Schicksal wollte es, dass ich unsere Wasserstelle fand und damit den Weg zurück. Kaum näherte ich mich der Hütte, hörte ich ihren Schrei! Er klang so unmenschlich, als würde ihr jemand den Leib aufschlitzen! Ich dachte sofort an ein wildes Tier, das in unsere Hütte eingedrungen wäre und sie gerade zerriss, doch als ich die Tür erreichte, kam mir ein anderer Gedanke. Sie gebar gerade unser Kind!

Pat hatte die Tür von innen verriegelt und ich rief: „Pat, kannst du die Tür öffnen? Hörst du mich?“ Anstatt einer Antwort erklang ein weiterer verzweifelter Schrei. Ich suchte die Axt, die an der Hauswand hing und zerschlug die Türverriegelung. Die Tür schlug nach innen auf und ich sah etwas, das ich nie vergessen werde! Mit dem letzten Schrei hatte unser Kind Pats Leib verlassen und lag nun in einer Lache von Wasser, Schleim und Blut zwischen ihren Beinen. Das kleine Wesen zuckte mit den Armen und Beinen und ich hob es an den Füßen hoch und schüttelte es. Irgendwo hatte ich gelesen, dass man so etwas tun sollte. Es japste, rang nach Luft und schrie anschließend. Die Nabelschnur verband es noch mit Pat und ich sah erschrocken, wie sie danach griff und sie einfach abriss! Ich erstarrte und bekam Angst, dass es zu einem Infekt führen könnte, und schnürte die Nabelschnurr mit einer Kordel vorsichtig ab. Pat lag am Boden und kämpfte weiter. Sie presste und stöhnte und ich dachte an die Nachgeburt, die auch bei ihrer Totgeburt kurz danach ausgeschwemmt war. Ein neuer Schwall Blut und Schleim drückte sich aus ihrem Leib heraus, während ich unseren Jungen im Arm hielt und weinte!

Es gibt Momente, die unvergessen bleiben, weil sie einem ganz besonderen Wesen das Leben schenken. Dieser kleine, nackte, dünne Junge hatte die Schneise, die gestern zwischen uns entstanden war, wieder geschlossen. Es beschäftigte mich nun eine Art Sorge, die keine Zeit ließ, über das zu reden, was vorgefallen war.

Zunächst musste ich diesem dürren Leib Wärme geben. Ich lief in unseren Schlafbereich und holte eine Decke, in die ich ihn wickelte, und legte ihn neben dem Kamin. Wenn ich Pat versorgt hätte, würde ich sofort Feuer machen. Sie sah mich aus zu Schlitzen zusammengekniffenen Augen an, als ich mich ihr näherte. Hatte sie den Revolver irgendwo verborgen bei sich liegen? Ich sah mich um, sah aber nichts, auch nicht das Gewehr! Es war weg!

So brachte ich ihr zunächst Handtücher zum Reinigen und kümmerte mich um die Nachgeburt. Wenn man jahrelang Tiere zerlegt, schreckt man vor so etwas nicht mehr zurück. Ich schaufelte alles in einen Eimer und wischte den Boden wieder trocken. Es roch nach Blut und Milch. „Milch!", kam es mir in den Sinn. Ich musste Pat erklären und zeigen, wie sie das Baby nun zu versorgen hatte. Sie hatte sich inzwischen vom Boden erhoben und entledigte sich ihrer verschmutzten Wäsche. Dabei sah ich auf ihren von der Geburt beanspruchten Körper. Der Bauch zeigte immer noch eine Wölbung und die Brustwarzen waren fast schwarz in Erwartung, das Kind saugen zu lassen. Die Brüste waren prall gefüllt und schienen Pat zu schmerzen. Was mochte jetzt in ihr vorgehen? Ich ließ sie in Ruhe, sah, wie sie sich ihre Nachtwäsche überzog und ins Bett legte. Ich musste mich um das Feuer kümmern und die Tür reparieren.

Der Kleine schrie! Es war ein zaghaftes Quengeln, das

dieses Haus nun wochenlang erfüllen sollte. Ich stand der Sache genauso hilflos gegenüber wie Pat und doch wusste ich vieles mehr, das ich gelesen und gesehen hatte. Pat hatte nicht die geringste Ahnung von dem, was sie erwartete. Ich musste ihr alles zeigen. Sie durfte das Kind auf keinen Fall falsch füttern. Wir mussten alles tun, um es gesund zu halten. Mutter hatte Pat nie gestillt, deswegen konnte ich Pat nicht einmal annähernd erklären, wie man das machen sollte. Ich müsste mich ihrem Körper wieder einmal nähern und wusste nicht, wie sie darauf reagieren würde. Hatte der Schmerz der Geburt erneut Hass gegen mich in ihr ausgelöst? Sie gab mir sicherlich auch weiterhin für alles die Schuld.

Als ich unseren Jungen, eingemummelt in die Decke, schreien sah, überkam mich die Angst, dass sie ihn ablehnen könnte. Das wäre sein Tod, denn ich hatte keinerlei Nahrung für ihn. Er würde vor meinen Augen verhungern. Der Gedanke ließ mich erneut weinen, anders weinen. Die Rührung ging in Verzweiflung über. Ich wiegte den Kleinen, der immer wieder quengelte, während ich Pat erst einmal schlafen ließ. Ich wusste nicht, wie lange sie in den Wehen gelegen hatte und sah nur die Erschöpfung in ihrem Gesicht. Zur Beruhigung steckte ich dem Kleinen meinen kleinen Finger in den Mund, um ihn saugen zu lassen. Ich spürte diesen Druck, mit dem er nach Milch verlangte und fühlte, wie mein Finger allmählich taub wurde.

Die überwältigenden Szenen legten sich und hinterließen wieder die nackte Realität. Mir fiel der Revolver wieder ein. Solange Pat schlief, sollte ich die Gelegenheit nutzen, um die Waffen zu suchen. Ich fand sie natürlich nicht. Pat musste sie irgendwo draußen versteckt haben. Es war bereits Nacht geworden, sodass ich draußen nichts mehr sehen konnte. Also beließ ich alles, wie es war. Der Morgen würde uns sicherlich einen neuen Anfang schenken. Dieses kleine Wesen würde uns keine Zeit mehr für einen Krieg lassen, dachte ich. Pat schlief die ganze Nacht durch, während ich unser Baby beruhigte. Meine Erschöpfung war so groß, dass ich immer wieder im Stuhl einschlief und hochschreckte, wenn der Kleine mir aus den Armen glitt.

Dass der Krieg zwischen uns keineswegs zu Ende war, sah ich, als Pat ihr Bett am nächsten Morgen verließ. Anstatt nach dem Baby zu sehen, verließ sie die Hütte, um ihr Morgengeschäft zu verrichten. Das Haus roch immer noch nach Blut. Meine Angst, dass sie mit der Waffe ins Haus zurückkommen könnte, machte mich unruhig. Das Baby schlief. Es hatte es vorerst aufgegeben, nach Milch zu verlangen. Ich machte mir große Sorgen und erhitzte Wasser auf dem Ofen. Sobald es wach werden würde, müsste ich es waschen und dann müssten die Funktionen in dem kleinen Körper unbedingt in Gang gebracht werden. Bisher hatte der Kleine nichts ausgeschieden, wovon auch, aber die Zeit drängte. Nur die Milch würde alles in Gang bringen, was den kleinen Leib leben ließ. Wie lange mochte er noch durchhalten?

Ich sah Pat wieder das Haus betreten und sich am Feuer aufwärmen. Kein Zeichen von Sorge. Ihr Blick zeigte mir, dass sie mir nun das gegeben hatte, was ich wollte. Sollte ich doch sehen, wie ich damit klarkam. Das Kind war nicht ihr Wille gewesen, und das ließ sie mich spüren.

Ich versuchte eine erste Annäherung, setzte mich mit dem

Kleinen im Arm an den Küchentisch und sagte: „Das Baby braucht Milch. Die Milch ist in deiner Brust. Du musst es dort trinken lassen."

Sie stand mit dem Rücken zu mir und schüttelte den Kopf. Ich hatte es gewusst! Der Krieg ging weiter. Nun stand noch ein weiterer Feind auf dem Feld. Der Kleine quengelte wieder. Pat hatte uns beide im Griff. Von ihr hing nun unser beider Leben ab. Ich hielt ihr den nackten Säugling entgegen und sagte: „Wenn er keine Milch bekommt, stirbt er."

Sie wandte sich ab.

„Er stirbt bald."

Auch das berührte sie nicht. Sie war voller Hass und Ablehnung gegen uns beide. Heute frage ich mich, ob sie bei einem Mädchen wohl anders reagiert hätte. Das männliche Geschlecht wurde bei ihr mehr und mehr zum Tabu.

„Es tut nicht weh", versuchte ich es erneut und zeigte ihr bei mir, wie sie es machen sollte. Ich zog mein Hemd aus und hielt den Säugling an meine Brustwarze. Sein kleiner Mund suchte verzweifelt die lebensrettende Flüssigkeit, doch es blieb nur der sinnlose Versuch und ein endloser Schrei nach Hilfe. Pat verließ wieder die Hütte, um sich zu duschen. Ich kochte Wasser und wollte dem Kind wenigstens etwas Flüssigkeit geben. Ich würde das mit einem kleinen Löffel versuchen. Es würde sonst austrocknen. Ich sah auf die abgerissene Nabelschnur, wie sie sich blau vom Abschnüren färbte und hoffte, dass ich richtig gehandelt hatte. Sie würde in einige Tagen abfallen und der Nabel verheilen.

Ich wusste, dass die Muttermilch viele Nährstoffe enthielt, die das Kind brauchte, um eine gute Abwehr zu entwickeln.

Meine Mutter hatte uns nur mit Flaschen gefüttert, aber sie hatte Sauger und präparierte Milch für Pat gehabt. Ich hatte das alles nicht. Meine Bestrafung ging weiter. Nun hatten wir endlich dieses kleine gesunde Wesen und ich wusste nicht, wie ich es am Leben halten sollte.

Als das Wasser genug abgekühlt war, begann ich mit den ersten Versuchen, ihm Wasser einzuflößen. Ich weinte, als ich die Gier des Kleinen sah und er sich ständig verschluckte. Es besaß nur einen Saugreflex, der ihn schlucken ließ. So versuchte ich, ihm das Wasser mit meinem Finger einzuflößen. Jeder Tropfen, der in diesem ausgelieferten Leib landete, würde beim Überleben helfen, und doch wusste ich, dass es nichts bewirken würde. Es würde vielleicht zwei, drei Tage überleben und dann verhungern – verkümmert und abgemagert. Was hatte ich getan? In mir kroch eine mir unbekannte Wut hoch und schickte mir abstruse Gedanken. Wenn Pat es nicht von alleine machte, müsste ich sie zwingen. Der Gedanke war schrecklich, aber er zeigte deutlich, wie die Dinge wirklich lagen. Ich musste nur immer wieder an die Waffen denken. Sie konnte jederzeit mit einer vor mir stehen und mich abknallen. Vielleicht noch mit dem Säugling im Arm, den es sofort auseinanderreißen würde.

Die Panik hatte mich zurück und ließ mich handeln – unehrenhaft und brutal …

Ich legte den Säugling zunächst gut gewärmt neben das Feuer und durchsuchte das Schlafzimmer noch einmal nach den Waffen. Als ich sie nicht fand, griff ich nach dem Seil, das links neben der Tür hing. Es gab einige Meter her, das müsste reichen. Ich verließ die Hütte …

Pat hatte keine Chance gegen mich. Während sie ihren erschöpften Körper reinigte, wartete ich hinter der Abgrenzung mit dem Seil auf sie. Ich würde ihr noch eine letzte Chance geben und sie bitten. Sollte sie sich aber weiterhin weigern, ihren Mutterpflichten nachzukommen, musste ich handeln. Es war zum Besten von uns allen.

Wieder hörte ich den Säugling schreien.

Als Pat hinter der Abgrenzung hervortrat, sah sie mich erschrocken an. Ich hielt das Seil hinter meinem Rücken, um sie nicht zusätzlich zu erschrecken. „Bitte Pat, stille das Kind!", flehte ich sie ein letztes Mal an. Als sie versuchte, sich an mich vorbeizudrücken, packte ich sie, warf ihren nackten Körper zu Boden und fesselte sie. Das Baby schrie, Pat schrie und ich schrie auch. Jeder litt in seiner Not, die wir wieder in den Griff bekommen mussten. Ich sah nur noch diesen einen Ausweg. Sie erfuhr erneut Gewalt und Demütigung von mir und jaulte wie ein Tier. Sie wand sich mit den Fesseln im Dreck und ich ließ sie wüten. So konnte ich sie nicht mit ins Haus nehmen. Sie würde niemals das Kind an ihre Brust lassen. Das ließ mich wieder panisch werden und ich tat etwas, was ich noch nie getan hatte. Zunächst goss ich einen Eimer kaltes Wasser über ihren verdreckten Leib und dann schlug ich sie bewusstlos. Es war nur ein Schlag gewesen, der sie direkt wegtreten ließ. Ich nutzte den Moment, trug sie ins Haus, legte sie aufs Bett und holte das Kind. Meine Bewegungen waren hektisch. Ich brachte ihren Körper in eine Stellung, in der das Kind saugen konnte. Es suchte hektisch nach der Brustwarze, als wüsste es um seine knapp bemessene Zeit, und als es sie mit dem kleinen Mund zu fassen bekam, hielt ich den Kopf in stabiler Lage und ließ es trinken. Es saugte, verlor die Brustwarze wieder, suchte erneut, fand sie erneut und saugte wieder. Es kämpfte ums Überleben. Ich sah den Kampf des Kindes um die erste Nahrung im Leben und gleichzeitig, wie Pat wieder zu sich kam. Die Milchdrüsen, die nun durch das Saugen erstmals in Gang kamen, hatten einen Schmerz in ihr ausgelöst, der sie wieder zu Bewusstsein brachte. Ich sah ihren erschrockenen Blick und drückte den Kopf des Kindes an ihre Brust. „So Pat", sagte ich bittend, „so musst du es machen."

Sie sah perplex auf den Säugling, der nun etwas ruhiger saugte. Die Milch, die der kleine Mund nicht aufnehmen konnte, tropfte auf ihren Bauch. Ich befürchtete erneut Pats Gegenwehr und war auf alles gefasst. Sollte sie sich erneut wehren, müsste ich sie in Gegenwart des Kindes schlagen. Das konnte nicht die Lösung sein. Also beschwor ich sie erneut: „Ruhig, ganz ruhig. Er trinkt nur. Es ist nicht schlimm. Er trinkt nur." Ich streichelte ihr Gesicht mit der freien Hand, die jederzeit wieder zuschlagen konnte. „Scht", sagte ich leise und begann ein Lied zu summen. Solange Pat sich ruhig verhielt, würde ich sie in Ruhe lassen. Der Kleine trank. Er trank um sein Leben. Mir kam die Idee, auch die andere Brust in den Milchfluss zu bringen und ich sagte: „Ich werde das Kind jetzt an die andere Brust legen. Bitte halt still." Ich flehte und verlor die Kontrolle. Während ich den Säugling löste, stieß Pat uns beide mit einer ruckartigen Bewegung vom Bett. Ich verlor das Kind aus den Händen und sah es mit der Decke zu Boden fallen. Ich erschrak zutiefst, sah Pat an und sah wieder zu Boden, ob das Kind sich bewegte. Es lag verwirrt und sich rekelnd zwischen dem weichen Flies. Das beruhigte mich und ich hob es hoch, um es zu beruhigen. Es hatte die erste Milch bekommen, sodass ich mir nicht mehr allzu viel Sorgen machen musste. Vorerst. Ich legte es ins Kinderbett und holte weitere Seile …

Es dauerte ziemlich lange, bis ich sie eingefangen und an das Bett gefesselt hatte. Als ich mit ihr fertig war, deckte ich sie zu und sah sie verbittert an. Ich musste sie ans Bett fixieren und sagte: „Ich mache dich erst dann wieder los, wenn du das Kind selber stillst. Solange du es nicht freiwillig tust, wirst du hier liegenbleiben, bis dass das Kind alt genug ist, etwas Anderes zu sich zu nehmen." Ich hatte keine Ahnung von dem, was ich da sagte.

Es war kaum zu glauben, welche Umstände sich in unserem Leben breitgemacht hatten. Während andere Männer in ihren Wagen zur Arbeit fuhren, mit Smartphones telefonierten und abends fernsahen, versorgte ich eine gefesselte Frau und einen Säugling und grub draußen Löcher, um die verdammten Waffen zu finden. Jede weiche Stelle hob ich aus, um das Problem in den Griff zu bekommen, doch ich fand die Waffen nicht. Ich hörte das Kind wieder schreien und schmiss verärgert den Spaten beiseite. Drinnen wusch ich mir die Hände und sah, dass der Säugling sich in seinen eigenen Exkrementen wälzte. Auch das noch! Ich hatte ganz vergessen, ihm ein Tuch umzulegen, und holte Wasser und Lappen aus der Küche. Pat und ich hatten viel vorbereitet, sogar eine Salbe aus Kamilleblüten, falls das Kind wunde Stellen bekäme. Ich reinigte alles, wickelte den Jungen und war froh, dass seine Organe arbeiteten. Sein erneuter Schrei ließ mich wissen, dass er wieder gestillt werden wollte. Ich sah zu Pat hinüber, die ablehnend zur Wand sah. Ich hatte ihr bis zum Nachmittag nicht einmal etwas zu trinken gegeben und dachte irrsinnigerweise daran, sie ebenso hungern zu lassen wie den Säugling, was fatal wäre. Ich sah, dass sich die erste Brust kaum wieder mit Milch gefüllt hatte, während die andere noch prall gefüllt war.

„Wirst du ihn stillen?“, fragte ich vorsichtig, doch sie schüttelte den Kopf. Was hatte ich erwartet? Ich legte Kissen unter ihren Kopf und ihre Schultern, sodass der Junge gut saugen konnte. Ich legte ihn an die andere Brust an und es begann die gleiche Prozedur wie heute Vormittag. Pat jaulte auf und der Säugling saugte um sein Leben. Er verschluckte sich, japste und keuchte. Ich nahm ihn hoch, beruhigte ihn und versuchte es erneut. Wieder verschluckte er sich und ich wurde hektisch, weil Pat auch noch begann, sich hin- und herzuwälzen. Ich wollte sie nicht wieder schlagen und sagte es ihr. Der Junge schrie! Ich schüttelte ihn. Was machte ich da? Ich legte ihn in sein Bett und verließ die Hütte. Mein Kopf stand kurz von dem Bersten. Ich schrie, so laut, wie ich noch nie in meinem Leben geschrien hatte! So konnte es nicht weitergehen.

Als ich in die Hütte zurückging, war Ruhe eingekehrt. Pat sah mich erschrocken an und das Kind gluckste vor sich hin. Ich nahm es erneut und hielt es an Pats Brust. Sie hielt still. Es funktionierte. „Sieh doch, wie er trinkt!“, sagte ich und versuchte ihr ein Lächeln zu schenken. Die andere Brust gab Milch frei und sie ließ das Kind solange trinken, bis es einschlief. Das war der erste ruhige Moment seit der Geburt zwischen uns. Ich nahm das Kind vorsichtig von der Brust weg und legte es in sein Bett. Dann trocknete ich Pats Brust und deckte sie zu. Wie sehr sehnte ich mich in diesem Moment danach, die Brust selbst zu liebkosen. Ich hatte Pat wehrlos vor mir liegen, verwarf aber den Gedanken schnell wieder. Stattdessen summte ich und streichelte ihren Hals. Sie sollte das Stillen mit Zärtlichkeit verbinden, doch ich spürte ihr Herz rasen und hörte ihren unruhigen Atem. Sie lehnte das Kind immer noch ab.

„Pat, du bist jetzt eine Mutter. Eine Mutter stillt ihr Kind mehrmals am Tag. Und sie wickelt es.“ Ich dachte mit Widerwillen an meinen Vater. „Ich werde dann kochen und die Reinigung des Hauses übernehmen, wenn du dich um unser Kind kümmerst.“

Sie reagierte nicht.

„Ich werde dir gleich etwas zu trinken und zu essen geben, hörst du?“

Schweigen. Wenn sie nicht trinken würde, würde sie keine Milch mehr produzieren. Ich spürte wieder Wut aufkommen. Pat hatte immer noch die Kontrolle über mich, selbst jetzt, als ich unserem Leben eine neue Ordnung geben wollte. Sie wollte mich bestrafen. Sie wollte das Kind töten. Ich durfte sie nicht freilassen!

Die Prozedur war unmenschlich. Jeden Tag flößte ich ihr unter Gewalt Flüssigkeit ein und reinigte sie anschließend wie ein kleines Kind. Dann legte ich ihr den Säugling an und reinigte ihn anschließend. Ja, ich hatte nun zwei Kinder. Als ich Pats Scheide reinigte, sah ich die Verletzung durch die Geburt. So konnte ich sie unmöglich in nächster Zeit fordern und musste wieder viel Geduld aufbringen, wo ich gedacht hatte, dass nach der Geburt alles besser werden würde. Doch es wurde schlimmer. Alles! Ich sah ihren nackten Leib sich unter den Fesseln winden, weil sie die ersten wunden Stellen vom Liegen bekam. Zum Teufel, was hatte ich getan? Ich hielt ihren Körper mit Gewalt still, wenn ich ihr das Kind unter großer Mühe an die Brust presste, und drängte es, schneller zu trinken. Jeder Stillvorgang wurde zu einer unerträglichen Prozedur. Pat gab nicht nach.

Ich suchte zwischendurch immer noch nach den Waffen und schrie sie jeden Tag an: „Wo sind die Waffen? Trinke! Iss! Halt still! Du bist eine Mutter! Pat! Du Miststück! Du Dreckstück! …“

Der Säugling schrie, Pat jaulte und ich rannte wie ein Wahnsinniger ums Haus, um den Schreien zu entkommen. Ich rannte in den Wald, um Fallen zu bauen und Wild zu fangen. Ich machte Feuer, um die Wärme im Haus zu halten, und ich schüttelte den Kleinen, damit er Ruhe gab! Dann legte ich mich auf Pat und vergewaltigte sie, zweimal, während der Kleine neben uns schlief! Das war der Tag, an dem ich beschloss, meinem Leben ein Ende zu setzen. Ich zog meine Hose an, holte ein Messer und schnitt die Seile durch, damit Pat wieder frei war. Sie konnte nun die Waffen suchen gehen und mich erschießen. Sie würde nicht zögern. Ich hatte ihr genug Gründe geliefert.

Pat sah mir schweigend zu, als ich sie aus den Fesseln befreite. Sie lag völlig steif im Bett, als ich ihr sagte: „Es ist vorbei, Pat. Du kannst das Kind jetzt verhungern lassen oder es an die Wand werfen. Es kümmert mich nicht mehr. Du kannst den Revolver holen und mich erschießen. Auch das ist mir egal. Du kannst mir auch mein Geschlechtsteil zertrümmern wie bei Vater, aber bitte erschieß mich vorher. Du bist frei.“ Ich verließ das Haus und setzte mich draußen auf die Bank. Ich war am Ende meiner Kräfte angelangt. Das Kind schrie. Wir hatten ihm nicht einmal einen Namen gegeben. Ich wartete auf den Moment, in dem sie das Kind ersticken, erdrosseln oder zertrümmern würde.

Als das Geschrei erstarb, weinte ich und sah blind zu Boden. Es war vorbei. Endlich! Das Kind musste nicht mehr leiden. Sie hatte es ganz still getan. Nun wartete ich auf meine Exekution. Sie hatte die Waffe sicherlich irgendwo in einem Geheimversteck im Haus gelagert und holte sie jetzt. Ich sah noch einmal in den Himmel und verabschiedete mich von diesem Leben, das nicht hätte schlimmer werden können. Ich war ein noch schlechterer Mann, als mein Vater es gewesen war. Ich war zu einem Monster geworden. Pat, mein einstiger Engel, war nur noch eine Hülle zwischen zwei silberglänzenden Flügeln. Ich sah sie in diesem Moment gen Himmel fliegen und mich auf der Erde verrotten lassen.

Es knackte im Gebüsch! Ich hörte Schritte! Wo ich früher sofort nach dem Gewehr gegriffen hätte, war mir jetzt alles egal.

„Hallo?“, hörte ich von Weitem. Ich sah auf und im Nebel zwischen den Bäumen ein junges Pärchen stehen. Wanderer. Sie lächelten mich an und der Mann sagte: „Entschuldigen Sie, wir wollten nicht stören.“

Ja, dachte ich, kommt nur und atmet noch einmal die herrliche Waldluft ein. Es wird euer letzter Atemzug sein.

„Wie herrlich!“, hörte ich die Frau sagen. „Dürfen wir näherkommen?“

Sicher! Ich nickte.

„Leben Sie hier?“

Ich saß mit nacktem Oberkörper vor ihr und sagte leise: „Ja.“

„Wir wollen Sie wirklich nicht stören, aber das hier ist einfach herrlich! Haben Sie das selbst gebaut?“

Ich nickte. „Ja.“ Das hatte ich. Ein fast unmenschlicher Akt und doch hatte ich es geschafft.

„Wohnen Sie alleine?“, hörte ich den Mann fragen. Er war jung, vielleicht ein, zwei Jahre älter als ich. Ich sah ihn an und beneidete ihn. Er führte sicherlich ein Leben in Sicherheit und mit großem Glück. Sein Gefühl, in diesem Wald vor der Hütte zu stehen war ein anderes als meins. Ein ganz anderes! Beide führten sicherlich das Leben, das ich mir mit Pat immer gewünscht hatte. Wir waren nie unbeschwert durch den Wald gewandert. Unsere Wege hatten uns immer nur zu einem Punkt geführt, an dem wir Nahrung fürs Überleben finden konnten. Der Wald war unser Kriegsschauplatz, nicht unser Vergnügen. Wie sehr hatten wir doch den Kontakt zu dem normalen Leben verloren.

„Hallo?“, hörte ich ihn fragen. „Geht es Ihnen nicht gut?“

Ich sah auf. „Nein, nein, ich wohne nicht alleine“, sagte ich. „Meine Frau ist drinnen bei unserem Kind.“ Wie schön sich das anhörte!

Ich sah, wie die junge Frau durch die Tür lugte und „Hallo“ rief. Sie winkte. „Oh“, sagte sie plötzlich. „Wir gehen dann mal weiter. Alles Gute!“ Sie sah zu ihrem Freund hinüber und beide verschwanden wieder im Dickicht des Waldes. Ich wollte sie noch auf meine Alarmanlage aufmerksam machen, aber es erklang kein Scheppern von Dosen. Ich wurde nachdenklich. Es war auch vorher keins erklungen! Hatte Pat alles entfernt, um sich unbemerkt bewegen zu können? Ich war verwirrt. Bei meiner letzten Jagd vor drei Tagen hatte ich nicht darauf geachtet. Meine Wahrnehmung litt jeden Tag mehr. Oder hatte ich die Schnur selbst entfernt?

Ich blickte dem Pärchen nach, als wäre es das Normalste auf der Welt, Wanderer zu begrüßen. Was mochte die Frau im Inneren des Hauses gesehen haben, dass sie so schnell hatte verschwinden wollen? Eine Mutter mit einem blutverschmierten Säugling, einem leblosen Wesen im Arm, ihn anstierend und den Revolver auf ihn richtend?

Ich wartete auf den Schuss und sah erneut zu Boden. Wir waren wieder allein. Alles blieb ruhig. Sollte ich vielleicht mal nachschauen und ihrer Entscheidung etwas nachhelfen? Nein, ich wollte, dass sie den Zeitpunkt selbst bestimmte. Meine Entscheidungen führten immer ins Nichts. Ich betete, nicht nur von ihr angeschossen zu werden, sondern direkt einen endgültigen Todesschuss zu erhalten. Es sollte schnell gehen, nur schnell. Ich saß auf der Bank, während es im Haus weiterhin still blieb. Niemand bewegte sich oder gab einen Laut von sich. Hatte Pat sich selbst gleich mit hingerichtet? Ihre Pulsadern durchtrennt? Ich hatte das Messer auf dem Nachtschrank liegen gelassen. Das Bett wäre völlig von Blut durchtränkt. Ich würde hier nicht mehr leben können. War das die Hölle, in die Pat mich schicken wollte? Es würde mich wie einen Wahnsinnigen durch die Wälder treiben, bis mich ein Bär oder gar Wölfe fanden und meine Glieder einzeln aus dem Leib rissen. Sollte das meine Strafe sein?

Ich saß stundenlang auf der Bank und hielt den gedanklichen Bluttaten stand. Ich spielte alle Szenen durch, die mir einfielen. Es war grausam.

Als die Sonne sich zu senken begann, beschloss ich nachzusehen. Ich war nun taub und abgestumpft genug, um dem zu begegnen, was das Schicksal für mich bereithielt.

Mein Blick erfasste zunächst nur die Einrichtungsgegenstände und ich nahm zum ersten Mal wahr, wie gemütlich wir uns eingerichtet hatten. Alles war so liebevoll arrangiert und hergerichtet. Wir hatten jede Kleinigkeit, die wir besaßen, praktisch genutzt. Es sah aus wie in einer Ferienhütte. In diesem Moment hatte ich auch den schönen Anblick von außen vor Augen. Das junge Pärchen hatte recht, als es sagte *Sie wohnen aber schön.* Auch draußen war jedes Detail mit Sorgfalt angebracht und strahlte Sicherheit und viel Liebe aus. Alles an unserer Hütte war zweckmäßig und klug eingerichtet. Wie hätten wir sonst so viele Monate hier überleben können? Es war nicht übel, was ich hier aus eigener Kraft geschaffen hatte.

Das Feuer prasselte im Kamin und füllte den Raum mit behaglicher Wärme. Ich sah im hinteren Teil der Hütte den halb zugezogenen Vorhang, der den Schlafbereich abtrennte. Den hatte Pat aus unserer zerschlissenen Kleidung genäht. Dann das Bett. Groß und gemütlich, mit dicken Fellen belegt, um uns in den kalten Winternächten zu wärmen. Ich sah kein Blut. Das Messer lag immer noch auf dem Nachtisch und die durchtrennten Seile lagen auf dem Boden. Ich trat in die Mitte des Wohnraums und ließ meinen Blick umherschweifen. Alles war ruhig. Sollte ich einen Blick hinter den Vorhang ins Schlafzimmer wagen? Was würde ich tatsächlich sehen? Ich wagte es.

Pat hielt unseren Sohn im Arm und beide schliefen. Sie musste ihn gestillt haben, denn ich konnte Milchreste um seinen kleinen Mund herum sehen. Ich hielt diesen Anblick nicht aus, verließ die Hütte und rannte heulend in den Wald!

Ich hatte die Wahl. Zurück zur Hütte oder den Weg aus dem Wald suchen und mich stellen. Ich wollte nicht alleine im Wald leben, weit weg von Pat. Die Einsamkeit würde mich umbringen. Ich beschloss, zurück zur Hütte zu gehen und mich allem zu stellen, was dort passieren würde.

Von Weitem sah ich Qualm aus dem Kamin aufsteigen und dachte an die Normalität, die wir verloren hatten. Hatte Pat sie wiederhergestellt und dachte, sie wäre mich los? Ich rief zur Sicherheit von draußen: „Pat? Ich bin's Rylan. Pat?" Ich wartete. Es dauerte eine Weile, bis sich die Tür öffnete. Ich hatte mit der Axt das Schloss ruiniert und es nur notdürftig repariert. Ich musste es erneuern. Typische Gedanken, die einen durchströmen, wenn man unter solchen Bedingungen lebt. Man ist nur auf Sicherheit und Schutz programmiert. Jede Nachlässigkeit konnte das Leben kosten.

Pat erschien in der Tür, frisch gewaschen, gekleidet und ohne Waffe. Sie sah in die Dunkelheit hinein und wartete. Das war meine Chance. „Es wird nie wieder passieren", versprach ich ihr zum hundertsten Mal. „Ich werde dich nie wieder anfassen!“, schwor ich. Es war die Not, die mich die Worte aussprechen ließen. In diesem Moment war es die Wahrheit, aber auch nur in diesem Moment. Ich wollte alles in Kauf nehmen, um wieder zur Ruhe zu kommen. Meine Sehnsucht nach dem alten Leben war riesig.

„Willst du mich noch?“, fragte ich leise.

Sie drehte sich um und ging in die Küche zurück, doch sie ließ die Tür offen. Pat war nie ein Freund vieler Worte gewesen. Sie handelte, anstatt zu reden. Das hatte mir immer besonders gut an ihr gefallen. Ich sah von draußen, wie sie einen Teller Suppe und eine Tasse Kaffee auf den Tisch stellte, als wäre nichts geschehen. Ich sah sie unseren Jungen in den Arm nehmen und ihn liebevoll wiegen. Der Anblick rührte mich zutiefst! Wie hatte ich ihr in den letzten Tagen nur so grausame Dinge antun können?

Ich wagte es nicht, in diese Atmosphäre einzudringen. Ich hatte es nicht mehr verdient. So trat ich in die Küche, griff nach dem Teller und der Tasse und ging wieder nach draußen auf die Bank. Ich war ausgehungert wie ein Tier, aß und trank aber mit großer Demut. Nach dem Essen zündete ich ein Lagerfeuer vor dem Haus an und richtete mich dort für die Nacht ein. Ich hatte den Schutz der Hütte nicht mehr verdient.

Pat ließ mich gewähren. Ich hörte sie den Haushalt richten, das Kind stillen, wickeln und zu Bett bringen. Sie hielt das Feuer in Gang und zog die Tür bis zum Anschlag zu, damit die Wärme im Haus blieb. Sie verriegelte sie aber nicht.

Die Geräusche der Nacht klingen manchmal unheimlich. So wurde mir wieder klar, dass wir von vielen Gefahren umgeben waren. Bis jetzt hatte sich noch keine wirkliche Gefahr genähert, doch ich dachte an den anstehenden Winter. In der Regel hackte ich schon Holz dafür, doch diesmal hatten mich so viele andere Dinge beschäftigt, dass ich es ganz vergessen hatte.

Pat ließ mich draußen gewähren. Sie stellte regelmäßig Essen und Trinken vor die Tür und ließ mich weiter draußen schlafen. Da ich kein Gewehr hatte, baute ich weiter Fallen, grub mit Spaten, Schaufel und Axt Löcher in den Boden und kennzeichnete sie mit Stofffetzen, die mir Pat hinausreichte. Ich erklärte ihr alles und hoffte auf eine Reaktion wegen der Waffen, doch sie nickte nur und ging wieder ins Haus.

In meiner freien Zeit hackte ich frisches Holz und stapelte es an der Hüttenwand. Pat gab mir mehr Decken für die Nacht und ein paar Bücher für den Zeitvertreib. Sie schloss niemals die Tür ab, sondern überließ es mir, wieder zurück ins Haus zu kommen. Ich reparierte die Türe komplett und erklärte ihr, wie sie sie nun verriegeln könnte. Ich wollte herausfinden, ob sie mich nun ausschließen würde. Sie tat es nicht. Sie lehnte die Tür nach wie vor nur an. Das ließ mich erleichtert aufatmen.

Unseren Jungen sah ich nur sporadisch. Ich hörte ihn drinnen kaum quengeln und stellte fest, dass Pat eine fürsorgliche Mutter geworden war. Sie wusch unsere Wäsche und hing sie im Spätsommer draußen auf. Da ich viel unterwegs war und die gefangenen Tiere einsammelte, sah ich den Jungen nur selten draußen herumkrabbeln. Ich lebte wie ein Fremder draußen, verzog mich unter das Vordach, wenn es regnete, und verspürte eine immer größer werdende Sehnsucht, wieder in die Hütte zu meiner Familie zu dürfen. Und doch sah ich die getrennten Verhältnisse als notwendig an, um Pats Vertrauen wiederzuerlangen. Die Sache mit den Waffen war noch nicht aus der Welt. Pat stellte auf diese Weise ihre eigene Gerechtigkeit her. Sie wollte mich leiden sehen und ich litt. Sie wollte mich weinen sehen und ich weinte. Sie wollte, dass ich ihr gegenüber meine Reue, Demut und Ergebenheit zeigte, und ich zeigte sie ihr. Es sollte ihre Entscheidung sein, wann ich das Haus wieder betreten dürfte.

Im Herbst hörte ich im Haus einige ungewohnte Geräusche. Sie verschob Möbel und räumte Dinge um. Es war nicht viel, aber es war ein Zeichen, dass sich etwas tat. Als sie Wäsche aufhing, konnte ich in das Haus sehen und entdeckte eine kleine Lagerstelle direkt an der Tür. Sie hatte mir einen kleinen Bereich zum Schlafen hergerichtet und ihn mit einem Regal abgetrennt. Dachte sie an den Winter? Ich verbrannte draußen im Grunde unnötig Holz, das wir im Winter dringend brauchen würden. Dieser Anlass führte dazu, dass ich fragte: „Darf ich nachts im Haus schlafen, damit wir Holz sparen?"

Sie nickte und nahm die Wäsche ab. Dann richtete sie das Essen her und ich saß zum ersten Mal seit Monaten wieder an unserem Esstisch. Die Zeit floss schweigend dahin. Jeder hatte seine Aufgaben, die er gewissenhaft erledigte.

Pat hatte unserem Jungen einen kleinen Bereich abgetrennt, wo er sich sicher bewegen konnte, weil er bereits krabbelte. Sie hatte ihn bis zum vierten Monat gestillt und dann mit fester Nahrung begonnen. Ich war erstaunt, wie aufmerksam sie trotz geistiger Behinderung war und beobachtete sie mit großer Freude, wenn sie ihre Arbeiten erledigte. Sie lachte zwischendurch wieder und sang und spielte mit ihm, als wäre sie kaum älter als er. Wie konnte ich ihr nur so misstraut haben? Alles war immer nach meinen Vorstellungen abgelaufen, dabei waren ihre Vorstellungen um so vieles gesünder und besser als meine. Ich sah nun zum ersten Mal, wie glücklich sie mit dem Kind war, und wünschte mir, sie endlich wieder in den Arm nehmen zu können. Doch davon hatte ich mich zu weit entfernt.

Unser Verhältnis blieb dennoch angespannt. Ich musste jede Nacht wie ein räudiger Hund in meine Ecke und sie schob zusätzlich ein zweites Regal davor, damit ich meinen Platz nicht ohne Geräusche verlassen konnte. Ihr Drang nach Sicherheit war ungebrochen, nur, dass ich nun zu etwas geworden war, von dem sie sich bedroht fühlte. Eine erneute Annäherung lag in weiter Ferne.

Ich wagte es im Winter zum ersten Mal, nach dem Gewehr zu fragen. Der Schnee hatte meine Fallen unkenntlich gemacht und unsere Nahrungsvorräte gingen zur Neige. Der Streit im Sommer hatte einfach zu viel Zeit gestohlen, um größere Vorräte anzulegen. Alles war im Sommer durcheinandergeraten. Uns blieb jetzt nur noch das Wild und ich begann mit selbstgeschnitzten Speeren auf die Jagd zu gehen, hatte aber leider kein Glück. Also versuchte ich, Pat die Situation erneut zu erklären. Sie ließ sich auf kein Gespräch dazu ein. Das Thema Waffen war gänzlich tabu. Ich bekam Angst. Wir würden nur noch ein, zwei Monate überleben können. Es schien ihr egal. Sie sah es als meine Pflicht, dieses

Problem zu lösen. Ich war es ja auch gewesen, der ihr die Rollenverteilung erklärt hatte. „Aber ohne Gewehr schaffe ich das nicht. Wo ist die Munition?" Ich sah sie an. Sie zeigte zum Fluss und ich erschrak! Hatte sie etwa alles in den Fluss geworfen? Ich fragte sie und sie nickte.

„Alles?", fragte ich erneut, weil ich es nicht glauben konnte. Ja, alles. Die Waffen mussten ihr derart viel Angst gemacht haben, dass sie eher dazu bereit war, zu hungern als damit zu leben. Ich muss gestehen, dass auch mit mir die Fantasie durchgegangen war, als ich die Waffen in ihrer Hand gesehen habe. Vielleicht waren meine Gedanken gar nicht so abwegig gewesen. Sie hatte sich und mich vor ihren eigenen Reaktionen schützen wollen.

Nun waren wir dem ausgeliefert, was uns noch blieb, und das war nicht viel. Ich hatte keine Ahnung, wie man im Winter Fallen stellte, und so blieb mir nur noch die Jagd von Hand mit Speeren oder Messern. Es war der Moment gekommen, an dem ich auch in diesem Bereich an meine Grenzen stieß. So sehr ich mich bemühte, ein Wild zu erwischen, so sehr wurde mit bewusst, wie viel Geschick es brauchte und das besaß ich nicht. Unsere Vorräte gingen zu Neige und wir sahen beide unsere Sicherheit schwinden. Es kam wieder zu Auseinandersetzungen. Wir begannen, uns nun vor dem Jungen zu streiten und zu beschimpfen. Dieser verdammte Schneefall wollte nicht enden. So schlimm war es noch nie gewesen. Jeden Tag musste ich aufs Dach, um es von der schweren Last zu befreien. Jeden Tag wurde es schwerer, überhaupt noch im Wald herumzulaufen und ein Tier zu finden. Wir magerten ab und versuchten, dem Kind so viel wie möglich zu geben, damit es nicht hungerte. Wir streckten alle Nahrungsmittel, die wir noch fanden und hofften auf eine Besserung der Wetterverhältnisse, doch die traf nicht ein. Wir begannen zu schwächeln und zu kränkeln. Ein starker Husten machte uns beiden zu schaffen und zwang uns von Zeit zu Zeit ins Bett. Wir waren am Ende und ich entschied, mich an einem der nächsten Tage durch den Schnee zum Waldrand zu kämpfen und Hilfe zu suchen. Es war vorbei und ich musste aufgeben, bevor Pat oder der Junge starben. Gott sollte entscheiden, ob ich es schaffen würde oder nicht.

Wir bereiteten alles für meine Abwesenheit vor und ich suchte mir genügend Kleidung zusammen, die mich auf dem Weg wärmen sollte. Genau in diesem Moment hörte ich einen Hubschrauber über unserer Hütte kreisen. Ein Geräusch, das ich seit Jahren nicht mehr gehört hatte und zunächst mit dem Aufbrechen des Flusses, der über Winter eingefroren war, verwechselte. Der Hubschrauber flog weg und ich lief aus der Hütte, um nachzusehen. Ich sah nach oben und beobachtete, wie er einen großen Kreis zog und wieder zurückkam. Diesmal flog er langsamer über uns hinweg und zog erneut einen Kreis. Unsere Hütte stand zwar im Wald, aber sie war nicht so dicht von Bäumen umgeben, dass man ihr Dach nicht vielleicht doch erkennen konnte. Der Schnee tarnte es zwar hervorragend, aber um die Hütte herum hatte ich den Schnee weggeschaufelt.

So sehr wir auch Hilfe brauchten, so sehr kroch plötzlich die alte Angst wieder in mir hoch. Sie war vollkommen irrational und rief die alte Panik wach! Sie suchten uns! Und sie hatten uns gerade eben gefunden! Anstatt dankbar zu sein, mir den Weg durch den Wald sparen zu können, verfluchte ich plötzlich Pats Entscheidung, die Waffen im Fluss versenkt zu haben, und rannte in die Hütte hinein. Welch ein Wahnsinn! „Lösch das Feuer! Wir müssen hier verschwinden!", schrie ich, ohne darüber nachzudenken, wie das funktionieren sollte. Wir waren auf diese Hilfe angewiesen, doch ich sah nur noch die Gefahr, die auf uns zukam, so, wie ich immer nur Gefahren um uns herum sah. Doch wir konnten unmöglich in der winterlichen Kälte ohne Proviant verschwinden und überleben. Das Kind würde nur kurze Zeit durchhalten und Pat wieder jaulen wie ein Hund. Ich besaß außer ein paar Messern und der Axt keine Waffen, um mich gegen Eindringlinge zu wehren. Vor meinem inneren Auge sah ich ein Massaker ablaufen. Auf Tiere zu schießen war die eine Sache, aber auf Menschen mit einer Axt loszugehen, um sie zu töten, überstieg meine Möglichkeiten.

Pat hielt mich am Arm fest und versuchte, mich zur Vernunft zu bringen. „Nicht. Wir gehen nicht. Wir bleiben", sagte sie.

Wie meinte sie das? Wollte sie im Wald bleiben oder wollte sie warten, bis die Fremden uns fanden?

„Bleiben", sagte sie erneut.

„Wo bleiben?", fragte ich und verstand sie einfach nicht. Ich war nicht mehr bei Sinnen.

„Hier", sagte sie.

„Warum?", fragte ich. Erkannte sie die Gefahr denn nicht?

„Hilfe", sagte sie. „Es ist Hilfe. Wir brauchen Hilfe."

„Einen Scheiß brauchen wir!", schrie ich sie an, worauf das

Kind anfing zu weinen. Ich wollte es in diesem Moment ebenfalls anschreien, als mir bewusst wurde, dass wir ihm immer noch keinen Namen gegeben hatten. Wir redeten so wenig, dass ich mich heute frage, wie er jemals hätte sprechen lernen können. Hin und wieder fiel das Wort *Junge* oder *das Kind*, aber mehr auch nicht. Wie weit waren wir von der Zivilisation entfernt? Wir konnten unmöglich in der Hütte bleiben, aber wir konnten auch nicht fliehen. Aber wir konnten uns verstecken. Das erklärte ich ihr. Doch als ich Pat ansah, wurde mir klar, dass sie mich nicht verstand. Die Situation war aussichtslos. Klar, wir würden bei jedem Schritt Spuren im Schnee hinterlassen und die Sache nur hinauszögern. Es blieb nur noch die Axt! Nur noch! Ich lief hinaus und holte sie ins Haus. Pat sah mich panisch an. Sie legte das Kind beiseite und griff nach einem Messer! Was sollte das?

„Wir müssen uns schützen!“, sagte ich entsetzt und konnte nicht abschätzen, ob sie das Messer gegen mich oder die Eindringlinge wenden würde. Als ich in ihre Augen sah, wusste ich es …

Ich ging auf Distanz. „Nicht, Pat!“, flüsterte ich und legte die Axt langsam auf den Boden. Ich hätte sie niemals gegen sie erheben können. Sie kam auf mich zu und sah mich hasserfüllt an. Sie würde doch nicht zustechen? Ich irrte mich, sie tat genau das! Ich versuchte, ihren Angriff abzuwehren, aber sie erwischte mich am rechten Arm. Das ließ mich kurz unaufmerksam werden und gab ihr eine neue Chance. Ich sah das Messer auf mich zukommen und warf mich zu Boden, rollte mich weg und stand schnell wieder auf. Sie drehte sich um und startete einen erneuten Angriff. „Was machst du?!“, schrie ich sie an.

„Wir bleiben“, sagte sie zischend. Ich nickte. „Wir bleiben.“

Daraufhin ließ sie das Messer sinken und setzte sich an den Tisch. Ihr Blick befahl mir, das Gleiche zu tun. Sie hatte hier das Sagen.

Sie fanden uns natürlich! Der Hubschrauber landete nur unweit von unserer Hütte auf einer kleinen Lichtung. Ich hörte die Männer herankommen und schätzte sie auf zwei oder drei. „Hallo?“, rief jemand. „Jemand daheim?“ Dann klopfte es.

Ich sah zu Pat, die das Messer auf den Tisch legte und mich flehend anblickte. Ich ging zur Tür und öffnete sie. Was sollte ich noch kämpfen? Das Blut lief an meinem Arm herunter und tropfte auf den Holzboden.

Sie standen in roten Schneeanzügen vor mir und lächelten – drei Männer. „Wir wollten schauen, ob es Ihnen gut geht.“

Einer sah auf meinen Arm. Hörte ich richtig? Jemand wollte nur nach uns schauen, ob es uns gut ginge? War das alles? Nun sah auch ich auf diesen verdammten blutenden Arm und wusste nicht, wie ich das erklären sollte. Er wurde uns zum Verhängnis. Einer sah zu Pat hinüber, die unser Kind hochnahm und wiegte.

„Alles klar?“, fragte der andere Mann. In seiner Stimme klang Besorgnis. Pat sah erschreckend dünn aus.

Dies war der alles entscheidende Moment. Nur dieser eine Moment. Hätte sie genickt, wären die Männer vielleicht wieder gegangen, doch sie schüttelte den Kopf, während meine Wunde immer stärker blutete. Die Männer nahmen eine angespannte Haltung ein und einer griff sich seitlich unter die Jacke. Er holte einen Revolver hervor und richtete ihn auf mich. Sie waren vorbereitet, was auch immer sie von uns wussten. Ich hatte es geahnt! Zwei hielten mich in Schach, während der Dritte zu Pat hinüberging und fragte: „Was ist nicht in Ordnung?"

Sie sagte: „Wir haben kein Essen mehr." Ihre Worte klangen so normal, dass niemand ihre Behinderung bemerkte.

„Darf ich nach Ihrem Namen fragen, Mam?", fragte der Mann und sie sagte: „Patricia Culver, geboren am 22. November 1992 in Roseburg. Tochter von John und Margret Culver aus Dixonville." Sie sagte das auf, was meine Eltern sie gelehrt hatten zu sagen, falls sie einmal Hilfe brauchte. Sie hatte keinen Ausweis, sondern kannte nur diesen auswendig gelernten Spruch.

„Und wer, bitte, ist dieser Mann, Mrs. Culver?"

Ich schloss die Augen und verlor jeden Halt, als sie sagte: „Das ist mein Bruder Rylan. Er hat mir ein Kind gemacht."

Die Männer sahen sich an und ich spürte plötzlich den festen Griff ihrer Hände, als sie mich an die Wand drückten. Dann ging alles sehr schnell. Der eine brachte Pat mit unserem Sohn aus der Hütte und die anderen beiden nahmen sich mich vor. Sie zwangen mich auf die Knie, dann auf den Boden. Einer tastete mich nach einer Waffe ab, während der andere mir Handschellen anlegte. Ich hörte ein Funkgerät und damit den ersten Kontakt nach fast vier Jahren zur Außenwelt. Ja, es gab sie noch, die Welt, in der wir einst gelebt hatten. Sie hatte uns nichts Gutes geschenkt und wir hatten doch nur in Ruhe gelassen werden wollen.

„Ich wollte sie nur beschützen“, sagte ich.

„Beschützen“, antwortete mir einer. „Wovor?“

„Vor meinem Vater.“

„Und wo ist Ihr Vater?“

Ich gab keine Antwort.

„Die wohnen hier schon länger“, sagte einer. „Sieh dir das an.“

„Wie habt ihr mich gefunden?“, fragte ich, immer noch am Boden liegend.

„Warte mal“, sagte einer und nahm einen Funkspruch entgegen.

„Das ist nicht wahr!“, hörte ich ihn sagen und sah, wie der Mann die Hütte verließ. „Wann?“, hörte ich von draußen. „Wo? Vierundzwanzig sagst du? Das kommt hin.“

Er kam wieder herein. „Sie schicken Hilfe. Das ist Rylan Culver, der vor fast fünf Jahren mit seiner Schwester verschwand. Sie ist behindert, Jeff! Stell dir das mal vor! Behindert!“

Ich spürte einen Tritt in die Nieren.

„Du Schwein!“, schrie einer.

„Lass das, Sam. Du machst dich strafbar.“

„Er hat eine Behinderte missbraucht und geschwängert, Jeff! Begreifst du das nicht?“

„So war das nicht“, sagte ich und wieder traf mich ein Tritt.

„Halts Maul, du Saukerl! Ich hoffe, sie reißen dir bei lebendigem Leib den Schwanz ab! Jeff, hast du gesehen, wie jung sie ist? Siebzehn hat Adrian gesagt. Sie ist erst siebzehn! Was hast du hier mit ihr getrieben, Culver?“

„Sam, hör auf! Die nehmen ihn gleich mit. Es geht dich nichts an. Andere werden sich jetzt um ihn kümmern.“ Zu mir gerichtet sagte er: „Es ist verboten, ohne Genehmigung im Umpqua Nationalpark zu leben. Sie haben hier unerlaubterweise gewohnt. Alles Weitere wird die Polizei mit Ihnen regeln.“

Das war kein Zufall gewesen! Sie hatten uns gezielt gesucht. Ich fragte nach. Dieses nette Pärchen vor einigen Monaten hatte ganz unbekümmert von uns erzählt. Sie kamen aus Munterville und wussten nicht, dass der Wirt des Lokals, in dem sie die Geschichte erzählten, einen Freund beim Park National Service sitzen hatten. Diesen Fall hatte er gemeldet. Drei Tage später suchte man einen jungen Mann mit Frau und Kind in einer Hütte mitten in den Wäldern des Parks. Hätte Pat nicht ihren Spruch aufgesagt und von mir erzählt, hätte man uns vielleicht nur versorgt und gebeten, das Gebiet zu verlassen, was im Frühjahr durchaus möglich gewesen wäre. Ich wusste nicht, was Pat jetzt alles erzählen würde. Lügen konnte sie noch nie. Dass sie behindert und noch minderjährig war, würde die ganze Sache noch schlimmer machen.

Eine halbe Stunde später hörte ich einen zweiten Hubschrauber landen. Ich hörte, wie weitere Männer auf die Hütte zurannten. „Du Schwein!“, schrie einer erneut. Ich sah, wie der Mann festgehalten wurde. Pete, Pats Betreuer aus der Schule, stand in der Tür, kam auf mich zu und spuckte mir ins Gesicht. „Wir suchen sie seit Jahren und du hast sie in den Wald geschleppt und geschwängert?“ Er bespuckte mich erneut. „Du Dreckskerl! Dafür wirst du zahlen, das schwör‘

ich dir!“

Ich schloss die Augen und entglitt der Welt. In völliger Teilnahmslosigkeit erhob ich meinen Körper, sah ein letztes Mal auf unsere gemeinsame Schlafstätte und wurde wie ein räudiger Hund aus der Hütte geführt. Sie brachten mich zu einem anderen Hubschrauber als Pat. Ich sah kurz zu ihr hinüber, als ich von vier Männern abgeführt wurde und eine kleine Blutspur im Schnee hinterließ. Pete stieg bei ihr ein und ich sah, wie er sie in den Arm nahm. Sie wehrte sich nicht, sondern drückte ihren wunderschönen Körper an ihn, wie sie ihn einst an mich gedrückt hatte. Ich sollte dieses Gefühl nie wieder spüren dürfen.

Man stieß mich in den Hubschrauber, drückte mich auf einen Platz und hielt mich mit zwei Waffen in Schach. Ich hörte, wie die Rotoren des Hubschraubers anliefen und spürte, wie mein Körper von diesem Ort fortgetragen wurde. Nur kurz sah ich unsere einstige Idylle von oben, dann schloss ich die Augen. Man hatte uns getrennt. Ich würde Pat nie wiedersehen.

Heute weiß ich, dass Pat unseren Sohn Eric genannt hatte. Er ist jetzt ein junger Mann.

*

Vater, ich weiß, dass du mir jetzt nicht mehr antworten kannst, aber du bist schuld. Hättest du Pat das alles nicht angetan, wäre es nie so weit gekommen. Du hast uns die Kindheit und die Jugend geraubt, um deinen Trieb zu befriedigen, und uns dorthin gejagt, wo mein Trieb erwachte. Ich konnte ihn nicht in Zaum halten nach allem, was ich durchgemacht hatte. Es wäre nie so weit gekommen, wenn das Schicksal nicht so viele Steine nach mir geworfen hätte. Ich hätte die Steine spüren müssen, die meine Seele trafen. Erst jetzt wird mir bewusst, wie sehr wir uns ähneln. Ich hasse mich dafür! Ich hasse mich, weil in mir das gleiche Verlangen hochgekrochen ist, das dich viele Jahre lang in seinen Klauen hielt. Ich will nicht sagen, dass ich dich verstehe, aber ich habe selbst gespürt, was dir so wichtig war. Hat es tatsächlich nur an Pat gelegen? Hatten wir beide nur ihre Reinheit gesucht, in der wir unsere Dreckigkeit verstecken konnten? Oder waren wir beide immer schon krank?

Pat besaß irgendetwas Bezauberndes, das uns erregte. Das uns ständig aufforderte, sie zu benutzen. Ich ging sogar noch einen Schritt weiter und sehnte mich nach einem Kind von ihr, ließ außer Acht, was dies biologisch für sie bedeutete. Es war ihre jugendliche Blüte, die mich immer wieder gereizt hat. Ihr unverbrauchter und perfekter Körper und ihr Geist, der sich lange Zeit nicht zu wehren verstand. So kann eine geistige Behinderung das Wundervollste sein, das ein Mensch auf Erden besitzt. Es schenkt ihm eine Welt, die sich gut anfühlt, in der er unbeschwert leben und lachen darf. Wir sind es, die Nichtbehinderten, die wirklich behindert sind. Wir sind die wahren Kranken, die man wegschließen muss.

Der Prozess

Sie brachten mich zu einem großen Gebäude in Roseburg, das ich nie zuvor gesehen hatte. Die vielen Autos und Menschen auf den Straßen verwirrten mich. Ich war dieses Leben nicht mehr gewöhnt und muss wie ein Tier ausgesehen haben, als sie mich abführten. Ich saß stundenlang in einem grauen, leeren Raum und dachte an Pat, wie sehr sie jetzt leiden musste. Es würden viele fremde Menschen auf sie zukommen, die ihr sicherlich Angst machten. Man würde ihr unser Kind wegnehmen und sie wegsperren.

Männer kamen und stellten Fragen. Ich kann mich an ihre Namen nicht erinnern. So viele Gesichter, ernste, zornige und ungeduldige. Ich hörte laute Stimmen und leise Stimmen. Sie alle wollten alles wissen, jede Minute und jedes Detail. Ich hörte kaum hin und hatte mich von ihrer Welt abgespalten. Nur unter Druck erzählte ich ihnen von den Dingen, die ich nicht preisgeben wollte. Einer schlug mich und ich ging in Deckung. Man ließ mich wieder allein, sperrte mich in einen grauen Raum und ließ mich schlafen. Ich vermisste das Vogelgezwitscher am Morgen und das Feuer im Kamin. Ich bekam Essen, das ich wieder erbrach, weil mein Magen es nicht vertrug. Man brachte mir Wasser, das bitter und chemisch schmeckte und das ich auf den Boden goss. Man drückte mich an die Wand und schlug mich erneut. Ich ließ es geschehen und fragte nur: „Wie geht es Pat?“ Daraufhin schlug man noch fester zu.

Die Stimmen wurden lauter, die Fragen eindringlicher. Einer schlug mich ununterbrochen gegen den Hinterkopf, was mich wachsam werden ließ. Noch einen Schlag und ich würde zurückschlagen. Sie sollten meine Kraft besser nicht unterschätzen. Egal, was dann geschehen würde. Meine Geschichte lieferte sowieso genug Stoff für eine lebenslange

Verurteilung.

„Warum haben Sie das getan?“

„Wie haben Sie das getan?“

„Haben Sie Henry Cole und Brian Granger angegriffen und bewusstlos geschlagen?“

„Haben Sie Ihre Schwester vergewaltigt?“

„Haben Sie sie geschlagen?“

„Haben Sie ihr Schmerzen zugefügt?“

„Haben Sie … wollten Sie … taten Sie …“ Ich hörte all diese Fragen und wusste nicht, wie ich es ihnen erklären sollte. Zwei Tage später veränderten sich die Fragen.

„Hat Ihr Vater Sie geschlagen?“

„Hat er Ihnen Gewalt angetan?“

„Hat er Sie über viele Tage in den Schuppen gesperrt?“

„Hat er Sie hungern lassen?“

Ich sah auf. Hatte Pat ihnen von meinem Leid erzählt? Ich nickte.

„Mehrmals?“

Auch darauf nickte ich.

„Wie hat Ihr Vater das getan? Können Sie uns einige Situationen beschreiben?“

Ich weinte und schüttelte den Kopf. Wie sollte ich all das beschreiben, was er mir angetan hatte? Wo sollte ich anfangen und wo aufhören? Ich ging gedanklich zurück in meine Kindheit, erhob mich und drückte mich in eine Ecke des Raumes. Dort ging ich in die Knie und weinte weiter. Ich verbarg meinen Kopf unter den Armen, um weiteren Schlägen auszuweichen. Ich machte es genau wie Pat und verstand nun, wie sehr sie in Not gewesen sein musste. Das wühlte mich auf. Vor meinem inneren Auge lief jede einzelne Szene noch mal ab. Jeder Schlag eine Träne, dann die Brüche von Arm und Bein, dann der seelische Schmerz und wieder ein Schlag. Es wollte nicht enden.

„Wir sollten einen Psychologen hinzuziehen“, hörte ich jemanden sagen. Man half mir hoch und brachte mich in mein Zimmer zurück. Dort legte man mich auf die Pritsche und deckte mich zu. Am nächsten Tag gingen die Fragen weiter.

„Hat Ihr Vater … tat Ihr Vater … wollte Ihr Vater …“

Sie wollten plötzlich alles über ihn wissen. Ich wusste nicht, was Pat ihnen erzählt hatte. Wie mochte sie ihre Kindheit wohl beschrieben haben?

„Wir müssen es wissen, Mr. Culver“, meinte jemand. „Wir müssen alles wissen. Bitte reden Sie.“ Doch ich konnte nicht. In mir wüteten diese Erinnerungen wie tödliche Messerstiche ins Herz. Mit jeder Erinnerung starb ich ein wenig mehr. Ich konnte keine Frage beantworten und hielt kein Gespräch aus, bettelte um Ruhe und Gnade, um das zu begreifen, was passiert war und noch passierte. Irgendwann sagte jemand: „Es reicht. Wir sollten ihn in Ruhe lassen. Erst mal. Dann sehen wir weiter.“

Ich stand tagelang vor dem vergitterten Fenster und sah das Tageslicht kommen und gehen, dachte an unsere Hütte, wie gemütlich es dort zu dieser Jahreszeit gewesen war. Ich vermisste das Leben dort mit Pat im Wald, auch wenn es in letzter Zeit etwas aus den Fugen geraten war. Ich lebte auf einem Hochseil und jeder falsche Schritt ließ mich hinabstürzen. Jetzt hatte man sogar das Seil entfernt und ließ mich in die Tiefe gleiten.

In den Nächten sah ich Vaters Gesicht, seine Bewegungen, hörte seine Stimme, wenn er auf Pat lag, und roch seinen Alkohol. Diese Bilder schickten mich gedanklich zurück in den Schuppen, in dem ich viele Wochen lang wie ein wildes Tier gehaust hatte. In meinem Leben hatte es nicht eine normale Stunde gegeben. Wie sollte ich das erklären?

Diesmal redeten zwei Frauen mit mir, was noch schlimmer für mich war. Sie wechselten sich ab und ich musste an meine Mutter denken, die Ohrstöpsel benutzt hatte, wenn sie die Dinge, die in unserem Haus vor sich gingen, nicht hatte hören wollen. Niemand lockte meine Albträume aus mir heraus. Ich verschloss sie wie einen Schatz und litt.

Irgendwann gaben die Frauen auf und ich fühlte mich wieder zwischen vielen neuen Menschen hin- und hergeschoben. Der eine sagte, er wäre mein Anwalt, der andere wäre ein psychiatrischer Betreuer. Der nächste ein Richter und der nächste ein Staatsanwalt. Ich wurde in neue Räume gedrückt und auf Stühle gepresst, auf denen ich kaum ruhig sitzen konnte. Die Welt entglitt mir erneut. Dann sah ich ihn: meinen Vater! Sie führten ihn herein und setzten ihn kaum fünf Meter von mir entfernt auf einen Stuhl. Er sah nur kurz zu mir hinüber und dann gleich wieder weg. Auch ihn begleitete ein Anwalt. In diesem Moment wünschte ich mir, alle würden uns beide für einen kurzen Moment im Gerichtssaal alleine lassen. Wir würden das unter uns ausmachen. Ganz unkompliziert und gerecht. Es würde dem Gericht viele Kosten sparen. Aber man ließ uns nicht allein, im Gegenteil, es kamen immer mehr Menschen.

Aus Scheu vor so vielen Menschen bekam ich Schweißausbrüche. Sie alle veranstalteten ein riesiges Spektakel um uns. Jeder wusste es besser. Anwälte schrien theatralisch herum und die Geschworenen raunten. Der Richter bat um Ruhe und schlug mit einem Holzhammer auf sein Pult. Man begann von vorn, schaukelte sich wieder hoch, bis der Richter die Anwälte erneut ermahnte. Ich hörte meiner eigenen Geschichte zu und starrte an die Wand, tagelang. Pat erschien nicht im Gerichtssaal und ich fragte meinen Anwalt warum. Er erklärte mir, dass man es ihr nicht zumuten könne. Die Anwälte würden ihr nur noch mehr Angst machen.

Pat lebte damals in einem betreuten Heim für Behinderte und würde dort in ruhiger Atmosphäre von Anwälten und Richter befragt. Ich nickte „Und das Kind?" Mein Anwalt schwieg. „Wo ist das Kind?", fragte ich.

„Konzentrieren Sie sich bitte auf Ihre Geschichte, Rylan", sagte mein Anwalt. „Ich versuche gerade, Sie vor einer lebenslangen Haft zu bewahren."

Lebenslange Haft? Ich lächelte diesen Kerl an. Es hatte nie etwas Anderes für mich gegeben, von Kindheit an. Was sollte sich für mich in meinem Leben schon groß ändern?

„Inzest, Rylan, mit Minderjährigen, ist ein verdammt schweres Delikt! Wir müssen dem Gericht klarmachen, dass Sie für sich keinen anderen Weg finden konnten. Sie haben Ihre Schwester zu schützen versucht und sie erst dann angefasst, als Sie vollgepackt mit Testosteron mit ihr alleine im Wald lebten. Es kommen also auch biologische Faktoren hinzu."

Ich nickte – der Trieb. Ja, dieser verdammte Trieb hatte

mir Himmel und Hölle zugleich beschert!

Es ging wieder in den Gerichtssaal. Man rief Vater in den Zeugenstand. Ich hörte seine Erklärungen und Entschuldigungen. Er gab nur wenig zu und in mir begann ein Vulkan auszubrechen. „Wann bin ich dran?“, fragte ich meinen Anwalt.

„Morgen“, sagte er.

„Und wann ist meine Mutter dran?“ Ich hatte sie noch nicht gesehen. Mein Anwalt sah mich erstaunt an. „Wissen Sie das denn nicht?“

Wissen? Was?

„Sie hat sich vor zwei Jahren das Leben genommen. Hat man Ihnen das nicht gesagt?“

Ich sah zu Boden. Man hatte mir so vieles gesagt, was ich nicht verstanden hatte. Meine Mutter war tot? Es berührte mich nur wenig. So hatte auch sie ihren Weg gefunden, diesem Schwein endlich zu entkommen.

Ich konnte die ganze Nacht nicht schlafen und wartete auf den Morgen.

Mein Anwalt hatte unrecht. Mein Vater wurde erneut in den Zeugenstand gerufen und ich hörte weiter seine Worte. Er wurde zum Tod meiner Mutter befragt. Auch dafür hatte er Erklärungen und Entschuldigungen. Wir waren eine Familie voller guter Absichten gewesen! Seine Worte schürten meine Wut noch mehr und ich schlief auch in der nächsten Nacht nicht. Mein Zorn hielt mich wach! Es wurde endlich Zeit, allen meine Version der Geschichte zu erzählen! „Na?“, fragte mein Anwalt, „haben Sie jetzt genug Stoff, damit Sie endlich reden?“

Ja, das hatte ich! Mein Anwalt hatte eine gute Taktik gewählt. Ich durfte endlich nach vorne auf diesen heißen Stuhl. Es war so weit! Nur schwer konnte ich die Fragen des Anwalts meines Vaters aushalten, denn ich wurde auf falsche Fährten gelockt und lief in Fallen. Ich schrie! Der Richter brach für diesen Tag die Verhandlung ab.

„Ich habe Ihnen doch gesagt, dass Sie ganz ruhig bleiben sollen", sagte mein Anwalt. Hatte er das? Wie sollte ich bei diesen Lügen ruhig bleiben? Der Anwalt meines Vaters hatte in seinen Darstellungen unsere Rollen vertauscht. Er hatte mich zum Sündenbock und meinen Vater zum Opfer erklärt! Das konnte ich doch nicht in aller Ruhe hinnehmen!

„Taktik", sagte mein Anwalt. „Sie müssen es als Taktik sehen. Ihr Auftritt kommt dann, wenn *ich* dran bin, Ihnen Fragen zu stellen. Und die werden ganz anders sein als die, die Sie gehört haben. Denken Sie daran: Verpatzen Sie uns nicht die Show!"

In der nächsten Nacht spukte der Begriff „Show" in meinem Kopf herum. Die Erschöpfung der letzten Tage und Nächte forderte ihren Tribut und ich konnte wenige Stunden schlafen. Dann kam der große Tag. Mein Anwalt legte los. Er schrieb mir meine Geschichte mit seinen Fragen regelrecht auf den Leib und ich konnte alles loswerden, was mich bedrückte. Alles! Ich sah die Geschworenen zusammenzucken, als ich von meinen gebrochenen Gliedern, den Schlägen und meiner Qual erzählte. Sie zuckten noch mehr zusammen, als ich von Pats Leid erzählte. Im Publikum begann man zu tuscheln und der Richter bat um Ruhe. Ich erzählte von Vaters versauten Spielen und seiner heimtückischen Annäherung an Pat. Auch davon, wie sie ihn dafür auf ihre Art bestraft hatte. Das ärztliche Gutachten dafür lag vor. Meine ganze Not brach erneut aus mir heraus und ich gab zu, auf unserer Flucht zwei Herren niedergeprügelt zu haben, weil sie mich aufhalten wollten. Ich erzählte, wie Pat und ich einen Mann in Notwehr im Wald getötet und verbrannt hatten, weil er mich sonst getötet hätte. Ich erklärte den Geschworenen das Problem von Blut, Leichen und wilden Tieren im Wald. Ich gestand meine Diebstähle in *Ernies Garage* und dem Restaurant. Ich war so geständig, wie mein Anwalt es mir geraten hatte. Dabei sah ich nicht ein einziges Mal zu meinem Vater. Ich sah nur meinen Anwalt an, der mir als Einziger vertraut erschien. Niemand hier im Saal hatte das erlebt, was Pat und ich hatten aushalten müssen. Niemand! Wir verließen den Gerichtssaal und mein Anwalt klopfte mir auf die Schultern, als ich abgeführt wurde. Ich verspürte zum ersten Mal seit langer Zeit Genugtuung.

Dann folgte der emotionalste Teil von allen. Eine Psychologin und eine Behindertenbeauftragte gaben Pats Aussagen wider. Sie lasen Fragen und Antworten vor und erklärten deren Bedeutung. Wir alle waren zutiefst ergriffen. Es trieb mir erneut die Tränen in die Augen. Pat hatte fast zärtlich von unserer Zeit im Wald berichtet. Von ihren Arbeiten, die ihr so gut gefallen hatten, und unseren ruhigen Abenden, die sie mit viel Frieden erfüllt hatten. Sie hatte erzählt, wie geduldig ich ihr alles beigebracht und sie gelobt hatte, wenn sie es geschafft hatte.

Die Psychologin wies auf einen sehr intensiven, aber kurzen Satz hin, der sich immer wieder in ihren Aussagen wiederholte: „Pat im Wald“. Sie erwähnte diese Beschreibung, um damit einem Glücksgefühl Ausdruck zu verleihen, ähnlich dem Ausdruck „Pat im Glück“. Sie berichtete nur kurz von meiner Gewalttat und der schlimmen Fehlgeburt. Auch davon, wie ich sie gezwungen hatte, unser zweites Kind zu stillen. Dafür berichtete sie umso aufgebrachter von den Vorfällen mit unserem Vater. Sie wäre außer sich und kaum zu beruhigen gewesen, sagte die Psychologin. Genauso verstört habe sie über das Leid ihres Bruders berichtet. „Patricia Culver liebt ihren Bruder sehr“, sagte die Behindertenbeauftragte zum Schluss. Ich musste weinen und den Saal verlassen, wurde hinausgeführt und hörte nicht mehr, dass Pat unseren Sohn in eine Pflegefamilie gegeben hatte, weil sie mit seiner Versorgung überfordert gewesen war.

In vier Tagen sollte das Urteil fallen …

Pat liebte mich also immer noch. Ich konnte diese Nachricht zunächst überhaupt nicht verarbeiten. Auch, wie glücklich sie im Grunde unsere gemeinsame Zeit empfunden hatte. Das ließ mich innerlich wieder etwas zur Ruhe kommen. Es schwächte die schlimmen Vorfälle ab und hinterließ bei mir ein Gefühl von Sehnsucht. Ob sie auch Sehnsucht nach mir verspürte?

Man hatte uns gewaltsam getrennt. Pat hatte sicherlich nicht mit dieser Entwicklung gerechnet, als sie den Männern gesagt hatte, dass sie Hilfe bräuchte. Sie hatte nur an das Essen gedacht, weiter nichts. Sie hatte nicht geahnt, dass es ihr Leben im Wald – im Glück – zerstören würde. Sie gab weiterhin nur ehrliche Auskünfte über ihre Herkunft und

über mich. Sie hatte nicht gelogen und verfolgte keinerlei böse Absichten. Ich werde sie immer lieben.
Mein Vater erhielt lebenslänglich in einer geschlossenen Suchtklinik mit anschließender Überstellung in die Forensik. Er soff also immer noch!

Ich bekam fünfzehn Jahre im normalen Vollzug ohne Bewährung aufgrund des psychologischen Gutachtens. Mir wurde keine psychiatrische Erkrankung nachgewiesen. Pats Minderjährigkeit hatte die Länge des Vollzugs bestimmt. Hätte ich bis zu ihrem achtzehnten Lebensjahr gewartet, wäre es nicht einmal strafbar gewesen, nur gesellschaftlich verwerflich, aber wen hätte es im Wald schon gestört?

Mir wurde jeder Umgang mit Pat untersagt. Ich durfte ihr weder schreiben, noch sie anrufen oder sie als Besucher empfangen. Dafür hatte ihr Betreuer Pete Garland gesorgt. „Die Kausalität“, sagte mein Anwalt nur. „Wer den Ablauf Ihrer Geschichte aufmerksam verfolgt, wird ganz natürliche Reaktionen und Erklärungen finden. Inzest ist in Ihrem Falle nur wegen der Minderjährigkeit Ihrer Schwester strafbar, aber die Liebe, die Geschwister untereinander empfinden und wie sie sich mitteilt, kann man nicht wegzaubern.

Wir alle können gewisse Gefühle nicht leugnen, auch wenn sie strafbar sind. Ich habe das Beste für Sie herausgeholt, was möglich war, Rylan. Nach Ihrer Entlassung können wir eine neue Überprüfung bezüglich des Kontaktes zu Ihrer Schwester veranlassen. Sie sitzen Ihre fünfzehn Jahre ab und dann sind Sie frei. Es ist laut Gutachten keine weitere Tat zu erwarten.“

„Und Pat? Was wird mit ihr passieren?“

„Sie lebt jetzt bei Ihrem Betreuer Pete Garland. Er kümmert sich rührend um sie."

Bei dem Wort *rührend* wurde mir schlecht. Mein Vater hatte sich auch rührend um sie gekümmert! Der Gedanke widerte mich an. „Was heißt ‚rührend'?", fragte ich.

Mein Anwalt sah mich nur an. Er hatte keine Ahnung, wovon ich sprach.

„Darf ich Pat irgendwann sehen?"

„Nein."

„Darf ich irgendwann mit ihr telefonieren?"

„Nein."

„Darf ich ihr wenigstens schreiben?"

„Nein!"

„Was darf ich?"

„Haben Sie das Urteil denn nicht verstanden? Man will Pat vorerst vor Ihnen schützen. Ich sagte doch soeben, wenn Sie wieder frei sind, können wir weitersehen."

„Ich muss doch etwas tun können!"

„Sie können versuchen, Pete Garland anzuschreiben, und ihn nach dem Wohlbefinden Ihrer Schwester fragen. Es liegt dann in seiner Entscheidung, ob er Ihnen antworten wird. Er hat beantragt, bei Eintritt der Entlassung eine einstweilige Verfügung gegen Sie in Kraft treten zu lassen. Das bedeutet erst mal keine Annäherung. Ihre Schwester lebt nicht mehr in Oregon, Rylan. Pete Garland hat diesen Staat mit ihr verlassen. Wenn Sie Mr. Garland anschreiben möchten, müssen Sie das über ein gerichtliches Verfahren tun. Die Behörden werden bei positivem Bescheid diesen Brief an Mr. Garland weiterleiten. Patricia Culver steht jetzt unter seinem Schutz und dem der Behörden, mit denen Mr. Garland zusammenarbeitet. Verstehen Sie das?"

Ich wurde in das Jackson County Jail in Medford gebracht und weggeschlossen.

*

Die Stille schenkt dir Worte der Besinnung. Ich hatte zum Glück eine Einzelzelle bekommen und war froh, mit niemandem reden zu müssen. Ich sah mich nicht als schuldig wie die anderen Gefangenen, die ihre Taten meist mit Hinterlist geplant hatten. Ich hatte nichts geplant, schon gar nicht das, was passiert war.

Eine Gruppe gewalttätig aussehender Männer begann plötzlich, sich mir auf dem Hof zu nähern. War dies eine Prüfung, die jeder Neue auszuhalten hatte? Ich fragte einen alten, kleinen Mann, der neben mir auf der Mauer saß. Er sagte: „Ja" und drehte sich eine Zigarette. Ich nickte und hielt es aus. Sie ließen nach dem einen Mal von mir ab. Ich war ihnen zu langweilig. Doch ich konnte es auch verstehen. Hier litt man unter dem gleichen Problem, unter dem ich im Wald mit Pat gelitten hatte. Der Druck legt den Verstand lahm. Man handelt nur noch.

Ich begann, in meiner Zelle zu dichten. Ich schrieb Gedichte, die ich selbst nicht verstand, und warf sie wieder weg. Dann begann ich, Stunden zu sammeln. Kurios, nicht wahr? Ich schrieb jede Stunde auf, was ich tat, jeden Schritt und jeden hasserfüllten Gedanken.

Nach vier Monaten durfte ich in die Bücherei und lieh mir

Bücher aus. Sie halfen ein wenig, die Welt, in der ich gelandet war, zu vergessen. Nach einem Jahr sah ich mich in der Lage, Pete Garland erstmals zu schreiben und fragte die Leitung des Gefängnisses, ob sie meine Post an die entsprechende Behörde weiterleiten würde. Ich wollte es versuchen. Pat war jetzt einundzwanzig Jahre alt und Eric zweieinhalb. Wo und wie mochte er leben? Er hatte mir schon als Baby ziemlich ähnlich gesehen. Sein Haar war so weiß, wie meins einst gewesen war, und seine Augen so grün wie ein Smaragd.

Mr. Milner versprach, sich um die Post zu kümmern. Zwei Wochen später bekam ich Bescheid, dass ich einen Brief schreiben dürfte.

Mr. Pete Garland,

bitte geben Sie mir die Gelegenheit, nach dem Wohlbefinden meiner Schwester zu fragen. Geht es ihr gut?
Es grüßt Rylan Culver

Ich wartete drei Monate auf eine Antwort. Sie kam kurz vor Weihnachten, als ich auf keine Antwort mehr gehofft hatte. Der Brief war geöffnet und gelesen worden. Jemand hatte einen Kaffeefleck darauf hinterlassen und ich fand es widerlich, dass sich ein Dritter in meine privaten Angelegenheiten mischte. Vielleicht fand man unseren Austausch sogar belustigend.

Mr. Rylan Culver,

ich gebe nur ungern eine Antwort, aber Patricia bat mich, Ihnen wenigstens mitzuteilen, dass es ihr gut geht. Bitte ver-

stehen Sie das richtig. Wir wünschen keine weiteren Nachfragen.
Pete Garland

Was hieß *wir*? Das hörte sich an, als seien die beiden jetzt ein Paar!

War es das, was Pete so wütend gemacht hatte, als er mich in der Hütte auf dem Boden liegend erblickt hatte? War es die Eifersucht gewesen?

Pat hatte diesen Pete immer wieder zwischendurch erwähnt. Er war in der Schule der Betreuer von fünf behinderten Kindern gewesen und hatte für ihr Wohl und ihre Rechte zu sorgen, aber auch für ihre Pflichten. Pete gab die Regeln vor und achtete stets darauf, dass sie eingehalten wurden. Er hatte Pat Sicherheit gegeben, im Gegensatz zu uns, wo sie in einem Meer von Verwirrung täglich ertrunken war. Pete hatte immer das getan, was ich über all die Jahre versucht hatte. Er kannte Pats Leben außerhalb der Schule einfach nicht. Er hatte ja keine Ahnung gehabt, dass der Schutz, den Pat bei uns gebraucht hätte, um so vieles wichtiger gewesen wäre, als den, den er ihr in der Schule gab.

Ich schrak mitten in der Nacht hoch, als mir ein aberwitziger Gedanke kam! Pat litt erneut! Dieser Pete erschien mir plötzlich unglaubwürdig und ich fühlte mich besessen von der Idee, dahinterzukommen, was es war. War es, weil er alleine mit Pat Oregon verlassen hatte? Wie war er überhaupt dazu gekommen? Wie war das möglich gewesen?

Plötzlich tauchten in mir unzählige Fragen auf und ich bat um ein Gespräch mit meinem Anwalt. Das sei leider nicht möglich, teilte man mir mit, weil er nicht mehr als Anwalt tätig war.

„Dann schickt mir verdammt noch mal einen anderen Anwalt!“, schrie ich dem Aufseher hinterher.

Ich wurde zu Gerald Milner, dem Leiter des Gefängnisses, bestellt. „Was ist Ihr Problem?“, fragte er mich genervt.

„Ich will, dass jemand Pete Garland überprüft.“

„Wer ist Pete Garland?“

„Der Betreuer meiner Schwester. Sie ist geistig behindert.“

„Ich weiß, Mr. Culver.“

„Er hat mit ihr den Staat verlassen. Wie ist das möglich? Mit welchem Recht darf ein Betreuer eine seiner unter Aufsicht gestellten Person von dem Ort entfernen, wo diese Person lebt? Mr. Garland ist nur ein Betreuer, nicht ihr Vormund oder gar …“, ich schluckte, „Ehemann!“

„Ich werde mich darum kümmern, Mr. Culver, und gebe Ihnen Bescheid. Der Vorgang wird sicherlich seine Gründe haben.“

Man brachte mich zurück in meine Zelle. *Der Vorgang wird sicherlich seine Gründe haben!* Der Gedanke ging mir tagelang nicht mehr aus dem Kopf. Ich konnte mich nicht mehr konzentrieren. *Der Vorgang wird sicherlich seine Gründe haben!*

Im Knast hatte jeder seine Aufgabe, um die Zeit totzuschlagen. Meine war, zusammen mit zwei Mitgefangenen drei Mal täglich den Speiseraum zu reinigen. Ich weigerte mich, weil mich die Gedanken nicht losließen und wütend machten. Ich sah Pete Garland plötzlich als Lebenspartner von Pat neben ihr gehen, neben ihr sitzen, neben ihr schlafen … und … mit ihr schlafen! Die Wut, die bei diesen Bildern in meinem Kopf entstand, gab ich an die Mitgefangenen weiter. Bei der kleinsten Kleinigkeit löste ich eine Schlägerei aus. Man befreite mich vorläufig vom Dienst und brachte mir mein Essen in die Zelle.

„Den lassen wir erst mal runterkommen", hörte ich einen der Aufseher hinter meinem Rücken tuscheln. Beim Duschen wurde ich zusätzlich beaufsichtigt und direkt wieder in die Zelle geschlossen.

„Was ist los?", fragte Mr. Milner nach. Er war persönlich in meine Zelle gekommen. Ich schlug meine Faust gegen die Wand und fragte: „Haben Sie schon was rausbekommen?"

„Was?", fragte dieser Arsch tatsächlich! Es war seine Stellung in diesem Gefängnis, die ihn vor meiner Faust schützte. Ich hielt die Wut in mir fest und sagte: „Wegen Pete Garland, dem Betreuer meiner Schwester."

„Nein, wir warten noch auf eine Antwort. Aber ich werde nächste Woche mal nachhaken. Möchten Sie solange von Ihren Aufgaben befreit bleiben, Mr. Culver?"

Ich nickte und wünschte ihn zum Teufel.

Ich schrieb einen neuen Brief.

Hallo Mr. Garland,

ich möchte mit aller Höflichkeit nachfragen, wie es dazu kam, dass Sie mit meiner Schwester den Staat verlassen konnten.

R. Culver

Ich gab den Brief beim Aufseher ab. Zwei Tage später

schmiss er ihn wieder auf meinen Tisch. „Wird nicht weitergeleitet. Mr. Milner sagt, Sie sollen sich aus der Sache raushalten. Er kümmere sich bereits um eine Klärung und Sie sollen ihm nicht dazwischenfunken."

Ich nickte und wünschte alle zur Hölle!

Ein neues Gesicht erschien, als sich meine Tür öffnete. Hatte Mr. Milner einen neuen Anwalt für mich organisiert?

„Ich bin Dr. Daniel Legat, der Psychologe dieser Anlage."

Anlage! Das klang wie eine Ferienanlage. Vielleicht musste Mr. Legat sich seine Arbeit ein wenig schönreden.

„Und?", fragte ich.

„Ich soll Sie zu Mr. Milner begleiten. Er hat Ihnen etwas mitzuteilen und dachte, es wäre gut, wenn ich dabei wäre."

Es waren also Antworten eingetroffen und es wurde ernst. Ich nickte und ging mit.

Mr. Milner versuchte eine entspannte Atmosphäre für dieses Gespräch zu schaffen, aber wenn sich zwei bewaffnete Sicherheitsleute mit im Raum befinden, kann man kaum von einer lockeren Atmosphäre sprechen. Vielleicht entspannte es Mr. Milner und Mr. Legat, aber mich nicht. Ich hatte sofort die Vermutung, dass mir die Antworten nicht gefallen und mich zornig machen würden. Zorn wurde in dieser *Anlage* nicht gerne gesehen, obwohl es genau das war, was uns alle hier landen ließ.

„Setzen Sie sich", forderte Mr. Milner uns beide auf. „Mr. Culver, wir haben eine Antwort auf Ihre Nachfrage erhalten. Sie wird Ihnen vielleicht nicht gefallen, aber Sie müssen die Situation so akzeptieren, wie sie ist."

„Eine Antwort“, bestätigte ich. „Pete Garland hat also geantwortet.“

Gerald Milner nickte. Ein Sicherheitsmann bewegte sich unruhig. Damit waren wir schon zu zweit. Ich sah zu ihm hinüber und warf ihm einen warnenden Blick zu. „Und wie sieht die Antwort aus?“, fragte ich und sah Milner an.

„Pete Garland ist nicht mehr der Betreuer Ihrer Schwester.“

Ich hatte es geahnt und sah den Psychologen herausfordernd an, dann Milner. Sag es! Sprich es aus! Und er sprach es aus!

„Er ist Patricias Ehemann.“

Der Psychologe wollte mich festhalten, aber er war zu langsam. Ich stürmte zu Milners Schreibtisch und wollte den Brief finden. Was stand da drin? Wie hatte dieses Schwein das angestellt? Musste er für eine Heirat das Land wechseln, um ein Gesetz zu finden, das ihm eine solche Heirat erlaubte? War es überhaupt möglich, als Betreuer eine geistig Behinderte zu ehelichen? Ich war außer mir! Pete Garland konnte sie mir doch nicht einfach so wegnehmen! Welch beschissenes Gesetz ließ so etwas zu? Meine Schwester brauchte Schutz, aber doch keinen weiteren Vergewaltiger!

Mr. Milner hatte meine Reaktion natürlich erwartet. Die Sicherheitsleute stoppten mich und brachten mich zurück in die Zelle. Einige Stunden später teilte man mir mit, ich solle mich melden, wenn ich zu einem ruhigeren Gespräch in der Lage wäre. Nicht nur sie erwarteten weitere Wutausbrüche.

Ich bekam mich kaum unter Kontrolle und schlug immer wieder mit der Faust gegen die Wand. Plötzlich stürzte jemand in meine Zelle und stoppte mich mit einem Elektroschocker. Ich sprang zunächst zurück, doch das Ding erwischte mich am Arm und stürzte mich in einen entsetzlichen Schmerz. Ich schrie! In mir begann ein neuer Krieg zu toben.

„Ich muss Mr. Garland schreiben“, bat ich zwei Tage später, als ich mich halbwegs beruhigt hatte.

„Erst wenn Sie alles wissen, Mr. Culver“, entschied Milner.

„Dann sagen Sie mir alles, verdammt! Damit ich noch mehr Stoff zum Schreiben habe!“

„Mr. Garland ist einen völlig legalen Weg mit Ihrer Schwester gegangen. Ihre Schwester war einundzwanzig und ein psychiatrisches Gutachten stimmte einer Ehe zu. Mr. Garland hatte einige Monate vor diesem Schritt seine Stelle als Betreuer aufgegeben und als Lehrer in einer anderen Schule zu arbeiten begonnen. Einer ganz regulären Schule. Ihre Schwester mag geistig zurückgeblieben und auf eine gewisse Hilfe im Leben angewiesen sein, aber sie befindet sich in einer Verfassung, sowohl körperlich als auch geistig, dass sie in bestimmten Bereichen vom Schutze des Gesetzes für Behinderte entbunden werden konnte. Das bedeutet, ihr wurde das Recht zugesprochen, sich einem Mann anzuvertrauen, den sie liebt, achtet und ehelichen will. Mr. Garland wurde natürlich auch überprüft und ein Gutachten bestätigte, dass einer Ehe nichts mehr im Wege stünde. Ihre Schwester beteuerte ihre tiefe Zuneigung zu Mr. Garland und das schon über viele Jahre.“

„Sie war ein Kind, als er sich bei ihr eingeschlichen hat!“, bemerkte ich ungewollt laut. „Er hatte es von Anfang an auf sie abgesehen."

Mr. Milner sah mich abschätzig an. „Von wem sprechen Sie, Mr. Culver?"

Ich sah ihn irritiert an.

„Sie sollten damit beginnen, die Dinge so hinzunehmen, wie sie sind. Es wurde alles überprüft und genehmigt. Glauben Sie mir, Mr. Culver, diese Sache wurde mehrmals geprüft."

„Pat würde sich jedem anvertrauen, der ihr Sicherheit bietet. Auch Ihnen."

„So, wie Ihnen?"

Ich sah weg. Was verstand er schon von Pats Gefühlen? „Dieser Garland hat seine Position ausgenutzt!"

„Vielleicht ist er auch einfach nur der Mensch, den Patricia liebt und braucht. Haben Sie mal über diese Möglichkeit nachgedacht?"

Ich sah zu Boden.

„Sie unterstellen diesem Mann vielleicht falsche Absichten. Sehen Sie, Mr. Culver, Ihre ganze Lebensgeschichte hat nur aus falschen Werten und Abläufen bestanden. Sie haben nie normale Verhältnisse kennengelernt und können sich vielleicht gar nicht vorstellen, dass sich sexuelle und partnerschaftliche Beziehungen auch legal und gesund entwickeln können. Die Mehrheit der Menschen lebt richtig. Es ist nur ein minimaler Teil, der diesbezüglich Grenzen überschreitet. Sie gehören dazu. Sie haben nie etwas Anderes kennengelernt. Ihre Schwester hat jetzt die Chance dazu. Lassen Sie sie ihr. Geben Sie ihr endlich eine Chance auf ein normales Leben, damit sie das hinter sich lassen kann, was sie erlebt hat."

Ich hörte diese Worte. Sie klangen logisch und doch konnte ich ihnen keinen Glauben schenken. „Und unser Kind? Wo ist der Junge?“ Ich konnte ihn immer noch nicht beim Namen nennen.

„Eric?“, fragte Milner.

„Ja, Eric.“

„Das darf ich Ihnen zum Schutze des Kindes nicht sagen.“

Schon wieder dieser Schutz! Man schützte uns zu Tode! „Lebt er bei Pat und Pete?“

„Das darf ich Ihnen nicht sagen, Mr. Culver.“

„Ist er in einem Heim oder bei Pflegeeltern?“

Milner war genervt. „Mr. Culver, hören Sie, denken Sie noch einmal über meine Worte nach und dann sehen wir weiter. Sie müssen verstehen lernen, dass auf dieser Welt noch andere Menschen leben, die das Recht haben, sich einzumischen. Wir leben hier nicht im Wald in einer Hütte. Sie sind im Gefängnis, weil Sie unerlaubte Taten begangen haben. Das ist die Realität. Sie sitzen hier und Ihr Vater ist auf Lebzeiten in der Forensik. Bitte benutzen Sie Ihren gesunden Menschenverstand und lassen Sie endlich von dem Gedanken ab, Ihre Schwester weiter beschützen zu müssen. Sie braucht Ihren Schutz nicht mehr. Sie hat jetzt alles, womit es ihr gut geht. Sie sollten diese Zeit hier nutzen, um auch Ihren Verstand und Ihre Gefühle wieder auf Vordermann zu bringen. Sie werden zwar einige Jahre Ihres Lebens hier verbringen müssen, aber wenn die vorbei sind, dann wollen Sie doch hoffentlich auch ein weitgehend normales Leben führen, eine Arbeit suchen und vielleicht sogar eine Frau finden, die Sie in aller Öffentlichkeit legal lieben dürfen. Denken Sie mal *darü-*

ber nach, anstatt Pete Garland Dinge zu unterstellen, die Sie selbst nicht verarbeiten können."

Damit ließ er mich allein. Ich hatte Pat verloren. Pete Garland hatte sie sich geschnappt und führte nun das Leben mit ihr, das ich mir immer gewünscht hatte. Für Liebe gibt es keine Legalität oder Illegalität. Man fühlt sie oder nicht. Ich fühlte, dass Pete sie nicht so liebte, wie er es der Behörde gegenüber dargestellt hatte …

Es verging ein weiteres Jahr, in dem ich nichts von Pat und Pete hörte, doch ich gab nicht auf. „Darf ich noch mal versuchen, Pete Garland anzuschreiben?", fragte ich. „Würden Sie den Brief weiterleiten?"

„Ich werde es versuchen", antwortete Mr. Milner, „aber nur einmal. Wenn Mr. Garland nicht zurückschreibt, werde ich keinen weiteren Brief weiterleiten. Damit das klar ist."

Das sah ich ein.

Mr. Pete Garland,

bitte vergeben Sie mir einen erneuten Versuch, mich nach dem Wohlbefinden meiner Schwester zu erkundigen. Es lässt mir keine Ruhe. Geht es ihr gut?

Ich weiß, dass sie nun Ihre Ehefrau ist, und ich akzeptiere es. Ich wünsche meiner Schwester nichts sehnlicher, als jemanden an ihrer Seite zu haben, den sie liebt und der sie liebt und beschützt. Sollte das alles der Fall sein, bin ich glücklich. Bitte geben Sie mir eine Antwort auf meine Frage: Geht es Pat gut?

Ich bekam ein Jahr lang keine Antwort. Mein Leben war ins Nichts abgerutscht und ließ mich mechanisch Tag für Tag hinter mich bringen. Dann kam plötzlich ein Brief von Garland an. Er war in einem großen Umschlag und ich dachte zunächst, es sei eine neue gerichtliche Verfügung, mir weitere Versuche zu schreiben, zu untersagen, aber es befand sich ein fast vierzig Seiten langer Brief darin!

Mr. Rylan Culver,

ich weiß nicht, wo ich anfangen soll und ob ich überhaupt diesen Brief schreiben soll, aber ich denke, Sie sollten wissen, wie es ihrer Schwester mit all dem, was sie erlebt hat, geht. Und wie schwer es ist, sie überhaupt in ihrer Welt zu erreichen und glücklich zu machen.

Patricia hat nur stückweise von ihren Erlebnissen erzählt. Sie kennen sie ja. Sie lebt in einer geistigen Naivität und ist damit vielen komplizierten Abläufen hilflos ausgeliefert. Deswegen durfte sie auch nicht an der Gerichtsverhandlung teilnehmen. Der Anwalt ihres Vaters hätte sie zerhackt wie ein Stück Holz, um es einmal in Ihrer Sprache zu sagen. Patricia ist immer schnell verwirrt, wenn ihr das Verstehen entgleitet. Das macht ihre Behinderung aus, denn sie versteht sehr wenig von den normalen Abläufen des Lebens. Sie landet dann in einer Welt, die merkwürdige Reaktionen auslöst, obwohl sie gar nicht merkwürdig sind. Nur wir, die geistig nicht Behinderten haben unsere Reaktionen zivilisiert, indem wir Strategien und Taktiken erfunden haben, um die einfachste und ehrlichste Reaktion gesellschaftsfähig zu machen. Damit meine ich, ihr die Gewalt zu nehmen.

Patricias Verarbeitungsprozess besteht darin, dass sie erst einmal gar nichts sagt. Sie versucht, sich sofort auf die nächste Situation einzustellen, die sie wieder versteht, und klinkt sich dann wieder ein. Sie leidet also an einer fortlaufenden Störung der Dissoziation, die immer dann einsetzt, wenn das Begreifen versagt. So gelingt es ihr recht schnell, wieder in ihre Welt zurückzufinden. Ihr Wesen ist dennoch nicht frei von Gewalt, wie die Vergangenheit gezeigt hat. Sie hat ein grundgütiges Wesen in sich und glaubt und vertraut jedem, der sich ihr freundlich und leise nähert. Das haben Ihr Vater und Sie erkannt. Nun, ich will an dieser Stelle nicht wieder die alten Geschichten aufwühlen, sondern darüber berichten, was mit Patricia, nachdem sie die Hütte verlassen hat, passiert ist.

Grundsätzlich: Wir alle waren froh, sie gefunden zu haben. Wir waren sehr erschrocken, als sie fünf Jahre zuvor nicht mehr zur Schule gekommen war und ihre Mutter erzählt hatte, sie wäre zu ihrem Onkel nach Portland gezogen, um dort weiter betreut zu werden. Ihre Mutter erzählte damals, dass Sie ein sehr schwieriger Junge seien und sie die Erziehung von beiden Kindern nicht schaffe. So machte sie uns glauben, dass sie zum Besten von Patricia gehandelt habe.

Patricias Geschichte zeigte eine völlig andere Variante. Sie erzählte von einer Hütte im Wald, wo sie mit Ihnen alleine gelebt hatte. Wir alle dachten natürlich, dass sie diese Geschichte erfunden hatte, so, wie auch ganz normale Mädchen eine Zeit in Traumwelten leben. Wir ordneten diese Geschichte einer tiefen Verbundenheit und Liebe von ihr zu Ihnen zu. Rylan, ihre Schwester hat Sie sehr geliebt!

Ich ließ das erste Blatt aus meinen Händen gleiten und es fiel zu Boden. *Ihre Schwester hat Sie sehr geliebt.*

Ich weinte wieder. Wieder wurde mir bewusst, wie sehr ich mein Glück durch diesen verdammten Trieb verspielt hatte. Ich las weiter.

Nun fragen Sie sich sicherlich, wie wir Patricias Geschichte Glauben schenken konnten. Das ließ sich einfach herausfinden, indem wir sie erzählen ließen, was sie in der Hütte alles gemacht hatte. Sie erzählte von Tätigkeiten und Abläufen, die sie unmöglich wissen konnte, ohne sie erlebt zu haben. Ich wusste, dass sie als Zwölfjährige nicht einmal richtig lesen und schreiben konnte und sie demonstrierte uns, dass sie nun dies alles beherrschte. Doch wir alle fragten uns, warum sie mit Ihnen in der Hütte gelebt hat.

Nun, Rylan, ich hoffe, ich darf Sie so nennen, jetzt fehlen mir tatsächlich die Worte. Ich werde morgen weiterschreiben.

…

Wo war ich stehen geblieben? Ach ja, sie waren mit Patricia in diese Hütte verschwunden. Rylan, Patricia gab nur stückweise und sehr zögerlich über die Verhältnisse Auskunft, in denen Sie und Ihre Schwester gelebt haben. Vieles mussten wir interpretieren und deuten lernen, denn sie konnte vieles nicht in der Form wiedergeben, wie es wirklich geschehen war. Damit meine ich – oh Gott – mir wird gerade schwindelig!

…

Jetzt geht es wieder besser. Also, Patricia imitierte alle Berührungen Ihres Vaters. Mehr will ich nicht erklären. Sie wissen sicherlich, was ich meine. Ihr Vater hatte sehr früh begonnen, seinen Missbrauch vorzubereiten, sodass Patricia den Übergang nicht mitbekommen konnte. Ihre Schilderungen und bildlichen Darstellungen erreichten ihren Höhepunkt, als Sie beschlossen, Ihre Schwester dort wegzuholen.

Heute frage ich mich natürlich, warum Sie als sechs Jahre älterer Bruder nicht einmal mit mir darüber gesprochen haben. Ich meine, ich betreute Ihre Schwester doch bereits seit einigen Jahren und hätte Ihnen beiden sofort geholfen. Rylan, heute mit Abstand sehe ich nur einen Grund, warum Sie sich niemals Hilfe holten. Ich spreche es nur ungern aus, doch es ist nun mal eine Tatsache, dass Sie nicht minder an Ihrer Schwester interessiert waren als Ihr Vater. Bitte verzeihen Sie mir diese klare Ausdrucksweise, aber Patricia erzählte ebenso davon, dass es auch zwischen Ihnen bereits zu körperlichen Berührungen gekommen war, die nicht hätten sein dürfen. In dieser besagten Hütte, die Sie wohl gefunden und hergerichtet hatten, muss es zu Vorfällen gekommen sein, die Patricia zwar gut akzeptieren konnte, die aber eindeutig die Grenze dessen, was zwischen Geschwistern normal und erlaubt ist, überschritten. Ihr Grundvertrauen in Sie war immens. Patricia hatte als Kind keine körperlichen Berührungsängste gekannt. Für sie galt der Hautkontakt als etwas Schönes und Vertrautes. Sie umarmte Menschen, die sie liebte, ohne Vorurteile und stets mit viel Vertrauen. Sie berührte unsere Gesichter immer mit einem Lächeln und streichelte unsere Hände, wenn sie glücklich war. Ich muss gestehen, dass ihre Art, wie sie Liebe zeigte, auch mich als Betreuer beeindruckt hatte. Doch sie glich natürlich auch den anderen geistig Behinderten in dieser Weise. Fast alle zeigen solche Verhaltensweisen, weswegen wir sie gut vor Missbrauch schützen müssen. Doch bei Patricia kam eine Sache hinzu, die uns alle wahrscheinlich am meisten beeindruckt hat. Das war ihre Schönheit. Ihr Gesicht war das eines Engels, ihr dickes Haar und ihre zierliche Figur. Äußerlich wies nichts auf eine Behinderung hin. Solange, bis man mit ihr sprach. Und genau das war ihr zum Verhängnis geworden. Sie sprach wenig und löste bei anderen eine Art Bewunderung aus. Sie stillte mit ihrer Art eine Sehnsucht in uns allen, die wir nicht hergeben wollten. Ich gebe zu, dass auch ich mich viel zu früh in sie verliebte und jeden Tag genossen habe, an dem sie meine Hand streichelte. Ich gebe zu, dass in mir oft ein Verlangen hochgekrochen war, das ich nur mit Mühe unterdrücken konnte. Aber ich habe es unterdrückt! Ich habe die Grenze nie überschritten. Ich habe gelernt, Patricias Zärtlichkeiten als das zu nehmen, was sie waren. Sie konnte nicht wissen, was sie bei uns in Gang setzte.

Wissen Sie, Rylan, wenn man mit geistig behinderten Menschen arbeitet und lebt, lernt man deren Umgangsformen als Alltag zu sehen. Die Welt dieser Menschen ist beneidenswert einfach und so wünschen wir uns doch alle, ein Stück davon zu besitzen. Eine Arbeit mit ihnen ist eine von Dankbarkeit erfüllte Arbeit. Es brach mir das Herz, als Patricia mit zwölf Jahren plötzlich aus meinem Leben verschwand. Sie war nicht nur äußerlich ein Engel in unserer Gemeinschaft gewesen, sondern half, wo immer sie konnte, und lachte stets. Sie sang, summte und sprudelte vor Freude, auch wenn ich im letzten Jahr, als ich mit ihr arbeitete, feststellen musste, dass ihr Temperament zusehends mehr erlosch. Heute kenne ich die Gründe. Und Patricia hat auch erwähnt, was Ihr Vater mit ihr gemacht hat, wobei ich erst bei Gericht erfahren habe, dass es noch viele weitere Vorfälle gegeben hatte.

Sie haben mich bei den Gerichtsverhandlungen nicht bemerkt. Ich wollte es auch nicht, hatte mir die Haare schneiden und färben lassen und eine Brille aufgesetzt. Ich wollte wissen, was wirklich passiert war.

Patricia waren viele schreckliche Dinge über die Lippen gekommen und nur dank Dr. Richards, einer Psychiaterin, konnten die Dinge ins rechte Licht gerückt werden. Und doch war uns klar, dass so vieles mehr vorgefallen sein musste, das Patricia nicht mitbekommen hatte. Niemand ahnte, was auf Ihrer Farm vor sich gegangen war. Niemand! Der Selbstmord Ihrer Mutter einige Jahre, nachdem Sie beide verschwunden waren, und der verbitterte Blick Ihres Vaters, der ständig betrunken irgendwo auftauchte, ließen in uns eine Ahnung aufkommen. Doch niemand fragte nach, weil niemand etwas damit zu tun haben wollte. Für mich als ehemaligen Betreuer war Ihre Familie gänzlich uninteressant geworden, da Patricia doch offensichtlich woanders betreut wurde.

Wissen Sie, Rylan, warum ich Sie in der Hütte angespuckt habe? Es war meine Verachtung Ihnen gegenüber. Sie hatten aus meiner Sicht ein großes Unrecht getan und mir fehlten einfach die Worte. Doch jetzt, nach über zwei Jahren, hat sich meine Wut gelegt und ich kann zumindest einen Teil Ihrer Reaktionen und Handlungen verstehen. Nein, ich will es akzeptieren nennen, denn verstehen werde ich es nie. In jedem Menschen entstehen Gedanken jenseits von Gut und Böse, doch die bösen sollten dort bleiben, wo sie hingehören. In dem Moment, als Sie sich ihrer Schwester sexuell genähert haben, sind Sie für mich nicht mehr das Opfer gewesen. Bis dahin hätten Sie mein ganzes Mitgefühl gehabt. Doch als Sie diese Grenzen überschritten haben, wurde Sie zum Täter und haben mein Verständnis verloren.

Ich bin gespalten in meinen Ansichten und habe in den letzten Wochen viel über Inzestbeziehungen zwischen Geschwistern gelesen. Das hat mich einiges verstehen lassen. Wir alle haben diesbezüglich eine natürliche Barriere in uns, wobei ich den Begriff „alle“ direkt wieder korrigieren muss, denn bei einigen hat sich diese Barriere nie gebildet. Das war bei Ihnen der Fall. Die mentale Liebe, die zwischen Geschwistern im Idealfall existiert, wurde überschritten. Bei Geschwisterinzest entsteht die zusätzliche Variante der körperlichen Zuneigung, ein Verlangen, wie Verliebte es in sich spüren. Ich las, dass es auf die angeborene Verdrahtung der Nervenzellen zurückzuführen sei, etwas, das sich nicht abgewöhnen oder gar heilen lässt. Siegmund Freud hat das Thema unter der Theorie des Ödipuskomplexes aufgearbeitet, was aber außerhalb der Psychoanalyse abgelehnt wird. Wir leben nicht mehr in einem Zeitalter, in dem wir als biologische Familien überleben müssen, indem wir uns gegenseitig zur Fortpflanzung nutzen. Eine komplizierte Angelegenheit.

In der Regel herrscht ein natürliches sexuelles Desinteresse unter Geschwistern vor und dient der Reduktion des Gesundheitsrisikos von Nachkommen. Patricia berichtete von einer Totgeburt. Ich frage mich, wie sie ausgesehen haben mochte. Sie haben bei Gericht ausgesagt, dass es im fünften bis siebten Monat passiert sein muss, doch Sie haben sich geweigert, über den Zustand des Fötus Auskunft zu geben. Nun, das ist auch eine Antwort. Zeigte sich damals bereits die Gefahr, die zwischen Ihnen und Patricia bestand? Wie konnten Sie nur über diesen Vorfall hinweggehen und sie zu einer neuen Schwangerschaft zwingen?

Patricia hat von ihrer Not berichtet, die sie bei der Fehlgeburt erlitten hat, auch als sie das zweite Kind gebar. Ich melde mich morgen wieder, fühle mich gerade nicht in der Lage, weiter darüber zu schreiben.

…

Sie sind nicht wegen Inzest verurteilt worden, Rylan Culver, sondern wegen Missbrauchs an Ihrer minderjährigen und geistig behinderten Schwester und wegen diverser Gewalttaten. Ist Ihnen das klar? Als ich über Geschwisterinzest gelesen habe, war mir die Dramatik gar nicht so groß erschienen und es ist auch nicht wirklich strafbar. Es wird auch immer wieder von Liebesbeziehungen unter Geschwistern berichtet, die sich nicht kannten, weil ihre Familien auseinandergingen und die sich erst später wiedergefunden haben, ohne zu wissen, dass sie Geschwister sind. Das war bei Ihnen nicht der Fall. Ihnen wurden bewusste und gezielte Vorgänge nachgewiesen und Sie hatten sehr wohl wahrgenommen, dass Sie Patricias Grenzen ständig überschritten. Sie hat es Ihnen zum Schluss gezeigt. Aber ich bin mir sicher, wenn Sie noch genug Zeit gehabt hätten, hätten Sie weitergemacht. Noch ein Kind und noch ein Kind. Sie hatten keine Verhütungsmittel und Ihr Trieb hätte Sie auch nicht zur Ruhe kommen lassen. Patricia hätte bis ans Lebensende gelitten, nur, damit Sie Ihren Trieb befriedigen könnten.

So kämpft in mir das Verständnis Ihnen gegenüber mit der Abscheu. Und doch lässt Patricia uns immer wieder wissen, wie wichtig Sie ihr sind. Sie lebt zwischen Mitleid und Angst. Sie hat ihre ganze Unbeschwertheit verloren und musste viele Wochen sogar von uns weggesperrt werden, damit sie wieder zu sich kam.

Damit wäre ich an dem Punkt angelangt, was mit Patricia geschah, als man Sie beide fand. Wollen Sie das wirklich wissen? Ich habe den Ablauf auf einigen Extrablättern verfasst. Nur damit Sie wissen, wie es ihr ergangen ist.

Ich sah, dass Pete ein leeres Blatt vor den nächsten Teil des Briefes gelegt hatte. Ich legte den Stapel beiseite und ließ den ersten Teil erst einmal auf mich wirken.

Es gibt Worte, die will man nicht hören oder lesen und doch kann man ihnen eine gewisse Wahrheit nicht absprechen.

Pete hatte sich viel Mühe gegeben, um seine Sicht der Dinge darzustellen, ohne mich zu sehr zu verletzen. Ich las Mitgefühl, Rücksicht, aber auch Schmerz heraus. Der zwischenzeitliche Abbruch seiner Zeilen zeigte mir, wie schwer dieser Brief ihm gefallen sein musste. Oder war alles nur Show?

Was hatte ihn dazu bewogen, ihn dennoch zu verfassen? Musste er auch in sich eine Art Gerechtigkeit damit herstellen?

Ich sah mich an diesem Tag nicht mehr in der Lage weiterzulesen. Die Worte, die sich hinter dem leeren Blatt befanden, würden mir eine Realität vor Augen führen, die ich jetzt noch nicht verkraften konnte. Wollte ich sie wirklich lesen? Wie sehr würde es mich quälen zu erfahren, welches Leid Pat wirklich durchgestanden hatte. Ich hatte unser Leben ganz nüchtern als Überleben empfunden. Dazu gehörten nun mal auch Dinge, die sich nicht immer gut anfühlten. Das ist in der zivilisierten Welt nicht anders. In diesem Moment wurde mir klar, dass das Leid, das Pat nach unserer Trennung empfunden haben musste, vielleicht nur dadurch zustande gekommen war, dass man uns getrennt hatte. Sie schien mir in den letzten Monaten, bevor die Nahrung knapp wurde, nicht einmal mehr unglücklich. Ja, wir hatten eine Krise gehabt, aber wer hat die nicht, wenn ein Kind das Leben zweier Menschen vollkommen verändert und in eine andere Richtung des Überlebens treibt? Wie viele Belastungen verarbeiten wir unbemerkt, weil uns die aktuellen Dinge ablenken und beschäftigen? Sie hatten Pat diese Zeit genommen, indem sie sie gewaltsam von mir getrennt und damit das Leid erst in ihr ausbrechen hatten lassen. Das war meine Theorie. Ich wollte ja Hilfe holen, aber ich hätte es viel sanfter gemacht. Und ich hätte diese Trennung nicht zugelassen. Ich hätte sie vorbereitet und alles mit ihr abgesprochen. Sie, die anderen, waren die wahren Täter bei dieser Geschichte. Hätten Sie uns doch nur in Ruhe gelassen!

Am nächsten Tag las ich den nächsten Teil des Briefes.

Sie haben sich also entschlossen, der Wahrheit ins Gesicht zu sehen. Nun denn. Die Wahrheit sieht wahrscheinlich sehr anders aus als in Ihrer Vorstellung.

Gehen wir zurück zu dem Tag, an dem wir Sie in der Hütte fanden:

Patricia gab ihr Einverständnis, mit uns mitzufliegen, als wir sie aus der Hütte führten. Sie widersetzte sich nicht oder gab Zeichen, dass es ihr schwerfiel. Sie trug das Kind ganz eng an ihren Körper gedrückt und signalisierte dem Rettungsteam ihre Not. Während des Rückflugs saß sie ganz ruhig neben mir. Sie streichelte meine Hand als Zeichen ihrer Dankbarkeit. Eric war die ganze Zeit ruhig. Als wir am Krankenhaus in Roseburg landeten, übergab sie mir den Jungen und sagte, ich solle mich um ihn kümmern. Ich fragte, ob sie ihn nicht bei sich behalten möchte, und erklärte ihr, dass es in Ordnung sei und wir ihr gerne helfen würden, doch sie bestand darauf, ihn abzugeben. Ich übergab den Jungen im Krankenhaus der sozialen Fürsorge, die ihn vorerst entsprechend unterbrachte.

Wir hatten Patricia erklärt, dass sie auf ihren körperlichen Gesundheitszustand hin untersucht werden müsste, wogegen sie sich massiv wehrte. Sie schlug jeden, der sie berührte. Auch mich. Wir mussten ihr Beruhigungsmedikamente verabreichen, um die Untersuchungen durchführen zu können. Das Ergebnis zeigte keinerlei Probleme. Sie hatte nur während der letzten Geburt einen Dammriss erlitten, der etwas vernarbt verwachsen war.

Patricia war zwei Wochen nicht ansprechbar. Sobald ihr die Medikamente reduziert verabreicht wurden, zeigte sie starke Aggressionen. Die Frage, ob sie ihr Kind sehen wolle, verneinte sie vehement. Die Ärzte versuchten, ihr das Kind zu bringen, aber sie wies alles zurück. Sie schmiss Nahrung und Getränke an die Wand und fragte ständig nach Ihnen. Sie riss sich ihre Kleidung vom Leib und verlangte nach Tierfellen. Sie wollte ihr Haar selbst schneiden und mit kaltem Wasser duschen. Das alles ließ auf ihre bisherigen Lebensgewohnheiten schließen. Sie wirkte wie eine Wilde.

Ich ließ den Brief auf den Tisch sinken.

Sie wirkte wie eine Wilde, schrieb Pete. Hatten alle die Verhältnisse unterschätzt, denen wir ausgeliefert gewesen waren, und in denen wir hatten leben müssen? War dieses Verhalten nicht auch ein Zeichen dafür, wie sehr Pat ihr altes Leben vermisste? Mich vermisste und sich an mich und unser Leben im Wald gewöhnt hatte? Es war doch nichts falsch gelaufen. Wir hatten doch gesund gelebt. Das hatte auch der ärztliche Befund ergeben. Eine Schwangerschaft oder Fehlgeburt macht den Körper einer Frau doch nicht krank! Was versuchte man zu finden oder zu beweisen? Für mich wies alles darauf hin, dass ich nichts falsch gemacht hatte. Ich las weiter.

Erst nach einem Monat konnten die ersten Gespräche mit Patricia stattfinden. Sie wollte ihren Sohn nicht wiedersehen. Dafür sprach sie immer wieder von Ihnen, ihrem Bruder. Wir erklärten ihr, dass es Ihnen gut gehe, was sie beruhigte.

Sie machte auf Dr. Richards insgesamt einen ruhigeren Eindruck und so nahm sie die ersten Gespräche mit ihr über ihre Kindheit auf. Patricia gab der Ärztin zu verstehen, wie sehr sie ihren Vater als Kind geliebt hatte. Die Mutter blieb unerwähnt. Sie gab auch zu verstehen, wie sehr sie Sie geliebt hatte. Während ihrer Schilderung zeigte sie Anzeichen von Glück und tiefer Zufriedenheit. Sie zog sich gedanklich immer wieder viele Wochen zurück in ihre Vergangenheit. Wir ließen ihr Spielzeug und Kuscheltiere zukommen, um mehr über ihre frühe Kindheit zu erfahren und sie verstehen zu lernen. Die muss für sie sehr harmonisch abgelaufen sein. Natürlich kam der Tag, an dem Patricias Welt zerbrochen war. Sie begann immer öfter zu schildern, dass Ihr Vater Ihnen Leid angetan hatte, was sie nicht verstand. Sie sagte, es wäre viel Streit zwischen Ihnen entstanden und sie hätte Angst vor Ihnen bekommen.

Ich legte die Zeilen wieder weg. Mir stiegen die Tränen in die Augen, als ich an diese Zeit dachte. Vater hatte längst begonnen, sie permanent unsittlich zu berühren, was ich nicht hatte zulassen können. Ich hatte ihn so oft nachts in ihr Zimmer verschwinden sehen. Hatte Pat das nicht als Grund für unseren Streit wahrgenommen? Dass wir wegen ihr gestritten haben? Ich las weiter.

Die Ärztin fragte mehrfach nach, ob sie in dieser Zeit auch Angst vor dem Vater gehabt hätte, was sie verneinte. Sie erinnerte sich nur an die Angst vor ihrem Bruder.

Zunächst nahm Dr. Richards an, dass Sie sich Patricia unsittlich genähert hatten, aber als die Ärztin ihr Bilder von Menschen inmitten eines Geschlechtsverkehrs vorlegte, sortierte Patricia einige aus und bekräftigte, dass Ihr Vater so etwas mit ihr getan habe. Ihre Ungehemmtheit zeigte Dr. Richards noch einmal deutlich, als wie normal Patricia diese Vorgänge empfand. Der Übergang von unsittlicher Berührung zum Geschlechtsverkehr war fließend verlaufen, sodass sie keinerlei Grenzen wahrgenommen hatte. Der Vater sei stets zärtlich und leise gewesen. Zu einem Eklat kam es erst, als Ihr Vater Sie in den Schuppen sperrte. Ab diesem Moment berichtete Patricia ganz klar von gewissen gewalttätigen Übergriffen. Die Mutter blieb weiter unerwähnt. Der Vater nutzte die Freiheit, nicht von Ihnen gehindert zu werden, schamlos aus. Patricia berichtete von vielen Übergriffen. Ich werde Ihnen nicht schreiben müssen, wie oft das war.

Nun fragen Sie sich sicherlich, wo ich als ihr Betreuer bei der ganzen Sache war. So unglaublich es klingen mag, aber Patricia zeigte während ihrer Zeit in der Schule so gut wie keine Anzeichen, die auf die häuslichen Verhältnisse, in denen sie lebte, hingewiesen hätten. Sie war zwar ruhiger geworden, aber sie pflegte ihren körperlichen Kontakt zu uns allen wie bisher, sodass ich außer ihrer Entwicklung zu einem ruhigen Wesen nichts hatte feststellen können.

Nachdem Patricia diesen Teil ihrer Kindheit erzählt hatte, fiel sie wieder zurück in den ersten Teil ihrer Kindheit und die Ärzte gaben ihr das alte Spielzeug und die Kuscheltiere zurück.

Als Dr. Richards sie mehrmals dabei beobachtete, wie sie um eine Puppe herum all ihre Kuscheltiere legte und auf die

Puppe einzuschlagen begann, erzählte sie davon, was geschehen war, als Sie sie ein zweites Mal von Zuhause weggeholt hatten. Diesen Vorgang beschrieb sie voller Angst.

Ich legte den Brief wieder weg. Ja, das zweite Mal war unser Untergang gewesen. Es war so viel schief gelaufen. Wie hatte ich nur so kopflos handeln können? Ich hätte die Polizei einschalten müssen. Genau das schrieb auch Pete Garland.

Sie hätten in diesem Moment all Ihre Aktionen abbrechen und die Polizei einschalten müssen. Sie hatten sich nur geringfügig strafbar gemacht, wenn nicht sogar gar nicht, denn wer hätte Ihre Reaktion schon verurteilt? Doch stattdessen begannen all diese gewalttätigen Abläufe vor Patricias Augen.

Wissen Sie, wie sie uns ihre Angst mitteilte? Sie bat um einen Eimer kaltes Wasser, und jedes Mal, wenn sie davon erzählte, tauchte sie ihren Kopf dort hinein. Gott! Ich weiß nicht, wie oft sie ihren Kopf dort hineingetaucht hat!

Dr. Richards erklärte mir, dass diese Aktion im wahrsten Sinne des Wortes bei ihr für einen kühlen Kopf sorgen sollte. Sie wurde mit ihren Ängsten nicht fertig und versetzte sich in Schockzustände, die sie aus ihren Gefühlen herausholen sollten. Im Kopf löst diese plötzliche Kälte eine Art Stillstand aus, wie das Hineinspringen in einen kalten See. Der Körper verliert für kurze Zeit seine komplette Funktionalität und versucht, sich schnellstens auf die neuen Temperaturverhältnisse einzustellen.

So sortierte und kontrollierte Patricia die Abläufe. Sie berichtete davon, einen Mann im Wald erschlagen zu haben, um Ihnen das Leben zu retten, und musste zusehen, wie Sie diesen Mann vor ihren Augen verbrannten.

Patricia zeigte zwischen den Gesprächen immer wieder Ticks, die sie beruhigen sollten. Sie wippte oder schnippte mit den Fingern. Sie summte oder jaulte.

Als Dr. Richards mit ihr die Hütte im Wald nachbaute, entwickelte Patricia eine regelrechte Freude daran. Zum Schluss war das ganze Therapiezimmer voller Bäume, Sträucher, zwei Hütten und einem Wagen, einem Pickup. Sie hatte mit der Ärztin den kompletten Lebensraum, wie sie ihn sich vorgestellt hat, nachgestaltet und begann anhand dieser Miniaturanlage ihr Leben mit Ihnen zu erzählen. Sie wurde dabei gefilmt und dieser Raum diente ebenfalls als Befragungsraum für den Richter und die Anwälte, weil Patricia sich darin sehr wohl fühlte. Sie sagte immer wieder „Pat im Wald“ und konnte alle Fragen darin spielerisch und für sie lebensnah beantworten und half auf beeindruckende Weise, alle Vorgänge aufzuklären. Diese wurden als Aussagen und zugleich Beweise in die Verhandlung aufgenommen und vom Gericht anerkannt.

Patricia erlitt zwischen den Gesprächen immer wieder Schreianfälle. Sie brauchte sie genauso, um ihre Emotionen herunterzufahren, wie den Eimer mit kaltem Wasser.

Mir als Außenstehenden brach es unzählige Male das Herz, Rylan. Wenn Sie das ganze Spektakel, das über ein Jahr dauerte, gesehen hätten, hätten Sie sich dafür getötet. Ich hätte es getan, ehrlich! Ich durfte Patricia in dieser Zeit nur selten alleine besuchen, weil sie von ihrer Geschichte nicht abgelenkt werden sollte. Ich hätte ihr sonst zu viel Schutz gegeben und sie hätte sich geweigert, weiter zu erzählen.

Ich legte den Brief wieder beiseite und fragte mich, wer Pat wirklich gequält hatte. Waren es nicht diese Ärzte und dieser Pete, die sie erneut durch die Hölle ihrer Gefühle gejagt hatten? Was versprachen sich diese Psychologen und Psychiater davon, solche Erlebnisse wieder und wieder an die Oberfläche zu holen, als würden sie danach einfach verschwinden. Letztendlich dienen sie doch nur dazu, immer neues Leid zu schaffen. Doch unsere Familie hatte nichts anderes verdient. Ich las weiter.

Rylan, ich kann Ihnen gar nicht schreiben, wie sehr mir die Geschichte Ihrer Schwester zu Herzen ging. Ich litt jeden Tag und jede Nacht mit ihr und wünschte so sehr, dass ich sie da herausholen könnte. Ich kündigte meine Stelle als Betreuer und suchte mir eine neue Stelle als Lehrer in einer regulären Schule. Ich wollte nie wieder das Leid von einem missbrauchten und geistig behinderten Menschen miterleben müssen. Ja, Rylan, ich war nach diesem Jahr selbst ein gebrochener Mensch und fühlte mich mit ihrer Schwester so verbunden wie nie zuvor. Wen hatte sie jetzt denn noch? Ihre Mutter war tot. Eine Frau, die nie wirklich existiert hatte. Weder Patricia noch Sie oder Ihr Vater hatten sie groß erwähnt. Eine Frau, die so wenig existierte, dass sie sich selbst tötete. War es das, was Ihre Familie ausmachte? Sie löscht sich selbst aus? Nun, Rylan, dann passt Ihre Schwester ganz und gar nicht zu Ihrer Familie.

Ich unterhielt mich lange Zeit mit Patricias neuem Betreuer

über ihre Zukunft. In meinen Gedanken entstand eine Idee, die ich den Psychologen mitteilte. Es kostete mich viel Überwindung, über diese Idee zu sprechen, weil ich doch auch in das Raster der Menschen fiel, vor denen man Patricia schützen musste. Ich liebte inzwischen nicht mehr das Kind in ihr, sondern die Frau, die sie geworden war. Trotz allem, was ihr widerfahren war, war meine Liebe nie verloren gegangen. Das teilen wir nun, mein lieber Rylan!

Ich musste den Brief wieder weglegen, so sehr überkam mich die Eifersucht! Welche Gedanken hegte dieser Mann wirklich? Pat war ihm ausgeliefert und er hatte die Chance erkannt und genutzt. So war er doch nicht besser als wir alle in meiner Familie. Er hatte nur mehr Geduld gehabt und eine Frau bekommen, die alles für ihn tun würde. Wirklich alles! Er hatte uns die Arbeit machen lassen und fuhr jetzt die Ernte ein. Erkannte denn niemand die Absicht von Pete Garland? Ich wollte wissen, wie er es geschafft hatte, sie zu seiner Frau zu machen, und las weiter.

Ich kann Patricia als das respektieren, was sie wirklich ist. Man erlaubte mir, sie nach dem Prozess öfter zu besuchen, und ich bemerkte, wie gut Sie ihr lesen, schreiben und rechnen beigebracht haben. Sie betrachtete das Leben als das, was es war mit all den neuen Begebenheiten.

Ich schenkte ihr Blumen und hübsche Kleidung, in der sie sich wohlfühlte. Ich nahm sie mit zu klassischen Konzerten, denen sie gerührt lauschte. Ich zeigte ihr Kunstausstellungen, die sie beeindruckten, und kaufte ihr eine Staffelei, die sie begeisterte. Ja, Patricia begann zu malen. Wussten Sie, dass sie malen kann, Rylan? Patricia kann so viel mehr als Kochen, Wäschewaschen und … entschuldigen Sie bitte diese Sache … sexuelle Gefühle befriedigen. So viel mehr! Ich gab ihr Bücher von Liebespaaren, um sie die Welt der normalen Liebe zu lehren. Wir spielten diese Liebesgeschichten nach, damit sie ein Gefühl dafür entwickeln konnte. Ich ließ ein neues psychiatrisches Gutachten von ihr erstellen und sie wurde in vielen Bereichen von den Gesetzen, die Behinderte schützen, entbunden, was so viel bedeutete wie, dass man ihr ein Stück Eigenverantwortung in die Hand gab. Ich hatte mich ihr während dieser Zeit niemals körperlich genähert. Niemals!

Ich ließ den Brief aus meinen Händen sinken. Hinter diesen Worten verbarg sich mehr, als sie aussagen sollten. Sich in Abstinenz zu üben kann auch der Vorbereitung dienen. Es soll ja Menschen geben, denen das Vorspiel weit mehr Spaß macht, als das Spiel selbst. Dieser Pete Garland löste irgendetwas in mir aus und ich zweifelte inzwischen, dass es Eifersucht war. Es war etwas anderes, was mir in den Sinn kam. Er spielte ein Spiel mit mir. Ein mieses! Ein verbotenes! Warum schrieb er die ganze Zeit in der Vergangenheit? Es hörte sich an, als würde nichts von dem, was er berichtete, mehr existieren. Wie ging es Pat an der Seite von Pete wirklich? Ich las weiter.

Anstand ist mein zweiter Vorname und Ihnen gänzlich fremd, Rylan! Eine Frau zu lieben bedeutet so viel mehr, als sie zu schwängern und nur zur Magd zu machen. Man trägt sie auf Händen, respektiert ihre Grenzen und lässt sich von ihrer Weisheit inspirieren, ohne die Kontrolle zu verlieren. Man führt sie unbemerkt und voller Sorge. Oh, Rylan, Sie wissen nicht, was Sie verloren haben! Ihre Schwester ist ein Engel!

Als man sie von jeglicher Einschränkung befreit hatte, fragte ich sie, ob sie zu mir ziehen möchte. Sie wollte. Und sie tat es. Wir waren immer noch in der psychologischen Betreuung von Dr. Richards, die ich nun privat bezahlte. Ihre Begleitung und ihre Empfehlungen waren für uns gleich wichtig wie früher. Es gab Patricia zusätzlich das Gefühl, bei mir in Sicherheit zu sein.

Wir näherten uns zaghaft aneinander an. Sie durfte in der Schule, an der ich lehrte, einige ehrenamtliche Tätigkeiten verrichten und fand auf diese Weise einen Weg, in der Öffentlichkeit zu arbeiten. Sie bezauberte all meine Kollegen und Kolleginnen und ich stellte voller Glück fest, dass sie wieder die Alte war, wie ich sie als Sechsjährige in Erinnerung hatte.

Die Zeit des Wartens hat sich gelohnt, Rylan. Ob Sie es nun glauben oder nicht, wir sind seit einem Jahr verheiratet. Patricia ist erneut schwanger und wir haben Oregon verlassen, weil wir nicht wollten, dass uns jemand findet und unser Glück zerstört. Patricia muss sich an ihr neues Zuhause noch gewöhnen, doch sie hat aufgehört, nach Ihnen zu fragen. Das zeigt mir, dass sie endlich mit der Vergangenheit abgeschlossen hat. Nur das ermöglicht uns nun ein Leben voller Glück.

Rylan, ich bin jetzt Patricias Familie, nicht Sie. Bitte akzeptieren Sie das. Die gesamte Familie Culver hat versagt. Sie alle sind dort, wo Sie hingehören, tot oder weggesperrt. Es ist gut, dass man nach allem, was passiert ist, die Gerechtigkeit zu spüren bekommt. Dass sie noch existiert und man auf sie vertrauen kann.

Bitte schreiben Sie mir nie wieder, denn wir werden wahrscheinlich noch einmal umziehen und dann niemandem mehr unsere Adresse mitteilen. Also sparen Sie sich die Mühe.

Mit allen guten Wünschen für ihre Zukunft, Pete Garland

Ich ließ den Brief aus meinen Händen fallen und sah in die Leere des Raumes. Meine Gefühle erstarrten. Pete Garland hatte die Sache perfekt eingefädelt und Pat legal von mir abgeschnitten. Ich konnte nicht glauben, dass sie nicht mehr nach mir fragte. Uns verband immer noch etwas inmitten all der schlechten Erlebnisse. Es war eine Art unsichtbares Band. In diesem Moment spürte ich, dass es ihr nicht gut ging. Überhaupt nicht gut. Pat litt erneut. Es hatten sich nur das Umfeld und der Mann, der sie jetzt steuerte, verändert. Mir fiel auf, dass Pete in keiner Weise den Verbleib unseres Sohnes erwähnt hatte. Wo lebte er? Hatte Pat ihn wieder zu sich genommen oder für alle Zeit verstoßen? Wo waren meine Rechte als Vater geblieben?

Mr. Milner wich meinen Fragen ständig aus. In mir braute sich ein neuer Krieg zusammen. Ich sah Pat ein Leben voller Qual und in beständiger Kontrolle leben. Es war ein anderes, als es mit mir gewesen war. Die Hütte war sicherlich ein ansehnliches Haus geworden und der Wald ein schöner Garten mit Nachbarn und einem gepflegten Park in der Nähe. Die Geburt würde nicht auf einem Holzboden, sondern in einem Krankenhaus unter der Aufsicht von Ärzten stattfinden. Sie wäre von Menschen umgeben, die sich um sie sorgten. Ihr Essen war keine einfache Mahlzeit, sondern ein Menü. Diese Welt erschien mir so perfekt, wie sie falsch für Pat wäre. Ich konnte sie dort nicht leben sehen, sondern nur leiden. Sie war ein Kind der Natur und der einfachen Dinge. Sie würde sicherlich nur Pete zuliebe alles machen. Er hatte sie zu einer Entscheidung gezwungen, die sie ewig an ihn binden würde. Sie war ihm schutzlos ausgeliefert!

In den Nächten zerriss meine Welt erneut. Ich fand keinen Schlaf mehr, der mir Erholung geschenkt hätte. Die Fantasie ging mit mir durch. Es ist ein katastrophales Gefühl, wenn man nicht in der Lage ist, etwas unternehmen zu können. Man weiß, man ist einer unerträglichen Wahrheit ausgeliefert und beginnt, sich innerlich zu zerstören.

Ich magerte ab und konnte kaum noch etwas zu mir nehmen. Der Arzt erzählte etwas von mangelnder Einsicht und Eifersucht, von krankhafter Kontrolle und Besitzgier. Worte, die mich zusätzlich quälten. Ich fragte nach Eric, wo er jetzt lebte, und man sagte mir einen Anwalt zu, der sich darum kümmern würde. Doch es gab nie einen Anwalt und auch keine Antworten. Ich fiel in eine Gleichgültigkeit dem Leben gegenüber, weil ich die Jahre, die mir noch bevorstanden, nicht mehr aushalten konnte. Sie flossen wie im Nebel dahin. Das Leben wollte mich neu erziehen und machte mich willenlos.

Dann kam der Brief, der alles veränderte. „Pete Garland" las ich als Absender. Keine Adresse und kein Hinweis, woher der Brief kam. Ich ahnte Übles, als man ihn mir geöffnet in die Zelle reichte. Es befand sich nur ein kleines Blatt im Umschlag, auf dem wenige Zeilen standen.

Ich möchte Ihnen kurz mitteilen, dass Ihre Schwester letzte Woche am 18. Juli verstorben ist. Sie hat Suizid begangen und wird in drei Wochen eingeäschert und beigesetzt. Ich hoffe, Sie sind mit dem Ergebnis zufrieden! Pete Garland

Ich schrie! Ich stieß einen Schrei aus, wie ich ihn noch nie in meinem Leben über die Lippen hatte kommen lassen. Er erweckte bei den Aufsehern keine Unruhe, denn sie wussten Bescheid. Sie ließen mich schreien.

Meine Welt wurde noch unscheinbarer und fremder. Ich verspürte mehrmals den Drang, meiner Schwester folgen zu müssen, und unternahm einige unglückliche Versuche. Doch man hielt mich gegen meinen Willen am Leben.

„Nur noch zwei Jahre", sagte der Aufseher zu mir. Was meinte er damit? Könnte ich mein Leben in Freiheit dann ohne Widerstand beenden? Eine gute Aussicht! Dafür lohnte es sich durchzuhalten.

Ich hatte darum gebeten, bei der Beisetzung dabei sein zu dürfen, doch es wurde abgelehnt. Dann hatte ich wissen wollen, wo meine Schwester beigesetzt wurde, aber ich bekam keine Auskunft. Nicht einmal darüber, wo mein Sohn aufwuchs. Die Gesellschaft hatte beschlossen, mich aus dem Spiel zu werfen. Auch das nahm ich hin. Ihr Spiel gefiel mir sowieso nicht. Noch zwei Jahre. Dann würde ich mit jedem und allem abrechnen…

Ein Jahr vor meiner Entlassung erhielt ich ganz unvorbereitet einen Anruf von meinem Vater. Ich nahm ihn entgegen, redete aber nicht mit ihm. Daraufhin kam ein Brief von ihm an. Er war todkrank und hatte nur noch wenige Wochen zu leben. Er flehte um Vergebung, die ich ihm nicht geben konnte. Der Briefwechsel wurde ein erneuter Austausch von Hass und bösen Worten. Bis der Tag kam, an dem er verstarb.

Ich werde morgen entlassen. Ein Sozialarbeiter hat mir eine kleine Wohnung und einen Job in Roseburg organisiert, doch ich will in dieser Stadt nicht leben. Zu viele Erinnerungen. Ich werde Pete Garland suchen gehen!

Die Suche nach Pete Garland

Wie der Bergsteiger den Drang verspürt, einen bestimmten Berg zu besteigen, verspürte ich den Drang, Pete Garland zu finden. Nur diese eine Aufgabe hielt mich am Leben. Ich wollte herausfinden, warum Pat sich wirklich umgebracht hatte, wenn sie doch angeblich so glücklich mit ihm gewesen war.

Das große Problem auf dieser Welt ist das Geld. Mir fiel mein Elternhaus in Dixonville ein, und ich fragte Bill, meinen Betreuer, den man mir für die ersten Monate an die Seite gestellt hatte, danach. Er besaß doch Zugang zu allen Behörden und tatsächlich, er erfuhr, dass das Haus und der

Grundbesitz den Aufenthalt meines Vaters in der Psychiatrie mitfinanziert hatten. Mein Vater war praktisch enteignet worden und hatte seine eigene Therapie bezahlen müssen. Ich besaß also nichts, gar nichts, und nahm diese Information als gegeben hin. Ich wollte Bill nicht in meine Absichten einweihen.

Ich zog in ein kleines Apartment und machte den Führerschein. Danach konnte ich bei einer Spedition als Fahrer arbeiten. Bill hatte ein gutes Konzept für mich erarbeitet und ich kann nicht einmal sagen, dass es mir missfiel. Es räumte mir die ersten Rechte in dieser Gesellschaft wieder ein.

In den letzten Jahren hatten sich viele Fragen in mir aufgestaut und ich bat Bill um ein vertrauliches Gespräch.

„Wo ist Eric?“, war meine erste Frage. „Welche Rechte habe ich als Vater? Habe ich das Recht, ihn zu sehen? Wo ist Pat beigesetzt worden? Wo lebt das Kind, das sie mit Pete Garland bekommen hat? Hatte Pat eine Hinterlassenschaft für mich? Wie kann ich Pete dazu bringen, mit mir zu reden?“

Bill hörte sich all meine Fragen an und gab zu, dass er solche Fragen in meinem Fall auch stellen würde, und er würde sehen, was sich machen ließe. Er fragte geradeheraus: „Rylan, du hast doch nicht vor, diesem Garland an den Kragen zu gehen, oder?“

Genau das hatte ich vor und natürlich schüttelte ich den Kopf. „Ich will nur zur Ruhe kommen, Bill, nichts weiter. Pete könnte in Gegenwart eines Anwalts mit mir reden. Ich würde weder erfahren, wo er lebt, noch wie seine Lebensverhältnisse jetzt sind.“ Ich wollte diesem Mann in die Augen sehen, um die Geschichten zu finden, die wirklich passiert waren. Ich wollte keine Lügen spüren und die Gewissheit bekommen, dass ganz alleine er an dem Tod meiner Schwester Schuld war. Nichts weiter. Danach würde sich zeigen, ob ich damit klarkäme oder nicht.

Bill Jordan war ein gutherziger Mann, wirklich. Aber er war auch gut informiert über Täter und deren Absichten, wenn sie sich wieder auf freiem Fuß befanden. Um ihn zu besänftigen, ließ ich mir nichts anmerken und erledigte still meine Arbeit.

Der erneute Einstieg in die Gesellschaft brachte noch eine weitere wichtige Sache in mein Leben: den Computer.

Bill schickte mich zu einem Lehrgang, weil ich ohne dieses Wissen überhaupt keine Chance mehr hatte zu arbeiten. Unfassbar, wenn ich daran denke, wie ich im Wald gelebt hatte! Aber es war auch spannend, denn ich lernte, das Internet nutzen. In meiner freien Zeit suchte ich die Bibliothek auf und freundete mich mit dem Internet an, während ich auf Bills Antworten wartete. Ich gab den Namen meiner Schwester in eine Suchmaschine ein und stieß auf drei Zeitungsartikel über sie, doch ich war nicht in der Lage, sie zu lesen. Meine Angst war zu groß, in einen Rausch von Hass und damit in die Kriminalität zu fallen. Meine Bereitschaft zur Gewalt wuchs wieder.

Bill bemerkte meine verkrampfte Haltung und meldete mich in einem kleinen Sportclub an, drei Straßen von meiner Wohnung entfernt. Als er mich beim ersten Mal dorthin begleitete, sah ich, dass es ein Boxerclub war, in dem täglich Hobbyboxer und Profis trainierten. Die Idee gefiel mir. Ich konnte meine aufgestauten Aggressionen direkt umsetzen und begann, fast täglich dort zu trainieren. Der Trainer sprach von Fairness, Respekt und Kondition. Ich dachte an Hass, Gewalt und Töten. In jedem Gegner, den mir der Trainer vorstellte, sah ich Garlands Gesicht. Manchmal hielt man mich zurück, wenn ich zu unkontrolliert zuschlug, doch nach wenigen Monaten sah ich meinen Trainer Andy öfter mit Bill reden, während ich trainierte. Sie unterhielten sich immer ziemlich lange und nach einem Jahr schlug Andy mir vor, professionell für den Club zu boxen.

Bill sah mich an, als ich ihm meine Entscheidung mitteilen sollte, und ich sah ihn an. War das das Ventil für all die Fragen, die er mir nicht beantworten konnte?

Pete Garland hatte sich zu keinem Gespräch bereit erklärt. Er ließ mitteilen, dass er Angst vor mir habe. Meine Schwester hätte ihm von Vorfällen erzählt, die aus meiner Sicht nie stattgefunden hatten. Er log sich seine Verteidigung zusammen und stempelte mich damit erneut als Bestie ab. Ich jedoch sah nur eine Bestie in diesem Spiel: Ihn!

Bill versuchte immer wieder, mich zu besänftigen. „Das Leben ist noch nie gerecht gewesen, Rylan. Das müssen Sie doch mittlerweile besser wissen als ich. Erst wenn Sie nachgeben und die Dinge endlich ruhen lassen, werden Sie auch zur Ruhe kommen. Ich muss ansonsten eine Meldung bei Gericht machen."

Meldung? „Welche Meldung?", fragte ich.

„Man hat mich nicht nur an Ihre Seite gestellt, um Ihnen beim Einstieg in ein gesellschaftliches Leben zu helfen, sondern auch, um Ihre Gesinnung zu beobachten. Und die gefällt mir derzeit überhaupt nicht. Ich muss monatlich einen Bericht über Sie abgeben und habe bisher noch nichts erwähnt, außer dass Sie sich sehr positiv in diesem Sportclub entwickeln. Doch inzwischen habe ich meine Zweifel, ob dies ein guter Weg für Sie ist. Andy sieht in Ihnen viel Potenzial und ich weiß, woher das kommt, Rylan. Es ist kein Potenzial, es ist eine Vorbereitung. Ich kann es in Ihren Augen sehen."

Der Trainer wartete auf eine Entscheidung und ich sagte in Bills Gegenwart zu, nur um zu beweisen, dass auch er keine Kontrolle über mich hätte.

Einen Tag nach diesem Gespräch mit Bill entschloss ich mich, in der Bibliothek die Zeitungsartikel zu lesen. Ich suchte *Futter* und fand es! Ich fraß mich durch Lügen und Gemeinheiten hindurch und spürte die Sättigung aufkommen. Ein Artikel berichtete über den Tag, als man uns in der Hütte gefunden hatte, dann einer von der Gerichtsverhandlung und einer von Pats Hochzeit mit Pete. Mir wurde übel, als ich das Bild sah, und noch übler, als ich las, wie falsch dieser Betreuer dargestellt wurde. In diesem Moment kam mir die Idee, ob ich Petes langen Brief an die Presse geben sollte, ergänzt um meine Sicht der Dinge, doch ich ließ es. Es wäre eine Straftat und die konnte ich mir nicht erlauben. Noch nicht! Mein Leben wurde nur noch von diesem einen Gedanken beherrscht.

Andy bot mir nicht nur einen besseren Lohn als mein derzeitiger Job, sondern auch die Möglichkeit, aus Roseburg rauszukommen. Das wiederum würde mich von Bills Aufsicht befreien.

Es kam zu einem Gerichtstermin, in dem entschieden werden sollte, ob ich die Karriere als Profiboxers anstreben durfte. Den Termin hatte Bill mir eingebrockt, weil er Zweifel an meinen Absichten angemeldet hatte. Er wollte sich absichern und die Entscheidung einem Gericht überlassen.

Ich wurde zu einem psychiatrischen Gutachter geschickt.

Meine Termine ließen mir kaum noch die Möglichkeit, zur Ruhe zu kommen. Ich hastete zur Arbeit, zum Gespräch mit zwei Psychiatern und zum Training. Natürlich log ich den Ärzten vor, dass mich das Boxen auf einen ganz neuen Pfad des Lebens geführt hatte. Ich sah darin meine Zukunft und wiederum einen neuen Sinn für mich. Ich log, dass ich die Suche nach Pete Garland ad acta gelegt hätte und mich nur noch aufs Boxen konzentrieren wollte. Und das war nicht gelogen. Mein Körper ging auf die vierzig zu, doch er befand sich in dem Zustand eines Zwanzigjährigen. Ich flehte um diese Chance, und als das Gericht mir eine Zeit von einem Jahr zusprach, fiel ich vor Erleichterung in eine Euphorie, was das Urteil des Richters als richtig bekräftigte. Ja, ich verspürte plötzlich eine Art von Energie in mir fließen, wie ich sie noch nie zuvor in mir verspürt hatte. Dies zeigte ich beim Boxen und Andy sagte, dass ich richtig entschieden hätte. Ich wäre der geborene Kämpfer. Genau, was er suchte.

Bill blieb mein Betreuer und ich tat alles, um ihm zu beweisen, dass er sich im Unrecht befände.

Ich verlor in den ersten Monaten keinen Kampf. Das verhalf mir zur ersten Popularität. Man begann in verschiedenen Medien zu berichten und das brachte mich auf ganz neue Ideen. Wenn ich diesen Weg weiter beschreiten würde, dann konnte ich es mir sparen, Pete Garland zu suchen, denn ich war mir plötzlich sicher, ihn eines Tages im Publikum zu finden. Es kam mir kein Zweifel, dass ihn die Neugierde zu mir treiben würde. Ich musste nur Geduld haben und … jeden Kampf gewinnen.

In mir breitete sich eine neue Form der Besessenheit aus. Sie war anders als die, die ich mit Pat im Wald verspürt hatte. Sie war böse und skrupellos geworden. Das ließ ich jeden Gegner spüren. Man hatte so gut wie keine Chance gegen mich. Verspürte ich im Kampf die Überlegenheit des anderen, kam in mir noch mehr Besessenheit auf, diesen Kampf zu gewinnen. Ich machte jedes Mal kurzen Prozess!

Ich stieg im Rang. Die Orte, an denen ich boxte, wurden zu Städten und dann zu Großstädten. Ich hatte mir die Eigenart angewöhnt, mich jedes Mal vor dem Kampf meinem Publikum als ganz normaler Mensch vorzustellen. Ich betrat den Ring in ganz normaler Alltagskleidung und ging alle Seiten ab, um das Publikum persönlich zu begrüßen und anzufeuern. Dabei sah ich mir so viele Gesichter wie möglich an. Ich nahm mir Zeit und rief ständig vor meinem inneren Auge das Bild von Pete Garland ab. Ich hatte eine Großaufnahme seines Gesichts aus dem Computer ausgedruckt und mir die Stellung seiner Augen eingeprägt. Diesen Teil im Gesicht konnte er nicht verändern. Er konnte seine Haare färben und ein Lächeln aufsetzen, das sein Antlitz verändern würde, aber seine Augenstellung konnte er nicht verändern. Er könnte sie nur hinter einer Brille verstecken. Und genau das wurde ihm zum Verhängnis!

Wir hatten drei Kämpfe in Long Beach, Kalifornien, und

ich kam meinem Ritual wie immer nach. Ich betrat den Boxring, nahm mir Zeit wie immer und sah mir das Publikum ganz genau an. Die Veranstalter kannten diese Prozedur mittlerweile und ließen das Publikum dafür extra eine halbe Stunde früher herein. Es würzte die Veranstaltung und peitschte die Stimmung hoch. Beim ersten Kampf sah ich ihn nicht im Publikum stehen. Auch nicht beim zweiten. Aber beim dritten erblickte ich ihn! Er war der Einzige, der in dieser verdunkelten Halle eine Sonnenbrille trug. Der Einzige! Die Neugierde hatte Pete Garland schließlich zu großer Dummheit verführt. So kann ein Versteckspiel schnell zu einer Falle werden.

Ich sah ihn ein wenig länger an als alle anderen, sodass er verunsichert zur Seite sah. Das gab mir zusätzlich die Sicherheit, dass er es war. Neben ihm stand eine blonde Frau mit einem Engelsgesicht! Es war fast das Gleiche wie das von Pat! Er war seinem Beuteschema treu geblieben.

Ich ging meine Runden ab und zurück in die Umkleidekabine, um mich für den Kampf vorzubereiten.

Mein Gegner hatte keine Chance! Dieser Kampf musste schnell und unkompliziert enden, denn meine Not, Pete zu erwischen war groß. Ich wusste nicht, ob er hier lebte oder ob er nur angereist war. Im Internet hatte ich unzählige Männer mit diesem Namen ermitteln können, aber nur elf davon lebten in Kalifornien.

Als ich zum Schluss des Kampfes als Sieger herumgeführt wurde, wollte ich sein Gesicht sehen, doch er war verschwunden. Der Kampf musste ihn eingeschüchtert haben. Ich hatte ihn so geführt, als hätte ich gegen ihn gekämpft.

Das musste er gespürt haben und hatte sich davon gemacht.

Pete war stets ein Mann des guten Geschmacks und so begann ich noch am gleichen Abend, Hotels der gehobenen Klasse abzutelefonieren. Ich fragte nach seinem Namen und begründete meinen Anruf damit, ein guter Freund von ihm zu sein. Einige Hotels gaben mir keine Auskunft, einige schon. Ich konnte ihn nicht finden und beschloss, am nächsten Morgen in aller Frühe zu den Hotels zu fahren, die mir keine Auskunft gegeben hatten, um es noch einmal vor Ort zu probieren. Ich wollte ihn noch vor der Abreise erwischen, doch ich hatte kein Glück. Ich fand ihn nicht wieder.

Wütend über den Misserfolg zerschlug ich fast die Hälfte meiner Zimmereinrichtung im Hotel und Andy meldete die ersten Zweifel an, ob ich diesem Sport weiter nachgehen sollte. Mein letzter Kampf hatte ihm überhaupt nicht gefallen. Er sah eine Grenze erreicht, die mich zwar berühmt, aber nicht wirklich glücklich gemacht hatte. Ich hätte den Boden unter den Füßen verloren.

„Was!“, schrie ich Andy an. „Ich sollte gewinnen und ich habe gewonnen!“

„Hast du dir deinen Gegner nach dem Kampf einmal angesehen? Du hast ihn regelrecht hingerichtet! Du hast dich nicht einmal erkundigt, wie es ihm geht! Das ist unsportlich, Rylan! Ich habe mich für dich erkundigt, damit du dein Gesicht wahrst! Du treibst es zu weit! Sieh dir dieses Zimmer an! Du treibst es zu weit! Was ist nur mit dir los? Du solltest Schluss machen!“

Ich verließ das Hotelzimmer und rannte davon, um runterzukommen. Es ging mir nicht um diesen verdammten

Kampf! Ich war Pete so nahe gekommen und hatte ihn nicht erwischt! Er würde nie wieder einen meiner Kämpfe sehen wollen. Er wusste seit gestern, dass ich nur in diesem Ring stand, um immer wieder gegen ihn zu kämpfen. Und meine Lust wollte nicht enden.

Mir wurde klar, dass ich jetzt mit dem Boxen aufhören musste. Ich bekam ein neues Hotelzimmer und von Andy die Kündigung. Er wollte mich nicht mehr betreuen. Ich hatte beim letzten Kampf eine Grenze überschritten, die seine Moral und Ethik im Sport derart verletzt hatten, dass er sich nicht mehr damit identifizieren konnte. Das ließ er mich brieflich wissen. Er hatte nicht einmal die Größe besessen, es mir persönlich mitzuteilen. Als ich mich nach ihm erkundigte, erfuhr ich, dass er inzwischen abgereist war. Ich stand ganz allein mitten in Long Beach und war von einer auf die andere Stunde arbeitslos.

Andy würde in den nächsten Tagen eine Pressemitteilung herausgeben und Pete Garland würde sich erneut über mich amüsieren. So bescherte mir mein neues Leben in Freiheit weiterhin keinerlei Freude. Die plötzliche Veränderung löste Panik in mir aus, die ich zunächst mit Alkohol bekämpfte. Wie mein Vater begann ich zu saufen, wochenlang, ohne Unterbrechung. Ich ließ mir Frauen aufs Zimmer bringen, die mich belustigen und befriedigen sollten. Jedes Mal dachte ich dabei an Pat. Immer wieder erschien mir ihr Gesicht vor meinem inneren Auge, wenn ich zum Höhepunkt kam. Dann sah ich uns in der Hütte Zärtlichkeiten austauschen und spürte ihre Hand meinen Körper berühren.

Bill Jordan erfuhr, wo ich mich aufhielt, und rief mich an.

Ich sollte zurück nach Roseburg kommen und mich erneut beraten lassen. Das sei das Beste für mich, sagte er. Seit Tagen nervten mich Reporter und Journalisten, weil Andy unser aufgelöstes Arbeitsverhältnis bekannt gegeben hatte. Ich gab keine Erklärung ab, sondern machte etwas anderes. Der Gedanke war mir im Zuge eines neuen Wahnanfalls gekommen. Ich hatte in dem Zimmer einen Internetzugang und begab mich auf die Suche nach allen Schulen in diesem Bereich. Jede hatte eine Internetseite und anhand dieser konnte man auch alle Lehrer, die dort arbeiteten, ermitteln.

Meine Suche wurde zur Besessenheit. Ich verbrachte Stunden, Tage und Nächte vor diesem Ding, um endlich Petes Gesicht zu erblicken. Mein Radius wurde größer und nach zwei Wochen fand ich ihn! Es war die vorletzte Schule, die ich in Kalifornien auf meiner Liste notiert hatte. Pete Garland arbeitete in Los Angeles als Kunst- und Englischlehrer. Er war letztes Jahr sogar von seinen Schülern zum „Lehrer des Jahres" gewählt worden.

Ich saß wie erstarrt vor diesem Bild und las, dass er verheiratet und dreifacher Vater sei. Welches von seinen Kindern war von Pat? Oder hatte er dieses Kind mit Pat gleich mitentsorgt? Ich wusste nicht einmal, ob sie noch weitere Kinder mit ihm bekommen hatte. Und wieder musste ich an Eric denken.

Ich hatte nun genug Geld, um mir einen guten Anwalt zu leisten, der meine Rechte als Vater endlich durchsetzen würde. Später. Erst einmal war Pete Garland dran!

Ich notierte mir den Namen der Schule und die Adresse, ließ mir für den nächsten Tag einen Mietwagen vom Hotel reservieren und fuhr dorthin, wo dieser Kerl lehrte! Es dauerte zwei Tage, bis ich ihn erwischte.

Ich saß im Wagen und sah ihn den großen Schulkomplex verlassen. Er befand sich in Gesellschaft von zwei Schülerinnen, die fröhlich mit ihm diskutierten. Ich konnte nicht eingreifen und fuhr ihm hinterher, als er das Gelände verließ. Er fuhr zu einem Supermarkt, wo ich geduldig in meinem Wagen auf seine Rückkehr wartete. Dann folgte ich ihm bis an sein Haus und sah den Moment gekommen, ihn zur Rede zu stellen. Als ich den Wagen verlassen wollte, geschah etwas, das mich mein Vorhaben vergessen ließ.

Bevor er das Haus betrat, öffnete sich plötzlich die Haustür und diese Frau, die ich bereits bei meinem letzten Kampf neben ihm habe stehen sehen, kam ihm mit einem Trainingsanzug bekleidet und mit einer Sporttasche in der Hand entgegen. Neben ihr ging eine junge Dame, schlank, dunklblondes langes Haar und mit einem Engelsgesicht! Ich blieb wie erstarrt an meinem Wagen stehen und sah in dieses Gesicht! Es musste Pats Tochter sein, denn anders ließ sich die Ähnlichkeit nicht erklären. Sie sah ihrer Mutter so unglaublich ähnlich, dass ich mein Vorhaben vergaß. Ich fuhr zurück zum Hotel.

Dieser Anblick hatte in mir eine Lähmung verursacht. Ich konnte diesem Pete plötzlich nichts mehr antun, weil ich damit meine eigene Nichte verletzen würde. Eine Nichte, wie ich sie mir nicht schöner vorstellen konnte. Ich wollte sie berühren, in den Arm nehmen und liebkosen. Ich fühlte mich magisch zu ihr hingezogen und wollte ihr alles geben, was ich ihrer Mutter nicht mehr geben konnte. In mir entstanden skurrile Ideen und ich fragte mich, ob sie wohl von meiner Existenz wusste.

Drei Tage später fuhr ich wieder zu diesem Haus und beobachtete es. Ich wollte wissen, wie diese Familie lebte und welchen Tagesablauf sie hatte.

Immer wenn meine Nichte das Haus verließ, überkam mich diese Sehnsucht. Zu meiner Nichte gesellten sich hin und wieder zwei junge Burschen, jünger und kindlicher. Vermutlich die Söhne seiner jetzigen Frau, denn sie sahen Pat nicht im Geringsten ähnlich und kamen auch vom Alter her nicht in Frage.

Meine Nichte wirkte wie eine Aussätzige in dieser Familie. Sie alle redeten und lachten miteinander, aber sie war stets ernst und abwesend. Sie verließ das Haus häufig alleine, wohingegen Pete mit seiner Frau und den Jungen oft zusammen ein- und ausgingen. Das schürte Wut in mir. Sie wirkte verloren, wenn nicht sogar verstoßen. Das wollte ich herausfinden und folgte ihr eines Tages nach der Schule in die Stadt.

Ava

Sie war so wunderschön! Ich setzte mich in ihre Nähe, wenn sie sich mit Freunden in einem Café traf, oder wartete vor dem Geschäft, wenn sie einkaufen ging. Ich wartete auf eine Möglichkeit, sie anzusprechen. Die ergab sich, als ich sie absichtlich im Supermarkt anrempelte und auf diese Weise ihre Kleidung verschmutzte. Ich berührte sie im Zuge meiner Entschuldigung und spürte einen inneren Schlag, als hätte Pat selbst mich gerade berührt. Auch in ihrem Gesicht sah ich eine kurze Verwirrtheit. Ich stellte mich vor. „Steven Broderick“, sagte ich und sie antwortete: „Ava Garland.“ Ava! Pat hatte sie Ava genannt. Welch wundervoller Name.

„Darf ich Sie zu einem Entschuldigungskaffee einladen, Ms. Garland?“

„Ava“, sagte sie unbekümmert und ich antwortete ihr natürlich: „Steven“, und wies mit der Hand zum Kassenbereich, wohinter sich ein kleines Café befand. Ich sah, dass sie zögerte, dann aber nickte.

„Keine Angst“, sagte ich, „ich will mich nur entschuldigen“, drückte ihr zwanzig Dollar für die Reinigung in die Hand und wartete auf ihre Reaktion. Wie jedes junge Mädchen konnte sie Geld gut gebrauchen. Das erkannte ich sofort, als sie den Schein mit einem Schmunzeln in ihre Tasche steckte. Ich hatte einen Köder gefunden! Wir zahlten und gingen in das Café. Ich sah für mein Alter nicht allzu übel aus und trank seit einigen Wochen keinen Alkohol mehr, hielt mich wieder durch Sport fit und lebte immer noch im Hotel.

„Ich habe einen Sohn in Ihrem Alter“, sagte ich, „aber meine Frau ist vor drei Jahren leider an Krebs verstorben.“ Ich wollte sehen, wie sie darauf reagierte. Sie sah betroffen auf den Tisch. „Meine Mutter starb auch vor drei Jahren.“ Mehr sagte sie nicht. Sie sagte nicht wie und nicht warum.

„Oh, das tut mir leid, Ava. Das wusste ich nicht.“

Wir schwiegen und es erinnerte mich an die Zeit mit Pat, als wir uns selbst genügten und nichts zu sagen brauchten. Es wirkte auf keinen von uns unangenehm. Dann sagte sie: „Entschuldigung angenommen“, sah auf ihre Uhr und zeigte zur Tür. „Ich muss los. Vielen Dank."

Ich nickte, lächelte und ließ sie gehen. Ich sah ihr hinterher und rieb mir das Gesicht. Was hatte ich getan?

Das Eindringen in Petes Familie gab mir neue Perspektiven. Ich konnte durch Ava vielleicht etwas über Pat herausbekommen. Sie musste doch mitbekommen haben, was sich zwischen ihren Eltern in den letzten Jahren abgespielt hatte. Erst wenn ich Gewissheit hatte, dass Pete an ihrem Tod schuld war, würde ich ihn mir vorknöpfen – endgültig! Ich fand diese Vorgehensweise mehr als fair Pete gegenüber und überlegte, wie ich Ava wiedersehen könnte.

Sie kam aus dem gleichen Supermarkt, in dem ich sie angerempelt hatte und sah mich in unmittelbarer Nähe ihres Wagens den Reifen an meinem Wagen wechseln. Würde sie mich wiedererkennen? Ich sah kurz zu ihr hinüber und wollte es ihr überlassen, mich anzusprechen. Und sie tat es.

„Ach herrje!", sagte sie und lachte. „Und das an einem so schönen Tag. Wie gemein!"

Ihre jugendliche Unbekümmertheit erheiterte mich. Sie schien in keiner Weise eine Behinderung durch ihre Mutter mitbekommen zu haben, im Gegenteil, sie wirkte so normal, wie ich mir Pat immer gewünscht hatte.

Ava stellte ihre Einkäufe ab und betrachtete meinen platten Reifen.

„Diese Mistkerle", sagte ich und zeigte in Richtung der Ausfahrt des Parkplatzes. „Da machen die sich doch eine Freude daraus, anderen die Reifen kaputtzustechen."

Als ich den Reifen entfernt hatte, begann ich, den Ersatzreifen zu suchen, und stellte gemeinsam mit Ava fest, dass es keinen gab. „Verdammt!“, sagte ich. „Der Wagen ist neu und ich habe noch nicht alles kontrolliert. Die wollten den Ersatzreifen noch überprüfen. Wie ich sehe, überprüfen sie ihn immer noch. Dann muss ich mir wohl ein Taxi rufen.“ Würde sie reagieren?

„Ich würde direkt den Laden anrufen und mir den Reifen bringen und einbauen lassen“, sagte sie und grinste mich an. Wie klug sie reagierte, leider ganz anders, als ich es mir erhofft hatte.

„Werde ich tun und gönne mir drinnen solange einen Kaffee. Werde ja langsam ein Stammgast“, sagte ich lachend. Würde sie darauf reagieren?

„Oder zwei“, sagte sie und grüßte mich zum Abschied. Ich sah sie davonfahren und schlug wütend eine Beule in den Wagen. Sie war nicht leicht einzufangen. Ich musste mir etwas anderes einfallen lassen, etwas, vor dem sie nicht fliehen konnte.

Ich beobachtete weiterhin Garlands Haus und hatte einen Platz gefunden, an dem mich niemand auf Anhieb sah. Ich notierte mir Avas Schulzeiten und ihre normalen Abläufe in der Woche. Inzwischen hatte ich ein kleines Apartment gefunden und alles andere hinter mir gelassen. Bill Jordan hatte sich auch nicht mehr gemeldet, sodass ich mich unabhängig fühlte. Ich hatte ihm vor einigen Wochen erzählt, dass ich in L.A. lebte und in einem Sportzentrum arbeitete. Es ginge mir gut. Bill machte es mir allerdings zur Auflage, mich alle drei Monate bei ihm zu melden. Auch jeden Wohnungswechsel, Ortswechsel und jeden Urlaub. Klar! Ich versprach ihm das

Blaue vom Himmel, nur um endlich diese letzte Sache zu erledigen.

Dass Ava ihrer Mutter charakterlich keineswegs glich, erfuhr ich einen Monat später.

Ich hielt mich immer wieder in diesem Supermarkt auf, um sie zu sehen. Auch, um von ihr gesehen zu werden. Es musste etwas Vertrautes zwischen uns entstehen, ganz zwanglos. Ich kontrollierte ihre Einkäufe und kaufte so ziemlich die gleichen Sachen. Manchmal entstehen genau über diese Kleinigkeiten Verbindungen. Ich betrachtete sie mittlerweile nicht mehr als meine Nichte, sondern als eine junge, attraktive Frau, die mir bei der Suche nach der Wahrheit helfen musste. So durchbrach ich gedanklich eine Barriere, als ich sie mir nackt vorstellte. Mochte sie den gleichen makellosen Körper besitzen wie ihre Mutter? Es ergriff mich zutiefst, als ich an Erics Geburt in der Hütte dachte und sah plötzlich Ava in dieser Lache aus Schleim und Blut liegen! Ich sah sie in meinen Armen als Säugling liegen und sie liebkosen. Sie hätte Pats und meine Tochter werden sollen! Ich sah mich sie wickeln und sie berühren …

Ich schrak schweißgebadet aus diesem Albtraum hoch! Was war nur los mit mir? Woher kamen diese abstrusen Gedanken? Meine Gefühle entglitten mir auf eine Weise, die mir klarmachten, dass ich vorankommen müsste. Mit mir stimmte irgendetwas nicht. Ich musste mit Ava reden. Bald!

Wenn sie auf keinen meiner Versuche reagieren würde, musste ich reagieren, und ich sprach sie an. Einfach so. „Hallo Ava, wie geht's?“

Sie sah irritiert auf, als sie ihren Einkauf in den Wagen

packte, und lächelte mich an. „Oh, hallo!"

Hatte sie meinen Namen vergessen? „Steven", sagte ich.

„Ich weiß. Hallo, Steven, wie geht's selbst?"

„Geht so. Könnte besser sein", antwortete ich ehrlich.

„Wieder Probleme?", fragte sie und ich nickte. Ja!, ich hatte Problem, immense Probleme.

„Oh!" Mehr sagte sie nicht.

Ich holte tief Luft und wollte, dass sie meine Not erkannte, doch sie verschloss den Kofferraum ihres Wagens und machte Anstalten, sich zu verabschieden. Sie war ganz und gar nicht Pat. Sie war Pete. Es ging nur um ihre Belange. Ich ließ sie voller Wut ziehen.

Aus meiner Sympathie zu Ava wurde eine Art Zorn. Sie lehnte mich ab und ließ mich wie einen Idioten dastehen. Sie war ein harter Mensch und zeigte wenig Emotionen. Oder war es das, was das Leben in dieser Familie aus ihr gemacht hatte? Ich dachte daran, wie ich mich in diesem Alter gefühlt hatte. Ich hatte die Welt vielleicht mit der gleichen Verbitterung wahrgenommen, wie ich sie bei Ava vermutete. Das ließ mich nachdrücklicher werden.

Ich konnte es nur schwer aushalten, Ava nicht allzu oft zu begegnen. Ich wollte sie nicht verschrecken. Doch so langsam platzte mir der Kragen. Ich sprach sie erneut auf dem Parkplatz an. „Ava, ich muss mal mit jemanden reden."

Sie sah mich erstaunt an. „Okay, dann suchen Sie jemanden, Steven."

Ich wurde nachdrücklicher. „Ich möchte mit Ihnen reden."

Sie wurde unruhig und sah sich um. Es liefen genügend Täter herum, die solche Anmachen praktizierten und Frauen wie sie zum Mitfahren überreden möchten.

„Keine Angst", beschwichtigte ich sie, „ich will Sie nicht entführen oder mitnehmen. Ich bin nicht einer von diesen Typen. Wir könnten dort in das Café gehen und reden." Ich sah zum Café hinüber und hoffte, sie würde zusagen.

Sie wurde unschlüssig. „Was soll es geben, das ich mit Ihnen bereden kann?"

Ich reichte ihr einen Fünfzigdollarschein und sagte: „Würden Sie dafür mit mir über ihre Mutter reden?"

Sie reagierte und sah auf den Schein, der sie zweifellos reizte. „Sie wollen mir Geld geben, um mit mir über meine Mutter zu reden? Warum?"

„Weil ich sie kannte", sagte ich nur, und sie ergriff das Geld.

„Was wissen Sie über meine Mutter?", fragte sie scharf, als wir uns gegenübersaßen. Sie wirkte aggressiv.

„Ich lebte genau wie Ihre Mutter in Dixonville", sagte ich.

Sie nickte. „Und wie kommen Sie darauf, dass meine Mutter die Frau ist, die Sie meinen?" Sie wurde unruhig.

Sollte ich ihr die Wahrheit sagen? Welche Geschichte konnte ich ihr schon auftischen, die halbwegs glaubhaft klang? Ich war vorsichtig. „Ava, ich habe Sie nicht umsonst vor ein paar Monaten hier angerempelt. Ich bin auch kein Typ, der Ihnen nachstellt, weil er Ihnen was antun möchte, aber ich befinde mich in einer Situation, die ich unmöglich hier in der Öffentlichkeit mit Ihnen besprechen kann. Ich gehe eine große Gefahr ein, überhaupt mit Ihnen zu sprechen. Sie haben keine Ahnung, wen Sie vor sich haben."

Sie wurde aufmerksam. Wusste sie überhaupt, dass ihre

Mutter einen Bruder hatte?

„Was wollen Sie?“, fragte sie erneut im scharfen Ton.

„Gerechtigkeit“, war alles, was mir einfiel.

„Wie ist Ihr wahrer Name, Steven Broderick?“

Jetzt wurde ich vorsichtig. „Hören Sie Ava, Sie haben zwei Möglichkeiten zu reagieren: Entweder Sie laufen nach Hause und erzählen Ihrem Vater alles oder Sie vertrauen mir und rufen mich an.“ Ich reichte ihr einen Zettel mit meiner Mobilfunknummer, zahlte für den Kaffee und verließ den Supermarkt. Ich wollte Ava zwei Wochen Zeit geben, mit mir ins Gespräch zu kommen. Sollte sie den Weg wählen, ihren Vater einzuweihen, so stand uns zweifellos das Finale bevor. Ich würde die Wahrheit herausbekommen, entweder über Ava oder über Pete selbst und besorgte mir schon einmal ein Jagdmesser!

Sie rief an. Nach vier langen Wochen. Ich war kurz davor gewesen, meine Pläne mit Pete Garland umzusetzen, als ich ihren Anruf erhielt. Sie klang verzweifelt, also musste etwas vorgefallen sein, dass sie zu dieser Entscheidung getrieben hatte. Sie wollte nicht in meine Wohnung kommen, was ich gut verstand. Und so verabredeten wir uns im Park. Das Wetter war sonnig und warm und der Park bot viele abgelegene Plätze. Wir brauchten unbedingt Ruhe, um auszutauschen, was uns bedrückte.

Ich sah direkt ihr verweintes Gesicht und reichte ihr distanziert die Hand. Ich sollte ihr nicht zu nahe kommen und ihre Bereitschaft, mit mir zu reden, abblocken. „Hallo Ava“, sagte ich nur und ging schweigend mit ihr, um nach einem geeigneten Platz für unser Gespräch zu suchen. Wir fanden eine Bank abseits von Spaziergängern und Sportlern und ich sah sie erwartungsvoll an. Was mochte sie zu diesem Entschluss getrieben haben?

„Er hat sie geschlagen“, sagte sie leise.

Ich war verwirrt. Wen? Seine jetzige Frau? Oder Pat? Ich nickte zunächst. Ich hatte geahnt, dass er Frauen schlug. Wir schwiegen und ich spürte einen tiefen Schmerz in mir aufsteigen. Schon alleine dieser eine Satz hätte mir gereicht, um ihm an den Kragen zu gehen. Was würde schon passieren? Man würde mich wieder einsperren und ich würde da weitermachen, wo ich vor zwei Jahren aufgehört hatte. Mein Leben machte ohne Pat einfach keinen Sinn. Ich fragte: „Hat er sie öfter geschlagen?“

Sie nickte. Ich wusste immer noch nicht, von wem wir sprachen, aber das würde ich schon noch herausbekommen. Ich sagte: „Er hat mich einmal bespuckt und einen Dreckskerl geschimpft.“ Vielleicht half ihr das ein wenig auf die Sprünge.

„Sie kennen meinen Vater?“

„Ja, ich kenne ihn seit dreißig Jahren.“

Nun sah sie mich erstaunt an. „Dreißig Jahre? Warum kenne ich Sie dann nicht?“

Ich sah zu Boden. „Eine lange Geschichte.“

Wir schwiegen wieder.

„Brauchen Sie Geld, Ava?“, fragte ich, doch sie schüttelte den Kopf.

„Wie alt sind Sie?“

„Siebzehn. Ich werde nächsten Monat achtzehn.“

Ich nickte. „Ich bin vierzig."

„Wie heißen Sie wirklich, Steven?"

Sollte ich es ihr wirklich sagen? Ich sah in den Himmel und erhoffte mir eine Antwort. „Rylan Culver", sagte ich schließlich. „Ich bin der Bruder Ihrer Mutter."

Sie sah mich entsetzt an, verpasste mir eine Ohrfeige und rannte davon! Ich hatte es gewusst! Was hatte Pete Garland ihr erzählt? Dass ich eine Bestie wäre? Ein Vergewaltiger? Ein Monster? Ich sah Ava davonrennen und dachte an mein Jagdmesser. Es wurde Zeit …

Ich bereitete alles gut vor. Ava hatte sich nicht wieder gemeldet, aber sie hatte scheinbar auch nichts von unserem Treffen erzählt. Ich kündigte die Wohnung und kaufte mir ein altes Auto, wo ich meine wenigen Habseligkeiten reinpackte. Es wäre nur ein Weg, der Weg zu den Garlands und dann die Flucht. Es würde Tage oder gar Wochen dauern, bis sie mich finden würden. Wenn sie mich überhaupt finden würden.

Ich rief Bill Jordan an und sagte, dass bei mir alles klar sei. Ja, nun war alles klar! Ich hatte von Ava den entscheidenden Hinweis bekommen und hielt mein Vorhaben für eine Notwendigkeit. Bill wollte wissen, in welchem Fitnesscenter ich arbeitete und ich teilte ihm den Namen einer Gym-Kette mit, die ich im Internet gefunden hatte. Damit schnitt ich jede weitere Verbindung zu ihm ab. Ich stieg in meinen Wagen und fuhr zu den Garlands. Es war so weit.

Meine Notizen über den Tagesablauf sagten mir, dass Pete heute genau zwischen vier und fünf alleine im Haus sein würde. In dieser Zeit hatte seine Familie regelmäßig außerhalb zu tun. Ich saß im Wagen und beobachtete, wie einer nach dem anderen das Haus verließ. Um drei kam seine Frau heraus und eilte zum Wagen. Sie trug eine große Sonnenbrille, obwohl der Tag grau und dunkel war. Ich wurde aufmerksam. Hatte er sie wieder geschlagen?

Kurz danach verließen seine Söhne das Haus. Alles lief nach Plan. Ich wartete auf Ava, doch sie verließ das Haus nicht. Das machte mich nervös. Ich wollte sie auf keinen Fall in das, was jetzt kommen sollte, hineinziehen. Ich sah auf den Beifahrersitz, wo ich einen Rucksack voller Seile, Klebeband und das Jagdmesser verstaut hatte, und wurde immer nervöser. Es wurde vier, dann Viertel nach vier. Die Zeit wurde knapp! Warum, verdammt, verließ Ava das Haus nicht? Ich wollte ihr doch nichts antun.

Plötzlich sah ich die Bewegung einer Gardine im Wohnzimmer, als wenn jemand dagegen gestolpert wäre. Ich erschrak! Schlug Pete gerade seine eigene Tochter? Ich ergriff den Rucksack und rannte zum Haus, klingelte drei Mal und schlug gegen die Tür! Stille im Haus. Ich schlug erneut gegen die Tür, worauf Ava öffnete. Sie blutete im Gesicht und fiel mir in die Arme. Ich drückte sie ins Haus zurück, schloss die Tür und sagte: „Versteck dich irgendwo, hörst du?“

Sie nickte und rannte die Treppe hinauf.

Ich stand nun in einem Haus, in dem ich laut Gesetz nicht hätte stehen dürfen. Wen kümmerte das schon? Ich war bereit, jetzt alles zu riskieren und zu erfahren, und rief: „Pete?“

Stille. Er antwortete nicht. Ich griff nach dem Rucksack und schlich ins Wohnzimmer. Pete saß in einem Sessel und hatte sein Gesicht hinter beiden Händen verborgen. Zeigte er Reue wegen der Schläge, die er gerade seiner Tochter verpasst hatte? Vor ihm auf dem Tisch stand ein leeres Glas Whisky. Diese Szene warf mich zurück in meine Jugend. Plötzlich sah ich meinen Vater im Sessel sitzen und meine Schwester oben in ihrem Zimmer heulend zusammensacken. Die gleiche Szene, nur knapp dreißig Jahre später.

Ist es nicht erstaunlich, wie sich diese Familienprobleme von Generation zu Generation wiederholen? Ich stand erneut einem Säufer gegenüber, der gewalttätig gegen Frauen war. Mochte er sich auch an Ava vergriffen haben? Was verbarg sich wirklich hinter dem Satz *Er hat sie geschlagen*? War es nur die Spitze des Eisbergs und darunter lag das Schicksal vieler Jahre voller Gewalt und Vergewaltigungen? Erneut kroch ein tiefer Schmerz über das Leben von Pat in mir hoch. Sollte ich kurzen Prozess mit Pete machen? Nein, vorher wollte ich alles wissen. Alles!

„Pete?", fragte ich leise. „Was hast du getan?"

Er sah erschrocken auf, als er meine Stimme hörte.

„Was hast du getan?", wiederholte ich. „Was hast du mit Ava, deiner Frau und Pat getan?"

Er erhob sich und verlor etwas das Gleichgewicht. Er schien stark alkoholisiert. Ich ging näher auf ihn zu und er sah sich verunsichert im Zimmer um.

„Es wird Zeit, Pete", sagte ich, „setz dich wieder."

Ich setzte mich ihm gegenüber in einen Sessel und stellte meinen Rucksack ab. Pete kam meiner Aufforderung nach und sah mich verwirrt an. Er konnte mich zunächst nicht erkennen, doch dann sah ich, wie er sich erinnerte. Er hatte mich im Ring gesehen und musste wissen, dass er gegen mich keine Chance hätte.

„Wir sollten reden. Jetzt“, sagte ich, öffnete den Rucksack und holte das Jagdmesser heraus. „Zu schade, aber mit meinen Vorstrafen konnte ich mir leider keine richtige Waffe kaufen.“ Ich legte das Messer vor mir auf den Tisch und sah, wie Pete unruhig wurde. Von der Seite sah ich, wie sich Ava heranschlich. Ich hoffte, dass sie mir nicht dazwischenfunkte und sagte: „Ava, geh wieder nach oben.“

„Nein“, antwortete sie. „Ich will hören, was mein Vater zu sagen hat.“

Das verstand ich. „Dann setz dich da hinten hin.“ Ich wies mit der Hand auf den entfernt stehenden Esstisch und sah, wie sie sich dort hinsetzte. Dann sah ich wieder zu Pete. „Es wird Zeit, Pete.“

Er sah auf sein leeres Glas und dann auf mein Messer. „Was willst du hören?“

Ich überlegte. „Was du Pat angetan hast.“

„Ich habe ihr nichts angetan. Du hast sie zugrunde gerichtet, Rylan!“

„Das bezweifele ich. Warum hat sie sich umgebracht?“

Er sah mich an und grinste. „Weil sie die Demütigung von dir nicht vergessen konnte.“

„Welche Demütigung?“

„Ihr seid so krank, Ihr Culvers! Ihr seid so eine beschissen kranke Familie!“

Das stimmte! „Und du hast uns alle gesund gemacht, Garland. Alle. Du hast uns gezeigt, wo es langgeht und uns geheilt, indem du Pat gezeigt hast, wie man liebevoll und normal miteinander umgeht."

„Sie war euch ausgeliefert gewesen. Dir und deinem Vater. Alles war besser für sie als das Leben mit euch."

Ich hörte Ava schniefen. „Du hast Mom geschlagen, Daddy."

Ich sah zu ihr hinüber, dann zu Pete, dann auf das Messer. Mein Atem beschleunigte sich und ich schluckte. „Wie hast du sie geschlagen?"

Pete sah zu Boden. „Weißt du eigentlich, dass sie mir von deinen Vergewaltigungen erzählt hat?" Er lenkte ab.

„Wie hast du ihr das Kind gemacht?"

„Du hast ihr gewaltsam zwei Kinder gemacht. Culver! Eins hatte sie verloren, weil es eine genetische Missgeburt war! Du hast es verbrannt! VERBRANNT!"

Ich holte tief Luft.

„Sie war deine Schwester!"

Nun sah ich zu Boden. „Du kennst die Zusammenhänge nicht, Pete. Du weißt überhaupt nichts von dem, was damals wirklich vorgefallen war. Auch nicht, warum ich das Kind verbrennen musste."

„Nein, ich weiß nur das, was Patricia erzählt hatte. Und das war mehr als ekelhaft."

„Sie war behindert und hat die Dinge vielleicht anders dargestellt, als sie wirklich stattfanden. Sie hatte eine andere Wahrnehmung."

„Richtig, Rylan. Sie war behindert."

„Dad?", fragte Ava. Pete sah zu ihr hinüber. „Mom hat so oft nach Rylan gefragt. Ich habe dich immer wieder gefragt, wer das sei, aber du hast uns nie eine Antwort gegeben.

Wenn Mom nach ihm fragte, hast du sie jedes Mal geschlagen.“

Ich sah auf Pete.

„Sie musste ihn vergessen lernen, Ava. Bei ihr mussten andere Methoden angewandt werden, um das zu bewirken.“

„Vergessen?“, schrie ich und erhob mich. Ich ging zu ihm hinüber und schrie erneut: „Andere Methoden? Solche?“ und schlug ihm mitten ins Gesicht. Ava kam hinzugeeilt und hielt mich fest.

„Lass mich!“, schrie ich sie an und deutete erneut zur Essgruppe.

„Lass uns runterkommen“, sagte Pete und hielt sich die linke Wange. Ich war Boxer und wusste, wie ein Schlag ausgerichtet sein musste, dass man ihn spürte.

Pat hatte mich also nie vergessen und sich nach mir gesehnt. Mir lagen so viele Fragen auf der Seele, die sich durch die wenigen Worte von Pete im Grunde schon beantwortet hatten.

„Du hast Mom eingesperrt, Dad“, hörte ich Ava flüstern. „Du hast sie hungern lassen.“

Jetzt griff ich nach dem Jagdmesser! Damit hatte ich einen konkreten Grund, diesen Kerl niederzustechen. Ich sah plötzlich das ganze Leben meiner Schwester bei diesem Schwein vor meinem inneren Auge vorbeiziehen, während ich in Medford weggesperrt gewesen war und ihr nicht helfen konnte. Ich spürte nur noch Rachegelüste in mir.

„Sie war nicht anders in den Griff zu kriegen!“, hörte ich Pete seine Tochter anschreien.

„Genau wie wir!“, schrie Ava zurück.

Endlich kamen wir ins Gespräch!

„Du hast keine Ahnung von dem, was vorgefallen war, Ava! Soll ich dir was sagen? Dieser feine Rylan hat seine eigene Schwester missbraucht! Sie war meine Schülerin! Und sie war einmal fröhlich! Ava, sie war ein Engel, bis diese Culverschweine sie zugrunde gerichtet haben! Ich habe nie aufgehört, sie zu lieben. Ich habe sie so sehr vermisst, als dieser Rylan sie mit in den Wald genommen hatte! Wer weiß, was er dort mit ihr gemacht hat!"

Ava weinte. Pete schrie weiter. Ich ließ ihn schreien, denn ich wollte alles hören, was dieser Mistkerl zu sagen hatte. „Er muss sie furchtbar gequält haben, denn sie erzählte Sachen, die du nicht wissen möchtest! Jemand musste sie retten! Und jemand musste ihr ihre Liebe zu diesem grausamen Kerl austreiben! Das ging nicht über Gespräche! Ich musste sie bestrafen, wenn sie an ihn dachte oder nach ihm fragte! Sie durfte ihren Bruder nie wiedersehen! Selbst das Gericht hatte das bestimmt! Rylan Culver hatte schlimme Straftaten an ihr verübt. Jemand musste sie beschützen, Ava! Jemand, der eine Ahnung davon hat, wie man mit geistig behinderten Menschen umgeht!"

Dieser letzte Satz war der, der uns alle zugleich unter Schock setzte. Pete bemerkte plötzlich, was er gesagt hatte, Ava versuchte zu verstehen, wie er das gemeint hatte, und ich hatte mehr erfahren, als ich erwartet hatte.

Stille.

Ava weinte, Pete fluchte und ich legte das Messer wieder beiseite. Mir war ein furchtbarer Gedanke gekommen. „Ava?", fragte ich.

Sie sah unter Tränen zu mir hin.

„Hat dein Vater dich angefasst, ich meine sexuell?" Ich sah, wie sie Pete ansah und er ihr einen flehenden Blick zuwarf. Sie nickte zaghaft und ich sah zu Boden. Meine Ahnungen, die ich über all die vielen Jahre im Gefängnis gehabt hatte, hatten sich bestätigt. Mehr als das. „Wann?", fragte ich Ava.

„Als ich sechs war", flüsterte sie.

Pete hatte Pat im Alter von sechs Jahren in seine Betreuung genommen. Vor mir verschwammen Welten. Ich sah zu ihm hinüber und wollte es in seinem Blick lesen, aber er sah weg.

„Wie lange?", fragte ich.

„Vier Jahre."

Ich holte tief Luft. Ich hatte Pat vier Jahre später, also mit zehn, erstmals von meinem Vater weggeholt.

„Wie hat er es gemacht?", fragte ich.

Sie schwieg. Dann sagte sie: „Spielerisch."

Ich wusste Bescheid. „Weiß jemand davon?"

„Nein."

Ich nickte. „Okay", sagte ich. „Das reicht mir", und griff erneut nach dem Messer. Ava stürzte plötzlich zu mir und riss mich herum. Ich versuchte, sie abzuwehren, und stach ihr dabei versehentlich in die Brust! Ich wollte das Messer doch nur wieder wegpacken und die Polizei rufen. Ich wollte diesmal alles richtig machen und machte dabei alles noch schlimmer! Ich wollte … ich hatte meine eigene Nichte verletzt! Pete stürzte sich auf mich und ich konnte vor Schock nicht reagieren. Überall war Blut! Ich spürte, wie er auf mich einschlug und sah, wie er das Messer aus Avas Leib herauszog und auf mich richtete. Als Boxer kämpft man im Stehen, nicht im Liegen. In dieser Position fühlte ich mich hilflos. Als ich Petes Gesicht über mir sah, verspürte ich eine merkwürdige Veränderung in mir. Ich wurde plötzlich zu meiner Schwester und durchlebte hautnah die Gewalt, die dieser Mann ihr angetan hatte. Ich spürte plötzlich jeden Schlag und jede Demütigung. Ich sah, wie sie das Messer ergriff und sich die Pulsadern aufschnitt! Ich war für wenige Sekunden in ihrem Körper gefangen und spürte die Sehnsucht nach mir, ihrem Bruder, die sie nicht stillen konnte. Sie war es satt, jedes Mal Gewalt zu spüren, wenn sie an mich dachte. Ich spürte plötzlich diese tiefe Liebe zwischen uns, die nie geendet hatte. Sie hatte genauso gelitten wie ich, als man uns getrennt hatte. Sie hatte damals nur nicht begriffen, was vor sich ging und welche Folgen es haben würde. Pat hatte sich nur deshalb Pete Garland anvertraut, weil er der Einzige war, der sich um sie kümmerte. Das hatte er ausgenutzt. Sie war mit seiner körperlichen Annäherung vertraut, die sie schon als Kind hatte ertragen müssen. Er war nie brutal in sie eingedrungen, stets sanft und vorsichtig. Sie war es gewöhnt! SIE … WAR … ES … GEWÖHNT! Pat wusste nicht wirklich, was Sexualität für uns Männer bedeutet. Es gehörte für sie dazu wie das Essen und Trinken. Männer taten so etwas eben. Pats Sexualität war eine Qual gewesen und doch hatte diese tiefe Liebe zwischen uns bestanden, die die Qual aber nicht minderte. Sie war nur erträglicher geworden. Sie hatte niemals zu einem anderen Menschen die Liebe empfinden können, die sie für mich gespürt hatte. Pete war nur die Steigerung meines Vaters für sie gewesen. Es ging nur ums Aushalten, weiter nichts. Als sie endlich ein Mädchen bekommen hatte, war sie beruhigt und beunruhigt zugleich. Sie wusste doch aus eigener Erfahrung, was ihr bevorstand und sie sollte recht behalten! Als sie Pete in Avas Zimmer verschwinden sah, empfand sie es sicherlich als normal und doch litt sie jedes Mal mit. Sie litt und litt! Das Leben schenkte ihr nie normale Gefühle und nie ein normales Dasein, genau wie mir. Alles war eine riesengroße Lüge gewesen. Deswegen zusätzlich die Sehnsucht nach mir und zurück in den Wald. Pete versuchte zwar, ihr eine weitgehend normale Welt zu bieten, indem er sie zwischen den Übergriffen mit zu Konzerten und ins Theater nahm, aber dann ließ er sie malen, um ihr dafür ein Ventil zu schaffen. Er konnte sie in der Öffentlichkeit stets vorzeigen und so lieben, wie man es gerne sah. Ich hätte gerne einmal ihre gemalten Bilder gesehen …

Pete Garland hatte seine Stelle als Betreuer nicht umsonst gekündigt und das Land verlassen. Man hatte es ihm geraten, bevor man Schritte gegen ihn einleiten musste. Welche Institution hätte sich schon mit ihm zeigen wollen? Er solle sich in Zukunft zusammenreißen und er nahm Pat gleich mit in sein neues Leben. Er hinterließ weitere Schuldige, die ihn nicht stoppten und die alles vertuschten. Pete schuf sich später ein neues Opfer mit Ava. Pete liebte Engelsgesichter, genau wie ich!

Als ich erwachte, lag ich zwischen zwei Leichen. Überall war Blut. Während ich das Blutbad angerichtet hatte, waren all diese Informationen wie ein Film in mir abgelaufen. Jetzt war alles klar. Ich hatte hier ein Stück Leben beendet, von dem die Gesellschaft nichts wissen wollte. Also hatte ich selbst gerichtet. Ich hatte Pete Garland davor beschützt, sich weitere Opfer zu suchen, und Ava vor der Grausamkeit, die ihre Seele mit all diesem Wissen ertragen musste. Ich erhob mich zwischen den beiden und hoffte, dass Pat ihre Tochter in Empfang nehmen würde. Es war ihr eigener Wille gewesen, nicht meiner. Mein Job auf dieser Erde war damit erledigt. Mein Körper war unversehrt geblieben und sehnte sich nach dem Wald. Der Anblick von Blut war nichts Neues für mich. Wie oft hatte ich Tiere zerlegt und verbrannt? Man wird selbst zum Tier, wenn die Gesellschaft dich dazu treibt. Es gibt keine Rettung, wie ich jetzt feststellte. Es gibt nur eine Auszeit oder ein Ende. Meine Auszeit hatte fünfzehn Jahre gedauert und sich wie ein Lufthole angefühlt, das ich brauchte, um es zu beenden. Ich hatte nur zum letzten Schlag ausgeholt. Der hatte soeben stattgefunden.

Ich ging in die Küche und reinigte mein Messer unter dem Wasserhahn von all dem Blut. In jedem steckte nun das Blut des anderen drin. Ich lächelte. Als das Messer keinerlei Rückstände mehr zeigte, ging ich zurück ins Wohnzimmer und verstaute es wieder in meinem Rucksack. Die Seile und das Klebeband hatte ich zum Glück nicht gebraucht, ich hatte das Wild nicht bändigen müssen. Pete hatte auch so die Wahrheit ausgespukt. Ava hatte ihn dazu gebracht. Seine eigene Familie hatte ihn schlussendlich an den Pranger gestellt. Ich dankte Ava dafür und sah sie noch einmal an. Ihre Augenlider zuckten! Ich erschrak und fühlte ihren Puls. Sie lebte! Ich hatte sie nicht umgebracht und lief zum Telefon, um den Rettungswagen zu benachrichtigen. Dann gab ich ihr einen Kuss auf die blutige Wange, flüsterte „Danke“ und verließ das Haus. Ich fuhr davon, dorthin, wo mich niemand finden würde … in den Wald!

Es war ein merkwürdiges Gefühl, wieder ins Nirgendwo zu fahren. Ich hatte keinen Plan und keine Idee, sondern nur den Wunsch, der Gesellschaft erneut zu entfliehen.

Vor dem Besuch bei den Garlands hatte ich mein Konto leer geräumt, um nicht über diese Verbindung gefunden zu werden. Egal, was ich tun würde, ich würde Geld dafür brauchen. Ich hatte alles abgebrochen und wollte keine Spuren hinterlassen. Die Polizei würde auch ohne Avas Hilfe schnell herausbekommen, wer Pete Garland umgebracht hatte. Bill Jordan hatte es immer geahnt und er hatte Recht behalten. Wie hätte ich diesen Mistkerl auch am Leben lassen können? Rein psychologisch lagen die Fakten klar auf der Hand und würden sich sogar schuldmindernd auswirken, wenn Ava ihre Geschichte erzählen und ich von der Notwehr berichten würde. Ich hoffte so sehr, dass Ava überlebte, egal, was sie über mich erzählen würde. Ich sah mich für den Rest des Lebens im Wald leben.

Ich fuhr! Fuhr und fuhr Richtung Oregon, dem Land entgegen, das mich nicht losließ. Während der Fahrt kam mir plötzlich ein absurder Gedanke! Verdammt, so sollte es nicht ausgehen! Ich wollte nicht mehr in den Wald und mich ewig als Gejagter fühlen. Der Wald würde zu viele Erinnerungen in mir wecken. Jetzt besaß ich viel Geld von meinen Kämpfen und sah keinen Sinn mehr in meinem Leben. Ich hätte Ava das Geld geben sollen. Sie könnte es jetzt gut gebrauchen. Mir kam die Idee, erst einmal ein Motel anzufahren und über alles nachzudenken. Vor dort aus würde ich einige Tage die Berichte in den Medien verfolgen. Doch zunächst übernachtete ich im Wagen und fuhr am nächsten Morgen ein Einkaufszentrum an. Ich zog mich im Wagen um und kaufte mir ein Haarfärbemittel und eine Lesebrille. Man würde sicherlich schon bald ein Bild von mir veröffentlichen. Da sich im Zentrum ein Friseur befand, ließ ich mir auch gleich die Haare schneiden. Der Wagen stellte auch noch eine Gefahr dar. Er war auf meinen Namen angemeldet und versichert. Ich musste ihn schnellstens loswerden, vielleicht tauschen, irgendwie. Ich fand einen Schrottplatz in der Nähe von Elk Grove und überließ dem Händler meinen Wagen im Tausch gegen einen anderen. Auf diesem abgelegenen Schrottplatz fragte niemand nach Namen oder Herkunft.

Am späten Abend fand ich außerhalb von Concord ein Motel und ließ mich erschöpft ins Bett fallen. Was hatte ich getan? Ich hatte doch nach Petes Geständnis nur die Polizei rufen wollen und hätte mir schlimmstenfalls eine Missachtung meiner Auflagen eingehandelt. Ava hätte mich sicherlich unterstützt, die Wahrheit ans Tageslicht zu bringen. Ich hatte Pete Garland nicht töten wollen. Oder doch? Doch, ich hatte es gewollt, nur der Gerechtigkeit wegen. Pete hatte meine Schwester in den Selbstmord getrieben. So war es meine Aufgabe geworden, ihn dafür zur Verantwortung zu ziehen, die das Gesetz überging. Ich dachte an seine jetzige Frau, die er sicherlich auch misshandelt hatte. Sie lief nicht umsonst an dunklen Tagen mit einer Sonnenbrille herum. Ich hatte sie vor weiteren Übergriffen gerettet. Auch ihre

Söhne, die sicherlich alles mitbekommen hatten. Ich hatte ihnen allen einen Gefallen getan. Dabei hatte Pete *mich* einen Dreckskerl geschimpft! Dreckskerle wie er lebten nicht in einer einfachen Hütte. Sie versteckten sich in schönen Häusern und übten einen angesehenen Beruf aus.

Die Regierung hatte seit einigen Jahren erkannt, dass sich immer mehr Pädophile und Sexualtäter in sozialen Berufen herumtrieben. Eine Schande, wo doch genau diese Berufe so wichtig sind. Die Kontrollen waren zwar härter geworden, aber es schlüpften immer noch Täter durch. Wenn der Fall Pete Garland an die Öffentlichkeit käme, würden sich viele verantworten müssen, die weggesehen und sein Handeln gedeckt hatten. Viele! Das waren die wirklich Schuldigen! Und doch würde man mich als Täter anklagen, mich, der endlich Gerechtigkeit hergestellt hatte.

Direkt am nächsten Tag berichteten die Medien darüber. Ich erfuhr, dass Ava überlebt hatte, und dankte Gott dafür! Auch wenn sie jetzt meinen Namen in Umlauf brachte, so bekam ich die Gewissheit, sie nicht getötet zu haben. Man zeigte ein Bild von mir und zerriss meine ganze Karriere erneut. So entstehen Bilder in der Öffentlichkeit, die nicht der Wahrheit entsprechen, nicht ganz … Man sieht nur das, was man sehen will und was sich gut vermarkten lässt. Selbst Andy, mein Trainer, gab in einem Interview abfällige Kommentare über mich ab. Er hätte von Anfang an kein gutes Gefühl bei mir gehabt. Ich sei wie ein Besessener im Kampf vorgegangen, dabei war es doch gerade er gewesen, der einen Gewinner für seinen Club gesucht hatte. Von dem Profit, den er durch mich gemacht hatte, sprach er nicht. Auch Bill

Jordan zeigte sich entsetzt und erklärte, wie wenig man die Menschen doch im Grunde einschätzen könne. Er hätte mich unterstützt und ich hätte ihn missbraucht.

Ich lächelte, als ich all diese Lästerer sah, wie sie in ihren Rollen glänzten und bewundert werden wollten. Sie stellten den Falschen an den Pranger. Niemand sprach von Pete Garland und seinen Taten. Man wollte wohl Ava schützen. Deswegen ließ ich Milde walten. Nur ihretwegen!

So hatte das Boxen nur als Mittel zum Zweck gedient. Ich fragte mich, ob meine Schwester je versucht hatte, mir im Gefängnis zu schreiben oder mich anzurufen. Vielleicht hatte sie mich sogar besuchen wollen. Wie weit mochte Petes Kontrolle gegangen sein? Vielleicht lagen im Haus irgendwo Briefe an mich herum, die Pat versteckt hatte. Der Gedanke erschien mir unerträglich. Mein Verfolgungswahn wollte nicht enden und mir kam die nächste absurde Idee …

Der alte Mann

Bei einer kriminellen Laufbahn, wie ich sie besaß, und dem, was ich getan hatte, macht man sich keine Gedanken mehr darüber, ob man vorsichtig sein muss. Vor allen Dingen, wenn man keine Zukunft für sich selbst mehr plant.

Ava ging mir nicht aus dem Kopf. In mir entstand eine neue Besessenheit. Ich hatte mir die Haare grau gefärbt, trug eine schwarze Hornbrille, einen grau gefärbten Vollbart und wechselte alle zwei Wochen das Motel, um etwaige Spuren zu verwischen. Ich erfuhr aus den Medien, dass die Fahndung nach mir bisher ergebnislos verlaufen war. Dann kam der Tag, an dem ich mich erneut in die Nähe des Hauses der Garlands wagte. Ich hatte mir einen Hund gekauft und spazierte als alter Mann die Straße entlang, um zu sehen, ob das Haus zum Verkauf angeboten wurde oder ob Ava mit ihrer Familie dort weiterhin wohnte. Es gab keinen Sicherheitsposten, also schien auch niemand meine Rückkehr zu befürchten. Das verschaffte mir einen enormen Handlungsfreiraum. Ich drehte mit meinem kleinen Terrier täglich meine Runden durch diese Straße, als sei ich ein neuer Anwohner in der Siedlung. Der Hund tat mir gut und schenkte mir ein wenig Gesellschaft. Mein altes Leben verschwand immer mehr aus meinen Gedanken und ich begann, mich tatsächlich wie ein alter Mann zu fühlen.

Die Garlands lebten weiterhin in ihrem Haus und ich sah Ava mit veränderter Frisur herumlaufen. Sie trug ihr Haar nun kürzer und sah Pat dadurch noch ähnlicher! Sie hatte nach wie vor ihr Engelsgesicht, aber ich nahm mit Schrecken wahr, dass sie an Gewicht zugelegt hatte. Es ließ sich nicht mehr verleugnen, dass sie schwanger war! Ich erschrak, denn ich hatte sie nie mit einem Freund gesehen. Offenbar besuchte sie auch seit einigen Wochen nicht mehr die High School. In mir wuchs eine üble Ahnung! Ava hatte mich belogen! Ihr Vater hatte sie nicht nur bis zu ihrem zehnten Lebensjahr missbraucht! Das Kind, das sie in ihrem Leib trug, war mit Sicherheit seins! Ich spürte es! So musste Ava sich dem gleichen Schicksal beugen, das auch ihrer Mutter bestimmt gewesen war. Ich schämte mich! So sehr! So war doch auch ich einer dieser Mistkerle, die verwandte Frauen schwängerten. Doch ich hatte es aufrichtig getan, nicht wie

Pete. Zwischen ihm und Ava hatte es keine Liebe gegeben. Er hatte sie gewaltsam geschwängert.

Ich konnte es kaum aushalten, wenn sie an mir vorüberging. Sie begann, mich zu grüßen und als Nachbarn wahrzunehmen. Sollte ich mich ihr anvertrauen? Wie würde sie reagieren?

Ihr Bauch wuchs ebenso wie meine Unsicherheit. Sie liebte Jack, meinen Terrier, und ich unsere kurzen Unterhaltungen. Sie erkannte mich nicht. Dann lud sie mich eines Tages zum Kaffee in ihr Haus ein!

Ich sollte die Chance bekommen, erneut das Haus zu betreten, und stellte mich als Richard Smith vor. Ich wählte einen ganz belanglosen Namen, der zu einem alten Mann passte.

Als ich das Haus betrat, verspürte ich erneut den Hass, der mich vor vielen Monaten hier hatte eintreten lassen. Ich durfte mir nichts anmerken lassen und lächelte Ava schüchtern an, als sie mich in die Küche bat. Ich sah im Vorbeigehen ins Wohnzimmer und dort die Essgruppe stehen und dass sie für drei Personen gedeckt hatte. Erwartete sie noch einen weiteren Besucher? Mir wurde unwohl. Vielleicht Bill Jordan oder einen Polizisten inkognito? Ahnte sie, wer ich war, und ließ mich mit viel Klugheit in eine Falle laufen? Ich fragte nach und wollte lustig klingen: „Sie wollen mich doch nicht mit einer alten Dame verkuppeln?"

Sie lachte wie ihre Mutter und mir kamen die Tränen. „Wenn Sie meine Stiefmutter als alte Dame bezeichnen, dann ja. Nein, Carol kommt gleich von der Arbeit und ich wollte, dass sie Sie kennenlernt. Wir haben nicht viele nette

Nachbarn wie Sie hier in der Gegend. Meistens lebt doch jeder nur für sich allein und interessiert sich nicht für den anderen. Aber Sie sind so freundlich und fragen immer, wie es mir geht. Das ist mir ein Stück Kuchen und eine Tasse Kaffee wert. Außerdem dachte ich, es würde Ihren Alltag ein wenig versüßen und etwas abwechslungsreicher machen."

Ich räusperte mich und musste mich auf meine dunkle Stimme konzentrieren. Ava durfte mich auf keinen Fall erkennen.

„Wann kommt das Kleine?", fragte ich und dachte, dass es meine Großnichte oder mein Großneffe wäre. Noch ein weiteres Engelsgesicht in dieser Familie!

„In zwei Monaten, wenn alles nach Plan läuft." Sie holte eine selbst gebackene Erdbeertorte aus dem Kühlschrank und schnitt sie an. Ava bewegte sich in der Küche wie ihre Mutter in unserer Hütte. Die gleichen Handgriffe, das gleiche Summen. Das gleiche Lied! Mir wurde komisch. Ich hörte plötzlich Pat ihre Lieder summen und spürte, wie mir erneut Tränen in die Augen stiegen.

„Mr. Smith, alles in Ordnung?", fragte sie und riss mich aus der Erinnerung heraus. Ich nickte. „Es ist nur so … ich werde nicht oft eingeladen, wissen Sie?"

Ava drückte meine rechte Hand, was mich noch mehr verwirrte. Ich spürte Pats Hand und ging auf Distanz. In mir geschah etwas, dass ich hier und jetzt nicht passieren lassen durfte. Ich verspürte eine große Not und fragte: „Darf ich mal Ihre Toilette benutzen?" Das klang natürlich für einen alten Mann.

„Sicher." Sie zeigte auf eine Tür neben dem Eingang. Ich

verschwand darin und brach zusammen! Mir war heiß und schwindelig. Ich durfte es nicht zulassen! Ava war nicht Pat! Ich wusch mir das Gesicht mit kaltem Wasser ab, um wieder klar denken zu können, und wollte mir die Gelegenheit, in diesem Haus sein zu dürfen, nicht verscherzen.

„Wo ist der Vater?“, fragte ich, als sie die Torte zum Tisch brachte. Was würde sie antworten?

Sie ging zurück in die Küche, um den Kaffee zu holen, und gab mir keine Antwort. War ich zu aufdringlich?

„Tut mir leid, ich wollte nicht aufdringlich sein“, rief ich ihr hinterher und sah mich im Haus etwas um. Im Wohnzimmer stand eine neue Sitzgarnitur und es lag ein neuer Teppich darunter. Auch die Gardinen waren ausgewechselt worden.

„Sind Sie nicht“, rief sie zurück. „Welchen Vater meinen Sie?“

Ja, welchen Vater meinte ich wohl? Ich antwortete vorsichtshalber: „Ihren Vater. Also ich dachte, Ihre Mutter … Sie sagten, es käme Ihre Stiefmutter. Also …“

Wie ratlos sollte ich mich stellen? Ich beschloss, mich zu entschuldigen, und sagte: „Es tut mir leid. Ich wollte mich nicht in ihre Familienverhältnisse einmischen.“

Sie kam zurück an den Tisch und schenkte mir Kaffee ein.

„Ist nicht so stark. Ich dachte, es wäre besser für Sie.“

Ich nickte. „Danke.“

„Meine Mutter ist vor knapp vier Jahren verstorben.“ Sie gab mir ein Stück Kuchen auf den Teller und ich nickte ihr dankend zu. Ich sah sie schlucken.

„Danach hat mein Vater neu geheiratet. Carol. Sie heißt

Carol. Ist sehr nett und hat auch gleich zwei Brüder für mich mitgebracht. Mein Vater …“ Sie stockte und ich legte meine Hand auf ihre. „Sie müssen nicht, Ms. Garland.“

„Ava“, bot sie direkt an. „Ist schon in Ordnung“, sagte sie und reichte mir die Milch. „Zucker?“

„Richard“, erwiderte ich ihr im Gegenzug, schüttelte den Kopf und wollte schnell von dem Thema ablenken. „Es ist sehr nett, dass Sie meinen Nachmittag so versüßen, Ava. Der Kuchen ist köstlich! Selbstgemacht?“

Sie lachte. Wie Pat! „Ja, habe ich heute Morgen gemacht. Ich koche und backe sehr gerne. Und ich nähe!“

Wieder spürte ich einen Stich im Herzen.

„Meine Mutter hat es mir beigebracht.“

„Sie müssen eine tolle Mutter gehabt haben, Ava.“

Ich sah, wie ihr die Tränen kamen. „Oh, bitte entschuldigen Sie, ich wollte Sie nicht traurig machen.“

Sie schüttelte den Kopf. „Das ist schon in Ordnung, Richard. Sie könne ja nicht wissen, was in meinem Leben alles passiert ist. Mein Vater wurde vor einigen Monaten umgebracht.“

Sie sprach es aus, als würde sie über die neuesten Angebote im Supermarkt sprechen. Ach, das ist ja interessant! Und was gibt es sonst noch Neues?

„Oh, mein Gott!“, sagte ich und sah sie an. „Was war passiert?“ In diesem Moment hörte ich Avas Stiefmutter das Haus betreten.

„Hallo Carol!“, rief Ava. „Wir haben schon angefangen.“

Carol Garland stöhnte. „Ich musste den Wagen in die Werkstatt bringen. Mit der Automatik stimmt irgendwas nicht. Der Wagen fährt nur noch im zweiten Gang." Sie kam zu uns an den Tisch und betrachtete mich misstrauisch. Fiel ihr meine Maskerade auf?

„Das ist der Mann, von dem ich dir erzählt habe. Richard Smith. Er wohnt mit Jack zwei Straßen weiter."

„Jack?", fragte sie erstaunt.

„Der Terrier. Er hat ihn heute aber nicht mitgebracht."

Carol reichte mir die Hand und taxierte mein Gesicht. Meine Haut war ziemlich faltenfrei für einen alten Mann und damit jünger, als ich wirken wollte. Das konnte selbst die Hornbrille nicht verstecken. Ich wurde unsicher.

„Carol", sagte sie zu mir und ich antwortete: „Richard", nahm ihre Hand und schüttelte sie leicht. Ich legte Wert darauf, dass mein Griff nicht zu stark und nicht zu schwach war. Sie sollte mich nicht einordnen können. Ich ließ ihre Hand wieder los und dachte, wie oft sie wohl Pete Garlands Körper damit berührt hatte. Ich wollte seine Vorstellung von Sex nicht in meine Gedanken lassen und sagte schnell: „Ich wurde von Ava eingeladen. Wirklich, ich will nicht aufdringlich sein."

Sie nickte, brachte ihren Mantel zur Garderobe und hängte ihn direkt neben meinen. Ich schaute genau hin. In meinem Mantel war meine Brieftasche und damit meine ganze Identität. Aber auch andere Sachen, die sie nicht finden sollte. Würde sie einen Griff danach wagen? Sie sah zu mir hinüber und ließ es. Wir verstanden uns.

„Ava, sind Sie mir nicht böse", sagte ich und aß noch etwas von dem Kuchen, „aber ich kann nicht sehr lange bleiben. Jack ist es nicht gewöhnt, allein zu sein." Ich trank meinen Kaffee aus und machte Anstalten zu gehen, doch Carol setzte sich mir gegenüber und sagte: „Bleiben Sie doch bitte noch etwas."

Ja, es wäre nicht nur unhöflich, jetzt zu gehen, sondern auch auffällig, dass mit mir etwas nicht stimmen könnte. Ich blieb und aß weiter Kuchen.

„Wo kommen Sie her, Richard?", fragte sie unverblümt.

Ava ging dazwischen: „Carol, *ich* habe ihn eingeladen. Er hat sich mir nicht aufgedrängt." Sie fand die Frage wohl genauso aufdringlich wie ich und ich war ihr dankbar dafür, dass sie mich in Schutz nahm.

„Lassen Sie nur Ava. Das ist schon in Ordnung. Man will ja schließlich wissen, wen man im eigenen Haus am Tisch sitzen hat." So klärten wir die Verhältnisse. Carol wurde gefährlich.

„Aus Utah", sagte ich.

Sie nickte. „Wo da aus Utah?"

Ich stockte. „Aus St. George", fiel mir ein. Andy und ich hatten diese Stadt durchquert, als wir zu meinen letzten Kämpfen nach Long Beach gefahren waren.

„Und wo wohnen Sie hier? Ich meine jetzt?"

„Carol!" Ava ging erneut dazwischen. Sie sah, dass mir immer unwohler wurde.

„Jordan Road 1204", sagte ich schlagfertig, denn in dieser Beziehung hatte ich mich vorbereitet. Es war ein kleines Haus, zwei Straßen weiter, in dem kaum jemand ein- und ausging. Würde sie es kontrollieren? Sie würde es tun …

„Wie lange wohnen Sie schon dort?"

„Seit drei Monaten."

Sie sah Ava irritiert an. „Ist mit Mr. oder Mrs. Grave etwas passiert? Ich meine, sie leben doch dort schon seit Ewigkeiten. Hast du was gehört?"

„Mrs. Grave ist verstorben", sagte ich und hoffte, dass sie diese Dame nicht in den letzten Wochen gesehen hatte.

„Oh", sagte sie nur und aß vom Kuchen. „Was hat Sie hierhergeführt, Richard? Sie sind ja nicht mehr der Jüngste."

Ich hörte, wie Ava wieder Luft holte.

„Mein Sohn wohnt in der Nähe. Brendon. Brendon Smith. Es tut mir gut, jetzt in seiner Nähe zu sein." Gab sie jetzt endlich Ruhe? Nein, sie fragte weiter.

„Sind Sie verheiratet?"

Natürlich war ich verheiratet, wo käme sonst der Sohn her. „Meine Frau ist letztes Jahr verstorben. Deswegen auch der Umzug."

Jetzt gab sie nach und ein unangenehmes Schweigen füllte den Raum. Carol hatte ein schönes Gesicht, das ich mir gerne näher angeschaut hätte, doch stattdessen sagte ich: „Ich muss jetzt leider wirklich los."

Ava sah ihre Stiefmutter böse an. Sie war zu weit gegangen. Es sollte doch nur ein freundliches Kaffeetrinken werden und kein Verhör.

Als ich das Haus verließ, hörte ich, wie die beiden stritten. Ich konnte mich hier nicht mehr sehen lassen. Wer weiß, vielleicht würde Carol morgen zufällig Mrs. oder Mr. Grave begegnen. Ich konnte ihr diese Fragerei nicht einmal verdenken nach allem, was sie durchgemacht hatte.

Als ich den Weg zu meinem Wagen einschlug, der zwei Straßen weiter vor diesem besagten Haus parkte, kam Ava hinter mir hergerannt. „Richard!“, rief sie, „warten Sie!“

Ich blieb stehen und sah mich verbittert um. „Schon gut“, sagte ich, „es ist nicht Ihre Schuld.“

Als sie vor mir stand, sagte sie: „Carol ist seit dem Vorfall mit meinem Vater sehr nervös. Seien Sie nachsichtig mit ihr.“

Natürlich! Ich nickte. Nichts würde ich! Ich würde mich schleunigst davonmachen. „Machen Sie sich keine Vorwürfe, Ava. Der Kuchen war köstlich.“

Sie sah traurig zu Boden. „Es sollte ein schöner Nachmittag für Sie werden.“

Auch darauf nickte ich. „Ich weiß. Das war er auch.“

„Was machen wir jetzt damit?“

Ich sah sie fragend an.

„Wir können diesen Tag doch nicht einfach so dahinfließen lassen.“

„Warum nicht?“

Sie sah mich eindringlich an. Zu eindringlich. Sie drang in mich hinein und sagte: „Weil ich das Gefühl habe, dass uns irgendwas verbindet.“

Ich wollte es nicht! Nicht so! Aber sie hatte mich dahingetrieben. Es war die Art, wie sie auf unser Verhältnis anspielte. Und es war die Gefahr, die von ihrer Stiefmutter ausging und die uns wieder trennen wollte. Ava sagte: „Ich hole schnell meinen Wagen und dann fahren wir in den Tierpark. Dort gibt es ein schönes Café, wo wir den misslungenen Nachmittag ausklingen lassen können.“ Sie wartete meine Antwort nicht ab, sondern rannte davon, um den Wagen zu holen. Das war meine letzte Chance abzuhauen, doch ich blieb stehen. Ich sah ihr nach und wurde dieses Gefühl nicht los, dass ich vor weniger als einer Stunde in der Küche gespürt hatte, als sich unsere Hände berührt hatten. Sie sang und lebte wie Pat. Ich hatte Pat wiedergefunden und konnte sie doch kein zweites Mal gehen lassen …

Ava Garlands Geschichte

„Was ist passiert?“, fragte mich der Mann im Krankenhaus. Ich konnte mich kaum erinnern, denn alles war so schnell gegangen. „Er war in meinen Wagen gestiegen und schaute mich ständig von der Seite an. Er war mir so sympathisch erschienen, doch plötzlich habe ich Angst vor ihm bekommen. Es war sein Blick, den er nicht von mir abwandte. Ich versuchte, während der Fahrt mit ihm zu reden, aber er gab mir keine Antwort mehr. Er sah mich nur noch an. Als wir am Tierpark ankamen, zog er den Schlüssel aus der Zündung und verriegelte den Wagen. Da wurde mir bewusst, dass ich einen großen Fehler begangen hatte.“

„Sie müssen nicht weiterreden, wenn Sie nicht möchten“, sagte der Mann an meinem Bett, doch ich schüttelte den Kopf. Gerade sah ich alle Szenen wieder vor mir ablaufen. „Er nannte mich Pat, obwohl es doch das Kürzel für meine Mutter gewesen war. Ich hatte ihm nichts von ihr erzählt und doch kannte er ihren Namen.“ Ich starrte an die Wand. „Er strich mir übers Haar, dann über den Bauch. Dabei sah ich zum ersten Mal, wie jung seine Hände waren. Sie waren viel zu jung für diesen alten Mann namens Richard Smith. Er fuhr mir zwischen die Beine und sagte ‚Ich werde dir bei der Geburt helfen. Das haben wir doch schon zweimal hinter uns.‘ Ich sah ihn entsetzt an und wehrte seine Berührung ab. Danach wurde er aufdringlicher und ich spürte zum ersten Mal seine Kraft. Sie war enorm. Als er seine Brille beiseitelegte, erkannt ich ihn! Er sagte, er würde es ganz sanft und sachte machen, um dem Kind nicht zu schaden. Es läge an mir, ob dem Kind etwas passierte. Ich wusste nicht, wie ich darauf reagieren sollte, immerhin war ich im siebten Monat. ‚Wie soll das gehen?‘, fragte ich ihn. ‚Zieh die Hose aus‘, sagte er, ‚nur die Hose. Ich will dir nicht wehtun. Ich will, dass es dir gefällt.‘ Ich wollte seinen Wunsch erst mal nicht erfüllen, doch dann dachte ich daran, was er meinem Vater angetan hatte. Umständlich zog ich meine Hose aus und ließ ihn gewähren. Ja, ich ließ ihn machen. Er flüsterte die ganze Zeit den Namen meiner Mutter. Es war so entsetzlich!“

Der Mann an meinem Bett nahm meine Hand, doch ich zog sie voller Ekel zurück.

„Es wollte es drei Mal! Er sagte, es wäre für das dritte Kind. Es solle direkt Bekanntschaft mit ihm machen. Und er würde sich rührend um uns kümmern.“

„Was tat er danach?“

„Er holte ein Seil aus seiner Manteltasche und fesselte meine Hände.“

„Er hatte ein Seil dabei?“

Ich nickte. „Ja. Er holte ein Klebeband aus der anderen Tasche und klebte mir den Mund zu. Dann stieg er aus, zerrte mich auf seinen Sitz und band meine Fesseln zusätzlich an der Innentür fest, sodass ich nicht weglaufen konnte.“

„Hat das denn niemand auf dem Parkplatz gesehen?“

„Er war ziemlich leer an diesem Tag und ich kann mich

nicht erinnern, jemanden gesehen zu haben."

„Was hat Rylan Culver dann gemacht?"

„Er legte seinen Mantel über meinen Kopf und fuhr los. Ich dachte an seinen Hund, der nun alleine im Haus war. Das Tier tat mir leid."

„Konnten Sie sehen, wohin er mit Ihnen fuhr?"

„Nein, er hatte meinen Kopf vollständig mit seinem Mantel zugedeckt."

„Wie lange sind Sie in etwa gefahren?"

„Drei, vier Stunden? Vielleicht fünf. Vielleicht auch zehn Stunden. Ich weiß es nicht mehr. Ich konnte nichts mehr realisieren. Ich betete nur noch, dass er das Kind am Leben ließe. Mein Vater hatte mir von ihm erzählt. Auch, dass er meine Mutter einige Jahre lang im Wald gefangen gehalten hat."

„Hat er zwischendurch angehalten, um den Wagen aufzutanken?"

„Er hat einmal angehalten, aber es war nicht an einer Tankstelle. Er hat den Tank mit einem Benzinkanister aufgefüllt. Das konnte ich deutlich hören. Es dauerte ziemlich lange. Es können auch zwei Kanister gewesen sein. Ich weiß nicht, woher er sie genommen hatte. Dann ist er weitergefahren."

„Was geschah dann?"

„Wir fuhren über sehr holperiges Gelände. Als er angehalten und mir den Mantel vom Kopf genommen hat, war es stockdunkel. Ich konnte nichts außer dem Strahl seiner Taschenlampe sehen. Der Strahl fiel auf einen Baum. Wir waren in einem Wald. Er hat mich von der Seitentür losgebunden und gesagt ‚Wir sind zu Hause, Pat'. Außer Bäumen konnte ich nichts erkennen. Der Schein der kleinen Taschenlampe hat nur einen kleinen Teil des Waldbodens beleuchtet, auf dem wir entlanggegangen sind. Wir sind ziemlich lange gegangen. Er hat seinen Mantel um mich gelegt, als er gesehen hat, dass ich fror. Dann habe ich einen großen Wohnwagen gesehen. Direkt vor uns. Mitten im Wald. Er war ziemlich groß und ich habe mich gefragt, wer diesen Wagen wohl hierhergeschleppt hatte. Drinnen bellte ein Hund. Jack! Ich habe ihn an seinem Gebell erkannt. Rylan hatte Jack dort eingesperrt. Als er den Wohnwagen aufgeschlossen und mich hineingezerrt hatte, habe ich gesehen, dass dieser komplett eingerichtet war. Komplett! Sogar ein Babybett hat bereitgestanden. Dass er seit längerer Zeit hier leben müsste, konnte ich an dem Vorrat und der Einrichtung sehen. Auch Jack schien sich hier wohlzufühlen und hat uns laut bellend begrüßt. Rylan hat die Tür verriegelt und den Schlüssel in seine Hosentasche verschwinden lassen. Er hat mich losgebunden und gesagt ‚Willkommen daheim!'"

Ich musste weinen, als ich mich daran erinnerte. Meine Mutter war ein so guter Mensch gewesen und deswegen konnte ich mir nicht vorstellen, dass ihr Bruder mir wirklich Gewalt antun würde. Sein sexuelles Verlangen konnte so viele Gründe haben, aber er hatte mich dabei nicht verletzt oder bedroht, im Gegensatz zu meinem Vater, dessen Kind ich im Leib trug.

„Was hat er dann getan?", fragte der Mann an meinem Bett.

Ich erinnerte mich weiter. „Er hat Essen zubereitet. Dann

hat er gesagt, ich solle mich an den Tisch setzen und er wolle für mich kochen. Nur Kuchen wäre ungesund und ich bräuchte etwas Gesundes wegen dem Kind. Er hat mir ein Glas Wasser auf den Tisch gestellt und Jack Hundefutter aus einer kleinen Dose gegeben. Er wirkte so fürsorglich. Wir haben gegessen, geschwiegen, getrunken. Jack ist nach der Mahlzeit auf seinen Schoß gesprungen und er hat ihn gestreichelt. Dann hat er plötzlich zu mir ‚zieh dich aus' gesagt. Ich habe ihn angesehen und den Kopf geschüttelt. ‚Warum?', habe ich gefragt. ‚Ich will sehen, wie du aussiehst. Ob du verletzt bist. Ob es dir gut geht.' ‚Es ist mir unangenehm', habe ich gesagt."

„Was hat er dann gemacht?"

„Er ist aufgestanden und hat sich vor mir ganz nackt ausgezogen. Ich habe weggesehen und er hat gesagt ‚Wir sollten hier keine Hemmungen voreinander haben. Die hatten wir nie. Jetzt zieh dich aus.' Ich habe nicht verstanden, was er mit Hemmungen gemeint hat. ‚Ich muss das Kind schützen', habe ich gesagt, ‚ich kann es nicht tun'. ‚Dem Kind wird nichts passieren. Ich werde aufpassen.'"

„Bitte sagen Sie, wenn es Ihnen zu viel wird, Ms. Garland."

„Nein schon gut. Es geht noch. Ich habe mich ganz langsam ausgezogen und darauf gehofft, dass ich meine Unterwäsche anlassen könnte. Aber er hat mich aufgefordert, die auch auszuziehen. Er hat gesagt ‚Dreh dich um', und ich habe mich umgedreht. Er hat mich angefasst und gesagt ‚Etwas dick, aber das verschwindet wieder. Hier gibt es so viel zu tun, dass du nach der Geburt kein Fett mehr ansetzen wirst.'"

„Was ist dann geschehen?"

„Ich glaube, es waren fünf Mal in der Nacht."

„Das reicht für heute", sagte der Mann. „Sie sollten sich jetzt ausruhen. Ich komme morgen wieder. Dann reden wir weiter." Er ließ mich allein im Zimmer zurück.

*

Fünf Mal! Rylan Culver war ausgehungert wie ein Tier, das man weggesperrt hatte! Er war stets vorsichtig vorgegangen, aber er war fünf Mal in mich eingedrungen und hatte dabei den Namen meiner Mutter geflüstert. In mir verschwammen die Welten und ich sah immer wieder meinen Vater auf mir liegen, der ebenfalls den Namen meiner Mutter geflüstert hatte.

Ich musste nackt neben Rylan schlafen. Am nächsten Morgen kam er erneut. Er hörte nicht auf und ich weinte nur noch. Das machte ihn wütend und er schrie mich an, ich solle aufhören. Er bereitete das Frühstück vor und rasierte sich den Bart ab. Er sagte, wenn ich weiterhin weinte, müsste er mich bestrafen. Das wolle er aber nicht und ich wollte nicht herausfinden, was er mit Bestrafung meinte. Also versuchte ich, mich zu beherrschen, und ließ mich auf seine Befehle ein.

Er hatte draußen vor dem Wagen eine Feuerstelle gebaut und bereitete ein Feuer vor. Er holte einige Holzscheite, die an der Seite des Wohnwagens gelagert waren, legte sie in die Feuerstelle und entzündete sie, obwohl es drinnen im Wagen angenehm warm war. Er war vollkommen ausgestattet und sogar mit einem Generator verbunden. Rylan ließ die Tür offen und ich überlegte, wie aussichtsreich eine Flucht wäre. Ich verwarf den Gedanken schnell wieder, weil mein Vater mir in den letzten Wochen einiges von Rylans Leben erzählt hatte. Ich konnte mir gut vorstellen, wie schnell er mich im Wald aufspüren und zurückholen würde. Ich wusste nicht einmal, ob er eine Waffe besaß. Ich würde eine Form der Bestrafung erfahren, über die ich nicht nachdenken wollte. Schließlich musste ich das Kind schützen.

Es ist verrückt, was die Hormone in Menschen bewirken. Mein Vater hatte mir gewaltsam ein Kind gemacht und nun wollte ich es schützen, nur um es anschließend mit dem nächsten Gewalttäter großzuziehen. Auch er würde mir gewaltsam ein neues Kind machen, und dann noch eins und noch eins! Ich heulte. Flucht war keine Lösung.

Jack bellte. Er holte mich aus meiner Verzweiflung heraus, wedelte mit dem Schwanz und sprang an mir hoch. Dieser kleine Hund war der einzige Normale unter uns und zeigte mir in diesem Moment, dass es ihm mit Rylan durchaus nicht schlecht ging. Ich sah durch das Fenster hinaus und beobachtete, wie er das Feuer schürte und seinen Mantel hineinwarf. Dann die Hose, die er als alter Mann getragen hatte. Dann das Hemd. Unweit der Feuerstelle grub er ein Loch und warf seine Schuhe und seine Brille hinein. Dann kam er zu mir in den Wagen. „Zieh dich aus“, sagte er streng. War dieser Mann so unersättlich? Ich kam seiner Bitte nach und er warf mir einige Kleidungsstücke zu, die ich auffing. Sie waren natürlich zu eng, aber die Unterwäsche passte einigermaßen. Ich erschrak, als mir der Gedanke kam, dass Rylan die Kleidung meiner Mutter aus der alten Hütte geholt haben könnte. Hatte er etwa alles von dort hierhergeschleppt? War dies, bis auf den Wohnwagen, das ganze Hab und Gut von zwei Geschwistern, die jahrelang versteckt im Wald gelebt hatten? Mich überkam das wahre Grauen! Was ging hier vor?

Rylan stellte mir eine Dose auf den Tisch, die ich öffnete. Darin waren Nähutensilien. Er wies auf die Kleider und sagte: „Näh dir was Nettes daraus." Dann nahm er meine Kleidung und verbrannte sie genau wie seine. Er vergrub meine Schuhe, meinen Schmuck und meine Handtasche, die ich mitgenommen hatte. Meine Idee, das Handy heimlich zu benutzen, starb, als ich ihn es zertreten und ebenfalls in das Loch schmeißen sah. Dann warf er Erde auf das Loch, trat sie darüber fest und löschte das Feuer. Er sah sich das halb verbrannte Holz an, das er für den Winter sparen musste, und brachte es zurück zu seinem sorgfältig angelegten Vorrat. Ich begann zu nähen.

Wir schwiegen den ganzen Tag. Er kochte, wir aßen, ich nähte, er hackte Holz, er kochte, wir aßen und ich musste ihn befriedigen.

Ein neuer Tag brach an.

Am Morgen ließ er mich in Ruhe und bereitete das Frühstück vor. Wir aßen, ich nähte, er hackte Holz und sagte plötzlich, er müsse weg. Ich sah auf. Weg? Ich nickte und er verschloss die Tür von außen. Dann passierte etwas, das mich zutiefst verängstigte! Er nagelte die Tür und die Fenster von außen zu! Ich schrie! Er hatte Jack bei mir gelassen, der aufgebracht bellte. Wir hatten Licht, eine funktionierende

Heizung, Wasser und viele Vorräte. Ich versuchte, mich zu beruhigen, denn ich hatte das Gefühl, dass er wiederkommen würde. Er würde Jack hier niemals allein lassen und ich war froh, ihn bei mir zu haben. Seine Notdurft würde ich schon beseitigen können. Um uns herum war eine unheimliche Stille. Ich nähte in der Stille und versorgte Jack. Zum Glück war im Wagen ein Chemieklo. So war es mir möglich, alles hygienisch zu halten. Rylan hatte an alles gedacht. Er hatte mir sogar Messer hinterlassen, mit denen ich mir die Pulsadern hätte aufschneiden können. Das verwunderte mich etwas. Sollte dies eine Probe sein, ob ich mich für seine Lebensverhältnisse eignete?

Er blieb vier Tage weg. Dann hörte ich, wie er das Holz mit einem Brecheisen entfernte. Die frische Luft, die eindrang, als er die Tür öffnete, tat gut. Jack bellte und sprang ihm entgegen. Rylan begrüßte den Hund sehr liebevoll und ließ sich von ihm sogar das Gesicht ablecken. Er war beim Friseur gewesen und hatte seine natürliche Haarfarbe wieder – blond. Der Mann, der nun vor mir stand, war nicht mehr der, den ich im Supermarkt kennengelernt hatte. Seine Gesichtszüge waren zwar hart, aber ich konnte mir nun das frühere Gesicht, das er als junger Mann gehabt haben musste, gut vorstellen. Die Culvers hatten alle sehr schöne Gesichter, irgendwie zart und engelhaft. Ich hatte auch so eines geerbt.

„Hilf mir mal“, sagte Rylan, als wäre es das Natürlichste auf der Welt. „Komm.“ Er verließ den Wagen wieder und Jack lief ihm bellend hinterher. Ich konnte nicht glauben, was ich sah, als ich ihm folgte. Rylan hatte einen alten Pick-up organisiert, einen ganz alten, der mit Holz und Kartons beladen war. Er hatte ihn bis auf knapp hundert Meter an den Wohnwagen herangefahren und winkte mir, ihm beim Abladen zu helfen. Sein Vertrauen war groß. Oder war es seine Überzeugung, dass ich ihm nicht entkommen konnte? Die Bewegung tat gut und der blaue, glasklare Himmel ließ mich tief durchatmen. Für einen kurzen Moment erschien mir die Situation überhaupt nicht mehr beängstigend. Ich kann es nicht erklären, aber dieser Mann erschien mir plötzlich überhaupt nicht mehr brutal oder gewalttätig. Er hatte mich stets mit einer merkwürdigen Art von Sanftmut behandelt, solange ich seine Wünsche erfüllt hatte. Ja, seine Wünsche …

Als wir an dem Pick-up ankamen, entfernte er die Spannbänder, hob einen Karton von der Ladefläche und stellte ihn vor mir ab. „Öffne ihn", sagte er und ich tat es. Er war voller Umstandskleidung in meiner Größe. Hosen, Pullis, Kleider, Leibwäsche, eine Jacke und zwei Paar Schuhe. Ich sah ihn überrascht an. Er hatte tatsächlich einen längeren Aufenthalt für mich geplant, was mich wieder zutiefst erschreckte. Als er einen weiteren Karton vom Wagen hob, den ich öffnen sollte, fand ich eine komplette Babyausstattung darin. Er hatte selbst an Flaschen, Milchpulver und ein Buch über die Versorgung eines Babys gedacht. Ich sah ihn an.

„Damit nichts schief geht", sagte er und lächelte mich zum ersten Mal an. Zum ersten Mal sah ich dieses andere Gesicht, das mir keine Angst mehr machte. Ja, er strahlte Glück und Kraft aus und für einen kurzen Moment vergaß ich wieder einmal meine Lage.

„Ich werde Dir alles in den Wohnwagen bringen und du schaust, was du davon gebrauchen kannst." Er öffnete die Beifahrertür des Pick-ups und hielt mir eine nicht allzu schwere Einkaufstasche entgegen. „Kannst du die nehmen?"

Ich nickte und nahm sie. Als ich einen kurzen Blick auf die Ladefläche des Wagens warf, entdeckte ich eine große Menge Holz. Was hatte er vor? Unter dem Holz lag eine Rolle Dachpappe. Wollte er eine neue Hütte bauen? Eine Hütte für ihn und mich?

Ich half ihm beim Tragen der leichteren Dinge, wogegen er die Baumaterialien zum Wohnwagen schleppte. Er befahl mir, mich um das Essen zu kümmern, und ich tat es. Sollte ich nachfragen, wo mein Wagen geblieben war? Er hatte ihn sicherlich irgendwo abgestellt, damit man ihm nicht auf die Schliche käme. Oder hatte er ihn gegen diesen Pick-up eingetauscht? Man würde sicherlich im großen Stil nach mir suchen. Carol würde Richard beschreiben, aber würde die Polizei wirklich dahinterkommen, wer mich entführt hatte? Carol hatte ihn so eindringlich angesehen und ausgefragt. Hatte sie bereits etwas geahnt? Es war denkbar, dass man in dem Zusammenhang auch nach Rylan Culver fahnden würde, der sich offiziell in L.A. aufhielt. Wieweit hatte er seine Spuren verwischen können?

Als ich den Wohnwagen näher betrachtete, wurde mir klar, dass er bereits eine ganze Weile hier wohnen musste. Er war also gezielt mit Jack bei uns am Haus vorbeispaziert und hatte dies seit langer Zeit geplant. Ich ging in die Knie und konnte endlich weinen.

Er muss mich von draußen gehört haben und ließ mich

weinen. Irgendwann beruhigte ich mich wieder und sah nach den Einkäufen. Er kam in den Wagen und erklärte mir, dass ich beim Kochen niemals die Tür offenstehen oder Nahrungsmittel draußen herumstehen lassen sollte. Ich erhielt meine erste Lektion über Art und Anzahl der wilden Tiere, mit denen wir uns den Lebensraum zu teilen hatten. Ich konnte vor Entsetzen nichts essen, was ihn wütend machte. Er ging hinaus und schlug mit der Faust gegen den Wohnwagen, dann verschwand er im Wald. Jack lief ihm bellend hinterher und ich blieb allein zurück. In mir kam Panik hoch und ich verriegelte schnell die Tür! Rylan brauchte mich nirgends festzubinden oder zu bedrohen, denn seine Art, mich auf die Wildnis vorzubereiten, löste genug Angst in mir aus, um ohne ihn keinen Schritt vor diese Tür zu setzen. Ich lenkte mich ab, indem ich mich um die Kleidung, die er mir mitgebracht hatte, kümmerte und sortierte sie in die Fächer ein, die er mir zuvor gezeigt hatte. Wieder erkannte ich seine große Fürsorge.

Als ich alles verstaut hatte, hörte ich Jack draußen bellen und etwas herumpoltern. Er hatte verschiedene Bretter aussortiert und begann, damit den Wohnwagen zu verkleiden. Die Löcher, die er beim Zunageln verursacht hatte, hatten den Wagen undicht gemacht. Der Herbst stand vor der Tür und damit viel Regen und Sturm. Er arbeitete sehr sorgfältig und bat mich, Kaffee aufzubrühen. Ich tat auch dies und brachte ihm eine Tasse hinaus. Er hatte bereits die großen Flächen verkleidet und sägte neue Bretter zu, die er um die Fenster herum anbringen wollte. Er ging sehr geschickt vor und ich fühlte mich in seiner Gegenwart sogar ein wenig beschützt. Ich konnte mich auf ihn verlassen. Diese Situation lässt sich kaum beschreiben und ich musste daran denken, wie meine Mutter mit ihm gelebt haben musste. Ich konnte Rylan nicht als meinen Onkel begreifen. Er wirkte nicht wie ein Verwandter auf mich. Das machte die Sache etwas einfacher. Ich sah ihm zu, wie er seinen Kaffee trank, und fand ihn zum ersten Mal nett, ja sogar attraktiv. Er war keine schlechte Partie für eine Frau, kam es mir in den Sinn. Ich hatte bis heute keinen Mann gefunden, dem ich so hätte vertrauen können, dass Liebe entstehen würde. Ich konnte meine Gefühle nur schlecht zeigen, aber in diesem Moment im Einklang mit der Natur und der Stille spürte ich sie plötzlich. Es war absurd. Ich saß mit einem Mann vor einem Wohnwagen im Wald, wo er mich gefangen hielt und missbrauchte, und spürte nichts weiter als eine große Ruhe in mir. Wir waren fernab der Menschen, die wirklich gefährlich für uns waren. Auch Carol gehörte dazu.

„Carol hat ständig weggeschaut und sich nie gegen meinen Vater gewehrt“, sagte ich plötzlich in großer Vertrautheit zu einem Mann, der mir doch Angst machen sollte. Er sah zu Boden und ich sah ihn kurz nicken. „Meine Mutter hat auch immer weggesehen.“

Zum ersten Mal erfuhr ich etwas über meine Großmutter.

„Wie war sie?“, fragte ich.

„Wer?“

„Meine Großmutter.“

„Ich kannte sie nicht. Nicht wirklich. Sie existierte nicht für mich.“

Ich verstand ihn auch ohne Worte und kannte das Gefühl,

mit Menschen zusammenzuleben, ohne sie wahrzunehmen. So war es mir mit allen Menschen ergangen außer mit meiner Mutter. Sie war die Einzige gewesen, die ich spüren und lieben konnte. „Sie hat sooft mein Gesicht gestreichelt", sagte ich, fernab jeder Angst.

„Wer?", fragte Rylan.

„Meine Mutter. Sie war so … anders als die anderen. Sie konnte mit den einfachsten Gesten reden und spürte immer sofort meine Angst und Not. Sie war diejenige, die meinen Vater am besten bestrafen konnte."

Rylan sah auf. „Wie hat sie das gemacht?"

„Sie hat ihn ignoriert. Wenn er etwas essen wollte, hat sie nichts für ihn gekocht, wenn er etwas mochte, zum Beispiel ein Bild, dann hat sie es, wenn er nicht daheim war, im Garten vergraben."

Rylan nickte und sagte: „Ja, das konnte sie wirklich gut – Sachen vergraben oder verstecken. Sie konnte sich nie gut mitteilen, aber sie konnte zeigen, wie sie fühlte."

„Sie sprach eine andere Sprache."

„Ja, das tat sie. Aber wenn man ihr zuhörte, konnte man sie gut verstehen. Leider habe ich immer alles zu spät verstanden."

„Dabei war sie so geradeheraus. Doch wir alle haben sie immer nur als Behinderte wahrgenommen und hatten ständig das Gefühl, sie beschützen und ihr helfen zu müssen. Dabei war sie diejenige, die das Leben weit mehr verstanden hat als wir. Sie lebte es nur eben anders."

„Hat sie je von mir, ich meine uns, erzählt?"

„Nein."

Rylan nickte und trank seinen Kaffee. „Hat dein Vater dir je von mir erzählt?"

„Erst nachdem meine Mutter schon einige Monate tot war. Er hat kein gutes Haar an dir gelassen."

Rylan erhob sich und fuhr mit seiner Arbeit fort. „Danke für den Kaffee", sagte er und reichte mir die leere Tasse. Alles war so unglaublich und fernab der Welt, in der ich sonst lebte. Ich sprach mit meinem Peiniger und dem Mörder meines Vaters und sah ihm seelenruhig bei seiner Arbeit zu. Was war nur geschehen? Da hatte ich siebzehn Jahre lang in einem luxuriösen Haus gelebt, war entführt worden und empfand genau diese Minute als die schönste meines Lebens. Alles war so still, so einfach und so ursprünglich. Noch nie hatte ich eine solche Ruhe in mir verspürt und ich musste immer wieder an meine Mutter denken, wie sehr sie diese Stille geliebt haben musste. Sie hatte sich bei uns im Haus einen kleinen Wintergarten voller Minibäume eingerichtet, wo sie einen Großteil ihrer freien Zeit verbracht hatte. Es war nur ein Stuhl darin gestanden und sie hatte sich immer wieder diese Pflanzen angesehen. „Pat im Wald", hatte ich sie flüstern hören und nie verstehen können, was sie damit meinte. Ich hatte jahrelang in einer falschen Welt gelebt. Sie hatten alles Wichtige von mir abgeschirmt und nur dieser Mann, dem ich nun voller Ruhe bei der Arbeit zusah, öffnete mir plötzlich die Augen für die wahre Welt, in der ich klarkam. Ich trug im wahrsten Sinne des Wortes einen Bastard in mir und doch konnte dieses Kind nichts dafür. Es war halb Leid, halb Liebe, die es Tag für Tag der Welt näherbrachte. Würde ich das Kind jemals lieben können? Ich trug es als eine Art Schutzbefohlenes in mir und dachte in diesem Moment, dass Rylan der Einzige wäre, der das Kind wirklich lieben könnte. Es trug durch mich noch Gene seiner Schwester in sich, was ihn die anderen Gene ausblenden ließ. In was war ich nur hineingeraten?

Ich ging wieder in den Wohnwagen zurück, bereitete mir auch eine Tasse Kaffee zu, setzte mich ans Fenster und sah Rylan weiter bei der Arbeit zu. Ich wollte diesen ersten guten Moment zwischen uns nicht enden lassen und schwelgte in Gedanken, die mein wahres Leid ausblendeten. Ich konnte nicht glauben, dass er in Wahrheit mein Onkel war. Er fasste mich seit diesem Tag nicht mehr an, sondern belehrte mich jeden Tag über das Leben im Wald, als hätte er meine geheime Sehnsucht erkannt. Er erklärte mir jede Gefahr, jeden Trick und jede Form des Überlebens, die er kannte. Und doch hielt ihn immer wieder eine Art geistige Verwirrung gefangen, wenn er mich zärtlich Pat nannte. Ich ließ es geschehen, weil es ihm guttat. Trotz allem, was uns plötzlich verband, hoffte ich innerlich weiterhin, dass wir bald von Suchtrupps gefunden würden. Ich hatte keine Ahnung, wo wir waren und ob man in dieser Region überhaupt nach mir suchen würde. Doch wer Rylan Culver und sein Leben kannte, brauchte nur eins und eins zusammenzählen.

Rylan hatte den Wohnwagen so positioniert, dass er von einem Hubschrauber aus nicht zu sehen war. Zur Sicherheit hatte er Äste auf das Dach gelegt und nur einen kleinen Freiraum für das Lagerfeuer gelassen.

Ich spürte das Baby in mir und beobachtete, wie Rylan einen Anbau für den Wohnwagen fertigte. Er ging wieder sehr geschickt vor und fragte mich hin und wieder nach meiner Meinung. Seit ein paar Tagen übernahm er alle schweren Hausarbeiten und bat mich, in dem Buch zu lesen, das er mitgebracht hatte. Er baute und vergrößerte unseren Lebensraum und ich las in dem Buch. Er sagte, dass ich weiterhin mit dem Kind in dem Wohnwagen leben solle, weil er trocken, warm und sicher war, und er wollte das große Anbauzimmer beziehen. Wir konnten unmöglich so eng aufeinander mit dem Kind in diesem Wagen zusammen leben.

Dann kam der Moment, als ich aus meiner Welt erwachte, und ich erschrak zutiefst! Was ich über all die Wochen ignoriert hatte, überkam mich nun mit der Wucht einer Lawine: Er wollte doch nicht etwa, dass ich dieses Kind mit ihm in diesem Wald bekam?

„Pat, wir haben das doch schon zwei Mal hinter uns", erklärte er mir und ich spürte, wie meine Welt in diesem Wald wieder zerbrach. Rylan konnte die Realität nicht mehr begreifen und hatte sich hier seine frühere Welt wieder aufgebaut, aus der ihn die Behörden und mein Vater für viele Jahre herausgerissen hatten. Er hatte niemals verarbeiten können, dass man ihn von seiner Schwester getrennt hatte, oder gar, dass sie tot war. Die Zeit im Gefängnis war eine reine Wartezeit für ihn gewesen. Rylan konnte das Leben in seiner wahren Form nicht mehr wahrnehmen. Das musste mir nicht zwangsläufig Angst machen, denn er beherrschte dieses Leben par excellence. Und in der Tat hatte er zwei Geburten mit meiner Mutter erlebt. Das hatte mein Vater mir erzählt. In diesem Moment kam mir ein schrecklicher Gedanke! Warum war ich nicht längst darauf gekommen? Ich war wahrscheinlich Rylan Culvers Tochter! Ich rechnete zurück und rief nach ihm. Ich schrie so laut, dass er kurze Zeit darauf in den Wohnwagen gestürzt kam.

„Bin ich deine Tochter?!“, schrie ich ihn voller Wut an. „Ich bin nicht Petes Tochter, richtig? Ich bin deine! Deswegen hat mein Vater mich angefasst! Er hat mich von Anfang an gehasst!“

Ich sah, wie Rylan erstarrte. Er war verwirrt. „Nein“, sagte er nur. „Nein. Das kann nicht sein.“ Er holte einen kleinen Block hervor und schrieb einige Zahlen darauf. Dann rechnete er und fragte: „Wie alt bist du?“

„Siebzehn!“, antwortete ich voller Wut.

Er rechnete erneut. „Ich habe einen Sohn namens Eric, aber … nein, du kannst nicht meine Tochter sein. Ich saß zu dieser Zeit im Gefängnis. Du müsstest sonst knapp zwanzig sein. Nein, du bist Petes Tochter.“ Er verließ aufgebracht den Wagen und rannte in den Wald. Jack lief ihm wie immer hinterher.

Er hatte einen Sohn? Eric? ER HATTE EINEN SOHN? Etwa mit meiner Mutter? Ich lief zu Tür und schrie in den Wald hinein: „Du hast einen Sohn?!“

Er gab keine Antwort. Da erinnerte ich mich plötzlich. Er hatte mir bereits im Supermarkt erzählt, dass er einen Sohn habe, aber ich hatte es später für eine seiner Lügen gehalten. Er hatte ja nur Konversation machen wollen. Doch jetzt überkam mich die Neugier. „Rylan!“, schrie ich erneut. „Komm zurück! Sofort!“ Ich schmiss einen Stein in den Wald und hörte Jack bellen. „Dein Sohn“, schrie ich, „war er auch der Sohn meiner Mutter?“ Ich horchte. Er blieb ruhig.

„Ist er mein Halbbruder?" Nichts. „Habe ich einen Halbbruder?!" Ich warf einen weiteren Stein in diese Richtung und rannte los. Ich wollte ihn finden und zur Rede stellen. Und ich fand ihn, völlig verwirrt auf einem Baumstumpf sitzen und in den Himmel starren. Er rührte sich nicht, als ich vor ihm stand und leise erneut fragte: „Hat meine Mutter einen Sohn mit dir?"

Nach einer Weile sah ich, wie er nickte. In mir zerbrach die Welt erneut. Meine Mutter hatte nie von ihm erzählt.

„Wo ist er?", fragte ich und setzte mich auf den Waldboden. Ich sah, wie ihm die Tränen kamen und er mit den Schultern zuckte. „Dad hat auch nie etwas von einem Sohn meiner Mutter erzählt. Was ist passiert?"

Es war ein Flüstern. „Sie wollte ihn nicht behalten. Sie und Pete haben ihn irgendwohin gegeben. Ich weiß nicht wohin. Sie haben mich eingesperrt und ich habe nie erfahren, wo er lebt, ob er überhaupt noch lebt. Ich weiß gar nichts. Ich weiß nur, dass er Eric heißt und ungefähr einundzwanzig sein muss. Ich habe ihn nie gefunden, Ava."

Er nannte mich plötzlich wieder bei meinem Namen. Er war wieder zurückgekehrt in die Welt, in der er jetzt mit mir lebte. Die Erinnerung an Eric musste ihn zurückgeholt haben.

„Wir müssen ihn finden, Rylan", sagte ich leise, doch er schüttelte nur den Kopf.

„Doch! Es ist wichtig für dich!"

„Du bist wichtig für mich, Ava! Du und deine Mutter. Eric wird sich nicht an mich erinnern können. Er wird vielleicht nicht einmal mehr diesen Namen tragen. Nur Pete wusste, wo er hingekommen war. Nur Pete…“

Er baute weiter an dem Anbau und schwieg. Ich hatte irgendwie seine Welt mit mir zerstört, denn ich sah nur noch Traurigkeit in seinem Gesicht und überlegte, ob ich ihn bitten sollte, mich zurückzubringen. Die Geburt nahte. Ich spürte bereits Senkwehen und bekam immer mehr Angst, das Kind ohne ärztliche Hilfe zur Welt bringen zu müssen. Er ließ sich nicht auf meine Bitte ein. Warum auch? Er hatte immer noch genug Verstand und einen gesunden Körper, um uns zu ernähren. Ich sah ihn häufig im Wald verschwinden und erst abends wiederkommen. Er lebte in zwei getrennten Welten…

Je näher die Geburt kam, desto größer wurde meine Angst. Rylan arbeitete noch härter an der Fertigstellung des Anbaus und schaffte immer neue Materialien heran. Es waren alte, aber stabile Bretter. Wo mochte er sie geholt haben? Er schleppte einen alten Ofen und Steine herbei und verschaffte dem Zimmer damit eine beeindruckende Gemütlichkeit. Ich sah mit Angst und Bewunderung zugleich dieses Paradies mitten im Wald entstehen. Als die Wehen einsetzten, war er fertig!

Wenn man zum ersten Mal ein Kind bekommt und weiß, dass sich keine ärztliche Hilfe im Falle einer Komplikation in der Nähe befindet, entwickelt man eine andere Art, sich auf die Geburt vorzubereiten. Man schaltet die Angst weg und konzentriert sich darauf, das Kind im rechten Moment aus dem Leib zu pressen und gesund zur Welt zu bringen. Man hofft darauf, dass es zu keiner Komplikation kommt und dass das Kind alsbald den ersten Schrei in dieser Welt macht.

Wir legten Tücher bereit und entschieden, für die Geburt den Anbau zu nutzen. Rylan hatte ein großes stabiles Bett gebaut und den Boden mit Schutzfolie ausgelegt. Er heizte den Raum und setzte sich nervös an das Bett, in dem ich immer wieder vor Schmerzen aufstöhnte.

„Soll ich rausgehen?“, fragte er und ich sah ihn entsetzt an. Er hatte mir schon keine ärztliche Hilfe zugestanden und jetzt wollte er mich auch noch allein lassen? Ich spürte Wehenschmerzen und Wut zugleich. Ich hasste und ich brauchte ihn. Doch er verließ das Zimmer! Er ließ mich einfach allein! Ich schrie noch lauter, doch er kam nicht zurück. Meine Mutter hatte mir nie von meiner Geburt erzählt und ich dachte, dass ich diese Sache hier nicht überleben würde. Sei es drum. Wenn Rylan Culver mich schon nicht umgebracht hatte, so sollte es wohl dieses Kind sein, das mein Leben auslöschte. So fühlte es sich an. Irgendetwas lief schief! Ich spürte es. Der letzte Ultraschall vor einigen Monaten hatte gezeigt, dass alles in Ordnung war und dass das Kind sich in der richtigen Lage befand, aber jetzt überkam mich das Gefühl, es niemals aus dem Leib gepresst zu bekommen. Die Presswehen wurden unnatürlich stark und es ging nicht voran. Meine Kraft schwand. Ich schrie nach Rylan, er müsse mir helfen, doch er kam nicht. Ich schrie erneut! Was mochte in ihm vorgegangen sein, als er meinen Schrei hörte? War ihm die Realität in diesem Moment wieder entglitten und er war in den Wald gelaufen? Ich sank weg. Plötzlich stürzte er in das Zimmer mit dem Buch in der Hand und fuhr mir zwischen die Beine. Ich nahm vor Schmerzen kaum noch etwas wahr. Er drückte auf meinen

Bauch, wendete mich, verbog meinen Körper und drückte erneut. Was machte er nur? Er wiederholte den Vorgang und die Presswehen setzten erneut ein. Er griff mir wieder zwischen die Beine und ich sah sein angespanntes Gesicht. Er kämpfte mit irgendwas und irgendwie und gab nicht auf. Wir kämpften gemeinsam um das Leben eines Kindes, das es eigentlich nicht geben durfte. Doch wir bekamen es gemeinsam aus dem Leib. Es war tot und hing leblos in Rylans Armen. Er schüttelte es, doch es gab kein Lebenszeichen von sich. Rylan Culver hatte mein Kind auf dem Gewissen und ich schrie mich voller Verzweiflung in die Bewusstlosigkeit!

Ich weiß nicht, wie lange ich bewusstlos in diesem Bett gelegen hatte, aber als ich zu mir kam, war alles vorbei. Der Raum war gereinigt und das Kind verschwunden. Mein Unterleib schmerzte fürchterlich, sodass ich mich zusammenkrümmte und wieder in Ohnmacht fiel.

Als ich erneut zu mir kam, prasselte das Feuer im Ofen. Der Schmerz war erträglicher geworden, aber ich konnte nicht aufstehen. Jede Bewegung zerriss mich innerlich. Mein ganzer Unterleib fühlte sich wie zerfetzt an. Es muss mich bei der Geburt völlig auseinandergerissen haben. Ich sah das Buch, in dem Rylan zuletzt gelesen hatte, in der Ecke liegen. Es war noch aufgeschlagen. Auf meinem Nachtisch standen eine Tasse Tee und etwas zu essen. Ich kroch unter Schmerzen aus dem Bett zu diesem Buch und wollte wissen, was Rylan dort zuletzt gelesen hatte. Was hatte er vermutet? Als ich las, worum es ging, bekam ich eine Erklärung und zugleich Bestätigung dessen, was mir widerfahren war. Das

Kind musste kurz nach dem letzten Ultraschall seine Lage verändert haben und hatte meinen Leib nicht auf natürlichem Wege verlassen können. Es war eine Steißgeburt, für die wir unbedingt ärztliche Hilfe benötigt hätten. Ich hatte es geahnt! Rylan hatte mein Kind getötet!

Er ließ mich in diesem Zimmer völlig allein und betrat es nur, wenn ich schlief. Er brachte mir stets frisches Essen und Trinken und traute sich nicht, mir unter die Augen zu treten. Er hatte mir einen Eimer für meine Notdurft hingestellt, den ich angeekelt und voller Angst vor Schmerzen benutzte. Ich verlor immer noch Blut und Schleim und hatte Angst vor einem Infekt. Ich musste mich irgendwie reinigen und pflegen.

Die Geburt hatte mich verändert. Ich spürte Verbitterung und Zorn aufkommen. War es das, was das Leben im Wald aus einem machte? War es das, was auch Rylan die ganze Zeit verspürt hatte? Er wollte den Dingen trotzen und hatte mich zu einer Geburt gezwungen, die das hervorbrachte, was die Natur vorsah. So konnte man es betrachten. Es ist doch nur der medizinische Fortschritt, der solche Kinder rettet. Diesen Fortschritt hatten wir hier nicht. Vor zweihundert Jahren wäre dieses Kind auch tot zur Welt gekommen, wenn überhaupt. Wahrscheinlich wäre ich daran gestorben, wenn Rylan nicht in diesem Buch gelesen hätte. Ich fragte mich für eine kurzen Moment, ob dieses Kind, das unter Gewalt und mit Inzest gezeugt worden war, überhaupt hatte leben wollen. Es sind doch immer die Unschuldigen, die auf dieser Welt bestraft werden, wohingegen die Schuldigen ihr Leben in vollen Zügen weiter genießen. Doch Rylan hatte seine eigene Gerechtigkeit hergestellt. Er hatte mein Leben gerettet.

Er ließ mich jetzt mit all meinen Gedanken allein. Vielleicht wollte er, dass ich einmal ungestört über alles nachdenken könne und die Dinge so hinzunehmen lerne, wie sie waren. Ich musste es. In diesem Wald lebte man anders als in der Zivilisation. Das hatte ich am eigenen Leib zu spüren bekommen. Jeden Morgen, wenn ich erwachte, war der Eimer geleert und gereinigt und es standen frische Nahrungsmittel auf dem Nachtisch. Meine Schmerzen ließen nach und Rylan stellte mir eine Schüssel mit Wasser und Seife bereit. Daneben legte er ein sauberes Handtuch. Als ich mich imstande sah, mich vorsichtig zu waschen, blickte ich aus dem Fenster. Was ich sah, ließ mich einen panischen Schrei ausstoßen! Da hing mein gehäuteter Säugling an einen Baum gebunden und blutete aus! Ich schrie!, stolperte zum Fenster und schlug mit der Faust die Scheibe ein! Ich sah einen riesigen Blutfleck auf dem Boden vor dem Wohnwagen, wo er meinem Kind die Haut abgezogen haben musste! Oh Herr, hilf mir! Was hatte Rylan nur getan? Mit blutender Hand schleppte ich mich zur Haustür und sah ihn mit ebenso blutverschmierten Händen vor mir stehen. Ich wollte ihn schlagen, töten und zerfetzen, so wie er es mit meinem Kind getan hatte, doch er hielt mich fest. Ich sah das frische Blut meines Kindes an meinen Handgelenken und zog meine Hände angewidert zurück. Ich sah überall Blut! Er drückte mich ins Zimmer zurück, schmiss mich aufs Bett und ich schrie: „Nur zu!“ Ich öffnete meine Beine und machte Anstalten, meine Unterhose zu zerreißen, damit er loslegen konnte. Wenn er mein Kind schon so zurichtete, so konnte er mich auch gleich danach daneben hängen. Doch zuvor wollte er sicher Spaß haben. Es war egal, woher der Schmerz kam. Es fühlte sich sowieso alles gleich an.

Er legte seinen Körper auf meinen und hielt mich fest. Er hielt mich nur fest. Ich spuckte ihm ins Gesicht und versuchte, ihn zu beißen, doch er schlug mir ins Gesicht. Alles kochte wieder in mir hoch. Ich sah meinen Vater auf mir liegen und spürte die Gewalt, die er mir angetan hatte. Er hatte mich dabei oft geschlagen und sich anschließend das geholt, was er gebraucht hatte.

Heute weiß ich, wie sehr meine Mutter unter ihm gelitten haben muss. Auch, wie sehr Rylan unter diesem Gedanken gelitten haben muss. Meine Mutter hatte sich nicht wegen ihres Bruders getötet, sondern wegen ihres Mannes, meinem Vater. Er hatte sie solange dahin getrieben, bis sie es gemacht hatte. Kurze Zeit später war Carol bei uns eingezogen. Sie stand bereits in den Startlöchern und ich war schockiert, wie schnell sie die Mutterrolle bei mir einnehmen wollte. Sie benahm sich wie die Königin des Hauses und schmiss alles weg, was meine Mutter mit so viel Liebe eingerichtet hatte. Ich hörte einmal, wie mein Vater zu Carol sagte, er habe sie so sattgehabt. Er habe alles so sattgehabt. Meine Mutter hatte sich meinetwegen viel mit ihm gestritten.

Carol wusste nicht, auf wen sie sich eingelassen hatte, denn kurze Zeit später begann er, auch sie zu schlagen. Dann kam er zu mir, um sich wieder zu beruhigen. Meine Erinnerungen quälten mich.

Rylan schlug mir sooft ins Gesicht, bis ich nachgab. „Was

ist los?“, schrie er mich an.

Ich spuckte ihn wieder an.

„Was ist los?“, schrie er erneut und wischte sich den Speichel aus seinem Gesicht.

„Du Mörder!“, schrie ich. „Du Bestie!“

Er ging auf Distanz und ließ mich benommen im Bett zurück. Er ging zur Tür und sah zur Feuerstelle. „Wir müssen doch was zu essen haben“, sagte er. „Ich konnte nicht in die Stadt, um was zu holen. Ich konnte dich hier doch nicht alleinlassen.“

Mir wurde übel und ich übergab mich! Wir sollten mein Kind essen? Er rannte hinaus und kam kurze Zeit später wieder zurück. In seiner ausgestreckten Hand hielt er den gehäuteten Säugling und sagte: „Ich werde öfter Hasen schießen. Und auch anderes Wild. Weil wir sonst nicht überleben können. Wir leben im Wald, Ava. Gewöhne dich dran.“

Er schmiss mir das Tier aufs Bett und ging.

Stillstand.

Unsere Welt kam zum Stillstand.

Der Wald, die Ruhe und die Schweigsamkeit, die zwischen uns ausgebrochen war, brachten mich wieder zur Vernunft. Er redete nach diesem Vorfall tagelang nicht mit mir und ich sammelte die Gefühle, die nach der Geburt in mir entstanden waren, in einer Ecke meines Verstandes und ließ sie dort liegen.

Rylans Pläne, dass ich in dem Wagen und er im Anbau leben sollte, hatten sich ins Gegenteil gekehrt. Er lebte nun im Wagen und brachte mir alles, was ich brauchte schweigend ins Zimmer. Er sorgte dafür, dass der Ofen stets geheizt war und ich frische Wäsche bekam. Aufgaben, die er ursprünglich mir hatte zukommen lassen wollen.

Ich begann, mich von der Idee zu verabschieden, dass man uns finden würde, und hatte nicht die geringste Ahnung, wo ich mich befand. Auch nicht davon, wo der Weg aus diesem Wald hinaus war. Rylan hatte den Pick-up inzwischen woanders geparkt und alle Spuren verwischt, die mir den Weg zu seinem Versteck hätten weisen können. Eine seltsame Stille zog bei uns ein.

Ich begann ganz langsam damit, wieder den Haushalt zu übernehmen. Er drängte mich nicht. Ich sah ihn das Wild neben der Feuerstelle zerlegen und schämte mich für diese Szene, die ich ihm gemacht hatte. Er arbeitete hart, hackte Holz, reparierte ständig etwas und besorgte Essen. Ich beobachtete, wie oft er abwesend an der Feuerstelle saß und die Augen schloss. Was mochte in ihm vorgehen?

Ich wollte wissen, wo er mein Kind hingebracht hatte, und fragte ihn. Er verstand und nahm mich schweigend mit zu dem Grab, dass er einige Meter entfernt hinter einem Gebüsch angelegt hatte. Dort sah ich zwei Kreuze und erschrak. Wen hatte er dort noch vergraben? Ich trat näher und las auf dem einen Kreuz *Avas Sohn* und auf dem anderen *Jack*. Ich hatte den kleinen Terrier nach der Geburt ganz vergessen! Jetzt sehnte ich mich nach seinem Gebell. Jack war der Einzige gewesen, der unser Leben mit Normalität gefüllt hatte.

„Was ist passiert?“, fragte ich.

„Die Wölfe haben ihn erwischt. Ich fand ihn dahinten.“ Er zeigte unweit von uns auf eine kleine Lichtung. Mit diesen

Worten ließ er mich allein und ging zurück zum Feuer. Immer noch machte mir der Wald große Angst, wo er doch andererseits von solch großer Schönheit und Ruhe geprägt war.

Ich konnte es an den Gräbern kaum aushalten und ging zurück zu ihm ans Feuer. „Was geht in dir vor, Rylan?", fragte ich.

Er sah mich an und sein Blick verriet Verzweiflung und Furcht. Er schüttelte den Kopf und sagte: „Ich weiß nicht, Ava."

Er war am Ende. Ich sah es ganz genau. „Was willst du jetzt tun?", fragte ich weiter. In mir keimte Hoffnung auf, dass er mich zurück zu dem Haus meiner Eltern bringen würde, doch er stand auf und sagte: „Geh in dein Zimmer. Ich werde das Feuer löschen und in den Wagen gehen. Du solltest hier nicht alleine sitzen."

Ich gehorchte.

Es vergingen Tage und Wochen, in denen wir einfach nur in diesem Wald überlebten. Er fasste mich nicht mehr an oder bedrängte mich. Gewisse Abläufe spielten sich ein, die uns beiden Sicherheit gaben. Ich blieb, genau wie meine Mutter, stets in seiner Nähe, wenn wir unser Lager verließen. Wenn wir neues Benzin für den Generator brauchten, ließ ich mich in den Wohnwagen sperren und wünschte, er würde in der Stadt einen neuen Hund kaufen, doch er sagte, er wolle nicht, dass die Wölfe zu unserem Lager kämen. Im Wagen war es still und unheimlich und ich nähte die meiste Zeit, genau wie meine Mutter.

Als der Winter hereinbrach, bat ich ihn in mein Zimmer, in das er inzwischen einen Tisch und zwei Stühle gestellt hatte. Ich bat ihn an den Tisch, um ein Gespräch mit ihm zu führen. Ich wollte es endlich wissen und fragte: „Wenn ich dich bitten würde, mich zurückzubringen, würdest du es tun?"

Es sah mir direkt in die Augen und fragte: „Wäre das dein Wunsch?"

„Würdest du?"

„Willst du das?"

Ich schüttelte den Kopf und wollte nur wissen, ob er es tun würde. Er sah ins Feuer im Ofen und ich wusste, dass er sich nie wieder aus dem Wald heraustrauen durfte. Er müsste hier bis an sein Lebensende leben, wenn er nicht wieder eingesperrt werden wollte. Ich sah in seinen Augen, dass er auch hier eingesperrt war. Er hatte sich für diese Umgebung entschieden, weil er mit dem Leben da draußen nicht klarkam. Es war für ihn zu brutal, obwohl das Leben in einem Wald nicht weniger brutal war, nur anders – gesünder, fairer und ehrlicher.

„Würdest du mich verraten?", fragte er.

Eine Frage, über die ich nachdenken musste. „Ich weiß nicht." Ich wollte ehrlich bleiben. „Würdest du mich denn gehen lassen?" Es klang wie ein Arrangement.

„Ich würde", sagte er nach einer Weile, stand auf und verließ mein Zimmer. Ich verriegelte hinter ihm die Tür, nicht um mich vor ihm zu schützen, sondern vor denen, die mich hier wegholen würden …

*

„Was haben Sie danach getan?“, fragte mich der Mann im Krankenhaus.

Ich antwortete ehrlich: „Ich habe lange darüber nachgedacht, ob ich diesen Wald wirklich verlassen wollte. Im Grunde ist es mir bei Rylan sehr gut gegangen. Er hat dafür gesorgt, dass ich wieder vollkommen gesund wurde, und viele Dinge gelernt habe, um mich selbst zu versorgen, falls er mal längere Zeit wegmüsste oder ihm etwas passieren würde. Irgendetwas hat mich davon abgehalten, ihn zu verlassen.“

„Was, Ms. Garland, was hat Sie abgehalten?“

Ich sah aus dem Fenster des Krankenhauses und sagte: „Es war die Ehrlichkeit, die zwischen uns herrschte. Wir waren ja auch familiär miteinander verbunden. Als der zweite Winter hereinbrach, sind in mir neue Gefühle für ihn entstanden. Er war der Einzige, der sich um mich gekümmert hat, sich gesorgt hat und mich geliebt hat. Der Einzige, verstehen Sie?“

Der Mann nickte. „Was haben Sie in dieser Zeit erlebt?“

Ich dachte nach. „Stille“, sagte ich, „etwas, das wir beide gebaucht haben, um über das nachzudenken, was das Leben mit uns gemacht und wohin es uns getrieben hatte. Rylan hatte eines Abends begonnen, von seiner Kindheit zu erzählen. Er hat mir alles von meiner Mutter erzählt, wie schön und lustig sie als Kind gewesen war. Was sie geliebt und was sie gehasst hatte. Er hat mir von ihren Lieblingsfarben, Lieblingsblumen, Liedern und Geschichten erzählt. Was sie zum Lachen und zum Weinen gebracht hat. Er hat mir endlich die Identität gegeben, die ich die ganze Zeit vermisst hatte. Ja, er hat mir eine Mutter zurückgegeben, wie ich sie mir immer gewünscht hatte, und eine Welt in mir hergestellt, die sich wunderbar anfühlte."

„Und dann?"

„Ich habe ihm im Gegenzug von ihrem Leben mit meinem Vater erzählt. Leider konnte ich ihm nichts in der Weise zurückgeben, wie er mich beschenkt hatte. Aber wir wollten ehrlich bleiben. Das hat ihn verstört und mir ein schlechtes Gefühl gegeben. Er hat die Gespräche abgebrochen und sich immer mehr zurückgezogen. Ich habe gehört, wie er im Wohnwagen weinte, und fühlte mich schuldig."

„Was hat er dann getan?"

„Er hat gesagt, dass er mich zurückbringt, sobald die Schneeschmelze einsetzt. Doch als sie einsetzte, wollte ich nicht mehr zurück. Ich wollte das Leben im Wald nicht aufgeben."

„Ms. Garland, Sie haben eine Tochter. Wer ist der Vater des Kindes?"

Ich sah wieder zum Fenster hinaus. „Es gibt kein Wort für das, was zwischen uns passierte, denn man kann es nicht Liebe nennen. Liebe ist ein Begriff, den die Menschen mit ganz anderen Gefühlen verbinden, als die, die wir gespürt haben. Ich kann es nur überleben nennen. Wir haben „über dem Leben" gestanden und sind uns nach zwei Jahren im Wald in einer Art und Weise begegnet, von der niemand je erfahren wird."

„Sie haben ein Kind. Da gibt es nicht viele Geheimnisse, Ms. Garland. Er hat Sie wieder angefasst."

„Nein, er hat mich nicht angefasst! Er hat mich berührt,

weil ich wollte, dass er mich berührt. Das ist ein Unterschied."

„Wir haben Sie blutend und verletzt auf der Straße gefunden. Sie hatten Ihre Tochter im Arm. Was ist passiert? Was hat Rylan Culver Ihnen angetan?"

Ich sah den Mann irritiert an. „Rylan hat mir in dieser Zeit nichts angetan! Im Gegenteil, er hat Tag für Tag sein Leben für mich und seine Tochter riskiert. Er ist jagen gegangen, hat für ein warmes Haus gesorgt und tiefsinnige Gespräche mit mir geführt. Er ist mit mir in die Stadt gefahren, wo ich Bücher und andere Sachen kaufen durfte, die mich glücklich gemacht haben."

„Ihr Kind ist also von Rylan Culver."

„Ja. Es war ein Wunschkind und die Geburt war überraschend einfach. Keine Komplikationen."

„Wie alt ist es?"

„Vier Monate."

„Wo befindet sich Rylan Culver jetzt?"

Das war der Moment, in dem ich zusammenbrach.

Das Ende

Ich saß in meinem Zimmer und stillte unsere Tochter. Rylan musste bald von der Jagd zurückkommen und ich wollte noch Essen kochen, aber die Kleine war heute ziemlich langsam und müde beim Trinken. Ich wurde unruhig, weil ich mit dem Kochen fertig sein wollte, wenn er heimkam. Er war seit frühmorgens schon auf der Jagd und normalerweise stets vor Einbruch der Dunkelheit zurück. Ich sah das Tageslicht schwinden und er kam nicht heim. Rylan hatte mich gelehrt, mit einer Leuchtpistole in den Himmel zu schießen, wenn er sich einmal in der Zeit verschätzen sollte. Wir hatten aus der Stadt zehn Leuchtkugeln mitgebracht und ich schoss die erste ab, als es dunkel war. Des Weiteren schlug ich mit einem Suppenlöffel gegen einen Blechtopf, um ihn durch die scheppernden Geräusche zum Wagen zu führen. Ich rief nach ihm, aber ich bekam keine Antwort und er kam auch nicht heim. Ich schoss alle zwei Stunden eine Leuchtkugel ab und schlug die ganze Nacht auf den Topf. Als er bis zum nächsten Morgen nicht zurückgekommen war, wurde mir klar, dass ihm etwas zugestoßen sein musste. Wir hatten schon so viele Monate in diesem Lager gelebt und waren nie von wilden Tieren bedroht oder angefallen worden. Rylan hatte eine Art Alarmanlage mit einer Kordel und Dosen um unser Gebiet gezogen, um frühzeitig gewarnt zu werden, wenn sich jemand oder etwas näherte. Aber wir wussten, dass die Tiere um uns herum lebten und genau wie wir ums Überleben kämpften. Wir vergruben immer alle Reste der Kadaver, die wir zerlegt hatten, außerhalb unseres Gebietes und verbrannten das Blut, dass die Tiere dabei hinterlassen hatten. Rylan hatte immer großen Wert darauf gelegt, alle Gefahren von uns fernzuhalten. Als er in dieser Nacht nicht heimkam, bekam ich Angst. In diesem Moment bemerkte ich, wie abhängig ich von ihm war und wie zugetan ich ihm war. Ich litt. Am nächsten Tag wartete ich voller Angst in seinem Wohnwagen und traute mich nicht mehr in mein Zimmer.

Er kam nicht wieder zurück. Ich wartete vier Tage, bis mir

klar wurde, dass ich etwas unternehmen müsste. Ich konnte unsere Tochter unmöglich mit auf die Suche nehmen und sie auch nicht allein im Wagen lassen. Ich hatte keine Wahl, ich musste zum Pick-up und den Weg zurück in die Stadt finden. Dort würde ich Hilfe finden, die Rylan suchen gehen würde. Ich wusste nicht, ob er irgendwo schwer verletzt lag und auf Hilfe wartete. Ich packte also einige Sachen zusammen und rannte mit unserer Tochter zum Pick-up, der kurz hinter der Alarmkordel parkte. Leider war ich erst zweimal mit ihm in die Stadt gefahren und kannte den Weg raus aus dem Wald nicht, doch ich hoffte, dass die letzten Fahrten von ihm gewisse Spuren hinterlassen hätten. Ich irrte mich. Ich fand keine Spur. Es hatte in den letzten Tagen geregnet, sodass ich keine Reifenspuren ausmachen konnte, doch ich fuhr und nutzte jede Lücke, wo der Wagen hindurch passte. Ich hatte keine Ahnung, ob die Richtung stimmte, und war voller Panik. Und dann … oh mein Gott! Dann fand ich ihn! Bei diesem Anblick brach ich zusammen. Zu tief war mein Schmerz und zu grausam die Erinnerung, die ich nie wieder loswerden werde.

Rylan musste von Wölfen oder einem Bär angefallen worden sein. Was ich sah, war kein Mensch mehr, sondern nur noch eine zerfetzte Masse von Haut und Knochen. Doch ich konnte erkennen, dass es einmal ein Mensch gewesen war. Er trug Rylans Jacke und seine Hose. Seit Tagen mussten sich die Tiere des Waldes an ihm sattgefressen haben. Sein Schädel war bis auf wenige Haarbüschel vollkommen abgefressen. Ich weiß nicht, wie lange ich ihn angesehen habe und mich nicht rühren konnte. Irgendwann schrie unsere

Tochter und ich ging zurück zum Wagen. Ich musste sie aus diesem Wald retten und fuhr weiter, doch ich fand den Weg hinaus nicht. Es wurde dunkel und ich konnte kaum noch etwas erkennen, als das Benzin zur Neige ging. Ich fuhr, bis der Wagen stehen blieb. Ich hatte den Benzinkanister vergessen, den Rylan stets gefüllt im Lager stehen hatte. Damit war ich am Ende meiner Reise angekommen und weinte.

*

Der Mann im Krankenhaus kam am nächsten Morgen wieder und fragte, ob ich mich stark genug fühlte, um weiter zu erzählen, was vorgefallen war. Ich nickte und erzählte ihm von Rylan, wie ich ihn vorgefunden hatte.

„Was haben Sie getan, als der Wagen nicht mehr weiterfuhr?“

„Ich verriegelte den Wagen und bereitete alles für eine Nacht vor, die wir in dem Wagen verbringen müssten. Rylan hatte mich gelehrt, bestimmte Dinge immer mitzunehmen. Daran hatte ich mich erinnert und Decken, Kerzen und Versorgung eingepackt.“

„Sie haben die Nacht also im Wagen verbracht?“

„Ja.“

„Was haben Sie am nächsten Morgen gemacht?“

„Es blieb mir nichts anders übrig, als meine Tochter zu nehmen und weiter nach einem Ausweg aus dem Wald zu suchen. Als ich die Fahrertür geöffnet hatte, habe ich Geräusche vernommen, die nicht in den Wald gehörten. Ich habe Fahrzeuge gehört, die in unmittelbarer Nähe vorbeirauschten! Wir befanden uns in direkter Nähe zu einer Straße! Ich habe meine Tochter in den Arm genommen und bin losgerannt. Die Straße war nicht weit, aber es war weit und breit kein Haus zu sehen. Wenn ein Fahrzeug kam, habe ich versucht, es zu stoppen, aber niemand hat angehalten. Ich konnte nicht abschätzen, welche Richtung die kürzere bis zum nächsten Ort sein würde. Ich bin gelaufen, den ganzen Tag! Nicht ein Fahrzeug hat angehalten. Dann habe ich von Weitem ein erleuchtetes Haus gesehen und als ich näher gekommen bin, habe ich gesehen, dass es ein Imbiss war. Ich habe mich mit letzter Kraft dorthin geschleppt und habe sofort meine Stiefmutter angerufen. Sie war natürlich außer sich und hat mir zugesagt, die Polizei zu informieren und mich direkt abzuholen. Ich solle mich ganz ruhig in eine Ecke setzen und dort auf sie warten. Sie wäre in einer Stunde bei mir."

„Haben Sie irgendjemandem in dem Imbiss Bescheid gesagt, wer Sie sind?"

„Nein."

„Warum nicht?"

„Weil mich alle so komisch angesehen haben und ich große Angst vor ihnen hatte. Ich habe nur noch auf Carol oder die Polizei gewartet. Die würden mir schon helfen."

„Wir haben Sie aber schwer verletzt auf der Straße gefunden, Ms. Garland. Was ist passiert?"

„Ich habe gedacht, die Stunde wäre vorbei, und den Imbiss verlassen, um draußen zu warten. Ich fühlte mich in dem Laden nicht mehr wohl. Dann sind diese Männer rausgekommen. Es waren drei. Ich habe schon an ihrem Blick gesehen, was sie vorhatten und versucht, wieder in den Imbiss zu gelangen, doch sie haben sich mir in den Weg gestellt. Einer hat mich gepackt und mir den Mund zugehalten. Ein anderer hat mir meine Tochter aus dem Arm gerissen und sie einfach ins Gras geworfen. Sie hat geschrien! Ich habe versucht, mich zu befreien, aber sie waren zu dritt. Einer hat mich ins Gesicht geschlagen. Dann ein anderer. Sie haben mich in einen Wagen gezerrt, ich glaube, es war ein Van, denn er war sehr geräumig. Dort haben sie mich ausgezogen und mich immer wieder vergewaltigt, bis sie genug hatten. Dann haben sie mich aus dem Wagen geworfen und sind davongefahren. Ich habe sofort nach meiner Tochter gesucht, aber ich konnte sie nicht finden. Ich bin ins Gebüsch gekrochen und dort eingeschlafen. Erst bei Tagesanbruch bin ich wieder zu mir gekommen und habe sie erneut gesucht. Ich weiß nicht, wie sie so weit wegkommen konnte, aber sie war ziemlich weit vom Imbiss entfernt gelegen. Vielleicht hat jemand von den Männern sie dorthin geworfen. Ich habe sie untersucht, ob sie verletzt war, aber sie hat mich nur angesehen. Hatte sie geschrien? Wenn ja, warum hatte niemand es gehört? Ich habe sie an mich genommen und bin einfach weggerannt. Ich wollte nicht mehr in den Imbiss zurück, denn ich habe nicht gewusst, ob diese Männer wieder dort drin waren."

„Was war mit Ihrer Stiefmutter und der Polizei? Warum haben die Sie nicht gefunden?"

„Als sie gekommen sind, war ich wohl in dem Van. Vielleicht haben die Männer die Polizei gesehen und mich erst mal festgehalten. Ich weiß es nicht. Ich weiß nicht mal, ob

Pat geschrien hat."

„Pat?"

„Unsere Tochter."

„Sie haben Ihr Kind Pat genannt?"

„Ja, nach meiner Mutter. Sie hieß Patricia, aber wir haben sie Pat genannt."

„Wohin wollten Sie rennen, als Sie davongerannt sind, Ms. Garland?"

„In den Wald. Ich wollte zurück in den Wald, wo ich sicher wäre..."

Es gibt Geschichten, die weitererzählt werden müssen ... Ich frage mich: Wo ist Eric abgeblieben?

Nachwort der Autorin

Als ich vor vielen Jahren einmal über die Liebesgeschichte von zwei jungen Menschen in den Medien las, die nicht wussten, dass sie Geschwister sind, und sogar gemeinsame Kinder großzogen, begann ich, mich für das Thema zu interessieren. Schon Jahrhunderte lang gibt es solche Beziehungen, die bis heute nicht gesellschaftsfähig sind. Ich habe mir die Frage gestellt, wie eine solche Liebe entstehen kann, und damit begonnen, diese Geschichte von Rylan und Pat zu schreiben. Dass Pat geistig behindert ist, entspringt noch einem anderen Interesse von mir, nämlich dem, wie erschreckend hoch die Zahl und die Dunkelziffer von Missbrauch bei Behinderten sind. Die Kombination beider Themen machte es auch für mich etwas brenzlig, denn es war mir wichtig, in dieser Geschichte nicht eine weitere Form von Missbrauch zu begehen, indem ich einen geistig behinderten Menschen zu einem blutrünstigen Mörder werden ließ. Dieses Thema musste ich mit sehr viel Sensibilität anpacken und doch in einer Form der Spannung umschreiben, um dem Leser die Tiefe und die Brutalität solcher Vorgänge zu verdeutlichen. Es hat mich selbst erschreckt, wie leicht Menschen mit geistiger Behinderung zu Opfern von sexueller Gewalt werden können. Mittlerweile entwickelt sich auch ein gesellschaftliches Bewusstsein dafür, dass es nicht immer nur Mädchen und Frauen trifft…

Wie immer möchte ich in meinen Geschichten eine Form der Sensibilität wecken, die nichts mit Verständnis für einen Täter zu tun hat. Doch wie schwierig ist es manchmal, die Grenze zwischen Opfer und Täter wirklich zu erkennen?

Mit herzlichen Grüßen, Marion Schreiner

Weitere Bücher von Marion Schreiner

Die Scheune

Teil 1 der Gelton-Trilogie

ISBN: 978-1540479518

Düster und brutal verläuft das Leben des vierjährigen Dane Gelton aus Kansas. Sein größtes Problem: Ein Peiniger, der sich nicht im Griff hat. Seine einzigen Verbündeten: Zwei Brüder, die vor seinen Augen getötet werden. Sein einziger Halt: Eine Mutter, die wegschaut. Dane verliert den Kontakt zu seinen Gefühlen und seiner Seele. Bis der Tag der Abrechnung kommt…

Eine alte Scheune wird Zeuge grausamer Ereignisse …

Auf der Leipziger Buchmesse 2014 für den „Indie Author Award" nominiert!

Das blaue Haus

Teil 2 der Gelton-Trilogie

ISBN: 978-1539188636

Wir alle dachten, dass Dane Gelton tot sei. Alles deutete darauf hin, und niemand hegte irgendwelche Zweifel. Ich hatte ein letztes Gespräch mit ihm geführt und seinen Amoklauf hautnah miterlebt. Er wurde gefasst und in eine Psychiatrie eingewiesen. Seine Frau Sarah hatte ihn dort wochenlang besucht, bis er am 18. Dezember 1996 vor ihren Augen verstarb. Sein Arzt, Dr. Brickson, hatte seinen Tod bestätigt. Das Beerdigungsinstitut Peace by Pearson hatte ihn unter die Erde gebracht. Was also sollte uns in Zweifel stürzen? Doch wie immer war alles, was Dane Gelton in seinem Leben getan hatte, eine Täuschung. Nur den alten Ragee konnte er nicht täuschen …

Ein altes Haus wird Zeuge menschlicher Zerstörung

Vielleicht gab es keine Schuld

Teil 3 der Gelton-Trilogie

ISBN: 978-1539946069

Nach dem Tod seines Vaters wächst Christopher Gelton bei seiner psychisch kranken und tablettensüchtigen Mutter auf. Ungewünscht, unbeachtet, zurückgewiesen, ausgestoßen aus ihrem Leben und mit jeglichem fehlenden Gemeinschaftsgefühl. Von dem neuen Lebensgefährten der Mutter wird Chris zusätzlich körperlich misshandelt. Als der Junge elf Jahre alt ist und nicht mehr in der Schule erscheint, wird das Jugendamt aufmerksam und findet ihn schwer verletzt unter seinem Bett kauernd vor. Er wird in einem Heim für schwererziehbare Jungen untergebracht und lernt dort den Jugendpsychologen Bob Koman kennen. Um den Jungen in seiner ganzen emotionalen Störung zu erfassen, bittet der Arzt ihn, seine Lebensgeschichte aufzuschreiben. Als der Psychologe das liest, wird er in den Sog einer unglaublichen und zugleich gefährlichen Geschichte gezogen …

Stumme laute Schreie
Edition M – mörderisch gut
ISBN: 978-1477826096

Daryl ist zehn Jahre alt, als er seinen Vater an einem Strick hängend auf dem Dachboden findet. Seine Mutter ist bemüht, ihm und seinem Bruder Joe nach diesem schrecklichen Vorfall mit allen Mitteln wieder zu einem normalen Leben zu verhelfen. Doch Daryl ahnt, dass sich viele grausame Dinge mit dem Tod seines Vaters in Gang setzen werden. Und er behält Recht. Ein Jahr später verliert er seine Mutter unter nicht minder schrecklichen Umständen. Sie wird schwer verletzt im angrenzenden Wald gefunden. Daryl bekommt eine Ahnung, wer seiner Mutter das angetan hat und er begibt sich auf die Suche nach einem Mann, der Frauen hasst…

Wenn Mutterliebe krankhaft wird…

Es blieb nur dieser Blick

Teil 1 der Kale-Hatfield-Story

ISBN: 978-1516904662

Wen interessierte schon sein Wille?
Er wollte weg von seinem Lehrer Ian Morgan.
Er wollte, dass man ihm glaubte.
Er wollte für seine Angst keine Schläge erhalten.
Er wollte Eltern, die ihm Liebe schenken.
Er wollte lernen können.
Er wollte nicht immer von seinen Mitschülern geärgert werden.
Er wollte nicht ständig sterben wollen.
Er wollte nicht immer daran denken, was er wollte und nie bekam.
Also begann er zu töten…

Wenn die Persönlichkeit zersplittert…

„Es blieb nur dieser Blick" wurde von Amazon als einer der schönsten Roman ausgezeichnet!

Lydias Haus

Teil 2 der Kale-Hatfield-Story

ISBN: 978-1530605491

Was geschah im Wald, in dem Kale Hatfield angeblich zu Tode kam? Rachel Finley fühlt sich für seinen Tod verantwortlich und landet deswegen für vier Jahre in einer geschlossenen Psychiatrie. Nach ihrer Entlassung begibt sie sich auf die Suche nach der Grabstätte ihres Freundes, doch was sie findet macht sie fassungslos!

Es gibt Menschen, die sollte man nie allein im Wald leben lassen…

Rachels Zimmer

Teil 3 der Kale-Hatfield-Story

ISBN: 978-1537642048

Sie sahen aus, wie zwei verwahrloste Gestalten – zerschunden und zugrunde gerichtet. Lydia war genauso verletzt wie Kale. Sie wimmerte, aber das war ihm egal! Er schleifte sie durch das ganze Haus bis zur Terrassentür und ließ sie dort liegen. Dann ging er zum Gartenhaus und holte einen Spaten. „Grab! Hier!“, schrie er sie an. Dabei zeigte er auf eine Stelle direkt unter Rachels Zimmer. Lydia sah ihn eingeschüchtert an und humpelte zu ihm herüber. Er hielt den Spaten in der einen Hand und den Revolver in der anderen.

Sie hatte die Wahl!

Manchmal stößt man an eine Grenze,
die alles Normale verzerrt und
man hält das Verzerrte für Normalität

Special Editions

Wer viel Spannung am Stück sucht, kann folgende Trilogien auch als „3 Bücher in 1“ in extra großem Format als Printausgabe lesen …, je 800 Seiten! Auch als Ebook erhältlich.

ISBN: 978-1540562067

ISBN:978-1540788825

Pat im Wald
Teil 1 des Culver-Fluchs
ISBN: 978-1546784470

"Der Engel kam. Es war ein Mädchen, das Mutter im Bauch getragen hatte und das bei uns einzog. Ein von Gott verdammtes Mädchen, hast du es genannt. Du warst besoffen und hieltest die Flasche dabei noch in der Hand."

Rylan Culver muss dabei zusehen, wie seine um sechs Jahre jüngere Schwester Pat von seinem Vater gepeinigt wird. All seine Versuche, ihn davon abzuhalten, misslingen. Bis Rylan beschließt, sie vor ihm zu schützen und in den Wald zu bringen …

Gefährliche Geschwisterliebe

Nominiert von „Kind of Books" für das Buch des Monats Juli 2017

Das Culver-Haus
Teil 2 des Culver-Fluchs
ISBN: 978-1977634337

Aron Garvey ist 18 Jahre alt, als er zum ersten Mal davon träumt, seine Mutter umzubringen. Seit diesem Moment steht seine Welt kopf. Seine Eltern sind plötzlich nicht mehr seine Eltern und sein Leben ist nicht mehr das, was es einmal war. Aron erfährt, dass er das Produkt einer Inzest Beziehung ist – der Sohn von Pat und Rylan Culver, zwei Geschwistern. Sein wahrer Name: Eric Culver. Wie ein Fluch liegen die Verhältnisse seiner wahren Familie seit diesem Moment über seinem Leben ...

Wenn die Menschheit nach ihrem eigenen Elend trachtet…

Unbeseelt

Teil 3 des Culver-Fluchs

ISBN: 13-978-197959631

Sam liebt Seile und Knoten. Seile zum Strangulieren und Knoten, die sich nicht lösen lassen …

Eather und Roman Corbett hatten ihn mit knapp sieben Monaten adoptiert. Wie naiv sie doch an diese Adoption herangegangen waren! Und niemand hatte sie gewarnt oder ihnen geholfen. Im Gegenteil, alle waren damals froh, dieses Kind los gewesen zu sein.

Du willst ihm nicht wirklich begegnen…

Printed in Germany
by Amazon Distribution
GmbH, Leipzig

24792762R00201